カミカゼ

永瀬隼介

幻冬舎文庫

カミカゼ

目次

第一章　出撃前夜

裸電球の下《した》、南無阿弥陀仏、の白い文字が浮かび上がる。

「空母はおれがもらった」

刀根剛介《とねごうすけ》は低いしゃがれ声を絞り出すと、茶碗に満たした清酒をぐいと飲んだ。喉仏《のどぼとけ》が上下する。ひと息に飲み干すや、肩を揺らして嗤《わら》う。焦茶色《こげちゃ》の飛行服の背中、白ペンキで叩《たた》きつけるように書いた南無阿弥陀仏も、別の生き物のように嗤う。

「やったろうじゃねえか」

茶碗を古びた木製の長机に叩きつける。カツン、と硬い音が響いた。逞《たくま》しい短軀《たんく》に角ばった武骨な顔。ポマードで固めたオールバックの髪。刃物のような一重の眼が鈍《にぶ》い底光りを放つ。

「沖縄の海の底に沈めてやらあ」

凄《すご》むように言うと、太い唇を結び、中空を睨《にら》む。触れれば切れそうな殺気が焰《ほむら》となり、ゆらゆらと立ち昇る。

女学校の校舎を借り上げた兵舎の一角、夕刻のほの暗い食堂には濃い熱が充満していた。飛行服姿の戦闘機搭乗員を中心に約五十人の軍人が酒を飲み、大皿に盛られた巻き寿司や握り飯、煮物、刺身を食う。酒も清酒、焼酎から葡萄酒《ぶどう》、ビールまで揃《そろ》い、スルメやイワシの丸干しといった酒の肴《さかな》もふんだんにあった。

ある者はタバコを喫《す》いながら談笑し、ある者は茶碗酒を傾けて大声で笑い、仲間と肩を組んで軍歌を唄い、叫ぶ。

勝ってくるぞと勇ましく——

真《しん》にいまは皇国危急なり。翼破るれば本土危うし。天皇陛下、万歳。男子の本懐、これに過ぐるなし。父上、母上、見事散ってまいります。

湿った熱がうねり、酒と食い物、タバコの匂いが濃く重くなっていく。

暮れゆく食堂の隅の長机。陣内武一《じんないぶいち》は開け放した窓の外を眺めて動かなかった。筋肉質の長身に坊主頭。精悍《せいかん》な浅黒い横顔は岩から削り出した彫像を思わせた。指先に挟んだタバコの灰が落ちるのもかまわず、南九州の初夏の光景に見入る。

窓の向こう、緑滴《したた》る甘藷《かんしょ》畑とタバコ畑が広がり、鏡面のように静かな海を隔《へだ》てて巨大な活火山が聳《そび》える。桜島だ。

藍《あい》色の夕空の下、紺碧《こんぺき》の錦江《きんこう》湾からせり上がる桜島は雄大で荘厳で、見る者を圧倒する。南国特有の強烈な緋《ひ》色の夕陽《ゆうひ》を浴びて、溶岩の奔流の跡を刻んだ雄々しい山肌が青から紫へ、刻一刻と色を変えて輝く。なんと平和で美しい、日本の風景か。陣内は時を忘れて見入った。

昭和二十年五月十三日。ここ鹿児島、大隅《おおすみ》半島の海軍航空基地では明朝の特攻出撃に備え、午後五時より壮行会を兼ねた宴会が始まっていた。

日本の戦況は日々、悪化している。三月十七日、硫黄《いおう》島が玉砕し、四月一日に連合国軍が沖縄へ上陸すると、この錦江湾と桜島を望む航空基地の様相も一変した。沸き立つような戦意の高揚が影を潜《ひそ》め、代わりに殺伐とした悲壮感が漂うようになる。沖縄に押し寄せる連合国軍を打ち払うべく、戦闘機による特攻が始まったのである。

錦江湾を挟んだ向こう側、薩摩《さつま》半島には本土最南端の特攻基地として知られる陸軍の知覧《ちらん》基地があり、明日は払暁《ふつぎょう》、鹿屋《かのや》、串良《くしら》、都城《みやこのじょう》を含む、南九州全域の航空基地から特攻機が飛び立つ予定であった。

壮行会を兼ねた宴会は小一時間が経《た》ち、いよいよ騒がしく、賑《にぎ》やかになっていった。上半身裸になって黒田節を唸《うな》る者も、褌一丁《ふんどしいっちょう》で抜き身の軍刀片手に国定忠治を演じる者もいる。

赤城山《あかぎ》の別れをもじって、吾輩《わがはい》の命も今宵《こよい》限りい〜、と見得《みえ》を切り、やんやの喝采を浴びる。

「兄貴」

隣席の刀根剛介がほおづえをつき、陣内武一の顔を覗《のぞ》き込む。

「朝になれば消えてしまう命じゃないですか」

白い頑丈そうな歯を見せて破顔する。

「いまさら深刻になることはありませんって」

陣内はなにも言わずタバコの喫いさしを空き缶の灰皿でひねり潰《つぶ》した。胸に苦《にが》いものが満ちてくる。茶碗をつかみ、注《つ》げ、と差し出す。

「そうそう、飲んでぱーっとやりましょうや」

刀根が嬉《うれ》しそうに一升瓶を傾ける。

「どうせ人間、いつかは死ぬんだからよお」

己に言い聞かせるように嘯《うそぶ》くと、右腕を大きく振り、野太い声で放歌する。

男なら　男なら
未練残すな浮世のことにゃ
どうせ一度は死ぬ身じゃないか

命投げ出しゃ怖くない
男ならやってみろ

刀根剛介は二十三歳の陣内武一より一歳下の二十二歳。階級も二飛曹（二等飛行兵曹）で、一飛曹の陣内の一階級下になる。つまり、年齢も階級も下だ。兄貴、と慕う陣内への対応はいちおう、最低限の礼儀をわきまえているものの、通常の先輩後輩関係ではない。刀根の言動の端々には微妙な優越感がある。それも当然だろう。

同じ海軍の飛行予科練習生（予科練）出身とはいえ、陣内は甲種飛行制度（甲飛）組で刀根は乙種飛行制度（乙飛）組。高等小学校修了程度を入学資格条件とした乙飛は十四、五歳から英才教育でみっちり鍛えられた戦闘機操縦の精鋭揃《ぞろ》いだ。

一方、甲飛は中学校四年一学期までの学力を有する者であり、概《おおむ》ね十七、八歳からのスタートとなった。勢い、操縦技量に大きな差が生じる。しかし、学歴の高い甲飛は軍隊内の昇進が速い。当然、技量と戦闘経験に勝り、〝我こそは本物の予科練〟との強烈な誇りを持つ乙飛は面白くない。反発が生じる。自然と乙飛、甲飛の間には対立が生まれ、深刻なトラブルも多々あった。

なかでも刀根は、予科練乙飛に鬼神・刀根剛介あり、と謳《うた》われた、知る人ぞ知る凄腕《すごうで》の零《ぜろ》戦《せん》パイロットである。中国大陸、台湾、フィリピン等を転戦中に撃墜した敵機の数は三十を下らない、といわれ、坂井三郎や西澤廣義《にしざわひろよし》、岩本徹三といった伝説的な撃墜王の跡を継ぐ抜群の技量の持ち主、と見られていた。通常なら特攻要員にはなっていない。せいぜい特攻機の掩護《えんご》だ。

しかし、素行に大いに問題ありで、無断外出のいわゆる脱《ダッ》やケンカ、女性問題で営倉入りも数知れず。昭和十九年春、南方の戦況の悪化に伴い、本土防衛戦に備えての内地帰還となったあとは岩国の海軍航空隊に籍を置き、指導教員を務めていたが、上官を殴り飛ばして大問題に。上官の命令は天皇陛下の命令、と教え込まれている帝国軍人にとって、あってはならない〝事件〟だった。抗命罪《こうめいざい》に問われれば最悪の場合、死刑だ。一騎当千の熟練操縦士ゆえ、軍法会議にかけて長期の懲役刑に処すのも惜しく、かといって過去の素行の悪さを勘案すると無罪放免では済まされない。上層部は大いに悩んだという。

結局、海軍きっての問題児、刀根剛介は独《ひと》り考課表を携《たずさ》え、特攻要員としてこの錦江湾を望む海軍航空基地へと着任した。噂では考課表に〝この男、要注意人物につき適宜《てきぎ》処置願いたし〟と記してあるとも。つまり、特攻に出してさっさと消し去れ、と。

本日昼過ぎ、飛行場正面に建つ戦闘指揮所の搭乗員割黒板《こくばん》に白墨《はくぼく》で明日の特攻出撃者の名前が記された。陣内は自分の名前を見た瞬間、踏み締める大地が崩壊していくような衝撃に呻《うめ》いた。一カ月ほど前、特攻要員としてこの基地に送り込まれて以来、毎日のように出撃する仲間を見送ってきた。明日は我が身か、と眠れぬ夜もあった。いつしか特攻は日常となり、覚悟も固まった。しかし、いざ現実のこととなると心は千々《ちぢ》に乱れ、取り乱す寸前の自分がいる。死刑執行を告げられた死刑囚の心境とはこのようなものか。己の怯懦《きようだ》が恨めしかった。が、黒板の前の刀根は表情ひとつ変えず、やっとかよ、と呟《つぶや》いたあと、おもむろに、兄貴、と棒のように突っ立つ陣内を見た。小柄な刀根は胸を張って見上げ、よろしくお願いします、と一礼し、返事も待たずその場を後にした。陣内は肩を怒らせて立ち去る刀根の後ろ姿を見送りながら、その剛胆さが羨《うらや》ましくてならなかった。

夕刻の宴席に南無阿弥陀仏の飛行服で現れたときはみな度胆《どぎも》を抜かれたが、すぐに笑い、拍手し、声援を送った。刀根は食堂の中央で仁王立ちになり、両手を腰に当てて吠《ほ》えた。

「辛気臭《しんきくせ》え坊主の念仏なんぞ、おれたち皇国の特攻隊員には無用だ。聞きたくもねえ」

ぐいと全員に睨みをくれ、太々《ふてぶて》しく言い放つ。

「きさまら、明日はおれの背中を見て突っ込め」

その場でぐるりとひと回りして全員に背中の南無阿弥陀仏を披露し、不敵な笑みを浮かべる。そして、だがなあ、とひと呼吸置いたあと、決めの台詞《せりふ》を吐く。

「アメ公の空母はおれに残しておけよお」

見事な千両役者ぶりに口笛が鳴り、歓声が飛んだ。特攻を控えて食も進まず、まるで通夜のようだった最期の宴席が、一気に明るくなった。

刀根は不思議な男だ。己の抜群の操縦技量と戦績を楯《たて》に、上を上とも思わぬ傲岸不遜《ごうがんふそん》な面がある一方、呆《あき》れるほど素直だ。

もう三週間前のことになる。着任早々、街でしこたま飲んだ刀根が夜中に帰ってくるや騒ぎ、大声で唄い、就寝の邪魔をしたことがある。厳しい規律と上意下達《じょういかたつ》が第一の軍隊内にあって、特攻要員は特異な存在だ。遅かれ早かれ、爆弾を抱いた戦闘機で敵艦に突っ込むことになる人間に、厳格な規律を求める者はいない。少々羽目を外すくらいは大目に見てもらえる。鬼より怖い上官や憲兵でさえ、よほどのことがない限り動かない。

まして刀根は歴戦の強者《つわもの》として一目置かれる存在だ。だれも文句を言えない。艶《つや》やかなオールバックの髪もそうだ。元々、戦闘機乗りは頭部保護のため、長髪が許されていた。しかし、戦況の悪化に伴い、過度な規律が幅を利かせ、いつしか丸刈り頭が普通になっている。が、刀根は周囲の白い眼などどこ吹く風で、朝はポマードをたっぷり使い、口笛を吹きながら櫛《くし》で丁寧に撫《な》でつけて出動した。刀根に怖いものはない。死にゆく凄腕の零戦操縦士に皆《みな》が遠慮している。

それをいいことに傍若無人に振る舞う刀根だったが、その夜はやりすぎた。拳《こぶし》でガラス窓を叩き割り、漆喰《しっくい》壁に穴を開け、上半身裸になって叫び、荒れ狂う始末。さすがに基地の治安を司《つかさど》る憲兵がすっ飛んできた。軍刀に手をかけ、いい加減にしろ、とほおを震わせて怒鳴ると、刀根は逆に血走った眼で睨み返し、斬《き》ってみろ、どうせ死ぬんだ、ここで叩き斬れっ、と胸板を突き出して凄む。憲兵も引くに引けず、軍刀を抜こうとしたとき、陣内は動いた。寝台から跳《は》ね起きるや、刀根を渾身の力で殴り飛ばし、怒りにまかせて怒鳴りつけた。みな御国《おくに》のために戦ってるんだぞ、きさまも特攻隊員なら敵艦に突っ込んで死ね、酒に酔ったうえでの犬死になどもってのほか、いい気になるな、愚か者めが恥を知れいっ、と。

刀根の荒っぽさは重々承知のうえだ。しかも肉体は頑健そのもの。短軀だが、数々の空中戦で鍛え込んだ筋骨隆々の身体《からだ》は首も腕も太く、胸板が厚い。実戦の旋回や宙返りで全身にかかるG（重力）は経験した者でなければ判《わか》らない凄《すさ》まじさだ。

巨大な鋼《はがね》の塊《かたまり》がのしかかるような圧力に、首と背骨が不気味な音をたてて軋《きし》み、内臓がねじれる。関節も筋肉も悲鳴を上げる。顔面は後ろに引っ張られてゴムのように伸び、眼球が潰れる寸前まで凹《へこ》んでしまう。視界も絞られ、板塀の節穴を覗くような感覚に陥る。

並の人間なら指一本動かすのも困難な中、重い操縦桿《そうじゅうかん》を右腕一本で自在に動かし、左腕はスロットルレバーを操作してエンジン出力を調整する。加えて狭い視野で常に計器類を確認しつつ、照準器を睨み、猛スピードで動き回る敵機に機銃をぶっ放し、両足で左右のフットレバーを操作して機体をコントロールしなければならない。

　実戦の強烈なGに耐え抜き、殺《や》るか殺られるかの極限の緊張の中で敵機を撃墜してきた刀根の心身は、いわば超人の域に達している。陣内も中学時代は拳闘《けんとう》、予科練でも柔道の選手として鳴らしたが、いざケンカになれば勝ち目は薄い。肉体の頑健さはもちろん、胆力と闘志が違う。

　猛烈な反撃を食らうと覚悟し、取っ組み合いに備えて身構えた。周囲の仲間も憲兵も息を詰めて見守った。が、刀根の反応は意外なものだった。その場に正座し、すみませんでした、と殊勝に頭を下げたのである。突然の土下座を前に、陣内の興奮は一気に醒《さ》めた。抜群の操縦技量を持ちながら特攻基地へ追いやられた、このやんちゃな凄腕パイロットが少し可哀想《かわいそう》になった。すぐに腕をつかんで立たせ、笑顔で手打ちをした。以来、刀根は陣内に、兄貴兄貴、と懐《なつ》き、共に酒席を囲むことも珍しくない。

男なら　男なら
離陸したならこの世の別れ
花は散り際　男は度胸
めざすは空母に体当たり

男ならやって散れ

『男なら』の替え歌を大声で唄い終えた刀根は、一升瓶をつかむや、叫ぶ。

「ちくしょう、飲むぞ」

瓶口を直接唇に当て、ラッパ飲みで干す。口の端から酒がこぼれ、目尻から涙がこぼれる。

思わず言葉が出た。鬼神でも怖いのか、と。

なにぃ、と唇をへし曲げて赤黒い眼を据えてくる。陣内は迂闊《うかつ》な言葉を後悔した。

「いや、きさまは無敵の零戦乗りだ。おれのような並の搭乗員とは肝っ玉が違うだろう」

慌てて弁明する。刀根は、へっと舌を出して横を向き、稲荷《いなり》寿司を口に放り込む。頑丈なあごで咀嚼《そしゃく》する。

「兄貴、これは嬉し涙ですよ」

ほおの筋肉が隆起する。イワシの丸干しをばりばり食いながら唸るように言う。

「やっと御国《おくに》のために死ねるんだ。蛇の生殺しみてえな状態はもうたくさんだ」

返す言葉がなかった。

「零戦を操縦するのも、機銃をぶっ放してグラマンを落とすのもうんざりだ。いくら撃墜しても腐った古井戸のヤブ蚊みてえに際限なく湧《わ》いてきやがる。ここらでドカン、と男一匹、空母を撃沈してやりますよ。いい気になってる毛唐どもに吠え面《づら》をかかせてやらあ。一機一艦、必中必殺、もって御国の楯となり散る覚悟」

威勢のいい口調と裏腹に、刀根の横顔には冷めた諦観《ていかん》がある。ほおがゆるむ。

「兄貴、おれはもう、生きることに飽きましたよ」

重い言葉がずしりと響いた。二人、電源が切れたラジオのように黙り込む。この隅の長机が、周囲の騒ぎから浮いていく。陰鬱《いんうつ》な空気が覆《おお》う。

「もったいないよな」

静かな声が聞こえた。長机の向こう、半袖白シャツにカーキ色のズボンという、勤め人か若手教師のような格好の男が言う。

「間違っとるよ」コップのビールを喉を鳴らして飲み、話を続ける。

「刀根くんのような達人パイロットを特攻に使うのはどう考えてもおかしい。ぼくの頭では理解できないね」

きっぱり言い、またビールを美味《うま》そうに飲む。陣内は長机に身を乗り出し、小声で訊《き》いた。

「三島《みしま》少尉、どういうことでありますか」

眉目秀麗《びもくしゅうれい》な白皙《はくせき》の好男子、三島潔《きよし》少尉は叩き上げの予科練組から見たら雲の上の将校様だが、予備学生の出身だ。軍人になってまだ二年経っていない。

昭和十八年十月。当時の東条英機内閣は戦局悪化により減員の一途を辿《たど》る下級将校を補充すべく、大学、高等学校等への徴兵延期措置を撤廃し、いわゆる学徒動員を敢行した。

十月二十一日、冷たい雨が降る中、明治神宮外苑《がいえん》競技場で開かれた出陣学徒壮行会では五万人の中学生や女学生に見送られ、二万五千人の学徒兵が歩兵銃を肩に行進している。学徒兵は基礎教程を終えると、士官服を着用し、少尉候補生として各々専門の技術を修得することになった。そして飛行科専修予備学生は土浦航空隊等での飛行訓練を終えるや、その殆《ほとん》どは特攻要員として各基地に少尉として着任。いわば促成《そくせい》の将校、促成の特攻要員であった。

三島は手酌でコップにビールを注ぐと、ゆっくりと味わって飲み干し、唇の白い泡を手の甲で拭《ぬぐ》った。

「特攻要員はぼくのような未熟な搭乗員だけでいいと思う。離陸がやっとできて、巡航からなんとか下降してぶち当たる技術さえあればいい。特攻なんて簡単なもんだ。着陸なんて必要ないしね」

目尻を下げて微笑《ほほえ》む。

「ただでさえ操縦技術は劣悪なのに、二百五十キロもの爆弾を抱えてやっとこさ飛び立つんだぜ。沖縄の海で腕を撫《ぶ》して待ち構えるヤンキーどもにしてみたら、ヨタヨタ飛ぶ標的みたいなもんだよな」

細い首に細い腕、痩身。皮肉な言葉を小気味よく吐く薄い唇。どう見ても戦闘機乗りには相応《ふさわ》しくない。それもそのはず、三島は第三高等学校から京都帝国大学文学部へ進み哲学を専攻、繰り上げ卒業で学徒兵となった、学問の世界の超選良《エリート》だ。世が世なら将来は大学教授か研究者として、世間の尊敬と羨望《せんぼう》を一身に集めた豊かな人生を送ったはず。

「せめて百時間は飛行時間が欲しかったな。ぼくなんか自慢じゃないが九十時間の搭乗員だぜ。普通は基礎課程だけで百時間を超えるんだろう。実戦に就《つ》かせるには最低でも八百時間の訓練が必要だと聞いた。ハワイの真珠湾で暴れ回り、世界最強のアメリカ軍を震え上がらせた豪傑連中はみな千時間を超えていたというじゃないか。それがたった九十時間で連合軍の巨大空母や戦艦を沈めろなんて、軍のお偉いさんは本気なのかね。そんなうまい話は世の中にないと思うよ」

ビールを飲みながら、怖い話を平然と語る。

「刀根くんにはグラマンをどんどん撃ち落として、紺碧の大空で、日本男児ここにあり、と大見得《おおみえ》を切って欲しかったよなあ。それが天賦《てんぷ》の才に恵まれたきみの役目だと思うけどねえ。軍部は間違っとるよ。硫黄島を失い、沖縄がほぼ陥落し、次は本土だ。天子様《てんし》がおわす宮城《きゅうじょう》だ。もっとも三月十日の大空襲で帝都東京は焦土と化し、すでに十万人近い民間人が亡くなっている。天子様は神様だからピンピンしておられるようだが」

なにが可笑《おか》しいのか苦笑し、かぶりを振る。

「日本が誇るエースパイロットに特攻なんて意味ないよ。物量が豊富な鬼畜米英に追い詰められて、優秀な高級軍人も頭が混乱したのかねえ」

血の気《け》が引いた。酔いが一気に醒め、陣内はそっと周囲を見回した。みな、飲んで唄って大騒ぎだ。ほっと胸を撫で下ろし、すぐに己の小心に嫌気がさした。自分たちは特攻隊員なのだ。よほどの僥倖《ぎょうこう》がない限り、明日の昼はもう生きていない。憲兵に引っ張られることも、非国民、不忠者と責められることもない。

頭脳明晰《めいせき》な元京都帝大生は陣内の胸中を察知したように、にこやかに続ける。

「陣内一飛曹、ぼくらの命はもう終わりなんだ。人生最期の夜くらい、好きなことを言わせてくれよ」

陣内はなんと答えていいのか判らなかった。三島に言いたいことは山ほどある。しかし、自分より三階級も上の少尉様だ。失礼な言葉は許されない。

「そうですな。三島少尉」

怖いもの知らずの刀根が明るい口調で言う。

「腹に溜《た》め込んだままだと、清々《すがすが》しい気持ちで散華《さんげ》もできません。今夜は存分に語りましょうや」

ビール瓶をつかみ取り、三島のコップに注ぐ。泡が垂れる。三島は唇を尖《とが》らして啜《すす》ると、窓の外を眺めた。つられて刀根と陣内も眼をやる。

いつのまにかとっぷりと暮れ、畑も錦江湾も青い闇に沈んでいた。桜島の稜線《りょうせん》だけが消えゆく夕陽に照らされて朱色に輝く。濃い藍の夜空を背景に、火の帯《おび》のようにくっきりと浮かび上がった活火山の神々《こうごう》しい姿に三人、しばし見入った。西の空に消えた太陽が再び昇るときは特攻機の中かと思うと、なんともいえない感傷が胸を抉《えぐ》る。

三島がぼそりと言う。

「この戦争は負けるかもしれない」

陣内は息を呑《の》んだ。背筋を冷たいものが這《は》う。

「日本が誇る戦艦大和《やまと》にも特攻攻撃をさせたんだ。上はヤケクソになっている」

三島は地下に潜ったアカのように小声で語った。

「国民には伏せられているが、大和は沖縄に向かう途中、東シナ海で沈んでいる。四月七日、敵機一千機の猛攻と魚雷で撃沈、大和の乗員約三千人が死んだらしい」

重い数字に言葉もなかった。

「大本営はあわよくば大和を沖縄本島に突入させ、自力座礁させようと考えていたようだ」

自力座礁、ですか、と刀根が怪訝《けげん》そうに言う。

「そうだ。沖縄の浜辺に突入した大和は巨大な砲台と成って日本軍の陸上戦を支援し、乗員は陸戦隊として敵陣に斬り込め、完全武装の連合国軍に白兵戦《はくへいせん》を挑《いど》め、そして最後の一兵まで戦って死ね、玉砕しろ、というわけさ。壮大な特攻戦だな。そんな夢物語が実現できると本気で思っていたのかねえ。大本営が総力を挙げた菊水作戦にしたところで、一億総特攻の先がけみたいなものだろう。このままだと皇国は破滅へ向かって一直線だ」

菊水作戦は連合国軍の沖縄への侵攻を阻止すべく、実行された大規模な特攻作戦で、初陣《ういじん》は大和撃沈前日の四月六日。海・陸軍機併せて五百機以上が九州各地および台湾の航空基地から飛び立っている。うち特攻機は三百機近く。米軍の損害は駆逐艦三隻、給兵艦二隻、戦車揚陸艦一隻の計六隻が沈没、空母も沈没こそなかったが、大破、中破が相次ぎ、死者行方不明者も約三百人を数えた。

もっとも大戦果に沸いた初陣以後は連合国側の戦力補強、厳重な警戒もあり、無数の対空砲の弾幕と正確な機銃掃射の餌食《えじき》になる特攻機が続出。促成の搭乗員の未熟な操縦技術とあいまってバッタのように撃ち落とされ、成果は薄れる一方だった。

「問題はどこで折り合いをつけるかだよなあ」

三島は独りごとのように語るとビールを飲む。陰鬱な表情だ。刀根が動いた。叩き上げの下士官は長机に肘《ひじ》をつき、肩をねじ込むようにして京都帝大出の士官ににじり寄る。

「三島少尉、ひとつだけお訊きしたいことがあります」

裸電球の下、陰影を刻んだ武骨な顔がゆがむ。

「少尉といっても所詮《しょせん》、あなたは学生上がりでしょう」

陣内の胸に不吉なものがよぎった。よせ、と肩をつかんだ。が、すぐに払いのけ、三島に鋭い眼を据えたまま言う。

「軍部は海軍兵学校出の士官連中を殺すのが惜しいから、高等学校・大学の金持ちの家の坊ちゃんたちを予備学生にして少尉の肩書を与え、未熟な技量のまま特攻に出すといわれています。それが本当だとすると、あなた方は世の中じゃあ選良《エリート》といわれても、軍人になれば軍の選良《エリート》を守るための生贄《いけにえ》だ。素人《しろうと》同然で少尉になり、戦闘機の操縦士に祭り上げられた人身御供《ごくう》だ。海軍大学出の幹部連中が言うところの消耗品だ。スペアだ。犬死にですなあ」

眼の奥が熱くなる。憤怒《ふんぬ》が突き上げる。きさまあ、陣内は胸倉を両手でつかみ、中腰になってねじり上げた。

「おまえは飲みすぎだ。少尉殿に謝れ、いまの無礼極まる言葉を撤回しろっ」

刀根は平然と見返してきた。二人、睨み合う格好になる。

「やめなさい」三島が手を振って諫《いさ》める。

「特攻仲間同士のケンカは無粋《ぶすい》だ。美しくない」

コップの底に残ったビールをぐいと飲み干すと、屈託なく言う。

「今夜は無礼講だ。ぼくも好きなことを喋《しゃべ》ったんだから、刀根くんも喋る権利はある。ぼくはこうやって美味い銀シャリを食ってるから、刀根くん、どうぞ存分に語ってください」

握り飯をとって舌《した》舐《な》めずりをし、笑顔でほおばる。一気に脱力し、陣内は手を離した。刀根は忌々《いまいま》し気に鼻を鳴らすと、長机の向こうの三島に向き直る。そして声を潜める。

「では、お言葉に甘えまして不肖、刀根剛介、無礼を承知、お手打ち覚悟で少尉殿に言わせていただきますが」

もったいぶった前口上のあと、とんでもないことを語り始めた。

「特攻から逃《のが》れる方法があります」

なんだと。ふざけているのか？　が、その顔は恐ろしいほど真剣だった。ぼそぼそと念仏を唱えるように語る。

「おれは乙飛の熟練搭乗員だ。戦闘機の裏の裏まで知り尽くした男だ。特攻から逃げる手段など片手に余るほどある」

三島は無表情で握り飯を食う。陣内は息を詰めて聞き入った。

「二百五十キロの爆弾を懸吊《けんちょう》して無理な飛行をしているんだ。フラップ（昇降舵《しょうこうだ》）の不調を装い、上げ下げして機体に抵抗を与え、スロットル全開でぶん回せばじきにエンジンが焦《こ》げつき、黒煙を盛大に吐いてエンストだ。あとは編隊から離脱し、どっかの島に不時着すればいい。種子島《たねがしま》とか徳之島《とくのしま》だと軍用飛行場があり、軍人がうじゃうじゃいるから、即日送り返されて再出撃だ。だからちっぽけな、世間から忘れ去られたような島がいいな。海面に尻から着水すれば衝撃も少ない。海は狭い飛行場と違ってどこでも着陸可能だ。腕が未熟でも問題なしだ。機体は構造上、しばらくは浮いているから、安全ベルトを外してさっさと這い出て島に泳いで渡り、純朴な島民に助けを求めたらいい」

刀根の血走った眼が三島を、そして陣内を見る。

「いま現在、吐噶喇《とから》列島などの小島で息を潜めて終戦を待つ特攻隊員が複数いるって噂だ」

声が凄味《すごみ》を帯びる。

「不時着がいやなら大陸まで渡る手もある。鹿児島から上海《シャンハイ》なら沖縄とそれほど距離も変わらない。操縦未熟ではぐれたことにして方向転換したらいい。現に単独飛行に備えて上海までの航路を描《か》き込んだ航空図とコンパス、距離計算尺、逃亡用のカネを用意していたやつもいる」

「そいつはどうなった」

陣内は思わず身を乗り出した。刀根はかぶりを振った。

「上官に見つかって終わりでした。非国民、卑怯《ひきよう》者、と罵《ののし》られ、ひどい制裁を食らい、最後は自分で首をくくったと聞いています。実際は自決を強制されたようだが」

やりきれなかった。三島は握り飯を食い終わり、指についた米粒を黙々と舐め取っている。

刀根は茶碗酒を飲み、スルメを齧《かじ》る。これ以上、喋る気はなさそうだ。周囲の賑やかなざわめきが、どこか別世界の出来事のようだった。

「刀根二飛曹、よろしいですか」

甲高い声が疾《はし》る。眼をやった。小柄な身体に飛行服を着込んだ、顔にまだ幼さを残す操縦士が直立不動の姿勢で立っている。青々とした坊主頭が眩《まぶ》しい。

「おお、花田《はなだ》、よく来た」

刀根が別人のように相好《そうごう》を崩し、座れ座れ、と招き入れる。予科練出の少年飛行兵、花田勇三《ゆうぞう》だ。階級は下から二番目の一等飛行兵（一飛兵）。年齢はたしか十七歳。明日出撃の特攻組の中でも最年少の操縦士だ。

「はっ、失礼します」

挙手し、敬礼する。三島と陣内にも緊張した口調で挨拶を述べたあと、敬礼し、兄と慕う刀根の前に座る。

「おまえも一杯やれ」

刀根が茶碗を押しつけ、一升瓶を注ごうとすると、いいえ、自分はこれで、と左手に持った缶詰を長机に置く。食いかけのみつ豆だ。

「自分はまだ十七ですし、明日は万全の体調で臨みたいですから」

端整な顔を紅潮させ、毅然《きぜん》と言う。みつ豆と特攻隊。切ないような可笑しいような。刀根は厳《いか》つい顔をほころばせた。

「そうか、みつ豆か。そんな贅沢《ぜいたく》なものを食うて、ええのう」

「はい。我が皇国国民が老人から子供まで、食うや食わずで頑張り、支那《しな》や南方の戦地では飢えに苦しめられながら戦う戦友もいるというのに、自分は本当に恵まれております」

背筋を伸ばして言うと、器用な箸《はし》使いで赤エンドウや寒天、白玉を食べ、シロップをずいと飲んだ。そして空き缶を横に置き、眼を輝かせて首を伸ばす。

「刀根二飛曹、明日はどかんとやれますよね」

両手で長机の縁《ふち》をつかんで迫る。

「沖縄沖では空母エンタープライズが待っているようであります」

上気した顔で喋りまくる。

「自分は技量不足で難しいかと思いますが、刀根二飛曹なら見事沈めてやれますよね」

花田にとって刀根は特別な存在だ。予科練乙飛の大先輩であり、憧《あこが》れの凄腕操縦士だ。

「任せとけ」

刀根は己の胸をどんと拳で叩くと、カラの一升瓶を長机に倒して空母に見たて、イワシの丸干しを零戦代わりに、模擬戦を演じてみせた。

「いいか、アメ公の集中砲弾の弾幕と機銃掃射、グラマンの迎撃を避けるには、海面すれすれを飛んでいくしかない。こう」

木の長机を海に見たててイワシの丸干しをすーっと近づける。花田は食い入るように見つめる。

「百機の戦闘機を搭載する空母のどてっ腹、喫水線を狙《ねら》う。プロペラが海を叩きそうな超低空で敵のレーダー網をかわし、一直線に爆弾ごと突っ込む。さすれば弾薬庫が爆発して空母は真っ二つよ」

無邪気な少年飛行兵は眼を丸く見開く。

「大和に勝るとも劣らない鉄の要塞《ようさい》、巨大なエンタープライズが真っ二つ、ですか」

そうだ、とうなずき、刀根はイワシをがりっと嚙《か》み締める。その顔が苦渋にゆがんだように見えたのは眼の錯覚か。花田の凜々《りり》しい顔が昂揚《こうよう》する。

「自分は本当に幸せ者であります」

がたっ、と椅子を鳴らして立ち上がる。踵《かかと》を揃え、腿《もも》の横の両手を指先まで伸ばす。

「畏《おそ》れ多くも天皇陛下の赤子《せきし》としてぇ――」

鍛え込まれた直立不動の姿勢で朗々と述べる。

「この五尺の身体で神州守護の大任につきぃ、菊水六号作戦参加を命ぜられぇ、刀根二飛曹と共に栄えある沖縄特攻に出撃できるとはぁ、これ以上の幸せがぁ――」

歯を食い縛り、下を向く。感極まってあとは言葉にならないようだ。刀根は椅子から腰を上げ、長机越しに両腕を伸ばした。そして少年飛行兵の華奢《きやしや》な肩をつかむ。

「いいか、花田一飛兵」

はいっ、と顔を上げる。潤んだ瞳が刀根をとらえる。凜《りん》とした空気が漂う。刀根は、その厳つい顔に太陽のような笑みを浮かべて語りかける。

「明日はおれのケツに尾《つ》いてこい。おれの機だけを見てたらいい。一緒にエンタープライズに突っ込もうぜ」

はい、とほおを震わせて答える。

「自分は刀根二飛曹だけを見て突っ込みます。花田勇三は天皇陛下のおんために生を受け、天皇陛下のおんために働き、天皇陛下のおんために死にます。見事、散ってみせます」

その言葉にも表情にも、迷いは微塵《みじん》もない。陣内はたまらず眼を逸《そ》らした。三島も横を向いてタバコをくわえ、マッチで火を点《つ》ける。元京都帝大生の横顔には虚無とも怒りともつかぬ、複雑な色があった。

ふいに空気が揺れた。肌をびりっと刺す。ふざけるなっ、と怒声が弾《はじ》ける。もういっぺん言ってみろ、と怒鳴り声も響き渡る。

食堂の奥の長机だ。いきり立った男たちが立ち上がり、椅子に座るひとりを囲んでいる。メリケンをかましてやれ、修正だ、修正を加えろ、と興奮した声も飛ぶ。どうしたどうした、と刀根が駆け寄り、割って入る。陣内も続いた。

罵声《ばせい》の集中砲火を浴びているのは二十歳《はたち》そこその整備兵だった。仕事を終えたその足で駆けつけたのだろう。四角い顔に黒いオイルがべっとりこびりつき、作業服は汗の塩を吹いている。特攻隊の壮行会は苦楽を共にした整備兵の慰労の意味もあり、順繰りに数人、参加が許された。

年若い整備兵は降り注《そそ》ぐ怒声と険しい視線に怯《おび》えながらも、裏返った声を張り上げる。

「自分は正直な気持ちを言っただけであります」

なんだてめえ、と腕まくりをし、屈強な搭乗員が軍靴《ぐんか》を踏み出す。顔が赤らみ、眼が吊《つ》り上がり、いまにも殴りかかりそうだ。待て待て、と刀根が押さえる。

「こういう特別な夜に諍《いさか》いはよくない。なにがあった」

一目置かれる凄腕操縦士の言葉に、煮え立つような怒気と興奮も収まっていく。こいつが、と年嵩《としかさ》の男が整備兵を指さす。

「自分も特攻隊員になりたかった、とふざけたことをぬかしよったんです」

なんだと、と刀根が険しい眼を飛ばす。

「冗談だとしたら、ちょいとタチが悪いぞ」

凄味のある言葉が這う。

「ここにいる者の多くは夜が明ければ命を捨てる武士《もののふ》たちだ。掩護機の連中も死ぬ覚悟だ。顔は笑っても心では泣いている者もいる。故郷に残してきた家族、友人、恩師にひと目会いたいという切なる気持ちを押し殺し、御国《おくに》のために出撃する男の気持ちは、本人でなければ判らん。整備兵の日頃のたゆまぬ努力と献身には重々感謝しとるが、軽はずみな冗談は慎《つつし》んでもらいたい」

整備兵が弾かれたように立ち上がる。ひょろっとした枯れ木のような男だ。

「冗談などではありません。嘘偽りのない本心であります」

頬骨《ほおぼね》が張った顔が強《こわ》ばり、眼が血走っている。刀根があごをしゃくる。

「どういうことか言うてみい」

はい、と唇を震わせて語る。

「自分たち整備兵は己の無力にうんざりしとります。機体の損失、消耗は激しいにもかかわらず、新機は回ってこず、部品も底を尽きかけております。特攻で乗っていただく機体はほろいものばかりです。なんとか騙《だま》し騙し、修理、整備を続けておりますが、御国のために英霊となる仲間がこんなぼろい機体で、と思いますと、いたたまれんのです。ハンマーで機体のゆがみや凹《へこ》みを叩きながら涙が出てきます。今夜もこれから朝までぼろ機の整備です」

湧き上がる激情を抑えるように大きく息を吸い、続ける。

「自分は特攻隊員が羨ましくてなりません」

声の調子が変わった。低く、重くなる。

「毎日、美味いものを食うて、酒を飲んで、街に出たらみんながちやほやしてくれる。食堂のおばちゃんたちも御馳走《ごちそう》してくれる。手を取って感謝し、泣いてくれる。女学生たちもキャーキャー言うとります」

なんだ？　陣内は全身の強ばりが解けていくのを感じた。他の者も同じようで、怪訝な表情で顔を見合わせている。が、整備兵の言葉は切実だ。

「特攻要員には毎日、豪華な航空糧食が出ます。大盛りの銀シャリに卵と牛乳がつきます。鯵《あじ》の開きも、具がたっぷり入った味噌汁も、ときには豚汁もカツレツも出ます」

生唾《なまつば》が湧いたのか、喉をごくりと鳴らして切々と語る。

「アンパンも羊羹《ようかん》も、ミカンやリンゴも出ます。キャラメルも肝油剤《かんゆざい》も支給されます。当然です。栄養をつけてたっぷり睡眠をとって、鬼畜米英を粉砕してもらわねばなりませんから。

しかし、自分たち整備の人間はコーリャン、大豆混じりの臭《くさ》い麦飯に薄い味噌汁、サツマイモの蔓《つる》の煮付けと古い大根の漬物だけです。いつもひもじくて、腹ペコで、眼が回りそうであります。朝まで続く整備の途中、睡眠不足と空腹でぶっ倒れる者も珍しくありません」

　刀根の片ほおがゆるむ。

「女にもモテんしなあ」

　整備兵はぴっと背筋を伸ばす。

「はい、まったくモテません。いつも油まみれの汗まみれで臭いですし、裸になれば鶏《とり》ガラのように痩《や》せております。御国のために命を捧《ささ》げ、英霊になるわけでもありません。自分たちは地面を這うドブネズミのように見られております」

「それでいっそ、特攻隊員になって突撃したいと思うたわけか」

　刀根の笑いを嚙み殺した質問に、はいっ、と真剣な面持ちで答える。

「ここで久しぶりに銀シャリを食って、卵焼きを肴に美味い葡萄酒を飲ませていただき、とても幸せな気持ちになりました。睡眠不足の頭がぼーっとしてしまいました。それで、自分も特攻隊員になりたい、と言うたのであります。その気持ちに嘘はありません。絹の白いマフラーを巻いて出撃する特攻隊員は神々《こうごう》しいまでに美しいです。女学生の憧れの的です。生ける神様です。しかし——」

片袖で眼を拭う。嗚咽が漏れる。

「やはり自分は間違っていました。自分に英霊になる資格はありません。一度、教官殿に複座練習機の後部座席に乗せていただいたところ、たった一度の宙返りで気を失い、醜態を晒《さら》した情けない男であります。そんな軟弱な男には腹を減らした整備が似合っております。いざ出撃となったら足が震えて腰が萎《な》え、小便を漏らすに違いないです。分《ぶん》もわきまえず、申し訳ありませんでした」

深く頭を下げる。大粒の涙が垂れる。みなさん、本当に申し訳ありませんでしたぁ、と涙声を絞る。裸電球が灯《とも》るだだっ広い食堂に、哀れな泣き声だけが響く。みな沈痛な表情だ。

「女にはモテんでもなあ」

刀根が整備兵の肩を叩く。「男にはモテるぞ」

はあ、と涙に濡《ぬ》れた間抜け面を上げる。

「整備兵がいなけりゃ、おれたちは空を飛べない。整備が下手なら墜落もある」

背中をどんと叩き、笑顔で励ます。

「おれたち搭乗員は全員、きさまら整備兵のことが大好きなんだ。なあ、みんな」

そうだそうだ、と野太い声が上がる。好きだぞー、と拳を突き上げる者もいる。

「さあ、今夜は腹を壊すくらい食って飲んでくれ。その代わり、整備は頼んだぞ」

はい、と顔をくしゃくしゃにしてうなずく。飲め、食え、とあちこちから手が伸び、バシバシと頭を、肩を叩く。手荒い歓迎を受けながら、整備兵はおいおい泣き、巻き寿司を口に入れる。泣きながら食い、葡萄酒をぐびぐび飲む。見事な食いっぷり、飲みっぷりだった。宴《うたげ》は一気に明るさを取り戻した。いくつもの笑い声が弾ける。

「兄貴、ちょっと外に出ませんか」

刀根がか細い声で誘う。

「おれは少し疲れました」

促《うなが》されるまま、食堂を出た。刀根はスルメを齧りながらぶらぶら歩く。暗い廊下を進み、セメントを張った玄関から女学校の校庭に出た。澄んだ初夏の大気が火照《ほて》った肌に気持ちいい。夜空いっぱいに鮮やかな銀色の星が散っている。手を伸ばせばつかめそうだ。明るい三日月も輝いている。陣内は思わず両腕を広げ、深呼吸をした。馥郁《ふくいく》とした甘い夜気が胸を満たした。

「気持ちいいですなあ」

刀根が夜空を眺め、感に堪《た》えぬように言う。

「田舎に帰ったみたいだ」

「どこの生まれだ」

陣内の問いに屈託なく答える。

「長野の山の中です。実家は小作の百姓で、典型的な貧乏人の子沢山です。おれは口減らしで乙飛に応募しました。親父に、商家の丁稚《でっち》奉公に出るか、それとも職業軍人として御国のために働くか、と問われまして。本当は中学校に進みたかったのですが、中学卒と同じ程度の資格はくれるというし、アメ公とケンカするのも面白いかと」

肩を並べ、校庭をあてもなく歩く。

「兄貴、さっきの整備兵の話ですが」一転、しんみりした口調で言う。

「おれには奴らの気持ち、判ります」

「食い物の恨みは恐ろしいと言うしな」

そうです、とうなずく。

「南方を転戦中、各基地の士官食堂はどこも豪華でした。毎晩、天ぷらや牛鍋を食い、ウイスキーもビールも飲み放題だ。おれたちは命懸けでグラマンや〝空の要塞〟B‐17と戦っているのに、地上で偉そうに発破かけてるだけの連中の方がずっといいものを食っていました。悔しくて、許せなくて、誤射のふりして空から機銃を撃ち込んでやる、と息まく仲間もいたほどです」

「軍隊はそういうもんだろう。偉くなればなるほど安全な場所でいいものが食える」

ちがいねえ、と刀根が笑う。

「杜撰《ずさん》な大本営の作戦でガダルカナル島の約二万人の日本兵が殺され、ジャングルを彷徨《さまよ》い餓死しているとき、戦艦大和はトラック島に停泊し、動きませんでした。山本五十六《いそろく》長官をはじめ幕僚連中は楽隊の華麗な生演奏の中、フルコースの贅沢な西洋料理を食いながら命令を下していたんですからな。まあ、山本長官も戦死し、その豪華なだけの〝大和ホテル〟も敢《あ》え無く沈んでしまいましたが」

淡い月明かりの下、表情は見えないが、声音《こわね》に憎悪がある。陣内は静かな口調で訊いた。

「上官を殴ったんだってな」

返事の代わりにスルメを引き千切る音がする。

「岩国航空隊で指導教員の時分、上官を殴ったそうじゃないか。今夜が最後なんだ。その理由を聞かせてくれないか」

三呼吸分の沈黙の後《のち》、いいですよ、と声がした。

「いまや各地の航空隊の訓練はガタガタです。三島少尉と同じく、予科練の少年飛行兵も満足な訓練を受けていません。深刻なガソリン不足に機体不足で手抜きもいいとこです。実戦形式の模擬空戦はほとんどありません。掩体壕《えんたいごう》や防空壕ばかり掘らされ、予科練ならぬどかれんと揶揄《やゆ》されております。ところが上はひとりでも多くの特攻要員が欲しいから、さっさと仕上げて基地へ送れ、と言うし、おれは後輩連中にそんな無責任なことはできないと突っぱねて」

「それで殴った、と」

「飛行兵は消耗品だと言いやがりまして。特攻に使う消耗品だからどんどん作れ、未熟な奴らに戦果は期待していない、アメ公に日本男児の意地を見せて死ぬのが仕事だ、と。おれは許せませんでした。こいつで――」

己の右手を上げた。拳《こぶし》を固め、しばらく見つめたあと、口を開く。

「そういえば兄貴のパンチ、効いたなあ」拳を解き、あごを押さえる。

「あんな強烈なパンチ、食らったの初めてだ」

「拳闘を嗜《たしな》んでいたからな」

「おお、ピストン堀口ですか。道理でなあ」

陣内は苦笑した。

「本気でやればきさまに敵《かな》うやつはおらんだろう。反撃を食らったら、おれはみんなの前で大恥をかくところだった」

「おれは兄をノモンハンで亡くしています」

六年前、ソ連と満州国の国境地帯、ノモンハンでの激闘でソ連軍の戦車に歩兵銃で突っ込み、死んだのだという。

「兄とは十二歳違いで、一緒に暮らした記憶がありません。兄貴の拳で酔いが醒め、ああ、戦死した兄に本気で怒鳴られ、殴られたらこんなだろうな、と嬉しかったのです」

言ったあと、おれ、今夜は変だな、と頭をかき、スルメを嚙む音がした。すぐに、あれ、と声がする。ああやっぱりダメだな、と口に指を入れ、取れた、と言う。なんだ？

「兄貴に殴られ、ぐらついていた奥歯がいま取れました。スルメの嚙み過ぎだな」

飛行服で擦《こす》り、どうぞ、と差し出す。

「兄貴のパンチで少し欠けてますけど、おれの形見《かたみ》です」

声が真剣だ。

「これは兄貴とおれの絆《きずな》だ。さあ、もらってください」

勢いに押されて受け取る。

「ああ、これでもう思い残すことはない。おれは兄貴と一緒に死んでいける」

晴れ晴れとした言葉が胸に沁《し》みた。

「でも兄貴も不思議なひとですよね」

「なにが」

「甲飛とはいえ空戦の経験は充分ありますよね。南方でも鳴らしたと聞いてます」

腋《わき》に冷たい汗が浮いた。

「なぜ特攻要員なんですか」

「それだけ戦況が逼迫《ひっぱく》しておるんだろう。皇国はいまや未曽有《みぞう》の国難に直面している。おれくらいの技量の搭乗員が特攻に駆り出されるのは当然のことだ」

冷静を装って答えながら、己の表情を隠す夜の闇に感謝した。へえ、と刀根は納得したのかしないのか、それ以上追及してこなかった。

形見の奥歯を握り締めて歩いた。不意に刀根が足を止めた。そっと腰を屈《かが》め、耳を澄ます。校庭の向こう、竹林《ちくりん》に眼を凝《こ》らす。陣内も同じように凝視した。ちくしょう、と押し殺した声がする。ばさっ、ばさっ、と音もする。軍刀だ。竹林で刀を振り下ろす人影が朧《おぼろ》に浮かび上がる。飛行服だ。小柄な坊主頭だ。おかあさん、と少年の甲高い声が聞こえる。

刀根が舌打ちをくれた。

「花田です。あのガキ、こんなとこで」

おかあさん、おかあさん、と泣きそうな声を絞り、軍刀を振り回す少年飛行兵。言葉がなかった。

「あいつはまだ飛ぶのがやっとのヒヨコだ。同じようなヒヨコ連中が日本全国で続々と、万単位で生まれています。おれたちのときはまだ厳格な選抜試験があった。霞ヶ浦《かすみがうら》航空隊で充実した訓練も受けた。指導教員たちは厳しいながらも大空で敵機と戦う覚悟と誇り、素晴らしさを教えてくれた。それがいまはどうだ」

声が震えている。

「予科練を名乗る練習航空隊はいまや全国に二十箇所近くあります。神国日本の勝利を信じ、尽忠《じんちゅう》報国《ほうこく》を誓う子供連中をごっそり採用し、空戦のなんたるかを知らないバカな教員が朝から晩まで拳骨《げんこつ》や精神注入棒でぶん殴り、しごきにしごき抜いて特攻精神とやらを叩き込み、特攻基地に送る。そしてポンコツの零戦に乗せ、爆弾を抱かせて戦艦・空母に突っ込ませる。これが大本営の選良《エリート》連中が考え出した、聖戦完遂の切り札だ」

闇に鬼の形相が浮かび上がる。

「兄貴、最後だから言わせてもらいますが、十死零生《じゅっしれいしょう》の特攻なんて上層部の無能、堕落を示す、外道《げどう》の戦法ですよ。いや、戦法ですらない。血も涙もない鬼畜の所業だ。おれは予科練を志したときからいつか死ぬものと覚悟していました。兄貴も同じだと思います。戦争だから当然です。しかし、戦闘機乗りは敵と戦い、撃破し、生きて還《かえ》ることが仕事です。そして命ある限り何度でも出撃し、敵機と技量の限りを尽くして渡り合い、敵艦の対空砲火をかい潜《くぐ》って爆撃を敢行する。己の精神の一滴、体力の一滴まで絞り切って戦い、それでも武運つたなく敗れたときが死ぬときであります」

陣内は呻《うめ》いた。血を吐くような刀根剛介の言葉が陣内武一をからめ捕《と》る。いままで感じたことのない衝動が身を絞る。哀《かな》しみと怒り、絶望。いや、違う。もっと遥かに大きくて深い、底なしの無力感のようなものだ。

「海兵学校出の、プライドばかり高くて臆病《おくびょう》な選良《エリート》連中はほとんど特攻に出ません。純粋で健気《けなげ》な子供を殺しておいて、なにが聖戦ですか。なにが神州不滅ですか。あいつはこの世の楽しいことをなにひとつ知らないんですよ」

刀根は涙声で言うや、すっくと立ち上がった。

「はなだあっ」

野太い声で呼びかける。人影が硬直した。

「心配するな、おれだ、刀根だ」

花田は電流に打たれたように棒立ちだ。

「感心、感心、頑張っとるなあ」

大股《おおまた》で歩み寄りながら明るく言う。花田は我に返ったように背筋を伸ばし、掌《てのひら》で慌てて顔を拭う。この淡い月明かりの下、涙など見えないのに少年飛行兵は懸命に拭う。

「明日に備えて武勇を養っておったのか」

「はい。自分は少し勇気が足りませんから」

「そんなことはないぞ。花田一飛兵、おまえは立派な日本男児だ。本物の大和魂《やまとだましい》を持った戦闘機乗りだ」

「ありがとうございます」張りのある声が響く。

「自分にはもったいないお言葉であります」

「今夜はめでたい夜だ。もう、そういう物騒なものはいいだろう」

軍刀を取り上げる。そして花田の肩を抱き、振り返る。

「兄貴、ちょいとこいつをいい場所に連れていきますから」

「ほどほどにな」

へへっ、と乾いた笑いが聞こえた。

「明日は予科練男児の心意気、あっ、とくと見せてやりやしょう」

刀根は芝居がかった口調で言うと、花田一飛兵、行くぞ、上官命令だ、と強引に引っ張っていく。奪い取った軍刀を振りながら、『若鷲《わかわし》の歌』をがなり、遠ざかる。

若い血潮の予科練の　七つボタンは桜に錨《いかり》
今日も飛ぶ飛ぶ　霞ヶ浦にゃ
でっかい希望の雲が湧く

途中から二重唱になり、花田も大きく脚を上げ、腕を振る。陣内は久しく忘れていた温かいものを嚙み締めながら、二人の姿が闇に消えるまで見ていた。

辺りをぶらつき、兵舎に戻ると宴会はお開きになり、各兵員部屋に並ぶ二段寝台からは盛大な鼾《いびき》が響き渡っていた。眠れないのか、暗い部屋で輪になって話し込む隊員たちもいる。

明かりの漏れる部屋があった。将棋盤や囲碁盤が揃った畳敷きの娯楽室だ。隅の文机《ふづくえ》で胡坐《あぐら》をかいた男がひとり、一升瓶を横に茶碗を傾けている。三島潔少尉だ。声をかけると、おお、と苦い笑みを浮かべ、頭をかく。文机には便箋《びんせん》と万年筆があった。陣内は慌てた。

「ああ、すみません。どうぞ続けてください」

「いや、いい。もう終わったから」

手招きをし、せっかくだから付き合えよ、とカラの茶碗を差し出す。

「では一杯だけ」

注いでくれた酒を飲み、茶碗を返す。

「お手紙、ですか」

「遺書だ。いちおう、両親には知らせておこうと思ってね」

屈託なく言い、読むかい、と差し出す。さすがに遠慮すると、たいした内容じゃないよ、と陣内の前に置く。一礼し、正座して取り上げた。流麗な青インクの文字が眼に痛い。

父母への感謝の言葉のあと、近況を記し、いよいよ明日、出撃する旨を淡々と記してあった。そして死後の身の回りの始末の依頼。

《借金問題、女性関係、その他特筆すべき問題、ありません。蔵書は出入りの古本屋にお売りください。潔はとても元気です。いま、日本晴れのごとき、澄み切った清々しい心でありますなんの迷いもなく征《い》ってまいります。父上、母上、どうかどうか、いつまでもお体を大切に、元気でお暮らしください。決して悲しまないでください。潔は従容として死を受け入れ、胸がはち切れんばかりの満足の中で旅立つのですから。

さようなら

皇紀　弐千六百五年　五月壱拾参日》

白い便箋に鮮やかな青インクの文字は、些《いささ》かの乱れもなく終わっていた。

「どうだい、簡単なものだろう」

茶碗酒を飲み、淡々と語る。

「特攻隊員の手紙の検閲は厳しいからね。そんなものでいいのさ。父と母にはなんの迷いもなく飛び立った、ということさえ知らせればいい。それが先に逝く者の務めだと思う」

なんの力みもない言葉だった。陣内は膝《ひざ》を擦《す》り、にじり寄った。

「三島少尉、ひとつだけ教えていただきたいことがあります」

なんだい、とばかりに片眉を動かす。陣内は声を潜めた。

「特攻をどう思われますか」

穏《おだ》やかな表情が翳《かげ》りを帯びる。

「ぼくは一介の学徒兵だよ。この期《ご》に及んで、感想なんかないな。潔《いさぎよ》く死ぬだけさ」

素っ気なく言う。が、陣内は引き下がらなかった。腹の底で煮え立つ思いが桜島の溶岩のように溢《あふ》れ出る。

「特攻で日本がこの絶望的な戦況をひっくり返せるなら、いくらでも征きましょう。命も捧げましょう。しかし、三島少尉がおっしゃるとおり、我が神国日本は負けるかもしれません。自分たちの特攻に意味はあるのでしょうか」

陣内は正座したまま背筋を伸ばした。

「畏れ多くも天皇陛下が最後の兵を率い、自ら白馬に跨《また》がり出陣されるまで、特攻を続けよ、と言うのでしょうか。まだ子供のような少年飛行兵も爆弾を抱いて死なねばならんのでしょうか」

三島は両腕を組み、柱にもたれて虚空《こくう》を睨む。時が止まったような重い沈黙のあと、ぼそりと問いかける。

「特攻攻撃がいつ始まったか知ってるよね」

「ルソン島のマバラカット基地で編制された神風《しんぷう》特別攻撃隊と聞いております」

「そうだ。関行男《せきゆきお》大尉を隊長とする一機必中の決死隊だ」

昭和十九年十月、フィリピンのレイテ沖海戦で圧倒的に優勢なアメリカ艦隊に苦戦を強《し》いられた日本海軍は、二百五十キロの爆弾を抱いた零戦の突撃に活路を見出《みいだ》す。

「関大尉たちは十月二十一日、出撃したが天候不良で帰投。翌日も、その翌日も、会敵することなく帰投。基地の隊員が総出で見送るなか、生きて還らぬ覚悟で出撃しながら二度、三度と戻る惨《みじ》めさと苦しさは、想像を絶していると思う。死ぬことより悲惨かもしれない」

三島は静かな口調で語った。

「彼らが帰投した夜をどういう気持ちで過ごしたのか。それを思うと、ぼくは胸が引き裂かれそうになる。関大尉は新婚の妻を日本に残しておられた。その胸中はいかばかりか。しかし、彼らは愚痴を言うことも、取り乱すこともなく、淡々と三度の出撃を繰り返した後《のち》、四度目で特攻に成功。関大尉率いる五機で空母セントローを含む三艦を撃沈という大戦果を上げている。これで上層部は特攻が切り札になると確信した」

肩を上下させて嘆息した。

「しかし、関大尉以下、凄腕の熟練搭乗員揃いゆえ、特攻の初陣は成功したんだ。ぼくたち未熟な予備学生上がりとは違う。いまや特攻は形骸《けいがい》化したと言っても過言ではない。残念だがね」

　陣内は乾いた唇を舐めた。「では意味がない、と」

　いや、と三島は首を振る。

「関大尉は従軍記者にこんな言葉を残している」

　あごを上げ、虚空を見つめた。そして朗読するように語る。

「〝ぼくは天皇陛下とか、日本帝国のためとかで征くんじゃない。最愛のＫＡのため征くんだ〟」

　ＫＡとは海軍の隠語で家内をさす。つまり新婚の奥さんのために征く、と。三島は柔らかな笑みを浮かべて関大尉の言葉を続けた。

「〝命令とあればやむを得ない。ぼくは彼女を守るために死ぬんだ。最愛の者のために死ぬ。どうだ、素晴らしいだろう〟」

　一拍置いて、以上だ、と告げる。語り終えた三島は余韻に浸るように、虚空に眼をやったまま動かない。陣内は躊躇《ちゅうちょ》しながらも、三島少尉、と呼びかける。

「それはすべて、関大尉の言葉でありますか」

「どういうことだい」

表情に怪訝な色がある。陣内は言葉を選んで語った。

「いえ、とても迫真性があったもので」

一瞬、ぽかんとしたが、すぐに苦笑いを浮かべた。

「当たり前じゃないか。軍神となられた関大尉のお言葉だよ」

声が上ずっている。

「ともかく、ぼくが言いたいのはだ」

動揺を抑えるように、えへん、と空咳《からせき》を吐き、表情を引き締める。

「美しき故郷を、愛する家族を守るために飛び立つ、ということさ。国家も軍も天皇も関係ない。加えて――」

言葉に力を込める。

「絶望的な状況の沖縄で戦う兵士たち、逃げまどう市民たちを助けに向かわずしてなにが日本人か、なにが大和魂か、という荒ぶる気持ちも、このぼくのような文弱の徒《と》にも少しはある」遠くを眺めた。

「滅びゆく日本にも人の真心は残っていた、大事なものを守るべく身を捨てた若者たちがいた、という事実が残ればいい」

己の言葉を確認するように沈思したあと、口を開く。

「そして、未来の日本人にいくばくかの誇りと勇気を与えられればこんな嬉しいことはない。ぼくが望むのはそれだけだな」

茶碗酒を傾ける。陣内が辞去を告げ、退《さ》がろうとすると、待ってくれ、と言う。

「きみは刀根くんの兄貴分だよね」

質問の意味が判らず、それでも「刀根はそう思ってくれているようですが」と答える。

「刀根くんが特攻要員としてここへ来た理由を知ってるかい」

「岩国航空隊で上官を殴ったから、と聞いております。懲罰の意味合いで単身、送り込まれたとも」

三島は困ったようにほおをかき、それはちがうんだ、と言う。

「殴ったのは事実だが、彼は自分で特攻を志願したんだ。嘆願書まで出してね」

一瞬、頭が白くなった。まさか刀根が。三島の言葉がどこか遠くで聞こえる。

「ぼくはこれでも少尉だ。下士官の考課表を見るくらいの権限はある。特攻志願で間違いない。彼は自分から強く望んでここへ来た。そして陣内くん、きみは――」

我に返った。気がつくと三島を睨みつけていた。慌てて眼を逸らし、頭を深く下げた。

「自分の恥ずべき過去の行いは少尉の胸にしまっておいてください。お願いします」

脂汗がほおを伝う。屈辱が身を絞る。畳についた両手が震えてしまう。

ふー、とため息を吐《つ》く声がした。

「十年後、二十年後、きみらに会いたかったよ」

三島がしんみりと言う。

「戦争が終わり、平和になった国土で会いたかった」

バカな。いまは国が滅ぶかどうかの瀬戸際だ。そんな軟弱な女学生の夢のようなことを、と怒鳴りつけたくなる自分と、心の隅で同意してしまう自分がいる。違う時代、違う場所で会っていたら。刀根や三島、花田と。そして——

「明日はドカンと敵艦を撃沈してやろうじゃないか」

陣内は顔を上げた。初めて見る、厳しい表情の三島がいた。

「ぼくは本気だよ。おめおめと撃ち落とされてたまるかい」

眼が吊り上がる。ほおが赤らむ。眉目秀麗な好男子がいま、修羅と化していく。

「ぼくは翼をもがれようと、機体が炎を上げようと、なんとしても敵艦に激突するよ」

愛する者のためにですね、と喉まで出かかったが、言えなかった。狂気を宿したような青白い怒りに圧倒され、陣内は唇を引き結んだ。

「おやすみ」

それだけ言うと、三島は背を向けた。陣内は一礼し、その場を離れた。娯楽室の出入り口で振り返ると、三島は文机に向かい、黙々と万年筆を動かしていた。最後の遺書をしたためているのだろう。

陣内は再度、一礼し、娯楽室を後にした。どこかで押し殺した啜り泣きが聞こえる。人生最期の夜が音もなく満ちる潮のように更けていった。

午後九時。陣内は就寝した。

第二章　特攻

だれかが肩を揺する。

「時間であります」

重い瞼《まぶた》を上げた。懐中電灯の明かりが眩しい。

「申し訳ありません。起床の時間であります」

当番兵が遠慮がちに言う。

「午前三時であります」

朝だ。ぼんやりしていた頭が目覚める。剝《む》き出しの現実が押し寄せる。陣内は跳ね起きた。いよいよだ。

「ごくろう」

外はまだ真っ暗だ。手早く洗顔を済ませ、裸電球の灯る食堂で朝食をとった。昨夜の宴《うたげ》が幻のような、重い緊迫した空気が満ちている。ネギと油揚げの味噌汁に炊き上がったばかりの白飯。浅草海苔《のり》と梅干、生卵、小鯛《こだい》の干物。みな、黙々と食う。

朝食を終えると身支度を整え、純白のマフラーを巻き、編上靴《へんじょうか》を履く。陣内は足にゆとりがある飛行靴より、固く締め上げる編上靴を愛用していた。そして文字盤の大きな飛行腕時計を着用し、玄関前で待機する軍用トラックの荷台に乗り込む。全員、無言だ。田圃《たんぼ》の中の真っ暗な一本道を進み、小川を渡る。これが三途《さんず》の川かあ、と冗談めかした声がする。だれも応《こた》えない。荷台はがたごとと揺れた。十分ほど走って夜明け前の飛行場へと到着する。

すでに爆音が響き渡っていた。肌がびりびり震える。土を固めただけの滑走路には掩護機を含む戦闘機三十機がずらりと並び、黒い影が忙しそうに動き回っていた。あちこちで懐中電灯の明かりが揺れる。交錯する。整備兵だ。トラックから降り、大地を踏み締める。ガソリン臭い風を嗅《か》いだ瞬間、胴震いが湧いた。歯を嚙み、これは武者震いだと言い聞かせる。日章旗と旭日旗を掲げた戦闘指揮所の周りに続々とひとが集まる。薄暗い電球の下、飛行服の特攻隊員たちが揃う。

おりゃあ、おりゃあ、と気合を入れて四股《しこ》を踏む者、談笑する者、瞑目《めいもく》する者、黙然と夕バコを喫う者、絹の白いマフラーを巻き直す者、と様々だ。周囲から押し殺したざわめきが聞こえる。青い闇の奥、大小の人影がずらりと並ぶ。地元のもんぺ姿の女学生や国民学校生、中学生、白の割烹着《かっぽうぎ》に大日本国防婦人会のたすきをかけた婦人の姿もある。見送りのひとたちだ。みな、日の丸の小旗を持っている。明日以降に特攻を控える搭乗員も集まる。揃って神妙な面持ちだ。

「陣内くん」

背後から声をかけられた。三島だ。飛行帽をかぶり、マフラーを巻いて準備万端だ。

「眠れたかい」

「ぐっすりと」

ぼくもさ、と笑顔で応える三島の眼は赤い。顔も蒼白《そうはく》だ。尋常でない緊張感がひしひしと伝わる。白っぽい唇が動いた。

「刀根くんの姿が見えないが」

不安そうに言う。そういえば。ぐるりと見回した。いない。花田勇三の姿もない。

トラックだ、と声が上がる。闇の奥からヘッドライトが迫る。エンジン音を轟《とどろ》かせ、物凄《ものすご》いスピードでやってくる。急ブレーキをかけ、停車するや、荷台から二つの人影が威勢よく飛び降りる。

「おお、御苦労、御苦労」

刀根が胸を張り、のっしのっしと歩く。背中の南無阿弥陀仏も偉そうだ。花田は周囲に遅れた詫《わ》びを入れ、イチニ、サンシッ、と手足を動かして海軍体操を行う。明るい表情だ。動きも軽快だ。

「兄貴、ちょっと」刀根が小声で手招きする。隅で二人、向き合った。

「花田の野郎、まいりましたよ」

酒臭い息が、昨夜の飲みっぷりを物語っている。

「酒を飲んで大騒ぎか」

そんな、と顔をしかめ、小指を立てる。

「おれの馴染《なじ》みの料理屋で、女をあてがったんですよ」

基地の街はどこも商売女を置く飲み屋、料理屋が多数あった。

「童貞じゃあ可哀想ですもんね。年増《としま》ですが、情の深い、小股《こまた》の切れ上がったいい女なんですよ。しかし、あのガキは――」

女の胸に抱かれてすやすやと眠ってしまったのだという。

「まるっきり子供です。女は花田のいがぐり頭を撫でながら、十七で可哀想に、と泣くし、おれはあいつの幸せそうな寝顔を眺めながら酒を飲み、決めた」

「なにを決めた？」

刀根が鬼の形相になる。

「こいつを特攻から外そうと決めた」

花田は——ゴオロク、シチハチ、と海軍体操の真っ最中だ。

「明け方、離脱の方法を教えてやりました。もちろん、エンジンの故障を装う方法もです」

「花田はなんと？」

「天皇陛下の赤子たる自分がそんな卑怯な真似はできません、刀根二飛曹ともあろうお方がなんと情けないことを、と生意気にもおれに説教を垂れましてね」

唇を嚙み、苦悶《くもん》の声を絞る。

「おれは切なくて、情けなくて、最後の手段に出ました」

陣内は息をするのも忘れて聞き入った。

「畳に押さえつけて、右の腕を折ろうとしました。操縦できないように」

花田は泣いて暴れ、抗《あらが》ったという。

「痛くて、じゃないですよ。あのガキ、軍神の家の誇りを汚さないでください、とわーわー泣くんです」

軍神の家。条件反射で身が引き締まった。ヨイショオ、ヨイショオ、と花田は両拳《こぶし》を突き上げ、今度は天突き体操だ。

「あいつは男ばかりの三人兄弟の末っ子で、兄二人はすでに戦死。田舎じゃあ、誉《ほまれ》高き軍神の家として、国民学校の生徒たちが登下校の途中、玄関先で頭を下げていくらしい」

苦渋の表情で続ける。

「父親は幼い時分、亡くなってましてね」

じゃあ、花田が死ねば——。体操を終えた花田は両腕を大きく広げ、眼を閉じて深呼吸をしている。気持ちよさそうだ。

「女手ひとつで育てた母親が独《ひと》り、残ることになります」

気丈な母親は、兄たちに恥ずかしくないよう御国《おくに》のために尽くしなさい、と末っ子を送り出したのだという。

「おれはもう、なにもできなくなりまして」

両手で顔を覆う。エンジンの音が高く太くなる。大地を揺るがす勢いで響き渡る。

小田《おだ》司令より訓辞、と隊長の野太い声が飛ぶ。みな、駆け足で整列する。刀根と陣内は肩を並べて最後列だ。

小田将光《まさみつ》司令をはじめ、軍服に身を包んだ基地の幹部たちが指揮所から現れる。全員、石のような無表情だ。小田司令が黒革の長靴《ちょうか》を光らせて指揮台に上がる。腰に軍刀を吊るした、ちょび髭《ひげ》の小男だ。階級は大佐。基地を統《す》べる高級指揮官だ。

「鬼畜米英、なにするものぞ」

拳を握って絶叫する。

「皇国はいま、開闢《かいびゃく》以来の危機である。この国難を救い得る者は諸子《しょし》のごとき気力に満ちた若い人々のみである。物量に勝る敵を倒すには一機が一艦をほふる以外にないっ」

花田は真剣な面持ちで聞き入っている。司令はいちだんと声を張り上げる。

「肉に死して霊に生きよ。個人に死して国家に生きよ」

こめかみに青筋を浮かべ、唾《つば》を飛ばす。

「特攻隊はあとからあとから続く。諸子だけにやらせて、我々が黙っているわけではないぞ。また我々も続く。見ておれ、あとからあとから続くからな」

刀根が舌打ちをくれ「〝あとから司令〟が偉そうに」と吐き捨てる。周囲から笑いが漏れる。耳のいい幹部が睨みをくれる。が、刀根は蛙《かえる》の面《つら》に小便だ。腕を組み、明後日《あさって》の方向を眺めている。小田司令はやけくそのように吠える。

「必ず一艦をほふれ。諸子がその覚悟でやる限り、神国日本は勝つ。神風が吹く。あとのことは我々に任せろ。終わりっ」

さっさと壇上から降りると、白い布を張った机が用意され、茶碗が並び、冷酒が注がれる。別盃《べっはい》の儀式だ。全員で一気に呷《あお》る。特攻隊員が茶碗を地面に叩きつけるや、仲間たちが我先にと囲み、激励する。泣いている者も、抱き合っている者もいる。場が一気に昂揚する。残る者を悲しませまいとする豪傑笑いも轟く。空気が沸騰するような異様な興奮に包まれる。

待ってます、と大声が飛ぶ。刀根だ。小田司令の手を両手でがっちり握り、「待ってますっ、必ず来てくださいっ」と鋭い眼を据え、凄むように怒鳴る。

「小田司令、必ずですよっ」

司令はちょび髭を震わせ、甲高い声を上げる。

「もちろんだ。我々もあとから続く。待っておれ」

「安心しました」

刀根は薄く笑い、両の踵《かかと》を鳴らすと大きく右腕を振って挙手し、敬礼する。小田司令も形ばかりの答礼をし、逃げるようにその場を後にする。

「刀根くん、元気だなあ」

三島が朗《ほが》らかに言う。刀根が不敵な面を向ける。

「口が達者な〝あとから司令〟に一発かまさなきゃ、死んでも死にきれません」

太々しく言い放つ。刀根、きさまのケツを見て突っ込むぞ、と割れんばかりの大声が飛ぶ。エンタープライズだぞ、と叫ぶ声もある。刀根は、おう、と拳を突き上げて応え、はなだっ、と手招きする。少年飛行兵は仔犬《こいぬ》のように駆けてくる。陣内も加えて、奇《く》しくも昨夜の席の四人が集まった。

「いいかあ、靖国《やすくに》で待ってるからな」

白いハチマキをきりりと巻いた花田が、はいっ、とほおを紅潮させる。

「拝殿の外で待ってる。そこで全員、揃ってから中に入ろう」

刀根はぐるりと視線を巡らす。

「兄貴、いいですね、三島少尉も」

三人、揃ってうなずく。

刀根二飛曹、じつは、と花田が悲痛な声を出す。

「自分は田舎者ですので、東京の地理は不案内であります。沈痛な面持ちで訴える。靖国神社には何番の市電で行けばよろしいのでしょうか」

刀根は一瞬、呆然《ぼうぜん》としたが、すぐに微笑む。

「きさまは特別、おれがおぶって連れていってやろう」

花田はめっそうもない、と手を振る。

「では共に肩を並べて行こう。心配するな。きさまにはおれがついている」

はっ、と十七歳の特攻隊員が敬礼する。惚《ほ》れ惚《ぼ》れするほど凛々しい顔だ。いくつもの靴音が響く。隊員たちが一斉に走る。頼んだぞ、成功を祈る、と僚友の野太い声が飛ぶ。神州不滅、飛べよ天下無敵の若鷲、と詰め襟《えり》に学帽の中学生が両手を喇叭《らっぱ》にして叫ぶ。負《ま》くんな、きばれえ、ちぇすといけーっ、と薩摩弁の激励もかかる。

三十機のエンジンの轟音《ごうおん》が鼓膜を震わせる。ガソリン臭い風がびゅうと吹き、プロペラが巻き上げた砂埃《すなぼこり》が舞う。女学生たちが日の丸の小旗を、腕も千切れよとばかりに振る。

「さあ、行くぞっ」

刀根が花田の背中を一発どやす。

「空母を撃沈しましょう」

花田が叫ぶ。

「三島少尉、兄貴、じゃあ靖国で」

刀根が直立不動で敬礼を送る。三島と陣内も踵を合わせて答礼する。

やあーっ、気合を入れて少年飛行兵、花田が駆ける。刀根も駆ける。背中の南無阿弥陀仏が躍り、遠ざかる。

カチカチと陶器が触れ合うような音がする。三島だ。唇が震えている。歯が鳴っている。

「これは武者震いだよ、陣内くん」

強がる声も戦慄《わなな》いている。失礼、と断り、背中を平手で叩く。どかん、と派手な音がし、三島がつんのめる。

「いま、自分が学士様の弱気の虫をぶち殺してやりました。さあ、行きましょう」

笑顔をつくって励ます。三島の表情に生気が戻る。

「急がないと花田に先に空母をとられますよ」

「許せん」

言うなり、三島は猛烈な勢いで駆け出した。陣内も後を追う。プロペラの風が吹きつける。ずらりと並んで待機する零戦の列線に走り寄る。自機が懸吊する二百五十キロ爆弾を視認したあと、主翼に駆け上がり、狭い操縦席に入る。

「昨夜は失礼しました」

整備兵だ。最期の宴を盛り上げた男だ。朝まで作業していたのだろう、オイルで汚れた顔が黒くテカり、眼の下に隈《くま》が浮いている。翼の上に立ち、腰を屈《かが》める。

「万全であります」

小気味いいエンジン音が轟く。陣内はスロットルレバーを軽く押した。ぐんと回転が上がる。「よく頑張った」

「ありがとうございます」

整備兵が敬礼する。いまにも泣きそうな顔だ。陣内は答礼して操縦席の風防を下ろした。外の轟音が遮断される。安全ベルトを装着する。昂《たか》ぶっていた気持ちがすっと鎮まる。自分は根っからの戦闘機乗りだ、と思い知る。大したことじゃない。いつものように操縦し、敵艦に接近、狙いを定め、爆撃の代わりにただ突っ込むだけだ。

不思議なくらい晴れ晴れとした気持ちの中、操縦席を確認する。無線機がない。機銃(七・七ミリ砲二門、二十ミリ砲二門)も外してある。重量軽減の名目だが、噂では上層部の、特攻機にもったいない、の一言で決まったという。

無線機がなければ戦況報告ができない。レイテ沖海戦等の外地特攻では必ず同行した戦果確認機も、機体が不足する一方の沖縄特攻では皆無に等しい。ならば報告はどうするか?モールス信号だ。敵艦を発見した場合、空母ならツー・トン。戦艦はトン・ツー。突入開始と同時にツ――と長く伸ばして押し、消えたときが散華の瞬間。基地の通信員は体当たりに成功したと判断する。つまり、特攻の戦果報告は操縦士本人が行うことになる。果たしてそんなことができるのか。判らない。

胸ポケットから白黒の写真を取り出す。お下げ髪の丸顔の女が微笑んでいる。よし、と語りかけて仕舞う。ぽんとポケットを軽く叩く。固い感触、奥歯だ。刀根の形見だ。指を入れて触ってみた。三分の一が欠けている。思わず笑みが漏れた。やったろうじゃないか。腹の底で覚悟が燃えた。飛行手袋をはめる。飛行場の周囲はたび重なるアメリカ軍の爆撃で穴だらけだが、滑走路はきれいに整地されている。日本の勝利を信じて勤労奉仕に励む、女学生や子供らの突貫工事の賜物《たまもの》だ。やらねば。

隊長機が出発する。轟音を上げて滑走路を疾駆し、浮上する。二番機、三番機、と続く。

陣内は風防を上げ、背筋を伸ばし、両手を顔の前に揃えて左右に開いた。チョーク（車輪止め）を外せ、の合図だ。二人の整備兵が素早くチョークを外す。二本指を振って感謝の意を示し、発進線に向けて移動する。滑走路西端で機体の向きを変え、順番を待つ。

東の空がようやく明るんできた。南九州特有のなだらかな山並みが朧《おぼろ》に浮かび上がる。淡い緑が眼に優しい。

前の機が滑走し、離陸する。滑走路の左手に見送りの人間が連なる。三つ編みの黒髪にもんぺ姿の女学生たちが涙をこぼすまいと下を向き、日の丸の小旗を懸命に振る。帽振れの登《とう》舷《げん》礼《れい》式で別れを惜しむ兵士もいる。割烹着の婦人が、子供たちがいる。整備兵も並んで両腕を大きく振る。泣いている奴も、叫んでいる奴もいる。さあ、出撃だ。

風防を下ろし、左手でスロットルレバーを押す。エンジンの回転音が上がり、零戦が発進する。順調だ。レバーをさらに前方に押しやる。エンジン全開。重い振動が座席に伝わり、速度がぐんと増す。機体が震える。見送りの人波が後ろへ退がり、消えていく。

右手で操縦桿を握り、前方いっぱいに押し込む。フラップ（昇降舵）が下げ舵《かじ》となって機首が下がり、尾部が上がる。機体が滑走路と平行になる。空気抵抗が軽減し、さらに滑走の速度が増す。シューッと風切り音が聞こえる。滑走距離が延びる。

さすがに押し込んだ操縦桿が重い。二百五十キロ爆弾の重量をずっしりと感じる。操縦桿を少しずつ緩《ゆる》め、中正の位置に戻したとき、機体が地面を切った。滑走音が消え、ふわりと浮く。浮遊感が身を包む。通常の離陸より二百メートルは長い。滑走路が視界から下がり、消える。風防いっぱいに払暁の空が広がる。深い藍色だ。吸い込まれそうだ。

操縦桿を引いて機首を上げる。先行の機を追いながら上昇し、旋回に入る。操縦桿を左に倒す。左のエルロン（補助翼）が上がり、機体がバンク（傾くこと）する。バンクと同時に左フットレバーを静かに踏み込む。ラダー（垂直尾翼の方向舵）が動いて機首が左に向く。滑るように左旋回しながらぐんぐん上昇する。心地よいGがかかる。風防の向こうを優美な霧島連山が移動していく。高千穂峰《たかちほのみね》、新燃岳《しんもえだけ》、韓国岳《からくにだけ》――

高度四百メートルで水平旋回に移る。スロットルレバーを戻し、エンジン出力を一定に保つ。全機が揃うのを待って編隊を組む。刀根がいる。三島も花田もいる。針路を南西にとる。目指す沖縄まで約六百キロ。予定飛行時間三時間弱。

さらば、我が故国。胸ポケットを押さえる。さらば――

瑠璃《るり》色の桜島が迫る。溶岩の跡を刻みつけた武骨な山肌が浮かぶ。陣内武一は操縦桿を引き続けた。三十機の編隊は隊長機の先導のもと、巡航しながら高度を稼ぐ。

飛行機乗りは高度が低いほど怖い。高度さえ保持すれば、たとえエンジンが停止しプロペラが止まっても、高度の五、六倍、うまく風に乗れば十倍の距離を滑空できる。ゆえに飛行機乗りは上へ上へと昇りたがる。それは二百五十キロ爆弾を懸吊した、この特攻の編隊であっても同様だ。

真っ黒な噴火口が現れ、ゆっくりと移動していく。縦長の錦江湾に沿うようにして飛行した。東京湾とほぼ同じ大きさの湾だから抜けるまでけっこうな距離がある。穏やかだ。エンジン音だけが響く。

薩摩半島の突端、柔らかな稜線の山が見える。開聞岳《かいもん》だ。特攻機は〝薩摩富士〟と呼ばれるこの雅《みやび》な山に今生《こんじょう》の別れを告げ、東シナ海へ出ていくという。しかし、陣内にはなんの感慨もなかった。少し頭がぼんやりしている。搭乗員は高度が上がるにつれ、気圧の影響で思考能力が低下する。これをマイナス頭と呼ぶが、いまその状態にあるのか。それとも、自分はすべての未練を断ち切ったというのか。

左右から多くの機影が接近してくる。陸軍の九七式戦闘機の姿もある。他基地から飛んできた特攻機および掩護機と作戦機だ。開聞岳の先で合流する。知覧、鹿屋、串良、都城の各航空基地より集まった百機余りが新たに編隊を組み直し、沖縄に向けて飛ぶ。

夜が明けてきた。風防の左側、東の水平線が茜《あかね》色に染まる。青黒い海を紫の光が槍《やり》となって疾る。水平線が黄金に輝き始め、巨大な太陽が昇る。東の海が燃える。朝だ。

風防の前方、紺碧の大海原が広がる。眼下で無数の白い波が湧く。まるで飛び跳ねる白ウサギの群れだ。さすがに静かな湾内と違い、外洋は波が荒い。

薄い筋雲がたなびくだけの天空を、整然と並んだ戦闘機の編隊が飛ぶ。

視界の遠く、二つの薄緑の島が浮かぶ。細長い優美な種子島と、全島が峻嶮《しゅんけん》な山々から成る屋久島だ。標高二千メートル近い屋久島の頂《いただき》は分厚い雨雲に覆われて見えない。

銀の光が群れとなり、初夏の青空に浮かぶ。陣内は粛然とした心持ちで眺めた。百機からの戦闘機が朝陽《あさひ》を浴び、眩《まばゆ》い白銀に輝く様は荘厳で幻想的で、この世のものとは思えなかった。黄泉《よみ》の国があるならこのような光景だろう。そう、黄泉の国があるとしたら――

バチン、と火花が散った。マイナス頭が覚醒《かくせい》する。陣内は呻いた。隠れていた死の影が現れる。それは水面に落としたインクのように広がり、操縦席を黒々と覆った。胸がむかつく。脚が震え、腕が震える。

たまらず首をねじり、背後を見た。遥か遠くに浅葱《あさぎ》色の薩摩半島と大隅半島、そして薄青の朝もやに包まれて浮かぶ開聞岳があった。初夏の南九州の美しい光景に暫《しば》し見入り、唇を噛んだ。未練だ。情けない。前に向き直る。

真横の零戦がぐっと接近する。どうした？　風防を開けて手を振ってくる。飛行眼鏡の下、顔半分が笑う。学士様だ。元京都帝大生の三島潔少尉だ。ほおが熱くなった。見られたか？　三島は子供のように大きく手を振る。白い歯が輝く。唇が、やるぞ、と動く。操縦未熟な学徒兵とはいえ、さすがは上官だ。爽快《そうかい》なものが操縦席に満ちていく。陣内は飛行眼鏡を装着して風防を開けた。冷たい烈風が吹き込む。肌が引き締まる。

両手を大きく振り、負けません、と大声で怒鳴った。三島は、よし、と言うように大きくうなずくと、左前方を指で示し、風防を下げた。

三島がさした先を追う。零戦だ。風防越しに白ハチマキの搭乗員が見える。花田勇三・一飛兵だ。飛行眼鏡が前を飛ぶ零戦を睨んでいる。歯を食い縛った口許《くちもと》に、なにがあっても最後まで尾いていく、という決意が漲《みなぎ》る。十七歳の少年飛行兵は敬愛する刀根剛介の機体以外、なにも見えないようだ。恐怖を感じる暇もないだろう。

刀根は余裕の表情だ。唇がすぼまっているのは口笛でも吹いているのか。憎らしいほどの泰然自若ぶりだ。陣内は一瞬とはいえ乱れてしまった己の弱い心を恥じ、操縦桿を握り締めた。

東シナ海へ出てしまえばもう戦域だ。どこから敵機が現れてもおかしくない。屋久島を過ぎて掩護機が動き始める。紫電改《しでんかい》や零戦が編隊を離れて上空へ駆け上がり、速度を増して遠ざかる。左右に分かれていく機もある。皆、決死の形相だ。せめて沖縄までは無事行かせてやりたい、という心意気を切に感じる。

五分後、編隊に異常が生じた。特攻機が一機、左右に揺れる。刀根の機だ。遊んでるのか？　まさかこの場面で？　いや、南無阿弥陀仏の刀根ならあり得る。奴は生来のへそ曲がりだ。

陣内はスロットルレバーを押してエンジンの回転数を上げた。花田機を追い越し、刀根の横に出る。

えっ、と思わず声が出た。オイルだ。風防が黒いオイルに塗《まみ》れている。オイル漏れだ。エンジン室から湧き出したオイルが風防を覆っていく。機体が小刻みに揺れ、パパン、と破裂音も聞こえる。速度が眼に見えて落ちていく。プロペラの回転が弱まる。オイル漏れに加え、エンジン不調だ。万事休すだ。黒煙が上がる。

戦況の悪化で機体は不足し、故障がちなポンコツ機でも飛ばざるを得ない。国家の浮沈がかかったこの特攻作戦も同様で、いまや戦闘機だけでは数が足らず、脚に大きな浮舟《ふしゅう》（フロート）を付けた水上偵察機から低速の練習機まで駆り出される、切迫した状況下にあった。特攻、通常作戦にかかわらずエンジン不調による離脱は珍しいことではない。

風防が開いた。刀根の武骨な顔が見える。飛行眼鏡の下、唇が、ちくしょう、とゆがむ。

陣内は冷静だった。刀根が取るべき途《みち》はただひとつ。帰投だ。無理をしても墜落するだけだ。とても沖縄までは辿り着けない。陣内は親指を立て、後ろを示した。帰投せよ、の合図だ。隊長機も接近し、バンクして帰投を促す。刀根は首を振り、スロットルレバーを操作する。決死の形相で左腕を動かす。が、機体の振動は増し、速度は落ちるばかりだ。計器盤を叩く刀根が見えた。泣いているのだろう、つっ伏して動かない。

眼前を銀色の機体が横切る。花田だ。白ハチマキをきりりと巻いた少年飛行兵は前を向いたまま一顧だにしない。減速を余儀なくされた刀根機をあっさり追い抜いて前に出る。花田の横顔は氷のように冷えていた。

ちがう。誤解している。よりによって昨夜、刀根の馴染みの料理屋で離脱の方法を伝授されたばかりだ。純情で一途《いちず》な花田は、熟練搭乗員の刀根が故意にエンジントラブルを起こしたと思っている。少年飛行兵の深い敬愛はいま、侮蔑《ぶべつ》に変わった。

刀根が操縦席から身を乗り出し、遠ざかる花田機に大きく手を振る。が、応答はない。無視だ。陣内は湧き上がる無念に呻いた。叶《かな》うなら花田の機に乗り移り、首根っこをつかんで教えてやりたかった。刀根は予科練の現状に幻滅し、自ら嘆願書を出して特攻隊員になった憂国の士だ。この期《ご》に及んで故意に離脱を図る怯懦《きょうだ》な男ではない。恐れを知らぬ本物の武士《もののふ》だ、と。

花田、おまえは間違っている。せめて無線があればと思った。が、これは特攻機だ。無線も機銃もない。あるのは敵艦突入を告げるモールス信号機だけだ。

隊長機も遠ざかる。いつの間にか陣内と刀根は編隊の最後尾にいた。もう一機、刀根に寄り添うように巡航する機影がある。三島機だ。京都帝大出の特攻隊員は別れの手を振り、敬礼する。無理するな、と言いたげな柔らかな笑顔だ。刀根も背筋を伸ばして答礼する。そしてすがるように陣内を見る。唇が、あにき、と動く。はなだを——。陣内は拳《こぶし》を握り、了解の合図を送る。まかせろ。

刀根は敬礼し、すべてを断ち切るように風防を閉めた。左旋回で離脱していく。グワーン、とエンジンが泣いた。黒煙の尾を引いて蛇行し、降下していく刀根機を見送り、陣内は編隊を追った。三島機と並んで飛ぶ。

刀根は凄腕のパイロットだ。どこかに不時着するか、運がよければ種子島の飛行場まで辿り着くはず。そして日を改めて再出撃するだろう。靖国での再会はしばらく先になりそうだ。

陣内はスロットルを全開して速度を上げ、花田の前に出た。バンクし、右腕を上げ、ついてこい、の合図を送る。花田もバンクを返し、尻にぴたりとつく。心配するな、刀根、と声に出して言う。花田はおれにまかせろ。

沖縄に近づくにつれ、雲が多くなる。この辺りはもう梅雨だ。敵機は隠れ場所に苦労しない。巨大なビルディングを重ねたような雲塊《うんかい》があちこちに立つ。緊張が一気に身を絞る。

奄美《あまみ》大島を過ぎてしばらく進むと、陣内の視線は鉛色の雲間に釘《くぎ》付けになった。眼を凝らす。ゴマ粒ほどの点が見える。戦闘機乗りは視力が命だ。先に敵を視認したほうが空戦の主導権を握る。敵機が気づかぬ間《ま》に後ろを取ることも、上空から奇襲攻撃をかけることもできる。伝説的な撃墜王の中には晴れた昼間の星を視認できる者もいるらしい。さすがに昼間の星は無理だが、陣内も視力には自信があった。敵に後《おく》れをとったことはない。

ゴマ粒ほどの点が大きくなる。間違いない。ずんぐりとした機体の群れだ。グラマンF6F。通称ヘルキャットだ。背筋が震えた。エンジン出力二千馬力。零戦の約二倍のパワーを誇る、化け物のような戦闘機だ。

通常は最初に敵機を視認した者が編隊の先頭に立ち、僚機を誘導して空戦に突入する。しかし、いま自分は機銃のない特攻隊員だ。バンクして掩護機に知らせようとしたとき、動いた。さすがに掩護機の搭乗員は凄腕揃いだ。遥か遠くの敵機を視認するや、素早く散開し、一気に急上昇する。エンジンの轟音が響き渡る。ヘルキャットも散開する。掩護機は大空へ駆け上がり、機首を返して急降下する。いよいよだ。凄まじい空戦が始まった。

グラマンの両翼がパパッと火を噴く。機銃だ。白銀に光る銃弾が飛ぶ。弾道確認の曳光弾《えいこうだん》だ。搭乗員は光の線を描くこの曳光弾で照準を修正する。

僚機も応戦する。持てる技の限りを尽くした死闘が大空の各所で繰り広げられる。紫電改が二機の挟撃《きょうげき》を食らってやられた。オレンジの火の玉が膨《ふく》らみ、爆発音が轟く。ギャギャーン、と断末魔のエンジン音を引いて墜落していくグラマンもある。零戦が敵機二機に後ろを取られ、機銃を浴び、両翼の燃料タンクを撃ち抜かれて炎を噴き上げる。

　グラマン百機以上に対して掩護機は約四十機。多勢に無勢だ。しかも敵はアメリカ軍が誇る世界最強の戦闘機、ヘルキャットだ。奮戦空《むな》しく被弾し、墜落する掩護機が相次いだ。黒煙を吐きながらもグラマンに機銃を浴びせ、そのまま激突し、もつれ合って落ちていく掩護機もあった。壮絶な道連れに胸が熱くなった。

　徳之島の軍用飛行場から駆けつけた掩護機だろうか。下方から弧を描いて飛んできた数機も参戦する。グラマンに狙いを定めるや、一直線に接近し、正面から機銃をぶっ放す。鎧袖《がいしゅう》一触《いっしょく》、すれ違った瞬間、グラマンは火を噴いて爆発した。燃料タンクを狙って銃弾を撃ち込んだのだろう。剣豪の居合抜きにも似た、惚れ惚れするほど見事な戦いぶりだった。

　だが、真正面から突っ込む捨て身の戦法でヘルキャットの度胆を抜いた掩護機隊も、五機を撃ち落とすのが精一杯だった。群れとなって襲いかかるヘルキャットの波状攻撃を受ける。バリバリと機銃が唸り、機体を蜂《はち》の巣にされて爆発。翼を破損し、墜落していく機もある。最後の一機はプロペラが吹っ飛び、両翼をもがれ、断末魔の轟音を引いて落ちていく。砕けた風防ガラスの奥に血塗《まみ》れの搭乗員が見えた。瀕死《ひんし》の搭乗員は陣内の視界から消えるまで操縦桿を離さなかった。

　掩護機をあらかた始末したグラマンは、晩餐前の腹ごなしは済んだとばかりに、飢えた狼のように特攻機に襲いかかる。

爆弾を懸吊《けんちょう》した特攻機は動きが鈍《にぶ》い。しかも機銃はない。鈍足の肥《こ》えた羊のようなものだ。それでもひたすら逃げる。が、二千馬力のグラマンは鈍重な特攻機を凄まじい速度で追い回し、次々に血祭りにあげていった。二百五十キロの爆弾ごと空中で爆発し、残骸《ざんがい》がはらはらと海に散っていく。翼を根元からへし折られ、きり揉《も》みしながら墜落する機もあった。

沖縄を眼の前にしながら海に散る、特攻隊員の無念と絶望が身を絞る。が、感傷に浸っている暇はなかった。陣内は操縦桿を倒し、急降下に移る。重量があるだけに加速に勢いがある。高度五千。水平飛行ではあっという間に追いつかれる。背後からグラマン三機が迫る。

四機の特攻機が尾いてくる。花田は真後ろ。三島も右後方につける。

スロットルレバーを叩くようにして押し込む。さらに速度を増す。ギューンと風が、エンジンが唸る。

白い雲に突っ込む。一瞬にして視界が消えた。三秒後、すぽんと雲を抜ける。刹那《せつな》、操縦桿を引き、上昇に転ずる。強烈なGがかかる。身体が操縦席にへばりつく。手足が重い。四機も同じように機首を上げる。見事だ。以心伝心というやつだろうか。運命を共にする特攻機の絆《きずな》、強固な紐帯《ちゅうたい》を感じた。

間を置かず左フットレバーを踏み、滑るように左横に流れた。四機も後に続く。目標を失ったグラマンが、海に向かって急降下していく様が見える。

　ほっと安堵《あんど》したのもつかの間、方向展開を察知した一機が鋭く機首を切り返し、向かってくる。みるみる距離が詰まる。絶望が胸を焦がす。機銃さえあれば撃ち落としてやるのに。歯嚙《はが》みしながらも、再び操縦桿を倒す。急降下。もう雲はない。

　ドカン、と爆発音がした。爆風を浴びて機体がビリビリ揺れる。左後方の僚機だ。背後から機銃を浴び、二百五十キロの爆弾ごと木《こ》っ端微塵《ぱみじん》に砕けて散った。いまや特攻機は空飛ぶ爆弾だ。

　機銃が唸る。視界の端に右翼をもがれ、くるくる回る僚機が見えた。が、それも一瞬だった。急降下の最中だ。後ろにすっ飛んでいく。背後で鈍い爆発音が聞こえた。

　花田が、三島が、必死に食らいついてくる。この二機にはなんとしても本懐《ほんかい》を遂げさせてやりたい。敵艦に突っ込ませてやりたい。だが、どうすればいい。この窮地を逃れる術《すべ》はあるのか。

　風防いっぱいに海が迫る。しまった、と思ったときは遅かった。海上で待ち構える駆逐艦が見えた。五隻。対空砲が揃って睨む。白い煙が連続して上がる。咄嗟《とっさ》に右フットレバーを踏み、操縦桿を右に倒した。急降下と急旋回に機体がねじれ、ギシギシと軋む。いまにも分解しそうだ。白い尾を引いた砲弾の群れが翼の端を抜けていった。花田も反対方向へ逃げ、危機一髪、回避した。が、砲弾は弾幕となって襲う。耳をつんざく轟音が響く。三島機がつかまった。垂直尾翼が吹っ飛ぶ。ラダー（方向舵）を失った零戦は呆気《あっけ》なくバランスを失い、それでも急降下していく。操縦桿をいっぱいに押し込む三島が見えた。ほんの一瞬、陣内に眼をやった気がした。爽《さわ》やかな笑みを浮かべた気もした。陣内くん、さよならだ、という明るい声が遠くで聞こえた。

二百五十キロの爆弾を抱えた三島機は駆逐艦に向かって突っ込んでいく。ギャーン、とエンジンが悲鳴を上げる。フルスロットルだ。翼をもがれようと、機体が炎上しようと、敵艦に激突する、と己を鼓舞した三島。万年筆を手に最後の遺書をしたためていた学徒兵。心優しいインテリゲンチア。

行けっ。陣内は叫んだ。行け、三島少尉。撃沈してやれ――

眼下、白い煙で駆逐艦が見えなくなる。集中砲火だ。弾幕が三島機の右翼を吹っ飛ばす。片翼の零戦は斜めに傾《かし》ぎ、駆逐艦から大きく外れて海に消えた。海面に白い泡が湧き、波が大きく盛り上がる。次の瞬間、青い海を割るように真っ白な水柱が噴き上がり、どっと崩れ落ちた。

陣内の頭は沸騰した。眼下に敵艦の群れが見えた。戦艦、駆逐艦に巡洋艦、護衛艦。その向こうは沖縄だ。敵艦が無数に浮かぶ名護《なご》湾がある。砲弾で抉られた陸地は赤土が剝き出しになり、そこを米軍のトラックや戦車が列を成して移動している。

ダメだ。我が皇軍の奮戦も空しく沖縄は占拠された。終わりだ。戦況の挽回はあり得ない。ひときわ大きな艦影が見える。眼を凝らした。空母だ。エンタープライズだ。絶望の闇に少しだけ光が射《さ》した。全身に力が漲る。スロットルを全開した。ぐんと速度が増す。

振り返る。白ハチマキの花田が尾いてくる。いくぞ、空母だ。拳を掲《かか》げる。花田も拳を掲げて笑う。凛々しい笑顔が胸に沁みた。声に出さずに呼びかける。花田、空母に突っ込んで見事、散ってやろう。もちろんです、と張りのある応答があった。無線もないのに言葉を交わせる。不思議でもなんでもない。これは特攻だ。現世と隔絶された別世界だ。自分たちは生を断ち切られ、それでも戦う冥界《めいかい》のサムライだ。恐怖も怯《おび》えもない。あるのはただひとつ、特攻を完遂するという澄みきった意志のみだ。

分厚い雨雲の下、エンタープライズだけを狙って飛ぶ。生き残った数機の掩護機がなんとか特攻を成功させようと奮戦する。グラマンが群がる。機銃が唸る。掩護機が炎の尾を引いて落ちていく。青黒い海面で真っ白な煙が湧く。艦隊の対空砲だ。無数の曳光砲弾が白銀の刃《やいば》となって宙を切り裂く。重い轟音に操縦席がビリビリ震える。空が割れそうだ。

砲弾の弾幕に掩護機が爆発し、グラマンもきり揉みして墜落していく。誤射に我を失ったヤンキーどもの絶叫と呪詛《じゅそ》が聞こえた気がした。

ふいに背筋が冷えた。首をねじ切るようにして回す。真後ろに花田機があった。少年飛行兵の顔も見える。飛行眼鏡の下、唇を引き結び、決死の形相で操縦桿をつかむ。この自分を、南方で零戦搭乗員失格の烙印《らくいん》を押され、特攻送りとなった陣内武一を信じて尾いてくる。

おかあさん、と軍刀を振り回し、泣いていた花田。月明かりの下、慌てて涙を拭った少年飛行兵。その背後、巨大な黒い影が迫る。ヘルキャットだ。

危ない、と叫んだ瞬間、機銃が火を噴き、二本の太い線となって花田機に吸い込まれる。風防の奥、花田の顔が電流に打たれたように強ばった。が、すぐに右手を挙げ、敬礼する。口許が微笑む。はなだっ。

白ハチマキの少年飛行兵は一瞬にして火の玉に呑み込まれた。爆発音が衝撃となって陣内を襲う。操縦桿を握り、両足を踏ん張って耐えた。火の玉は周囲の空気を食らい、膨張し、破裂した。青と紫の炎が帯となってたゆたい、いくつかの破片が飛び散ると、あとはなにもなかった。花田も零戦も、すべてが消えた。

ガンガンッ、と金属を叩く衝撃があった。我に返る。機銃弾だ。機体に命中した。素早く左右を確認する。燃料タンクを抱えた両翼も、エンジンもプロペラも無事だ。致命傷はない。よし。

陣内は動いた。左フットレバーを踏みながら操縦桿をぐいと引く。同時にスロットルレバーを叩き込む。エンジンが絶叫する。左にねじり込むように急上昇する。ヘルキャットの機銃を避け、空を覆う鉛色の雲に逃げ込む。

梅雨時が幸いした。逃げ場所がいくらでもある。達人の刀根ならともかく、自分には海面すれすれを飛行して砲弾と機銃を避け、敵艦の喫水線に突入するだけの技量はない。

分厚い雲の中を、視認した空母の方向へ全速力で飛行する。速度と時間を計算し、操縦桿を押し込む。機首を下げ、一気に雲を抜ける。視界が開ける。空母までの距離、一キロ余り。ヘルキャットの追撃を振り切った。手負いの特攻機が単身、雨雲にまぎれて本丸の空母に迫るとは想定外だろう。グラマン他、敵の機影は遠くに見えるだけだ。

特攻機はもう一機、いた。巨大な鉄の要塞、エンタープライズの上空を零戦が旋回している。全長約二百五十メートル、艦幅三十五メートルの航空母艦は呆れるほど大きい。特攻機が一匹の蚊に見える。飛行甲板はまるで運動場だ。エレベータが三基あり、総乗員は約三千名というから、まさに海に浮かぶ大要塞だ。

その特攻機の戦いは果敢だった。対空砲をかい潜り、機銃をすかし、低く垂れ込めた雲に出入りし、ひたすら突入の機会をうかがう。エンタープライズも必死だ。巨体を回転させ、砲身を向ける。迫りくる特攻零戦を迎撃すべく、対空砲が重い発射音を轟かせ、機銃が乾いた音をたてる。曳光弾が白銀の線となって飛ぶ。

零戦は巧みに機体をひねり、急上昇して雨雲に突入する。零戦が消えた。無数の砲身が消えた特攻機を探して彷徨《さまよ》う。兵士たちが鉛色の空を見上げる、次の瞬間、雲を切って現れた。エンタープライズの真上だ。急降下だ。真っ直《す》ぐに、岩を落とすように降下する。グワーン、とエンジンが吠える。一本の矢となって突入する。

対空砲が、機銃が、一斉に火を噴く。ドン、ドン、と腹に響く砲撃音が轟く。バリバリと機銃が唸る。

特攻機は一直線に降下する。砲弾も機銃弾も命中しない。真上から襲う攻撃に巨大な空母は咄嗟に対処できない。恐らく、初めて経験する悪夢だろう。しかし、零戦も一か八かの捨て身の攻撃だ。戦闘機の九十度急降下は被弾しにくい代わりに機体の平衡維持が難しい。まして二百五十キロの爆弾を懸吊しているのだ。ほんの少しの揺れで機体が浮いてしまう。

陣内の不安は的中した。零戦が微《かす》かに震える。次の瞬間、バランスを失い、両翼が強烈なブレーキとなって機体が傾《かし》ぐ。斜めに滑り、失速寸前になる。やはりダメか。が、特攻機は耐えた。

鮮やかに左回転して機体を立て直し、背面状態から再び急降下して突っ込んでいく。陣内は我が目を疑った。海の藻屑《もくず》と成りし特攻隊員、掩護隊員たちの執念が力を与えたとしか思えない、驚くべき神業《かみわざ》だった。

特攻機は空母のエレベータ部に激突して火を噴き、甲板に突っ込み、一瞬の間を置いて爆発した。鉄板や鉄塊が籤細工《ひございく》のように跳ね飛び、ドーンと火柱が天高く噴き上がる。黒い煙が湧く。エンタープライズが動きを停《と》めた。奇跡は起きた。巨大な鉄の要塞がゆっくりと傾く。沈没寸前だ。

陣内は震えた。たった一機の零戦が、数々の戦歴を誇る海の王者、空母エンタープライズを航行不能に追い込み、沈めようとしている。

とどめを刺すのは自分だ。この陣内武一だ。スロットルレバーを目いっぱい押し込む。エンジンが限界まで回転する。ゴゴオー、と零戦が吠え、加速した。操縦席の空気がセロハンのように震える。操縦桿を引き絞る。身体が傾ぐ。視界が斜めになる。瀕死の空母から立ち昇る黒煙を割って急上昇する。

風防いっぱいに鉛色の空が迫る。後ろへとのけぞるような感覚に襲われる。零戦は垂直になって上昇する。雲に突っ込む寸前、四肢の自由を奪う強烈なGに抗い、操縦桿を左に倒した。同時に左フットレバーを踏み込む。風がキーンと金属音をたてる。機体がバンクし、左急旋回から一気に急降下する。内臓がねじれ、首がみしりと軋んだ。右前腕の筋肉が膨らむ。渾身《こんしん》の力で操縦桿を押し込む。頭が、胴体が、真っ逆様に突っ込む。骨が、関節が、悲鳴を上げる。頭蓋《ずがい》が割れそうだ。歯を嚙んで耐える。顔面を後ろに引っ張られ、視界が小さくなっていく。

グワーン、と重いエンジン音が喚《わめ》く。機体が不気味な音をたてて軋む。見ておれ、三島、花田。きさまらの死を無駄にはしない。刀根、待ってるぞ。左手で胸ポケットを押さえた。少女の笑顔が浮かぶ。さらばだ。

眼下に巨大な空母が迫る。阿鼻叫喚《あびきようかん》の地獄絵図が展開する。飛行甲板に投げ出された水兵たちが見える。千切れた手足も、真っ二つに裂けて血を噴く胴体もある。ヘルメット姿のヤンキーたちが炎を消し止めるべく、ホースを持って走り回る。担架が持ち出される。迎撃どころではない。もらった。背筋を快感が貫く。

陣内は笑った。声を上げて笑った。頭の隅をモールス信号がかすめる。戦艦はトン・ツー。空母ならツー・トン。ふざけるな。おれは特攻機械じゃない。人形でもない。ひとりの男だ。誇りある零戦搭乗員だ。左手を添え、両の手で操縦桿を握り締める。

真下の飛行甲板が火の海となる。鋭い風切り音とエンジンの轟音が陣内を包む。鼓膜が震え、金属質の耳鳴りがした。

アメリカ兵たちが揃って顔を上げる。皆、恐怖の表情だ。時間の流れが緩《ゆる》やかになる。遅回しのフィルムのようだ。ひとりひとりの顔を脳裡《のうり》に刻みつける。金髪の若いヤンキーもいる。足を負傷したのか、仰向《あおむ》けに倒れたまま動けない。少年飛行兵、花田勇三の凜々しい風《ふう》貌《ぼう》が重なる。恐怖に濡れたヤンキーの青い瞳が迫る。

プロペラがゆっくりと、残りの命を惜しむように回る。機体が垂直になる。このまま機首から突入するだけでいい。さすれば二百五十キロ爆弾が炸裂《さくれつ》し、空母の内部に貯《た》め込んだ弾薬の誘爆を招く。鉄の要塞は炎を噴いて真っ二つ。おれの特攻で空母エンタープライズを沖縄の海の底へと沈めてやる。

甘い陶酔に頭が痺《しび》れた。これが特攻だ。おれは死ぬ。美しい祖国を、愛する者を守るために死ぬ。生を受けて二十三年。おれは幸せだ。

ふいに視界が揺れた。まずい。機体が浮いた——。ちがう。視界が曲がる。指でひねった水飴《みずあめ》のようにねじれる。ヤンキーどもの顔も伸縮する。なんだ？　脳天に強烈な圧が加わり、脳みそに白い霞《かすみ》がかかる。意識が遠くなる。ダメだ。最後まで見届けろ。逃げるな。眼を見開いて散華しろ。特攻の衝撃をすべて受け止め、見事散ってみせろ。失神などもってのほか。武一、おまえは神州日本のサムライだ。

奥歯を嚙み、眼をかっと見開く。

ふいに身体が浮いた。浮遊感が身を包む。エンジンの爆音がどこかへ吸い込まれる。空母も、ヤンキーも消える。周囲に虹《にじ》色の光が溢れる。しんとした静寂が満ちる。

どうした？　もう激突したのか？　ここは黄泉の国なのか？　風防も操縦桿もスロットル

レバーも、身体を操縦席に固定していた安全ベルトもない。すべて消えた。陣内は羊水に浮かぶ胎児のように身体を屈め、おかしな浮遊感に身を任せた。

頭の冷静な部分が考え、納得した。自分は特攻隊員だ。生きながら冥界の戦士となった男だ。なにが起こっても不思議ではない。

虹色の光が祝福するように乱舞し、きらきらと輝く。眩《まぶ》しい。たまらず瞼を閉じた。世界は暗転した。漆黒の闇が広がる。意識が、熱した鍋底の水滴のように蒸発していく。身体が、魂が、深い闇へと落下する。どこまでも、どこまでも。瞬間、すべての細胞が身震いし、弾け散った。

陣内武一は呆気なく消滅した。

第三章　不思議な男

「やっぱりくっさいわねー」

ハンカチで鼻を押さえる。

「まだやってんだ」

助手席の小泉綾《こいずみあや》が顔をしかめる。

「こんなクルマに乗ってる若者ってきみくらいでしょ。仕事でもないのによくやるよ」

「肉も野菜も全部、もらえるもんがあったらおれ、すっ飛んでいくから」

田嶋慎太《たじましんた》は胸に渦巻く複雑なものを抑え込んで答える。

「他人様《ひとさま》の善意でなんとか成り立ってるからさ。クルマくらいはおれが出さないと」

ハンドルを軽く叩きながら、朗《ほが》らかに言う。

「こいつもなかなか役立ってんだ。臭くて見てくれは悪いけどさ」

中古の軽ワゴンは軽快に走る。黒の塗装はところどころ剝《は》げ、バンパーには錆《さび》も浮いて、走行距離は二十万キロに達するが、故障はおろか、エンストも一度もない。去年は東日本大震災の被災地まで二往復もしたし。愛すべき健気なポンコツだ。

平成二十四年五月十四日、月曜日。よく晴れた初夏の午後三時過ぎ。ワゴンは甲州街道を都心に向かって軽快に走った。JRの八王子駅を過ぎる。

「あんまりいい場所じゃなかったね」

綾がつまらなそうに言う。「期待はずれだったわ」

慎太は判っている。綾の不機嫌な理由だ。せっかく視察した場所が、理想とかけ離れていたためだ。それは慎太も同様だった。あまりに地味過ぎる。インパクトがない。

そっと綾の横顔をうかがう。清潔なショートカットに、形のいい鼻と切れ長の大きな眼。ハート形の唇。少し突き出た頰骨が玉に瑕《きず》だが、黙っていればアジアンビューティのモデルとしても通用しそうなのに、口を開けば闘争本能全開の、キツイ、怖い、気が強い、の三拍子が揃った、一筋縄ではいかない女だ。

それでも、と慎太は唇を嚙む。ルームミラーで己の顔を見る。ぼさぼさの髪にやつれた、これといって特徴のない平凡な面《つら》。安物のチェックのシャツ。ひょろっとした身体。だれが見ても二人を恋人同士とは思わないだろう。実際違うけど。綾はショートカットの髪を指でかき上げ、考えられない、と吐き捨てる。ドキリとした。ほおが熱くなる。見抜かれたか？

「こんな田舎じゃダメよ」

ほっとした。勘違いだ。

「実行するなら都心よね。目立つし、世間へのアピール度も違うし」

たとえば、と問うと綾は待ってましたとばかりに即答する。

「たとえば国会議事堂とか首相官邸とか」

思わずハンドルを握り締める。胸が高鳴る。そうだな、とうなずく。しまった、と思ったときは遅かった。「ねえねえ、慎太くんもそう思うよねえ」

綾がこっちを向く。ぴっちりしたチノパンにネイビーブルーのサマーセーター。胸の膨らみが眩しい。顔が炙《あぶ》られたように火照った。強ばった舌を動かす。

「だけど先生がどう言うかな。いきなり永田町は難しいと思うけど」

なに言ってんのよお、と尻をひねって身体を寄せ、腕をつかんでくる。ひんやりした指の感触に背筋が震えた。柔らかなものが肩に触れる。胸の膨らみだ。どかん、と心臓が跳ねた。眼が眩《くら》み、ハンドルが流れる。パパーン、と後ろからトラックのクラクションが炸裂する。

「もう、しっかり前見なさいよ」

ぱしん、と肩を叩く。いや、あんたのせいで――冷や汗が全身を濡らす。両手の汗をジーパンで擦《こす》り、ハンドルを握り直した。

綾はウインドウの枠《わく》に肘を置き、ほおづえをつく。

「現状を打破する強烈なインパクトが必要なのよ。やるんなら一気に敵の喉元《のどもと》を狙わなきゃ。食いついて鋭い牙《きば》を突き立てなきゃ」

ふーっ、とため息をつく。

「このままじゃあ、蛇の生殺しよ。崇高な理想も、熱い情熱も、じきにフェイドアウトしてしまう。時の流れは容赦ないんだから。とっても残酷なんだから。時機を逃せば、二度とチャンスは巡ってこないわ」

車内に陰鬱な空気が満ちる。綾の言うとおりだと思う。現状を打破しない限り、なにも生まれない。自己満足で終わりだ。しかし、と根太いコンプレックスがぐっと頭をもたげる。高卒の二十五歳。運転免許以外、資格なし、手に職なしのフリーターで容姿地味。頭脳凡庸。取り柄といえば——なんだろう。以前、バイト仲間の飲み会で、バンドのボーカルをやってるというヒラメみたいな女の子に言われたっけ。究極のヘタレ草食系、と。場の空気を壊したくないから、そんなあ、と笑ってごまかしたけど、深く深く傷ついた。当たっているだけにとてもキツイ。

「慎太くんもこのままでいいと思ってる？」

いや、そんな。困った。頭をかいた。綾は容赦なく追い討ちをかける。

「社会の変革は大変な犠牲を伴うのよ。それはフランス革命もロシア革命も同じ。毛沢東は中華人民共和国建国のために国民党のドン、蔣介石《しょうかいせき》相手に血みどろの戦いを繰り広げ、多大な犠牲を払ったし――」

〝長征〟とか〝キューバ革命〟の話が続き、次いでチェ・ゲバラ、フィデル・カストロ、周《しゅう》恩来《おんらい》、朱徳《しゅとく》、ウラジーミル・レーニン、レフ・トロツキーといった革命家、指導者の名前がぽんぽん飛び出す。拳《こぶし》を握り、ほおを紅潮させ、檄《げき》を飛ばすように語る。慎太は欠伸《あくび》を嚙み殺した。言いたいことは判るけど、先生の受け売りの域を脱していないと思う。

突っ込みたいことは山ほどある。たとえば一九四九年に誕生した中華人民共和国の惨状だ。建国から九年後、毛沢東がイギリスに追いつき、追い越すべく農工業の大増産政策を打ち出した『大躍進』は大失敗に終わり、五千万人の餓死者が出たという。社会改革とそれに伴う暴力の嵐が吹き荒れ、一千万人が犠牲になった『文化大革命』もある。ロシア革命後、誕生したソビエト連邦ではヨシフ・スターリンの狂気の大粛清で七百万人が処刑されたといわれる。

つまり、革命は若い戦士の血を沸き立たせても、その後の理想国家の運営となれば途端にほころびを見せるということだ。理想と現実は違う。勇猛で清廉剛直な革命家も老いてしまえば偏屈で融通の利かない好色の独裁者に成り果てる。歴史を見れば判るじゃないか。

慎太は生来の勉強嫌いだが、自主学習は可能な限り続けている。先生から出される課題はすべてこなしてきた。だが、付け焼刃の知識で綾に反論したら大変なことになる。マシンガントークでまくしたてられ、敢え無く轟沈《ごうちん》するのは眼に見えている。

綾は頭脳明晰だ。元大手新聞の社会部記者で現在の肩書きは出版プロデューサー。南青山のマンションに自宅兼事務所をかまえ、フリーで頑張ってる。慎太より二歳年長の二十七歳。問題意識が高く、常に社会の不公平に憤《いきどお》り、異議を唱える正義の女だ。本人曰《いわ》く、〝社会の木鐸《ぼくたく》〟を信じて新聞記者になるも、内部の派閥とか出世争い、記者連中の志の低さに幻滅し、加えて紙メディアの将来性のなさに絶望し、入社三年で退職したのだという。

普通ならフリーターの慎太と接点はない。が、しかし、逢《あ》ってしまった。あれは運命の出《で》逢《あ》いだった、と信じている。元新聞記者の言葉が昂揚していく。

「テロリズムと革命は違うわ。テロは組織的暴力で庶民に恐怖心を抱かせ、特定の政治的目標を達成しようとする卑劣な行為でしょう。対して革命は富と権力を独占する支配者階級に異議を唱え、勇気ある指導者のもと、庶民が一致団結して闘うのよ」

凛とした横顔が薔薇《ばら》色に染まる。

「狡猾《こうかつ》で卑怯な支配者は崇高な革命行動をテロリズムと攻撃するけど、あれは怖いからよ。自分たちが貯め込んだ莫大《ばくだい》な財産と悪魔のごとき権力を守りたいからよ。チュニジア、エジプト、シリア、全部そうでしょう」

助手席で滔々《とうとう》と語る綾の演説を聞きながら思い出す。あれは一年と五カ月前。真冬の昼食時だ。場所は池袋東口の公園だった。ホームレスへのカレーの炊き出しだ。バーナーに据えた巨大な鉄鍋をしゃもじでかき回していると、現れた。白いダウンジャケットに細身のデニムパンツ。出版プロデューサーを名乗る女は輝くばかりの笑みを浮かべて自己紹介した。

姿勢がよくて、顔もきりっとして、ド真ん中の好みだった。素敵な社会奉仕活動ですね、と誉《ほ》められ、舞い上がった。プラスチックの容器によそったカレーをぺろりと食べてくれた。とても美味《おい》しいです、とこれも誉めてくれた。何度かお茶を飲み、勧められるまま先生の勉強会に出席した。『国家の平和を考える会』。通称、国平会《こくへいかい》。主宰は政治学者の戸村清之《とむらきよゆき》。そのスケールの大きな人柄に魅了され、理想に共鳴した。小泉綾に口説かれ、会員になった。

「キューバ革命こそ世界史の奇跡よね。カストロとゲバラ率いる八十二人は亡命先のメキシコからボロ船で乗り出し、遭難しそうになりながらもキューバに上陸。しかし、待ち受ける政府軍に迎撃され、生き残った同志はたったの十二人よ。なんとかマエストラ山脈に逃げ込み、そこからゲリラ戦を展開し、民衆の蜂起《ほうき》を促し、アメリカと結びついたフルヘンシオ・バティスタ独裁政権を倒したのだから、世界史上の奇跡――」

言葉が途切れる。ワゴンはＪＲ八高線を跨《また》ぐ陸橋を渡り、甲州街道から日野バイパスに入っていた。綾は窓の外を凝視している。どうした？

停めて、と切迫した声が飛ぶ。

「慎太くん、ストップ」

命じられるままワゴンを路肩に寄せて停車した。行くわよ、と言うなり、綾は戦場の女戦士のようにドアを開けて外に飛び出る。手足の長い引き締まった身体が躍動する。慎太はわけが判らないまま後に続いた。ガードレールを跨いで歩道を横切る。

「ほら、あそこ」

綾が指さす。ちっぽけな神社があり、その杉の樹に囲まれた薄暗い境内に人影が見える。傍らに大型バイクが三台。シートが高く張り出し、マフラーを槍のように突き立てた改造バイクだ。なにやら物騒な雰囲気が漂う。

「きみ、ホームレスの味方でしょ」

どういうこと？　綾は険しい顔で言う。

「いじめられてるじゃない。助けなさいよ」

慎太は腰を屈《かが》め、眼を凝《こ》らす。境内のベンチに座る人影と、それを囲む三人の若い男。年齢は二十歳前後か。真ん中が紫のジャンパーにリーゼントの大男。右側は黒のシルクシャツにパンチパーマ、左側が白ジャージとスキンヘッド。典型的な田舎の暴走族だ。

ベンチに座ってうなだれる男を取り囲む。こっちも負けず劣らず田舎臭いなりだ。もさっとした暑苦しい上下服に、耳まで覆う革の帽子。色はどっちもくすんだチョコレート色だ。五月も半ばというのに、革手袋まではめている。額にかけた大きなゴーグルはなんだろう。首も変だ。白い布を厚く巻き、襟元に押し込んである。

「綾さん、あれがホームレス？」慎太の問いに、綾は小声で言う。

「可哀想じゃない。あんなに怖がってさ」

確かに顔が真っ青だ。背を丸め、眼も伏せている。恐怖で声も出ないのだろう、唇を引き結んで無言だ。が、三人は容赦しない。

こらあ、どこのチームだよお、と巻き舌の怒声が聞こえる。なるほど、暴走族の特攻服に見えないこともない。額のゴーグルもライダー用かも。しかし、革製の耳当て付き帽子をかぶり、白いスカーフの化け物みたいなのを首に巻いた暴走族なんているだろうか。

「黙ってちゃわかんねえだろ、ばーか」

「ムカつく野郎だな。フクロにしちゃおうか」

三人がいきり立つ。からかい半分、暇つぶし半分でちょっかいを出してみたものの、まったく反応がなくて頭にきたというところか。男は銅像のように動かない。慎太は一歩、二歩とスニーカーを踏み出した。よく見ると男の表情が深刻だ。一点を見つめて、心ここにあらずといった風だ。慎太の胸に不吉なものが湧いた。

もしかして、対人関係が極度に苦手なのかも。慎太はそういう精神疾患を抱えた若い人間を山ほど見てきた。バイトが長続きしなかったり、感情をコントロールできず周囲とトラブルを重ねたり、引きこもってしまったり。そして最後は自殺だ。彼らは繊細でひ弱で脆《もろ》い。無知で粗暴な暴走族にこれ以上、からまれたらパニックを起こし、過激な行動に出ないとも限らない。眼の前の三人に殴りかかるとか。想像するだけで怖い。

綾さん、と囁《ささや》き声で呼びかけた。

「警察に連絡しちゃおうか」なにぃ、と眼を吊り上げる。ヤバイ。

「きみ、最初から官憲《かんけん》に頼るというの。情けない男」侮蔑の視線が痛い。

「やるだけやってからでしょ。努力もせず権力にすがるなんて、サイッテー」

そんな無茶な。市民として当然の義務を口にしただけであって。

行け、と背を押された。あ、ちょっと待って。不意をつかれ、身体がよろけた。慎太くん、男なら行ってこい、と両手でどんと押す。無様《ぶざま》につんのめり、二歩、三歩とたたらを踏む。運の悪いことに石にけつまずいて、ダッシュするように飛び出す。草がザザッと鳴った。

リーゼントの大男がこっちを見る。険しい三白眼《さんぱくがん》を向けてくる。

「なんか用かい、ああ」

眉のない凶顔が凄む。左右の二人も睨んでくる。辺りに濃い怒気が満ちていく。いや、その。肩をすぼめて恐縮する。

弱った。暴力は苦手だ。怒声をぶつけられただけで身も心も萎えてしまう。混乱し、動揺した頭がこの場に関係のないことを紡《つむ》ぎ出す。非暴力の神様、マハトマ・ガンジーだ。あのインド独立の父は最強の革命家だと思う。非暴力を貫いてインドを大国イギリスから独立させたのだから。以前、この持論を披露したところ、綾に鼻で笑われた。曰く、第二次世界大戦で疲弊しきったイギリスにもはや広大な植民地を運営する力はなかった、ガンジーが諸悪の根源のカースト制度まで廃止に追い込んだら本物の革命家だけど、所詮あれが非暴力の限界、と。そうだろうか。勇気ある非暴力は偉大だと思う。臆病な非暴力は情けないが。

視界の端で綾が、しゃきっとしろ、とばかりに眉根を寄せ、拳を掌《てのひら》に打ちつける。パシッと小気味いい音がした。ああ、あの半分でも気持ちの強さがあったら。

リーゼントの三白眼に怪訝そうな色が浮かぶ。「あんた、ダチか？」

適当な言葉が浮かばない。リーゼントはベンチで固まったままの男を一瞥《いちべつ》し、「こいつ、頭がこれかよ」とひとさし指をくるくる回す。二人が馬鹿笑いを轟かせる。

慎太は張りついた舌を動かした。

「彼はひとりがいいんだよ」

諭《さと》すように言う。綾が、そうそう、とうなずく。よし。少しだけ勇気が湧いてくる。

「もうやめな」

なんだこらあ、と強烈な巻き舌が飛ぶ。リーゼントが鼻にシワを刻み、頑丈なブーツを踏み出す。ひえぇ。腰が引けた。引けながらも、なんとか宥《なだ》める。

「彼はなにもやってないんだろう。大人しいひとじゃないか。きみたちは間違ってるよ」

隣のパンチパーマが、はあ、と口を半開きにする。そして、どこが間違ってんだよお、とベンチに座る男の膝を蹴飛《けと》ばす。鈍い音がした。男に反応はない。

「てめえ、こいつのなんだ」

もう一発、蹴りを入れる。脇腹にメッシュシューズのつま先がめり込む。うっ、と唸る声がした。男が両手で腹を押さえる。そんな乱暴な。

「おかしな格好してっから、どこのチームなんだと声をかけたらシカトだろ。ふつー、頭くんだろうがよ。おう」

ぱしっ、と平手で頭をはたく。男はされるがままだ。

「なんとか言えよ、ああ」

今度はスキンヘッドが拳で後頭部を小突《こづ》く。ゴツン、と音がする。革帽子に覆われているとはいえ、痛そうだ。もう一発。慎太は思わず顔をしかめた。男が両手で革帽子を抱える。

「てめえも関係ねえのにあやつけて、舐めてんのか」

攻撃の矛先がこっちを向く。リーゼントが迫る。でかい。間近で見ると壁のようだ。慎太は見上げた。背も高い。百九十近くあるかも。ぶっとい両腕を突き出してきた。シャツの胸倉をつかんでぐいとリフトする。呆気なくつま先が上がる。だめ、無理。もうおしまい。

「暴力はよくない。やめよう」

両手をホールドアップの格好にして笑いかける。「なんの解決にもならないよ」

リーゼントは唇をゆがめて冷笑する。

「なんでえ、ただのチキン野郎かよ」

眼が酷薄な色を帯びる。二人もよたって歩み寄ってくる。暇を持て余した暴走族の、格好のターゲットにされたようだ。どうしよう。視界が眩《くら》む。

いいかげんにしなさいっ、と張りのある声が飛ぶ。ヤバっ。

「なによ、寄ってたかって弱い者ばかりいじめて」綾がぴしりと言う。

「そんな弱っちぃ男に凄んでどこが面白いのよ」

いや、それはあんまりだと。が、ぶち切れた元新聞記者はまくしたてる。

「きみたち、エネルギーが余ってるんだったらもっと建設的なことをやったらどうなの」

ほう、とリーゼントが粘った眼を向ける。女連れかよ、と呟くなり、慎太を突き飛ばす。

杉の樹に背中から激突し、息が詰まった。

「おねえさん、建設的なことってなんですかね」

綾は間髪を容《い》れずに答える。

「東日本大震災の被災地のボランティア活動にがれきの撤去作業、冬になれば北国の雪かきとか雪降ろし、スーパー難民の買い物の手伝い。いろいろあるじゃない。きみたち若い力の助けを待っている弱者は日本中にいっぱいいるのよ」

両手を腰に置き、滔々と述べる。惚れ惚れするほど凛々しい姿だ。が、田舎暴走族には残念ながらまったく届かない。

「おれも弱者だよん、おねえさん」リーゼントがあごをしごきながら迫る。

「そうそう、優しく慰めてもらおうっかなー」

「おれたち、将来が見えない可哀想な弱者だもんな」

パンチパーマとスキンヘッドもニヤつきながら輪を詰める。ちょっと待て。冗談にならないぞ。頭が勝手に怖い想像をしてしまう。綾が三人に拉致《らち》され、神社の中に連れ込まれ――

パシン、と乾いた音が弾けた。

「いいかげんにしなさいっ」

綾が仁王立ちだ。リーゼントがほおを片手で押さえている。もしかして、殴った？　おーいて、と眉のない肉厚の顔をしかめる。間違いない、殴った。綾が叱《しか》り飛ばす。

「甘ったれるんじゃないの」

てめえ、とリーゼントが眼を細める。ドスの利いた声が這う。「舐めやがって」

綾の顔が強ばる。慎太はスニーカーを踏み出した。意識とは関係なく身体が動いた。前に出る。やめろ、と間に割って入る。両手を広げてヤケクソで叫ぶ。

「そこまでっ」足許《あしもと》から震えが這い上がる。リーゼントが鬼の形相で迫る。険しい顔の二人が続く。怖い。膝ががくがくする。腰が抜けそうだ。背後で大きく息を吸う音がした。うそだろ。

「三人がかりなんて、卑怯者っ」

綾が叫ぶ。慎太は泣きたくなった。

「男なら恥を知れ」

お願いだから黙っていてください。憤怒の形相の赤鬼が吠える。

「おら、どけっ」右の手を横殴りに振る。あぐっ、と情けない声が出た。平手打ちがあごに炸裂し、眼の前で火花が散った。呆気なくよろける。へにゃりと杉の樹にもたれる。男三人が綾に迫る。ダメ。絶体絶命。が、もう身体が動かない。

そのときだった。やめいっ、と野太い声が飛ぶ。空気がビリッと震え、全員が静止した。

「きさまら、やめんかっ」

ベンチの男だ。立ち上がり、額の大きなゴーグルを首に引き下げる。そして古びた編上げ靴を踏み出し、大股でやってくる。

首が太く、胸板が厚い。けっこう逞しい身体だ。でも、リーゼントの前に来ると二回りは小さい。しかもチョコレート色のおかしな特攻服に、頭を丸く覆う革の帽子。首に引き下げたゴーグルと両手の革手袋。胸元にたくし込んだ白い布。耳当て付き帽子はご丁寧にあご下のベルトまで締めてある。まるでコントだ。そのコント男が、臆することなく大男を見上げて言う。

「婦女子に手を出すとはもってのほか。不届き千万《せんばん》、恥を知れい」

綾が、暴走族三人組が、ぽかんと見つめる。虚をつかれ、呆気にとられている。慎太もどう反応していいのか判らない。これがあのしょぼくれたベンチのひと？　まるで人間が入れ代わったような。茫然と眺めた。もしかして、パニック？　我を失ったのか？

「おまえ、どーしたの」

リーゼントがまじまじと顔を覗き込んだ。

「やっぱ頭、おかしいんだろ」

へらへら笑い、指で男の額を突く。

「やめろ」男は手を払いのける。リーゼントの顔から血の気が失せる。こいつ本気か、とばかりに眉間《みけん》に筋を刻む。が、男は仁王立ちになって言い放つ。

「きさまあ、男の顔にさわるなっ」

裂帛《れっぱく》の気合のような声が飛ぶ。リーゼントのこめかみに青い血管が浮いた。ぶっ殺す、と凄むや両手でつかみかかる。

やばい、キレた、殺される。このコント男は場の状況がうまく把握できない精神疾患者だ。対人関係が極度に苦手なんだ。普通の人間ならK－1ヘビー級ファイターのような暴走族に突っかかるはずがない。助けなきゃ。一一〇番。尻ポケットのケータイに手をやる。が、その後の展開に度胆を抜かれた。

男はすっと身体を沈めるや大きく両足を開き、右の拳を突き入れた。革手袋をはめた拳だ。シュッ、と空気を切り裂く音がした。腰の入ったストレートパンチが唸りを上げ、ほおに炸裂する。リーゼントがのけぞった。たった一発で大男が棒立ちになる。眼が焦点を失う。半分失神している。そこへ返しの左の拳を叩き込む。ドカン、と重い音が響いた。ひねりを入れたフックがあごをとらえ、振り切った。鉄棒でぶん殴るようなパンチだ。

万歳の格好で巨体が吹っ飛び、バイクに倒れ込んだ。ドミノ倒しで三台が次々にひっくり返る。槍のようなマフラーがバキバキと折れ、鋼《はがね》がぶつかる派手な音が響く。

リーゼントはバイク三台の上で大の字になり、白眼を剝いて動かない。落雷のようなパンチだ。すっげえー、思わず声が出た。ホームレスのような男が凶暴な暴走族をノックアウトした。信じられない。綾も啞然《あぜん》だ。

おおあ、パンチパーマが殴りかかる。歯を剝き、決死の形相だ。男は半身《はんみ》になってパンチをすかすや、せいやっ、と気合一閃《いっせん》、シルクシャツの襟をつかみ、右脚を跳ね上げる。パンチパーマが大きく宙を舞い、裏返った。どーんと背中から叩きつけられる。柔道？

ぐええっ、とヒキガエルを踏んづけたような声が漏れた。パンチパーマは海老《えび》反りになって呻《うめ》く。強い。めちゃくちゃ強い。頭から落としたら首を折って即死だ。

最後の一人、スキンヘッドと向き合う。白ジャージの背中に金の刺繡《ししゅう》で大きく〝天下統一〟とある。

男は正面から見つめる。慎太は胸がざわつくのを感じた。男の眼がおかしい。きれいだ。深山の湖のように澄んでいる。

慎太は理解できなかった。なぜ、凄まじいケンカの最中にこんな静かな眼ができるのか。普通なら興奮して眼が血走り、肩を怒らせ、きな臭い殺気を発しているはず。それが立ち姿も力みがなく、見事な自然体だ。荒野に根を張る一本の樫《かし》の樹のようだ。

「まだやるのか」

男が静かに言う。スキンヘッドの顔が醜くゆがむ。男は、よし、とうなずく。

「ならば心してこい。いまのおれは手加減はできんぞ」

一人残った暴走族はハアハア、と肩を上下させて荒い息を吐く。背中の〝天下統一〟も呼吸に合わせて揺れ、スキンヘッドが脂汗に濡れる。迷っている。無理もない。屈強な仲間二人があっという間に叩きのめされたのだ。ヤクザを相手にするより怖いと思う。

と、男が動いた。右の手を掲げる。焦《じ》れて先に仕掛けるのか？　違った。のんびりと空を仰ぎ見る。手庇《てびさし》をし、眩《まぶ》しそうに眼を細める。その視線の先を追う。小鳥が舞っていた。ピィーピィー、と啼《な》きながら青い空を飛んでいく。男の唇がほころんだ。爽やかで、どこか寂しげな微笑だ。眼の前の暴走族はもう存在しないのか。きれいさっぱり忘れてしまったのか。やっぱりこの男、おかしい。

危ない、と声が飛ぶ。綾だ。

スキンヘッドが右腕を振ってきた。鋼がぎらりと光る。ナイフだ。刃先が尖ったコンバットナイフだ。シュンと空気が鳴った。男は刺される寸前、体《たい》をひねってかわす。

「てめえ、舐めんなっ」

スキンヘッドが喚《わめ》いた。黒いグリップを握り締めて振り回す。眼が焦点を失っている。刺すぞ、と唾を飛ばして吠え、刃先を突き込む。分厚い刃のコンバットナイフにまともに刺されたら一発で致命傷だ。

慎太は震えた。これはテレビでも映画でもない。本物のケンカだ。下手したら殺される。下半身が痺れる。男が殺されたら次はこっちだ。キレた暴走族に追い回され、コンバットナイフで刺される。想像しただけで小便をちびりそうだ。綾も口に手を当て、眼を見開いている。あの怖いもの知らずの女が圧倒されて声も出ない。

対峙《たいじ》する男は冷静だ。巧みなステップと身体のひねりでナイフをかわす。スキンヘッドの息が上がり、動きが鈍る。そのときだった。男は素早い足さばきで距離を詰めるや、突き出してきた手首をつかみ、肘を当て、腕をひねった。グキン、と嫌な音がしてナイフが落ちる。流れるような動きだ。コンバットナイフをまったく恐れていない。いや、死ぬことを恐れていない。最後、足払いで地面に叩きつける。スキンヘッドがくぐもった悲鳴を上げる。両足をばたつかせて転がる。漁船の甲板で跳ねるマグロのようだ。右肩が外れていた。

三人倒すのに一分かかっていない。この男、何者だ？　背筋を冷えたものが這い上がる。

「慎太くん、行こう」

綾が切迫した表情で言う。

「仲間なんか呼ばれたら厄介なことになるわよ」

そうだ。さっさとおさらばしよう。震えるスニーカーを踏み出した。男は動かない。革手袋をはめた両手をじっと見つめている。不安そうだ。横顔が翳《かげ》る。迷子《まいご》になり途方に暮れる子供のようだ。足許に転がる三人の暴走族と、呆然と突っ立つ男。そのコントラストに頭が痺れ、気がついたら男の背を押していた。

「あんたも行こう、ここは危ないから」

さ、はやく、と促す。腕を引くようにしてワゴンまで連れていき、後部座席に押し込む。運転席に入るやエンジンを始動させ、発進した。日野バイパスを都心に向かって走る。ルームミラーで後方を確認する。追っ手はいない。ふーっ、と安堵の息を吐いた。

ちょっと慎太くん、と肘で突かれた。

「どうすんのよ」綾があごをしゃくる。

「後ろの彼、どこまで行くの」

後部座席を見る。男は両手で革の帽子を抱え、蹲《うずくま》っている。暴走族三人を一瞬にして倒した雄姿がウソのようだ。

あのー、と恐る恐る声をかけた。

「適当な場所まで送りましょうか」返事はない。

「どこでもいいですよ。好きな場所を言ってください」

反応なし。ため息が出た。なんか厄介なものを背負ったような。しばらく走るか。ルームミラーに笑顔を送る。

「臭いの、我慢してくださいね。ボランティアでホームレスの炊き出しをやってるもんで」

そういうこと喋んなくていいの、と綾が呆れ顔で言う。

「タクシーじゃないんだから」

なんだよ。少しむっとした。そもそもあんたが首を突っ込んだからこういうことに。

しっ、と綾が唇にひとさし指を当てる。声がする。男だ。耳を澄ます。きょうはなんにちですか、と聞こえた。綾と顔を見合わせた。不安がよぎる。

赤信号で停まる。ルームミラーの中、男が顔を上げる。左右を見回し、すがるような表情を向けてくる。唇が動く。きょうはなんにちですか。胸が痛んだ。努めて朗らかに答えた。

「五月十四日ですよ」

男の眼が宙を眺める。やっぱりきれいだ。眼球の白い部分が青みがかり、黒眼は深く澄んでいる。精神疾患ゆえなのか。それとも他に理由があるのか。こんなに澄んだ美しい眼の持ち主は初めてだ。無垢《むく》とも違う。なんだろう。

ほら、と綾が膝を叩く。「青よ」

慌てて発進した。男はまた両手で頭を抱え、うなだれる。

「記憶喪失みたいね」綾が小声で言う。

「なにかショックがあったのかしら」

　さあ、と首をひねった。綾はルームミラーで男を確認し、苦笑する。

「昔の飛行機乗りみたいな格好ね。チャールズ・リンドバーグとか」

　リンドバーグ？　表情で察知したのだろう。綾が説明する。

「世界で初めて、大西洋単独横断飛行に成功したアメリカの飛行操縦士よ。幼い息子の誘拐殺人事件でも有名だけど。知らない？」

　知らない。学習のおかげで革命とか政治の話ならそこそこ自信があるが、一般教養はからっきしだ。またコンプレックスが頭をもたげる。綾が話の方向を逸らしてくれる。

「コスプレなのかもね。クラシックな操縦士の格好が趣味とか」

「ケンカが強いことだけは確かだけど」

　綾が小首をかしげて言葉を引き取る。

「じゃあ武道の稽古《けいこ》で頭でも打ったのかなあ」

　そうか、武道家か。言われてみると納得できる。抜群の強さとおかしな言動。ユニークなコスプレ。世間ずれしていない武道家なら判る気もする。慎太は大きくうなずいた。

「やっぱり武道の専門家だよな。暴走族三人が雷に打たれたみたいに転がったもの。このひと、凄いよ」

羨望を滲《にじ》ませて言うと、綾がこっちを見た。白い歯がきらめく。柔らかな微笑が浮かぶ。

どしたの？

「驚いたわ」感に堪えない口調で言う。

「もうびっくりよ」

「おれも驚いた。まったく無抵抗でやられ放題だったのに、突然スイッチが入ったみたいに三人を倒したもんな。あいつら、なんにもできなかった。コンバットナイフまで持ち出したのに、簡単に返り討ちだもの」

ちがう、と首を振る。ショートカットが乱れる。

「武道家なら強くて当然よ。べつに驚くことじゃないわ」

熱っぽい瞳が慎太をとらえる。胸がドキドキした。

「慎太くんがあんなに勇気があるなんて、知らなかった」

ハンドルをしっかり握って前を見る。落ち着け、うろたえるな、と言い聞かせる。綾の甘い言葉が続く。

「わたしの前に立ち塞《ふさ》がり、暴走族に向かって、やめろ、と怒鳴ったでしょう。信じられなかったわ。きみはただの——」

呑み込んだ言葉はだいたい想像がつく。ただのヘタレ男じゃなかった、と。嬉しい半面、ちょっと悲しい。なにせ、リーゼントのたった一発の平手打ちで腰が砕け、身体が動かなくなったのだから。男が武道の達人じゃなかったら危なかった。

　後部座席の男に心の中で感謝を告げる。あんたのおかげで綾に少しだけ認められました、ありがとうございます、と。なんか、気持ちが明るくなる。コンプレックスもいくぶん薄まったような。慎太は素っ気なく返す。

「男なら普通のことだと思うよ」語りながら昂揚した。

「おれ、気持ちだけは負けたくないんだ。腕っぷしはなくても、気持ちさえあればなんとかなると思っている」

「先生もよくおっしゃるわね」綾が前を向いたまま語る。

「まず気持ちが大事だ。国家を背負う若い人間の心が変われば社会も変わる。いいかげん、自立国家の矜持《きょうじ》を持たねば」

　そこまで言うと、綾はそっと後ろをうかがう。自立国家の矜持——たしかに第三者に聞かせることじゃない。しかし、男は両手で革帽子を抱えて動かない。慎太は陽気に言う。

「気持ちさえあれば大抵のことはできるさ。ひどい格差社会も、政治家や官僚の横暴もなくせると信じてる。信じなきゃおれ、いまみたいな生活は続けられないよ」

　本音だった。二十五歳のフリーター。将来はまったく見えない。もう二十五歳。四捨五入したら三十だ。アラサーだ。本当に世の中は変わると信じているから、こうやって頑張れる。

「慎太くん」綾の口調が変わった。真剣な眼差《まなざ》しだ。

「あなた、頑張れば本物のソルジャー。つまり先生の側近。内弟子。

本物のソルジャー。つまり先生の側近。内弟子。

「いや、そんな大それたことは」

「慎太くん、判ってる？」

細い眉をゆがめる。唇を慎太の耳に寄せてくる。温かい息がかかる。

「先生が認めているから今日の視察に指名されたんじゃない」

先生直々《じきじき》の御指名？　顔が火照る。身体の芯から歓喜と昂揚感が湧いてくる。

「わたしも期待してるんだから」

甘美な痺れが背筋を這い上がる。

「くだらないボランティアなんかやめて、そろそろ国平会に専念したらどう」

すっと頭が冷えた。

「どういうことだよ」言葉が尖ってしまう。

「以前はあんなに誉めてたじゃないか」

そうだ。最初、綾は炊き出しのボランティアを主宰するＮＰＯ法人代表の本をつくるとかで真冬の公園にやってきた。何度か足を運び、代表にも取材を続けていたようだが、本の話はいつの間にか立ち消えになった。

「判っちゃったのよ」「なにが」

綾は肩をすくめる。

「この社会に百パーセントの善意はないということ」

慎太は息を詰めた。

「今度、ゆっくり話してあげるね」あーあ、と両手を後頭部に回してシートにもたれる。

「なんか疲れたみたい。少し寝るからさ、新宿に着いたら起こして」

それだけ言うと返事も待たず瞼を閉じた。すぐに寝息が漏れる。

ルームミラーを覗く。後部座席のおかしな男は両手で革帽子を抱えたままだ。このひと、どうするんだろう。

日野バイパスは国立《くにたち》市で甲州街道に合流して一本の幹線道路となる。夕刻の混雑とあいまって、クルマの量が一気に増える。ワゴンは一路、都心へと走った。

ああっ、と素《す》っ頓狂《とんきょう》な声が聞こえた。なんだ？　ルームミラーの中、男が眼を丸く剝いている。驚愕《きょうがく》の表情だ。どうした？　ワゴンは永福町《えいふくちょう》のインターチェンジから首都高速に入り、初台《はつだい》を過ぎた辺りを走っていた。べつに事故もないし、暴走車もいない。クルマはスムーズに流れている。男が身を乗り出して指さす。

「あれはなんですか」

フロントガラスの向こう、高層ビル街だ。夕陽を浴びて鮮やかなオレンジに輝いている。

「西新宿のビルだけど」

はあ、と空気が抜けたような声が漏れる。男はしばらく見つめたあと、口を開いた。

「東京の新宿、ですか」「そうだけど」

答えながら、容易ならざる事態だと思った。男は虚《うつ》ろな眼で呆然としている。

「大変ねえ」綾だ。いつの間にか眼を醒ましている。

「これは相当重症よ。重度の記憶喪失」

両腕を組み、深刻な表情で言う。

「もしかしたらとんでもない過去を持った記憶喪失者かも」

そして慎太の耳元で囁く。

「凶悪な犯罪者とか」面白がっている。

「おれがなんとかするさ」

おおっ、と笑う。慎太は言葉に力を込めた。

「これもなにかの縁だ。あとで事情を聞いてみるよ。落ち着いたら記憶が戻って身元も判るかもしれない」

「なんか慎太くん、急に頼もしくなったみたい」

いや、それほどでも。慎太はゆるんでしまうほおを押さえた。男は呆《ほう》けた表情で前方を見つめている。西新宿の高層ビル街がのしかかるように迫る。


仕事の打ち合わせがあるという綾を新宿駅南口で降ろす。

「じゃあ、もう会うこともないと思うけど、頑張ってね」

ショルダーバッグを肩に回し、男に手を差し出す。男はいま気づいたという風に革手袋を外し、首のスカーフの化け物——違った。白いシルクのマフラーだ。首にたくし込んでいたマフラーを抜き取って器用に畳み、革帽子を脱いだ。見事な丸刈り頭だ。掌の汗をズボンで拭い、ありがとうございました、と握手し、丁寧に腰を折る。さすが武道家だけあって礼儀正しい男だ。坊主頭も凜々しい。

さよなら、と手を振る綾に別れを告げ、ワゴンを発進させた。

明治通りを北上する。街には赤や青のネオンが灯り始めている。男は、山深い田舎から出てきた子供のように周囲のビル街を見回している。

「ちょっといいですか」

慎太は呼びかけた。ルームミラーの中、男がこっちを見る。

「どうしてあの神社にいたのか、思い出せますか」

男は暫し沈思し、力なく首を振った。「判りません」

慎太は落胆し、それでも次の質問を繰り出した。

「武道をやっているんですね」

男はひと呼吸おいて「けんとうと柔道を少々」と言う。柔道は判るが、けんとう、はなんだろう。その疑問を口にすると、拳を握り、これです、と軽くパンチを繰り出す。ははあ。

「ボクシングですか」

ぼくしんぐ、と呟き、「そうともいいます」と重々しく告げる。なんだよ、だったら最初からボクシングって言えよ、と苛立《いらだ》ちをひとつ、腹に落とす。どうも調子が狂う。

「助けてもらってこういうことを言うのもなんだけど、おたくに忠告したいんだ」

なんですか、と曇りひとつない澄んだ眼が見つめてくる。空咳を吐いて続けた。

「暴走族のコンバットナイフ、まったく怖がっていなかったでしょう」

男は怪訝そうだ。

「相手の手をこうやってつかんだじゃないですか」

手首をつかむ仕草をやってみせる。ああ、と得心顔でうなずく。

「ならず者たちですね。ああいう手合いはこらしめなくてはなりません」

いや、それはそうなんだけど。頭を整理して告げる。

「いくら武道の達人でもナイフは危ない。あんなことをやってたらいつか死にますよ」

男は宙を眺める。遠くを見つめる。慎太は言葉を重ねた。

「命は大事にしたほうがいいです」返事はない。

「自暴自棄になってるのかもしれないけど、命は大事にしてください」

慎太は自分に言い聞かすように告げた。

「いまは命を簡単に捨てる人間が多過ぎます。おれはそういうの、よくないと思います」

男は眼を閉じ、下を向いた。判ってくれたんだろうか。


部屋のインタフォンを鳴らした。モーツァルトの交響曲が流れる広々とした廊下には毛足の長い深緑の絨毯《じゅうたん》が敷かれている。間接照明が照らすほの暗い空間が左右に広がるなか、小泉綾は待った。反応がない。不安が募《つの》る。たっぷり三分は待たされて、分厚いドアが開いた。

「やあ、いらっしゃい」

明るい笑顔が現れる。漆黒の髪を後ろに撫でつけた色男。政治学者、戸村清之だ。黒のレザーパンツに、白のシルクシャツ。胸元でゴールドのペンダントが光る。甘い香水が漂う。

「お疲れさん。終わったのかい」

心地よいバリトンが響く。隆起した鼻と、猛禽類《もうきん》に似た鋭い眼。そげたほおに尖ったあご。黙っていると氷の悪魔のように怖いが、笑うと春の太陽のように輝く。

はい、と小声で答える。戸村の前に出ると、どうしても萎縮《いしゅく》してしまう。新聞記者時代、取材で出逢って以来、四年。当時、大学の一准教授として不遇をかこっていた無名の政治学者はいま、大きくはばたこうとしている。

「さ、入りなさい。なにか飲むかい」「ペリエをください」

西新宿に建つ外資系高層ホテルのタワー棟。その三十階にある眺望抜群のスイートルームが戸村の住まいだ。

光を落とした薄暗い部屋に招き入れられる。大きなソファに座る。戸村が鏡のような黒曜石のテーブルにグラスを置き、ペリエのボトルを注ぐ。冷たいペリエを一気に飲み干した。喉で泡が弾け、涙が滲んだ。

「相当、疲れたみたいだね」

大きなガラス窓を背に、戸村が微笑む。ネオンの海が広がる。

「多摩御陵を視察してきました」

「どうだった」ピンライトの下、指をあごに置き、静かに問う。

「うまくいきそうかい」

「実行は簡単だと思います」

綾は大正天皇皇后と昭和天皇皇后が葬られた多摩御陵の現状を説明した。平日ということもあり、ひとの姿はまばらで、警備の警察官も緊張感に乏しく、参道の店で訊いたところ、土日こそピクニック気分の参拝者が増えるが、平日の人出は数えるほどだという。

「緑豊かな自然公園ですね。常駐する警察官も参道の交番も暇そうで、平日なら一般市民を巻き込むことなく実行できます。しかし、あまり意味はないと思います」

「爆破しても田舎過ぎて面白くない、と」

「社会へのインパクトがありません。極左団体の腰の引けた暴発、と誤解されて終わる可能性は大です。やるなら首相官邸か国会議事堂です」

「なるほど」薄く笑う。はだけたシャツの間で逞しい胸筋が隆起する。戸村は四十歳になるが、日常の厳しい筋トレと戦闘訓練で強靭な筋肉質の身体を維持している。酒もタバコもやらない。若々しい容貌もあいまって、見た目は三十そこそこだ。

「けっこう過激なんだな」

首筋が、顔が、炙られたように熱くなる。綾は抗弁した。

「日本をこういう情けない国にしてしまったのは政治です。口ばかりで実行力のない、小利口な政治家たちです。我々は日本政治の中枢にこそ鉄槌《てっつい》を下すべきです」

「それは理想にすぎない」ぴしりと言う。ピンライトの下、陰影を刻んだ顔が凍っていく。

「わたしが想定したのは示威行為だ。国家への警告だ。永田町を爆破するとなればそれは国家への宣戦布告になる。がっぷり四つの力勝負なら、我々が負けるに決まっているさ」

それくらい判らないのか愚か者、と言わんばかりだ。綾は唇を嚙んだ。

「多摩御陵はやめよう」あっさり言う。

「勘違いするな。きみの意見を容れたわけじゃないぞ」眼が鈍《にぶ》い底光りを放つ。

「事態は急を告げている。今日、米国のさる筋から話があった。我が日本国の現状は国民が知るより遥かに危険な状況にある。一千兆円近い負債と、底なしの構造不況。大企業の国外逃亡に産業の空洞化——。千年に一度の大災害、東日本大震災で止《とど》めを刺され、日本の財政破綻《はたん》はいまや時間の問題だ。世界が恐怖に震えた福島第一原発のメルトダウンも致命的だ。国家の破滅まで、すでにカウントダウンが始まっている。我々にはもう時間がない」

死刑宣告に等しい言葉だった。

「財政破綻が起これば中国、ロシアが動く。両大国は瀕死の状態にある日本を吞み込むべく、そのチャンスを虎視《こし》眈々《たんたん》と狙っている」

「座して死を待つよりは行動に移す、ということですね」

語りながら気持ちがたまらなく昂揚する。

「それでこそ戸村先生です」

戸村がひとさし指を立てる。こっちを見なさい、と軽く振る。

「いいかい、わたしは理論だけの学者じゃない。テレビで愚にもつかぬ知識をひけらかし、深刻な顔で世を憂《うれ》えてみせるだけのバカな評論家とは違う。日本国民の絶望を無視し、保身と派閥抗争しか考えない、愚鈍な政治家連中とも違う。やつらは覚悟も矜持もない怠惰な豚だ。安全地帯でたらふく飲み食いし、動こうとしない卑怯者だ。しかし、わたしは違うぞ」

「もちろんです」

「自ら刀を握り、日本のために戦うサムライだ」

綾は大きくうなずいた。戸村の言葉が心の底まで届く。

「いま、この国の怒りのマグマは爆発寸前まで膨らんでいる。我々がやるのはこう指を摘《つま》み、針を突き刺す真似をする。「突いてやるだけでいい」

「突いてやりましょう」

「命を捨てることになるかもしれない」

「捨てましょう」よし、と戸村が両膝を叩く。パン、と乾いた音が弾けた。

「本物のソルジャーは、戦士は一人でも多いほうがいい」「賛成です」

「小泉、きみの相棒はどうだい」

相棒。平凡な草食系の顔が浮かんだ。暴走族たちに怯《ひる》まなかった田嶋慎太。

「見かけによらず使えると思います」

「当然だ。田嶋はきみに惚《ほ》れているからな」

えっ、と声が出た。

「人を愛する気持ちほど大きなエネルギーはない」断言する。

「愛は社会を、歴史を動かす」先生は――

「わたしもそうさ」微笑する。爽やかな笑顔が綾を包む。

「我が国平会の全員を、善良で勤勉な日本国人民を、わたしは愛する。この緑滴《したた》る美しい国土と未来を、わたしは愛する。その大きな愛が生む無尽蔵のエネルギーが戸村清之の力だ」

綾は心の半分で落胆し、半分で納得した。戸村は特別な人間だ。この疲弊しきった日本国の命運を握る、本物の指導者だ。独占は許されない。

「さあ、小泉、こっちへ来いよ」

手を取られた。電流を浴びたように全身が震えた。誘われるまま腰を上げる。

「きみと田嶋にやってもらいたいことがある。今度は危険で難しい仕事だ。運が悪ければ最悪の事態もあり得る。できるか」

　肩を抱きながら訊いてくる。

「できます」頭で黄金の光が散る。

「先生、わたしは国を守るためならなんでもやります」

「その意気やよしだ」

　ブラックライトが灯る、海の底のような寝室に連れ込まれる。身体がたまらなく火照る。


「帰る場所がないんですか」

　はい、と男は恐縮して答える。慎太は困惑しつつ問う。

「忘れたのですか」「恐らく、そうだと思います」

　ＪＲ大塚駅近くの喫茶店で男と向き合った。自宅アパートの近くだ。困った。このまま街に放り出すわけにもいかないし。

　ギュル、と音がした。テーブルの向こう、男の顔が真っ赤だ。眼を伏せてチョコレート色の革帽子をいじる。沈痛な表情だ。

「なにか食べますか」いや、その、と坊主頭をかく。

「カネがありませんので」

いやな予感がした。「一円もないのですか」

えっ、と男が顔を上げる。眼が丸い。驚いている。焦《あせ》った。おかしなことを言ったか？　もしかして、とても失礼なことを口にしてしまったのか？　男が言葉を引き取る。

「一円もあればカツレツも天ぷら蕎麦《そば》も食べ放題です」

なにかのジョークだろうか。それにしては表情が真剣だ。

「自分は一円どころか一銭もありません」

きっぱり言う。よく判らないが、すっからかんということだろう。

「サンドイッチでも頼みましょうか」眼を伏せて返事がない。

「御馳走します。おたくには助けてもらったし」

すみません、と深く坊主頭を下げる。店員にサンドイッチとコーヒーを二人前頼む。綾の態度の変化を思えば安いもの。

「実は、朝食べたきり、なにも腹に入れておりません。その朝メシも早かったもので」

男は恐縮して弁解する。

「そんなに早かったのですか」

「朝三時を少し過ぎた頃です」

ええっ。坊主頭と礼儀正しい態度。浮世離れした雰囲気。もしかしてお坊さんだろうか。

テレビで京都の寺で修行するお坊さんのドキュメントを観《み》たことがある。夜明け前から険しい山々を走り回っていたっけ。この男も厳しい修行の途中、山道から転げ落ちて頭でも打ったのか。いや、こんなおかしな格好の修行僧はいない。

「仕事の関係でそんなに早いのですか」

「いえ、今日は特別な――」

ひと息置き、言葉を絞り出すように言う。

「五月十四日は本当に特別な日ですから」

「特別な日、ですか」

男は唇を噛んで黙り込む。なにか深い事情があるのかも。まったく記憶がないというわけでもなさそうだ。

「自分の名前は憶《おぼ》えていますか」

テーブルを見つめ、しばらく沈黙したあと、口を開く。

「陣内、といいます」じんない？　男が顔を上げた。

「なにか書くものがありますか」

慎太はクラッチバッグからボールペンと手帳を出した。視察用の手帳だ。まっさらのページを開いてテーブルに置く。「どうぞ」

男はボールペンを取り、しげしげと眺める。そして、遠慮がちに言う。

「万年筆か鉛筆はありませんか」

いらっとした。

「普通、ないでしょ」

男は素直にペンを走らせる。が、すぐに止まる。慎太はボールペンを取り上げる。

「普通、ノックしなきゃ書けないでしょ。こう」

ノックして渡す。すみません、と小声で詫びて一礼する。なんか可哀想になった。ボールペンの使い方も忘れた重度の記憶喪失者なのだ。己の苛立ちを恥じた。男は背筋を伸ばし、丁寧にペンを動かす。習字の先生みたいだ。

陣内武一

きれいな文字だ。雄々しくて張りがあって、思わず見入ってしまう。

「じんないたけかず、でいいのですか」

「じんないぶいち、と申します」

ぶいち、か。慎太は軽い調子で返す。

「陣内さんかあ。藤原紀香の元旦那《だんな》と同じ名前ですね」

反応なし。芸能界に興味がないのか、それとも忘れてしまったのか。いずれにせよ、話が続かない。サンドイッチとコーヒーが届いた。

「どうぞ食べてください」

陣内なる男は両手を合わせ、いただきます、と深く頭を下げ、黙々と食べ始めた。めちゃくちゃ腹が減っているはずなのに、がっついたところは微塵もない。身体に一本芯が通った、とても姿勢のいい食べ方だ。やはり坊さんか？

サンドイッチを食べ終わり、コーヒーを飲んだあと、訊いてみた。年齢は判りますか、と。

「二十三歳です」うっそぉ、と思わず声が出た。

「自分は陣内武一、二十三歳であります」

陣内は律儀に繰り返す。まじまじと見た。二十三といえば大学を出たばかりの年齢じゃないか。信じられない。落ち着いて凜とした威厳があって、てっきり三十過ぎかと。

「おれ、二十五だよ」

告げながら、うなだれた。気を使い、敬語で通した自分がひどく間抜けに思えた。

「あなたの名前を教えてください」

陣内はボールペンと手帳をそっと押しやる。あーあ、と不貞腐《ふてくさ》れながら陣内武一の横に、田嶋慎太、と殴り書きした。我ながら汚い字だ。隣が美しい達筆だけによけい際立つ。

「たじましんたさん、ですね」

慎太は、そーだよー、と投げやりに言い、両脚を組んだ。あー、かったりい。

「田嶋さん」低い声が這う。表情が険しい。雰囲気ががらりと変わる。場の空気が尖る。慎太はさっと両脚を戻し、膝を揃えて居住まいを正した。凶暴な暴走族三人を一瞬にして叩きのめした男だ。怒らせたらマズイ。

陣内はテーブルを両手でつかんで屈み込み、周囲をそっとうかがう。警戒している。夜六時過ぎの喫茶店だ。けっこう混《こ》んでる。高校生のグループや談笑するカップル。パソコンを操作するビジネスマン。おかしな人間はいない。が、陣内は怖いくらい真剣だ。店内に鋭い視線を巡らした後、ぐっと顔を寄せる。澄んだ眼が正面から見つめてくる。

「あなたに訊きたいことがあります」

「なんでしょうか」

敬語になってしまう。気圧《けお》されている。浅黒い肌に精悍な面構え、真っ直ぐな視線。こうやって見るとけっこうな二枚目だ。有名な韓流《ハンりゅう》スターに似ているような。薄い唇が動く。

「いまは何年ですか」はあ？　意味が判らない。

「いまは昭和何年ですか」

昭和――。慎太は生唾を呑み込んだ。これってどういう記憶喪失？

「本当に昭和だと思ってる？」

陣内武一なる男は慎太を見つめたきり動かない。弱った。そっとその左手首に眼をやった。

茶革のクラシカルな腕時計が巻かれている。丸い文字盤の数字は黒くて太い、シンプルな算用数字だ。リューズも直径が五ミリくらいあり、刻みもしっかり入っている。いまどき珍しい手巻き式だ。ボディもステンレスではなく鈍い色の真鍮《しんちゅう》だ。こだわりの逸品なのだろう。昔の飛行機乗りのような格好といい、古風な言動といい、古き良き昭和の時代を愛する一種のマニアなのかも。しかし、本気で昭和と思い込んでいたら問題だ。

「冗談、だよね」

真顔のままだ。慎太は温《ぬる》くなったコーヒーをひと口飲み、冷静に、刺激しないよう告げた。

「昭和はとっくに終わってるけど」

こめかみがぴくりと動いた。太い眉が怪訝そうにゆがむ。

「どういうことでありますか」

囁き声が問う。あんたこそどういうこと、と返したい。しかし、ここは我慢だ。

「だからいまは平成二十四年なわけ」

へいせい、と呟き、逞しい首をかしげる。ああもう。慎太は苛立ちをなんとか抑え、テー

ブルのボールペンを手に取った。そして手帳の二人の名前の横に、

平成二十四年　五月十四日

と殴り書きして押しやった。

「はい、どうぞ。これで思い出したかなあ」

軽い調子で言う。陣内は無言のまま首だけを動かして手帳に見入る。じっと、食い入るように眼を凝《こ》らす。どーしたの？　ちょっと熱心過ぎるんじゃない？　慎太の戸惑いをよそに、陣内は唇をぎゅっと嚙む。ほおが隆起し、こめかみの血管が膨れ上がる。カチャカチャ、と陶器が触れ合う音がした。テーブルが揺れている。縁をつかむ陣内の両手が震えている。首の筋が盛り上がる。カップとソーサーが鳴る。おかしい。声をかけようとしたとき、陣内が顔を上げた。慎太は息を詰めた。真っ青だ。恐怖とも驚愕ともつかない、切迫した色がある。

「二十四年ということは――」

すがるように呟く。

「つまり――」きゅっと喉を鳴らして黙り込む。慎太は言葉を引き取ってやった。

「つまり、昭和が終わって二十四年、ということだけど」

陣内がぐっと身を乗り出す。

「では、昭和は二十年で終わったのですか」

はあ、とこっちが首をかしげる番だった。陣内はじれったそうに続ける。

「ですから、昭和二十年で終わり、いや二十一年まで続いたとしても、そこから新たに平成の時代が始まったわけですね」

こいつ、なにを言ってるのだろう。戸惑いを深めながらも答えた。

「昭和は六十三、いや六十四年までだけど」

陣内の唇が動いた。ろくじゅうよねん、と呟き、虚空を見つめる。呆然としている。心ここにあらずだ。焦った。おれ、なんか変なこと言った？

たしか昭和六十四年は一週間しかなかったはず。一月に入ってすぐ、昭和天皇がお亡くなりになったから。以前、バイト仲間のツッパリ金髪野郎が言ってたっけ。おれって六十四年生まれ、チョー珍しいんだぜ、すっげえだろう、と。ストリートダンサーで、ＥＸＩＬＥ入団が夢らしいけど、あれじゃ無理だと思う。ダンスの腕前はともかく、言葉遣いがなっていない。店の客の前で、慎太、てめえ、このやろう、って、二つ年上の先輩に言うことじゃないだろ。体育会系のＥＸＩＬＥは絶対、無理。礼儀に厳しいリーダーのＨＩＲＯさんにぶん殴られる。

「田嶋さん」

我に返った。陣内の口許にじんわりと笑みが浮かぶ。

「もしかして」

眼が輝く。歓喜の表情が湧き上がる。どうした。なにがあった？

「戦争に勝ったのですか」

なんと答えていいのか判らない。そもそも、なんの戦争？　湾岸戦争？　それともイラク戦争？　陣内は勢い込んで言葉を重ねる。

「日本は鬼畜米英に勝ったのですか」

きちくべいえい、って理解不能だけど、日本の戦争ってことだけは判る。ならば答えは決まってる。おかしな記憶喪失になってしまった男に同情しつつ答えた。

「負けたでしょ。おれが生まれるずーっと前の大昔だけど」

五十年以上前に負けている。えーと、昭和何年だっけなあ。たしか五年前に死んだ祖父《じい》ちゃんが小学生のときにアメリカに負けてわんわん泣いた、と言ってたような。

ああ、もう。どうせならそんな古い話じゃなくて、いまの政治とか世界の革命の話を振ってくんないかな。そこらへんの大学生よりずっと深くて広い知識があるのに。

あれ？　陣内の顔色がまた変わる。慎太は息を詰めて凝視した。浅黒い肌が紫になり、眼が、ほおがゆがむ。歓喜の色がきれいに消え、代わりに怒りとも絶望ともつかない、冥《くら》い色に沈む。白っぽい唇が戦慄《わなな》き、しゃがれ声を絞り出す。

「負けたかあ」

血を吐くような言葉だった。歯を食い縛り、眼をぎゅっと瞑《つむ》る。いまにも泣き出しそうだ。励ましたほうがいいのか。いやその前に、なぜこんなに落胆するのか。慎太も困惑の海に沈みそうだった。

陣内が動いた。なにかを吹っ切ったように視線を向けてくる。

「確認させてください」

一転、硬い口調で言うと、陣内は両手を腿《もも》に置き、ぐっと背筋を伸ばす。一分の隙《すき》もない見事な姿勢だ。慎太はそっと嘆息した。この男、とことん疲れる。喜怒哀楽が瞬時に切り替わる、そのデジタルな変化についていけない。叶うなら席を立ってひと息入れたかった。が、
陣内は真正面から見据え、滔々と語る。

「畏《おそ》れ多くも天皇陛下はそのときまで御存命だったと」

「そのときって？」

「昭和六十四年です」

慎太はコホン、と空咳を吐いて告げた。

「御存命でしたねえ。いまは平成の天皇だもの」

陣内がポカンと見つめる。また変わった。今度は魂が抜けたような面《つら》だ。

「ほら、今日、きみをクルマに乗っけた神社だけど、あの近くにでっかい公園みたいなお墓があるじゃない。多摩御陵。知ってる？」

「多摩御陵は存じております。先帝の大正天皇が埋葬されておられますから」

きっぱりと言う。ほんの少しだけ希望の光が射したような。やっと会話が嚙み合った気がする。せんてい、ってのはよく判らないけど、なにかの敬称なんだろう。

「よく知ってるじゃないの。あそこ、昭和天皇のお墓でもあるでしょう」

沈黙が流れた。陣内は力なく眼を伏せる。肩が落ちる。また落胆の海に沈んでいく。さすがに哀れになった。この男、記憶を喪《うしな》って激しく混乱している。

雰囲気とか言葉遣いから、ちゃんとした人間であることは判る。顔も凜としてハンサムだ。背も高い。字も上手《うま》い。育ちもいいし、たぶん学もある。ケンカも強い——。なんだよ。年齢を除けば全部、自分より遥かに上じゃないか。忘れていたコンプレックスが夏空の入道雲のように、むくむくと膨れ上がる。

あーつまんねえ、帰ろっかなー。ここまで付き合えばもう充分だ。サンドイッチとコーヒーも奢《おご》ったし。そうだ。帰ろう。記憶喪失の赤の他人の面倒みるほど暇じゃないし。

「じゃあおれも忙しいし」

手帳をぱたんと閉じ、ボールペンと一緒にクラッチバッグにしまう。

「駅前に交番があるからさ。そこへ行って相談しなよ。医者とか紹介してもらえると思うよ。少しだったらカネも貸してくれるし」

朗らかに告げる。

「あんたの捜索願が出てるかも」

さ、急がなきゃ。まことに恐縮ですが田嶋さんも交番までお付き合いください、なんてバカ丁寧に言われたら大変だ。交番までのこのこ同行して、善良な庶民を疑うことが商売の警察官に、どういう関係なのか、どこで出逢ったのか、なぜフリーターがそういう場所をクルマで走っていたのか、と根掘り葉掘り訊かれたら、余計なことまで喋ってしまいそうだ。ヤバイ。酒落《しゃれ》になんないぞ。伝票を取る。陣内がじっと見ている。真剣な眼差しだ。

「ああ、さっきも言ったけどこれ、奢りだからさ、気にしないで」

ひらひらと伝票を振った。ホント、綾の態度の変化を考えればめちゃくちゃ安い。別途、お礼のカネを払ってもいいくらいだ。気持ちがぐんと明るくなる。綾に電話してみようかな。善は急げだ。麻布か広尾あたりのバーに誘うってのはどうだ。いや、綾は戸村先生に心酔してるから酒はやらない。ならペリエでも一緒に飲むか。綾さえいたら酒なんかいらないや。

あの熱っぽい眼は本気だった。甘い言葉が聞こえる。

——慎太くんがあんなに勇気があるなんて知らなかった——

なんか、マジで勇気が湧いてくる。いままで綾に本当の気持ちを伝えられなかった。今夜は絶好のチャンスかも。慎太くん、この夜を待ってたのよ、なんて、囁かれたらどうしよう。ああ、ピンク色の妄想が果てしなく広がってしまう。

さあ、行くか。じゃあな、と腰を浮かした。全身が強ばる。うそ。すーっと血の気が引いた。テーブルの向こう、陣内が睨んでいた。眉間に筋を立て、恐ろしい形相だ。顔が紅潮し、眉が吊り上がる。

マズイ。浮いた腰をそっと下ろした。いまにもパンチが飛んできそうだ。

眼を伏せた。綾の言葉がまた聞こえる。もしかして、交番が気にさわったのか。肩をすぼめ、

——凶悪な犯罪者とか——

腋に冷や汗が浮いた。間違いない。〝交番〟が地雷をもろに踏んだんだ。でなきゃ、こんなに豹変《ひょうへん》する理由《わけ》がない。よくよく考えたら、凶暴な暴走族三人を相手にまったく怯《ひる》まないなんておかしい。普通じゃない。コンバットナイフにも自分で飛び込んでいったし。

おれがなんとかする、と綾に見栄《みえ》を張った自分が大バカだった。己の分《ぶん》をわきまえず調子に乗り過ぎた。火が点いたダイナマイトのような危険な男を相手に、間抜けにもほどがある。

よし、と気合を入れた。謝ろう。ここはひたすら頭を下げて、許してもらうしかない。謝罪は得意中の得意だ。筋金入りだ。ああ、おれの人生、謝ってばかりだな。すみません、申し訳ありません、と愛想笑いを浮かべて呼吸するみたいに言ってきたな。

すみません、と小さく言い、上目遣いに陣内をうかがった。怖い。身がすくんだ。血走った眼が燃えるようだ。あれ？　なんかおかしい。視線の方向だ。自分をスルーして、後ろのほうに。錯覚？　違う。射貫《いぬ》くように後方を睨んでいる。

そおっと振り返った。夜の喫茶店の穏やかな光景があった。談笑するＯＬのグループに、商談中らしきビジネスマン。ワッハハハッ、と明るい笑い声が響く。大柄な白人男性と若い女性が寄り添って座り、大盛り上がりだ。さすがに外国人だ。屈託がない。トレーナーにジーンズのラフな格好でペラペラ喋りまくり、オーバーなアクションでふざけ合っている。

あめりかじん、と低い声が聞こえた。弾かれたように向き直る。陣内だ。白人男性を見ている。眼が据わっている。もしかして怒りの対象はあの白人男性？　唇が動く。

「アメリカ人がいる」

凄味のある声音が這う。いや、イギリス人かもよ、とへらへら笑っておちゃらけてみたが、聞いちゃいない。さらに眼が険しくなる。ナイフのように尖る。ヤバイ。この男が暴れたら収拾がつかない。白人も筋肉モリモリの、アメフト選手みたいな身体だ。短い金髪に青い眼。

彫りの深い、精悍な顔だ。ケンカを売られたら喜んで買うタイプだ。生まれついての肉食系だ。もしかして横田とか座間、横須賀の米軍基地の兵士かも。

「知り合いなの」小声で訊いてみた。陣内は黙って首を振る。

「じゃあ、怒ることないじゃないか」答えはない。

「日本人の女の子と仲がいいのが気に食わないの。もしかしてあんた、過激な右翼？」

陣内は白人男性に眼を据えたまま腰を上げた。怒気が焔《ほむら》となって立ち昇る。ちょっと待って、と手首をつかんだ。邪険に払う。ぬっと仁王立ちになる。いまにも突進していきそうだ。いや、眼が合った途端にゴングが鳴るだろう。白人男性が腕まくりをして、ガッデム、とかなんとか鬼の形相で吠える様が見えるようだ。そして猛烈な取っ組み合いが始まり、客が悲鳴を上げて逃げまどい、店内は二頭のゴリラが暴れたみたいに破壊され、パトカーがサイレンを鳴らして到着し、自分は殺気だった警察官たちに囲まれ、厳しく事情を訊かれ、すべてを吐いてしまう。そして綾と先生も——。ああ。こいつは疫病神かよお。

ワオッ、と野太い声がした。白人が眼を丸く剝き、逞しい肩をすくめる。ホントにやばい。怒気を察知した白人の顔も険しくなる。一気に戦闘モードだ。落ち着いて、とおかしな飛行服を引っ張って懇願した。が、無視だ。陣内が動いた。ぶつかったテーブルが揺れ、カップが落ちる。破砕音がした。グラスも皿も次々に落ちる。客たちが一斉に眼を向ける。店内が静まり返る。陣内が古びた編上げ靴を踏み出す。ぶちっ、とこめかみで音がした。

てめえ。立ち上がって両腕を伸ばし、胸倉をつかんだ。上を向いてしまう。身長百七十弱の自分より十センチは高い。肩幅は広く、胸板も厚い。鍛え込んだ、鋼《はがね》のような肉体だ。

「やめろって言ってるだろう。おれの話が聞けないのかっ」

悲鳴のような声が響いた。自分だ。キレた田嶋慎太が怒鳴りまくっている。

「おまえ、いいかげんにしろよお」

つかんだ胸倉を揺すった。びくともしない。銅像を相手にしているみたいだ。が、揺すった。陣内は微動だにせず、逆にこっちが揺れた。無様だ。情けない。うああっ、と吠えて頑丈な飛行服を握り締め、ぐいぐい押した。まったく動かない。ちきしょう。

二十五年の人生で初めてキレた。ばかやろう、と怒声を張り上げる。陣内が見下ろす。澄んだ瞳が突き刺さる。なんだよ、殴れよ、おれみたいな弱っちぃ男でよかったらいくらでも殴れよ。睨み合う。が、二秒も続かなかった。陣内がうつむく。全身から怒気が消えていく。慎太の頭も冷えていった。視界の端で白人男性が女の子と二人、困った顔だ。

「お客さん、そういうの、すごく迷惑なんですけど」

男の店員がつっけんどんに言う。両手を離し、頭を下げた。

「すみません。カップ代、払いますから」

いえ、けっこうですから、と出口に誘導する。さっさと出ていけ、ということだ。女の店員が箒《ほうき》と塵取《ちりと》りで掃除を始める。店内の方々から白い眼が飛ぶ。眼を伏せて、すみません、ごめんなさい、と詫びながら歩いた。

カネを払い、二人、逃げるように外に出た。方々で毒々しいネオンが輝く。駅のロータリーにタクシーやバスが連なり、歩道を多くの人が行き交う。

「田嶋さん、まことに申し訳ありませんでした」

陣内が恐縮して言う。

「自分は頭がおかしくなってしまいました。気がついたら田嶋さんに怒られておりました」

歩道に悄然《しょうぜん》と突っ立つ。慎太はため息を吐いた。

「帰る場所がないんだよな」はい、とうなずく。

「警察にも行きたくないよな」できれば、と肩をすぼめる。

「おれんとこへ来いよ」

ホントはそこまで親切でもお人好しでもない。が、もう疲れた。クタクタだ。行くぞ、とあごをしゃくって歩く。陣内は帽子とマフラー、ゴーグルを片手に、後ろから尾いてくる。

武一、と呼んでみた。はい、と答える。ちょっとだけ気持ちがいい。

「ひと晩寝たら頭もすっきりするさ。そう落ち込むな」

ありがとうございます、と律儀な声が返る。慎太はぐいと胸を張って歩いた。気のせいだろうか。すれ違う人たちが揃って畏怖《いふ》の眼を向けるような。丸刈り頭の屈強な男を従えているのだから当然か。しかも、陣内はその実力も折り紙付きだ。いま、ここでチンピラにかまれてもあっという間に叩きのめしてしまうだろう。なんか自分まで強くなった気がする。プロレスラーとか格闘家、力士を連れて銀座や六本木を練り歩く有名芸能人はこんな気分かも。

大塚駅前から巣鴨《すがも》寄りに五分ばかり歩いた住宅街の奥、私立高校の裏手の路地に、古びた二階建てモルタルアパートがある。その一階角が慎太の部屋だ。和室二間（六畳と三畳）に台所と風呂付き。築四十年の骨董《こっとう》物件で、その分、家賃は周囲の四割方安い。

陣内武一は素直だった。それも超が付くくらい。アパート前の路地で「客扱いはしないぞ」と断ると「当然であります」と坊主頭を深く下げる。部屋に入り「余分なベッドはないぞ」とボランティアで散々使い込んだ寝袋を渡すと「畳だけで充分であります」と恐縮する。「三畳間で寝ろ」と言い渡すと「自分は屋根があるだけで満足であります」とバカ丁寧に言う。可笑しい、笑える。年齢に似合わない、どっかの酔っぱらったおっさんみたいなもの言いも可笑しい。慎太が苦笑を噛み殺し、「屋根があるだけのボロアパートで悪かったな」と皮肉をかますと「決してそういうつもりでは」と赤面して慌てた。面白い。愉快だ。

風呂が沸く間、冷蔵庫の缶ビールを渡してやった。慎太はパイプベッドに座り、陣内は畳に正座だ。缶ビールと冷蔵庫を交互に見ている。リサイクルショップで調達したワンドア式の小さな冷蔵庫だ。こんな古いタイプ、初めて見たのだろう。育ち、いいみたいだし。

自慢じゃないが部屋の中も貧相だ。ノートパソコンは昔のバイト仲間が格安で譲ってくれた七年前の台湾製だし、液晶テレビは十六インチのちっぽけな画面で、家電量販店の店頭展示品を値切りに値切って一万円ポッキリで買った。ベッドの横にはパソコンが載った小さなテーブル。食器棚には政治とか革命の本、それに国平会のテキスト類が突っ込んである。ドア寄りの三畳間は炊き出し用の材料の保管場所だ。いまは貰《もら》いもののジャガイモとかニンジン、玉葱《たまねぎ》が入ったダンボール箱が積み重ねてある。それだけだ。

冷たいビールを飲んだ。ああ、うめえ。

社会の改革に生きる者は質素を旨とせよ。戸村先生の口癖だ。いい言葉だと思う。貧乏に余計なひけめを感じずにすむ。ビールをぐびっと飲む。心身がほぐれていく。

憂国の士たるもの酒やタバコにうつつを抜かすなどもってのほか。これも先生の言葉だ。先生は有言実行の漢《おとこ》だ。実際、禅僧のようなストイックな生活を送っているらしい。専門家の指導のもと、筋トレと格闘術、野外での戦闘訓練も積んでいるとか。抜群の頭脳と己を律する強靭な精神力。ハンサムで理知的な顔。そして会った者すべてを魅了するカリスマ性。

その気になれば女の子にモテモテなんだろうな。重厚なバリトンで語る話も説得力抜群だし。

その気になってもまったくモテない男は缶ビールくらいいいよな。

陣内はまだ缶ビールと冷蔵庫を見ている。

「ビール冷やすだけだからいいんだよ」

放り投げるように言うと、陣内は缶ビールを掲げ、とても冷たいです、と笑う。

「普通、冷たいだろ」

なるほど、となにを納得したのかうなずき、真剣な顔を向けてきた。なんだ？　また怒った？　思わず腰を浮かす。

「どうやって開ければよろしいのでしょうか」

缶ビールを差し出してくる。

「栓《せん》の開け方が判りません」

またかよ。つかみ取り、プルタブを引き上げた。シュワッと泡が出る。ほら、と戻すと、慌てて唇をつける。缶をぐいっと傾け、喉を鳴らして飲む。惚れ惚れするほど豪快な飲み方だ。唇の泡を掌で拭い、美味しいです、と爽やかな笑顔で言う。浅黒い肌と白い歯。野太い渋みのある声。男らしい二枚目。このままＣＭに出てもいけるかも。最近の生意気だけが取り柄のジャリタレよりよほど存在感がある。

しかし、と声がした。陣内が遠くを眺める。二呼吸分の沈黙のあと、唇が動く。

「またビールが飲めるとは思ってもいませんでした」

どうしたんだろう。暗くて憂いがあって、とても寂しげな横顔だ。なんかこっちまで寂しくなる。もしかしたら自殺とか考えたんだろうか。自殺未遂で記憶喪失――。安っぽいドラマみたいだな。さあ飲も飲も。ズズッと音をたてて缶を飲み干した。

酔いが回ってきた。アルコールにはめちゃくちゃ弱いから安上がりだ。三百五十ミリリットル缶一本で一丁上がりだ。身体が火照る。気が大きくなる。

「足、崩せよ」ゲフッとげっぷを吐いて言う。

「なんかさあ、おまえ嫌みなんだよ。こんなボロアパートで正座なんかすんなよ。もっとリラックスしろよ。口調も硬いよ」

はっ、失礼しました、と坊主頭を律儀に下げる。いらっとした。気がついたら手が出ていた。おまえ、わかってんのか、と後頭部をはたく。ぱしん、と小気味いい音がした。うひゃあ。ビールの酔いにまかせてなんてことしてしまったの。きさまあ、男の顔にさわるなっ、と裂帛の気合で一喝し、大男のリーゼントをノックアウトした陣内――

ベッドから滑り下り、畳に両手をつき、土下座しようとしたら、陣内が動いた。坊主頭をかき、「自分はこのほうがラクなものでして」と言う。男二人、正座で向かい合う。

「まだ身体と心の緊張が解けておりません。いざとなればこのほうが速く動けます」

なにを言ってるの？

「武士はいついかなるときも正座で相対《あいたい》します。もし敵の襲撃があったとしてもこう」

右膝を立てるや、腰の刀を抜く真似をした。シュッ、と空気を切り裂く音がした。素早い。瞬《まばた》きする間もなかった。

「胴を真っ二つに断ち斬ります」恐ろしいことを淡々と語る。

「刀はなくとも、二、三人なら倒せます。しかし、胡坐をかいていてはあっさり殺されてしまいます。男は常在戦場《じょうざいせんじょう》――」

こっちの顔色で察したのだろう。右膝を畳んで正座に戻り、解説を加える。

「常に戦場にいる心構えでいなければなりません」

慎太はふーっとため息を吐き、静かに語りかけた。

「敵ってなんだよ」陣内は言葉に詰まる。

「さっきの白人とかか」返事はない。正座のままうつむく。

「東京には白人も黒人もいっぱいいるぞ。見かける度にケンカ売るのかよ。おまえ、どっか間違ってるぞ。おかしいぞ」

強い口調で言う。

「この部屋に敵なんか来ないって。訪ねてくる人間さえめったにいないんだから」

訪ねてくるのは新興宗教の誘いと新聞勧誘、それに家賃督促の大家のじいさんだけだ。この辺りの賃貸マンションとアパートに頻繁に波状攻撃をかけているマンション販売業者も寄りつかない。時代からも世間からも取り残された部屋だ。苦いものを噛み締めて告げた。

「敵なんかどこにもいないから安心しろって」

はい、と陣内がうなだれる。慎太は両膝を握り締めた。なんか惨めになってきたな。

「風呂に入れよ」声を励まして言う。陣内は慌てて両手を振る。首も振る。

「そんな。田嶋さんから入ってください。自分はそのあとで」

いいから、と言葉を遮《さえぎ》って腰を上げる。さすがに身体が重い。

「おれは疲れたからいいや。おまえ、汗臭いから入れ」

押し入れを開け、収納箪笥《だんす》からタオルを取り出して渡す。陣内は素直に受け取り、ありがとうございます、と頭を下げた。もう腹は立たない。きっと、自分のようなド庶民とは生まれ育ちが違うのだ。この男が言う敵ってのはよく判らないけど、常に緊張感を持って生きなさい、と厳格な親に教育されたのだと思う。護身の手段としてボクシングや柔道を徹底して仕込まれ、弱い者イジメをしたら許さんぞ、女子供は大切にしてやれ、と怖い立派な親父から教育され、己を律し、磨いてきたのだ。

口うるさい両親から逃げ、苦労とか努力に背を向け、シビアな現実に眼を塞《ふさ》ぎ、その場凌《しの》ぎの言い逃れとおちゃらけで世を渡り、易《やす》きに流れ流れてここまで堕《お》ちてきた自分とは違う。

狭い風呂に連れていき、ドアを閉めた。すぐに下着を渡してなかったことに気づき、トランクスとシャツ、ついでにジャージの上下と買い置きの歯ブラシを手に、ドアをノックする。

なんでしょう、とドアを開けたその姿を見てぎょっとした。上半身裸だった。見事な肉体だ。腹はピンポン玉を埋め込んだみたいに割れ、胸板は隆起し、肩の筋肉も盛り上がっている。一片の贅肉《ぜいにく》もない、アスリートのような身体だ。いや、肉体よりもその下――

「フンドシ、穿《は》いてるんだ」

白い、見事な褌《ふんどし》だった。お祭りで御神輿《おみこし》を担《かつ》ぐ褌の男たちを見たことがあるけど、プライベートで褌は初めてだ。陣内は、はい、と当然のようにうなずく。それがなにか、と言いたげだ。いや、個人の趣味だからいいんだけど。下着を渡してドアを閉めた。

フンドシかあ。しかし似合ってたなあ。坊主頭と浅黒い筋肉質の身体にぴったりだった。おかしな飛行服やゴーグル、シンプルな腕時計もそうだけど、案外、こだわりの男かも。

パソコンの前に座り、起動させた。記憶喪失、と打ち込み、検索する。『健忘《けんぼう》』で説明があった。原因はストレスなどの心因性、頭部外傷性、アルコールや睡眠導入剤が誘因となる薬剤性など。

あいつは強いて言えば心因性かなあ、と独りごちながら解説を読んだ。専門用語もいっぱいあるが、ドラマとか映画でよくある、わたしはだれ、ここはどこ、の自分の名前も判らない状態は逆行性健忘といい、発病時点より昔の記憶が抜け落ちた状態らしい。名前と年齢が判る陣内武一には当てはまりそうもない。部分健忘というのもあって、同一期間のうち、思い出せるものと思い出せないものが混在した状態とか。これが近いかも。が、確信は持てない。記憶の抜け落ち方がもっと深刻で大きい気がする。

健忘を扱ったフィクション作品の紹介もあり、百近いタイトルの映画やドラマ、小説がずらりと並んでいる。なるほど。陣内武一。その容姿と言動のすべてがミステリアスだ。

と、頭に閃《ひらめ》くものがあった。名前だ。検索で情報が出てくるかも。小学校の同級生にとびきり頭がよくて、開成中学に進んだやつがいた。以前、こいつの名前を打ち込んだところ、ヒットした。東大工学部の大学院で学ぶ学者の卵だった。やっぱりなあ、と納得し、凹《へこ》んだ。

陣内武一なんてそうそうある名前じゃないし、なにかあればヒットするはず。大富豪の息子とか、有名大学の研究室とか、考えたくないけど指名手配の凶悪犯罪者とか。

キーボードを操作する。名前を打ち、検索をクリックする。あれ？　該当なし。がっかりだ。心のどこかで期待があった。あれだけの男だからヒットするはず、と。

あのー、と声がした。おおっとう。素早くマウスを動かし、検索画面を消す。膝下《ひざした》までの、つんつるてんのジャージを着た記憶喪失者が坊主頭をタオルで擦《こす》りながら突っ立っている。

「おう、早かったな」「おかげさまでさっぱりしました」

頭を下げながらディスプレイを覗き込んでくる。勘づかれた？　いや、気にすることはない。べつにエロサイトを見ていたわけじゃないし。ここは堂々と――

「これはなんですか」はあ？

「この機械はなんですか」

陣内の視線の先を追う。これ？　とパソコンを指さす。はい、と真剣な面持ちでうなずく。

慎太は首をかしげながらも「ノートパソコンだけど」と答える。間抜けな問答だ。が、陣内は、まじまじと見入っている。もしかして大人気のスマートフォンとか、ｉＰａｄなどのタブレット端末で全部こと足りているのだろうか。念のために携帯電話をジーパンの尻ポケットから引っ張り出してみた。ほら、と差し出すと、反応がない。

「知ってる？」知りません、と返してくる。第三者が見たら冗談だと思うだろう。が、陣内は真剣だ。この男に冗談とかおちゃらけ、斜《しゃ》にかまえた言動は無縁だ。どこまでも、大平原の一本道のごとく真っ直ぐだ。慎太は冷静に訊いた。

「スマートフォン専門なのか」

表情に変化がない。スマートフォンの意味が判らないようだ。これも記憶喪失なのか。それともすべての携帯端末に縁のない、草深い田舎の年寄りみたいな生活を送ってきたのか。しかしもう、詳しく訊くだけの気力がない。今日一日、いろいろありすぎた。ホント疲れた。アルコールも入って、クラゲみたいにくにゃくにゃだ。

陣内は自分でも深刻な状況が判ったのか、呆然と突っ立っている。重い沈黙が流れた。

「テレビでも観るか」

リモコンを操作した。どっと笑い声が溢れる。お笑いタレントが司会のバラエティだ。ピンクのビキニの女の子が顔にクリームパイを投げつけられ、大騒ぎしている。それを若い芸人たちが囃《はや》している。先生が言うところの、日本国の堕落の象徴のような娯楽番組だ。うはあっ、と素っ頓狂な声がした。陣内が眼を剝き、凝視している。もしかして、生真面《きまじ》目《め》に見えてホントはめちゃくちゃ女好きなの？　おれと同じなの？　ぐっと距離が詰まったような。が、すぐに反応が尋常でないことに気づいた。

口を半開きにして見つめるその顔に驚愕がある。ほおが火照り、みるみる紅潮してくる。たかがビキニの女だぞ。アダルトビデオじゃないぞ。そんなに興奮することか。超ストイックな生活を送ってきたことの反動か？

「こういう女の子が好みなのか」

軽い調子で訊いてみる。が、陣内は逆にテレビを指さし、真顔で、これはなんですか、と訊いてくる。がくっときた。またかよ。

「テレビというんだよお」

もういい。勝手に思い出してください。きっとパソコンとかテレビといった情報機器を見事に忘れてしまう、特殊な記憶喪失なんだ。

陣内は驚きの表情のまま、かつどうしゃしん、と呟く。活動する写真？　なんのこっちゃ。寝よ寝よ。夜九時過ぎ。まだ早いけど、睡魔が容赦なくのしかかってくる。瞼が重い。

「観るの、消すの」邪険に訊くと、いいです、と後ずさる。

「おれ、寝るから」テレビを消し、チェックのシャツとジーパンを脱ぐ。そしてパジャマ代わりのスウェットを着る。

「おやすみ」さっさとベッドに入る。陣内はまだ突っ立っている。

「おまえも疲れてんだろ。朝三時過ぎにメシだったよな。睡眠、足りないんじゃないの」

陣内は天井の蛍光灯を見上げる。眼を細め、時間を忘れたように動かない。なにを考えているのだろう。

「一晩中見てたいなら見てろよ。おれ、ホントに寝るから」

ああ、自分も、と陣内は我に返って恐縮し、おやすみなさい、と両手を腿の横に当て、深々と腰を折る。惚れ惚れするほど立派な礼だ。うっす、と片手を挙げる。

陣内が三畳間のダンボール箱の間に寝袋を敷き、潜り込んだのを確認して蛍光灯の紐《ひも》を引っ張った。闇が降りる。ゴゴオッと地鳴りのような音が響く。白山通りを行き交うクルマと山手線の電車だ。都会のノイズだ。ああ、と手足を伸ばした。今日一日、いろんなことがあったな。もうクタクタのヘトヘトだ。

田嶋さん、と声がする。

「少し話をしてよろしいでしょうか」

遠慮がちに言う。

「どうした」「田嶋さんはどのようなお仕事をなさっているのでしょうか」

慎太は苦笑し、答えた。

「飲食関係のお仕事をなさっております」

陣内は笑うこともなく、真面目に言葉を重ねる。

「食堂とかレストランですか」

「ラーメン屋だ」

「ラーメン屋を経営なさっているのですね」

この野郎。普通、経営者はこんなボロアパート、住まないだろう。借りてもせいぜい倉庫に使うくらいだろう。ムカついたが、それも一瞬だ。陣内武一の言葉に裏はない。

「おれのことはいいからさ。おまえ、なにをやってるの」

返事はない。忘れたのか、それとも隠していることがあるのか。

「けっこう裕福な家なんじゃないの。いい大学出て一流企業に勤めているとかさ」

ちがいます、と間髪を容れず声がした。

「自分は大学には進んでおりません」

ええ、じゃあ。慎太はがばっと、バネ仕掛けの人形のようにベッドから身を起こした。

「高校卒業かよ。おれと同じだな」

声がどうしようもなく弾んでしまう。暗闇でよかった。喜びに輝いている顔を見られずに済む。陣内の沈んだ声が湧いた。

「いえ、自分は中学に進みまして、その後は――」

言葉が続かない。なんだよ、中卒か。そっと寝た。いまどき珍しいよな。バイト先の金髪ツッパリダンサーも高校中退だもんな。もっとも入学式の翌日に担任を殴って退学になったらしいけど。あーあ、喜んだりして、悪いことしちゃったな。この人間の小ささと根深いコンプレックスがおれの最大の欠点だな。つくづくいやになる。

陣内は育ちはよさそうだけど、中卒の事情があるのかな。家族にとんでもない不幸が起こったとか。そのショックで記憶喪失になったとか。二十三歳かあ。若いのに相当、苦労したんだろうな。それにしては卑屈なとこや狡《ずる》いとこがまったくない。見事にない。きれいに抜け落ちてる。ボクシングと柔道はどこで身につけたのか。度胸も尋常じゃないし。

頭が解答のない疑問で堂々巡りしていると、陣内が口を開いた。

「田嶋さんは高校を修了されたのですね」

一転、明るい口調で言う。「凄いですね」

からかってるのか。いや、本気だ。心の底から感心している。

「高等学校を卒業してラーメン屋の経営とは、よほどの覚悟がおありなのですね。普通は大学へ進まれるでしょう。官僚とか研究者、大学教授の道もあったのではありませんか」

いったいどこの話をしているのだろう。だいたい、うちの高校は底辺校といわれる公立高校で、卒業までこぎつけるのは三分の二。残り三分の一は中退だ。大学に進んだやつなんていたっけなあ。まあいいか。いまさらフリーターなんて言えないし。

「田嶋さんは立派です」太い声がした。

「自分はつくづく感心しました」

てめえ、いいかげんにしろよ。いくら記憶喪失でも、そこまで言われると頭にくる。おまえなあ、と暗闇で見えないのをいいことに説教のひとつもかましてやろうと思った。このボロアパートと冴《さ》えない住人を見たら判るだろ、と。が、陣内は朗々と語る。

「女性を助けようとしましたよね。なかなかできることではありません」

見てたのか。リーゼントの平手打ち一発で腰砕けになったとこも、なんの抵抗もできなかった惨めなとこも。しゅんと肩を落とした。

「田嶋さんは本当に勇気のある男です」

慎太はパイプベッドに仰向けになり、天井の暗闇を見つめてぼそりと返す。

「三人を叩きのめしたおまえに言われたくないよ」

「あんな雑魚《ざこ》を倒すのは朝飯前です。自分のほうがずっと強いし、それなりの鍛練も積んできましたから」

そこまで言うかよ。なら、おれはなんなの。陣内の太い言葉が暗闇を割って届く。

「勝つことが判っている闘いに勇気は必要ありません。だれも賞賛しません。水が高きから低きに流れるよう、至極当然のことだからです。自分もあんなならず者を五人倒そうが、十人倒そうが、まったく誇りに思いません。しかし」

語気を強める。

「敗北が判っていながら闘う勇気は素晴らしいことです。ならず者連中に臆《おく》せず立ち向かった田嶋さんは神々《こうごう》しい光に包まれておりました」

そんなに誉めてもなにも出ないけど、と普通なら茶化すとこだが、陣内の言葉に裏はない。

張りのある言葉がボロアパートにビンビン響く。

「愛する者を守るため、闘う男ほど美しいものはありません。自分もそういう生き方を貫きたいと思っております」

焦った。ちょっと待てよ、愛する者っておまえ、そんな。

「あの美しい、凜とした知的な女性は田嶋さんの許嫁《いいなずけ》ですか」

いいなずけ――。どっと汗が出た。たしか婚約者のことじゃん。

「若い男女が二人きりで自動車に、しかも隣り合って楽しげに乗っていたのですから許嫁ですよね」

少し、いや、かなり飛躍した展開だと思う。そう見えたとしたらとっても嬉しいんだけど。

「ともだちだよ、ともだち」

上ずった声で言う。

「ただの友人だからさ」

「そうですか。ただの友人ですか。二人、身体が触れ合うように座席に座り、とても仲良く見えたもので、自分はてっきり許嫁だと思っておりました」

そんなあ、ちょこっと触れただけだろう。

「許嫁ではなかったのですね。それは失礼しました」

声のトーンに疑念がある。が、すぐに力強い言葉が飛ぶ。

「ただの友人なのにあれだけ頑張るのだから、田嶋さんは本当に素晴らしい男ですね。なかなかできることではありません」

掌で額の汗を拭う。困った。話題を変えよう。

「おまえは彼女、いないの」

「彼女とはどこのだれのことです」

調子が狂う。知らないから訊いているのであって――よそう。この男はどこかずれている。詳しい説明は時間の無駄だ。ここは直球で。

「恋人、いないのか」

返事はない。しんと静寂が流れる。どうした。もしかして〝恋人〟も判らないのか、言葉の意味を忘れてしまったの？

いますよ、と声がした。やっぱりな。こんなイイ男だもの。いまどき珍しい硬派、男の中の男だもの。女がほっとかないよ、と心の半分で納得し、半分で嫉妬《しっと》した。

「結婚しようと思ってました」

静かな声だ。暗闇だけに、深い感情がストレートに伝わる。

「とても大事な女性でした」不吉なものが胸をよぎる。

「恋人になにかあったのか」

なにもありません、と穏やかな言葉が返る。

「彼女は元気です」

こめかみが熱くなった。片肘《かたひじ》で上半身を起こし、三畳間に向かって語りかけた。

「だったら結婚したらいいじゃないか」

憤怒が湧いてくる。

「そういうのっておまえらしくない気がする。どんな障害や反対があろうと、愛する女性と一緒になるのがおまえの生き方だと思うけど」

語りながらカッカしてきた。

「愛する者を守るため闘う、とかなんとか、おれに偉そうなことを言いながら、やってることは違うじゃないか」

言いながら、あれ、と思った。「恋人のことが判ってるんならさあ」

そうだ。こいつは隠していることがある。

「おまえが帰る場所も判るだろう」返事がない。

「武一、おれの言ってることは間違ってないよな。今日の午後、多摩御陵近くの神社におまえがいた理由は判らなくても、恋人に連絡を取れば全部解決するじゃないか。どこの街のなんてひとだよ。おれが電話してもいいぞ。事情を説明してやるから」

　すみません、と悲痛な声がした。

「田嶋さん、許してください。自分は彼女に連絡できません。これ以上言えません」

　苦しそうな表情が眼に見えるようだ。

「お世話になっていながら、本当に申し訳ないのですが、これだけは——」

　言葉が続かない。あーあ。慎太はベッドに大の字になった。なんか難しい問題があるんだろうな。由緒正しい立派な家には呑気《のんき》なフリーターには判らないことがいっぱいあるはず。もしかして彼女の家が反対してるのかな。没落した貧しい家の、学歴のない男なんかと結婚したら不幸になる、現実を考えなさい、と親に言われて彼女自身が迷ってるとか。

　腕枕をして三畳間のほうを見た。暗闇から深い哀しみのようなものが伝わる。なんか、無性に切なくなった。

「もう寝ろ。おやすみ」

　十秒くらいの沈黙のあと、おやすみなさい、とか細い声が聞こえた。それっきり静寂が流れる。都会のノイズが低く重く聞こえる。慎太は瞼を閉じた。どうもただの記憶喪失じゃなさそうだ。もっと複雑で大きなものがある気がする——が、考えたのはそこまでだ。猛烈な睡魔に襲われ、慎太は意識を失うように眠りの底へと落ちた。

身も心も焦げそうに熱い。小泉綾は黄金の光に満ちたロビーを歩き、ホテルの玄関を出た。涼やかな夜風が気持ちいい。高層ビルの群れが白銀色に輝く。豪華な、勝者の光が無数にきらめく。しばらく眺めたあと、黒革のローカットブーツを踏み出した。

――小泉、邪魔者は排除しなければならない――

戸村先生の言葉は一言一句が血となり、肉となって昇華していく。

――我々の敵は日本国の敵だ。唾棄《だき》すべき愚か者だ。その男が邪魔者と判明したとき、やることはひとつ。判るな――

判る。そっとショルダーバッグに手を入れた。指先で探る。冷たい鋼《はがね》の感触に身震いした。燃え立つような興奮と覚悟が湧いてくる。肉体は滅びても思想は死なない。愛する祖国のため、国民のために喜んでこの命を捧げよう。

振り返った。ホテルのタワー棟を見上げる。三十階のスイートルーム。高貴な志に満ちた部屋が黄金色に輝いている。綾は微笑んだ。あの凛々しい顔を、雄々しい姿を思い浮かべるだけで心が澄み、細胞のひとつひとつに勇気が漲《みなぎ》ってくる。やってやる。なにも怖くない。

夜明け前、霧が晴れるように眼が醒めた。慎太はしばらく動かなかった。安アパートの天井がぼんやりと迫る。板の節穴が死人の目玉のようだ。背筋がぞくりとした。肌が粟立《あわだ》つ。空気がいやに重い。おかしい。いつもと違う。辺《あた》りに得体の知れない怖いものが満ちている。部屋がほんの少し、明るくなっている。ベッドからそっと身を起こす。三畳間に黒い人影があった。積み上げたダンボール箱の間に陣内武一がいた。正座姿だ。

首を伸ばし、眼を凝《こ》らした。ガラス窓から蒼《あお》い仄《ほの》かな明かりが注ぎ、陣内を包む。慎太は息を詰めた。朧《おぼろ》な横顔に静かな覚悟があった。切腹を前にしたサムライのようだ。

じっと様子をうかがった。暗闇に眼が慣れてくる。いや、ただの正座じゃない。右手になにか持っている。一枚の小さな四角いもの。写真？　そうだ。写真をじっと見つめている。もしかして、結婚できなかった恋人なのか。凛とした空気が漂う。何者も寄せつけない凄愴《せいそう》の色が陣内を覆う。慎太は声が出なかった。

武一――おまえはどこから来たのか。なぜおかしな記憶喪失になってしまったのか。

頭が重い。意識が白くなる。慎太はベッドに横たわり、眼を瞑《つむ》った。

田嶋さん、田嶋さん、と呼びかける声がある。重い瞼をこじ開けた。朝だ。部屋が明るい。陣内の笑顔が覗き込む。

「もう七時を回っております。そろそろ起きませんか」

さっぱりした顔だ。「自分は先に洗顔を済ませました」

白い歯が眩しい。どうしたんだろう。夜明け前のあの悲愴な姿は欠片《かけら》もない。もしかしてあれは夢だったのか。

「お仕事があるのでは、と思ったもので」

弁解するように言う。慎太は欠伸《あくび》まじりに答えた。

「今日は遅番だよ」

おそばん、と首をかしげる。早番は八時からで開店前の仕込みとか掃除をやる。遅番は開店（午前十一時）三十分前の十時半から。午後番もあり、これは午後一時から九時の閉店まで。あーあ、今日もあのつまんねぇバイトかよ。どーんと気持ちが落ち込んだ。

「とにかくゆっくり行けばいいんだよ」

もう少し寝かせろ、とベッドにつっ伏す。なるほど、と陣内が納得顔だ。

「経営者はそうそう慌てる必要はないのですね」

むっとした。悪意がないだけに腹が立つ。

「田嶋さんにお願いがあります」

改まって言う。眼が真剣だ。慎太は慌てて身体を起こし、胡坐《あぐら》をかいた。

「一晩ゆっくり寝ておまえの頭、少しはすっきりしたのか」

いえ、それは、と口ごもる。そうか、変化なしか。

「おれはこれ以上、もうなにもできないけど」

言った後、罪悪感がちくりと胸を刺す。恩着せがましい言い方と己の矮小《わいしょう》さを恥じた。陣内は少し言い淀《よど》んだあと、口を開く。

「図書館に行きたいのですが」図書館？　本がいっぱいある？

「少し調べ物をしたいのです」

「なにを調べるのさ」

眼を伏せ、「いろんなことをです」と小声で言う。

「いまはこれでだいたい用が足りるけど」

ノートパソコンを引き寄せて起動させる。陣内が、とんでもない、と手を振る。

「自分は書籍のほうが慣れております」

「だよな。パソコンなんて見たことも触《さわ》ったこともないんだろう。おまえは昭和大好きのふるーい、時代遅れの人間だからな」

はい、と大きくうなずく。あらら。調子が狂う。冗談も通じやしない。キーボードを操作し、図書館のデータを呼び出す。

「池袋駅の近くにあるな。西口のほう」

「ああ、東京第二師範学校があるほうですね」

「なにそれ」

「以前は豊《と》島《しま》師範学校といいました。自分の憧れの学校でした」

師範かあ。なるほど、武道の師範になる専門学校ってわけか。中学までしか通えなかったのだから専門学校でも憧れだよな。同情しちゃうな。でもよく判らないから無視。そんな学校、聞いたこともないし、どっかの雑居ビルにでも入っている無名の専門学校だろう。

「えーと、開館は午前九時から。休館は水曜日だって、よかったな」

はあ、と空気が抜けたような返事だ。いらっとした。

「だって今日は火曜だろう。明日は休み——」

なるほど。曜日も忘れたのか。しかし、昨日が五月十四日とは判っていたよなあ——まあいっか。よほどのことがない限り、もう驚かない。

「お願いです。連れていってください」

陣内は腰を折り、坊主頭を深々と下げる。そのまま動かない。仕方ないな。

「いいよ。どーせ店も池袋だし、連れてってやるよ」

こいつがなにを調べるのかも興味あるし。

「ありがとうございます」

嬉しそうに顔を上げた。ギュルル、と音がする。またかよ。真っ赤になって下を向く。

「いつも節操のない胃袋で申し訳ありません」

鍛え上げたアスリートみたいな立派な身体だ。腹が減って当然だよな。

「昨日はサンドイッチを摘《つま》んだだけだもんな。悪いことしたな」

いいえ、そんな、と恐縮する。

「おれなんか普通、朝抜きだよ。食欲、まったくないもん。店の賄《まかな》いで適当に済ますし、夜は缶ビールにコンビニ弁当食っておしまいだし。メシなんかまともに食ったことないな」

はあ、と陣内は逞しい身体をすぼめて困り顔だ。

戸村先生も言ってたな。朝昼晩と米のメシを食べてこそ日本男児、一日三度の食事こそ活力の源、と。でも、こういう生活をしてるとなかなかなあ。直さないとなあ。

「じゃあ、久しぶりにメシでも食って行くか」パン、と膝を叩いた。

「武一、元気だそうぜ」ベッドから起き上がった。即行《そっこう》で顔を洗い、歯を磨き、服を着た。まだ一回しか穿いていないカーゴパンツに明るい黄色の綿シャツ。外見もポジティブにいかなきゃな。ついでにオレンジのバンダナをパンツのサイドポケットに突っ込む。

陣内もジャージを脱ぎ、おかしな上下服に着替えている。うえっ、朝っぱらからあのもっさりしたチョコレート色の飛行服かよ。しかし、まあ、こだわりの昭和マニアだから仕方ないか。他にサイズの合う服もないし。

正座してジャージをきれいに手早く畳む。すごい。ユニクロの店員より早くて美しいと思う。畳んだジャージを、ありがとうございました、と差し出す。よれよれの、いつ洗ったかも記憶にない汚いジャージが輝いて見えた。本当に育ちのいい野郎だ、と改めて感心した。

八時過ぎにアパートを出た。路地を歩き、表通りに出る。朝陽が眩しい。陣内は胸を張り、颯爽《さっそう》と歩く。右手にはポリ袋。白いマフラーとかゴーグル、帽子、褌がきれいに詰め込んである。陣内の全財産だ。

「朝の空気は気持ちいいですね」

両腕を広げて深呼吸し、ビルの間の薄汚れた空を見上げる。そうかなあ。排ガス臭いだけだと思うけど。

「こうやってまた朝を迎えられるとは思ってもおりませんでした」

いちいち大げさな野郎だ。

「おれ、朝なんか大嫌いだけど」

どうしてですか、と真剣な顔で訊いてくる。

「だってまたつまらない一日が始まるんだぜ。対価のみを求める長ーい労働が続くしさ。ぶすぶすと生煮えの状態だ。時々、無性にイラつくんだよな」

ビルの陰から射し込む朝陽が眩しい。思わず顔をしかめる。

「世を儚《はかな》んでの自殺は論外だけどさ。やることやったらさっと散る人生もいいかもな。太く短くってのがおれの理想なんだ。だらだら生きてたら精神も肉体も腐るもんなあ」

先生の鷹《たか》のような顔が浮かぶ。社会改革に命を賭けた本物のサムライだ。気分が昂揚する。

「おまえも記憶喪失は大きなハンディかもしれないけどさ。ここはすべてをリセットして太く短く、やることやって燃え尽きるくらいの覚悟で生きたらどうだ。どうせ人間、いつかは死ぬんだ。好きな女と一緒になればいいじゃないか。おまえは体力はあるんだ。肉体労働でもなんでも、腹を括《くく》ればどこの街でも暮らしていけるって。新しい展開が見えるかもよ」

なあ、と肩をぽんと叩く。返事がない。陣内は押し黙って歩く。機嫌が悪くなった？　違う。なにか考え込んでいる。こいつは時々、魂がどっかへ飛んでいったみたいになる。記憶喪失の影響だろうか。そっとしておこう。二人、肩を並べて歩いた。

大塚駅近くの牛丼屋に入り、並を二つ注文する。陣内の食いっぷりは見事だった。いただきます、と両手を合わせて一礼し、左手に丼《どんぶり》を持つと、箸を動かし、黙々と食べた。背筋がぴんと伸びた、美しい姿勢だ。まるで禅寺の坊さんだ。背を丸め、もそもそと犬食いで食うサラリーマンとか学生風、若い連中の中で、そこだけ光を当てたように輝いて見えた。

慎太は三分の一も食えなかった。無理して詰め込むとオエッと戻しそうになった。陣内は一度も丼を下ろすことなく、米粒ひとつ残さずきれいに食べきった。

店の外に出ると、陣内が右手を拝むように掲げ、タバコを一本ください、と言う。

「おまえ、タバコを喫うの」

意外だった。坊さんみたいな男だから、酒はともかく、タバコは無縁かと思っていた。陣内の顔に怪訝な色が浮かぶ。

「田嶋さんはタバコはやらないのですか」「やらないよ」

国平会の会員でタバコを喫うやつはいない。慎太も入会と同時にやめた。陣内は、そうですか、と落胆する。食後の一服か。旨いもんな。

「じゃあ一個買ってやるよ」

いやあ、かたじけない、と白い歯を見せて爽やかに笑う。一緒にコンビニに入る。

「銘柄はなんだよ」「朝日か金鵄《きんし》を」

〝あさひ〟と〝きんし〟。そんなタバコ、あったっけ。カウンターで訊くと、店員も知らないと言う。仕方ないからセブンスターを買った。ついでにライターも。

コンビニの前で封を切り、一本出してやった。陣内は頭を下げ、抜き出した。フィルターの部分を指で弾き、不思議そうな顔をしていたが、こっちでいいんですよね、と断ってくわえる。変なやつ。ライターをひねって火を点けてやった。眼を細め、胸いっぱい喫う。しばらく味わったあと、口と鼻から煙を吐き、感に堪えぬように小さく首を振る。こんなに旨そうにタバコを喫う奴、初めて見た。パッケージとライターを渡す。

「大事に喫えよ」もちろんです、と神妙な顔になる。

「こうやって再びタバコをのめるとは思ってもいませんでした」

相変わらず大げさな物言いだ。

「タバコ一本で幸せな野郎だな」

本当に、と快活に笑い、編上げ靴を踏み出す。

「さあ、行きましょうか」

タバコを指先に挟んで言う。ああ、行くか。ちょっと違和感が生じた。陣内は歩きながらタバコを喫う。フィルターの根元近くまで喫うと歩道に捨て、踵で踏んで行く。なんだろう。この行儀の悪さは。いまどき、堂々と喫い殻をポイ捨てして平気な人間はなかなかいない。まして礼儀正しさは筋金入りの男だ。落差が大きいだけに驚き、少し幻滅した。

大塚駅で切符を二枚買う。隣の池袋駅まで一人百三十円。なんかこいつにカネ使うのが急にもったいなくなった。

ホームに上がり、滑り込んできた山手線に乗る。朝のラッシュ時を過ぎたとはいえ、けっこうな混み具合だ。座席は埋まり、立っている客もいる。あーあ。顔を合わすのもいやになった。背を向けてドア横のバーを握る。あれ？　周囲の客の表情が険しい。いくつもの白い眼が突き刺さる。ハンカチを口と鼻に当て、露骨に顔をゆがめる若い女もいる。ぷんと場違いな匂いがした。もしかして。振り返ると、陣内が吊り革をつかみ、のんびりタバコを喫っていた。一瞬、頭が白くなる。山手線でタバコをくゆらす人間を初めて見た。

「なにやってんだよ」

奪い取り、床に擦《こす》りつけて消した。陣内は不思議そうな顔をしている。

「すみません、この男、ちょっとトンチンカンなんで」

いやあねえ、とか、なに考えてんだ、と非難の声が飛ぶ。慎太は愛想笑いを浮かべ、周りにペコペコと頭を下げた。陣内はぽかんと吊り革をつかんだままだ。てめえのせいで。

池袋に到着した。ホームで陣内と向き合う。

「タバコのマナーも忘れたのか」はあ、とうつむく。

「おまえはすっかり忘れたんだろうけど、電車も路上もタバコはダメなの」

叩きつけるように言うと返事も待たず、歩いた。頭がカッカしていた。許してください、自分は頭がおかしいのです、と後ろから詫びてくるが、無視だ。

池袋駅西口から徒歩で十分余り。住宅街の中に建つ図書館は二階建の瀟洒《しょうしゃ》な白いビルだった。一階がロビー。ガラス板で区切られた奥に一般書籍と新聞、辞典類が並ぶ書棚があり、広々とした明るい閲覧コーナーがあった。二階が児童コーナーだ。

「なにを調べるんだ」

つっけんどんに言うと、昭和の歴史を、と蚊の鳴くような声で答える。そうか。抜け落ちた記憶が少しでも戻れば、ということか。ちょっとだけ可哀想になった。

歴史辞典とか年表、写真入りの歴史本を適当にみつくろい、閲覧コーナーの隅っこに運ぶ。六十くらいある席は半分程度埋まっている。ノートを一心にとる受験生風に、分厚い本をめくる品のいい老紳士。新聞の縮刷版に見入る中年女性。心地よい緊張感が満ちている。

「静かに読むんだぞ」

はい、と陣内は重々しくうなずく。

「タバコも喫うな」「もちろんです」

きっぱり言いながら年表を手に取る。昔の屏風《びょうぶ》絵をプリントした表紙をまじまじと見たあと、前屈みになってページをめくる。慎太は背後に立ち、斜め後方から覗き込んだ。昭和の歴史かあ。けっこうオーソドックスな調べ物だったな、と思いつつ眺めた。

息を呑んだ。陣内の指が震えている。キリッ、となにかが軋む音もする。歯だ。固く嚙み締めている。慎太は逃げるように半歩、後ずさった。後ろ姿から怖い気が漂う。昨夜、喫茶店で手帳を凝視した際の、あの激情とは別の、静かな、抑えた感情の昂ぶりが伝わる。

陣内は戦慄《わなな》く指でページをめくり、刃《やいば》のような眼で見入る。唇が動く。慎太は耳を澄ました。潜めた微かな声が聞こえる。

「昭和十一年二月、二・二六事件。十一月、日独防共協定締結——」

陣内は数字と文字を追い、訥々《とつとつ》と読み上げる。

「昭和十二年七月、盧溝橋《ろこうきょう》事件、日中戦争始まる。十一月、日独伊三国防共協定成立——」

年代が進むにつれ、声音が重く、湿りを帯びてくる。

「昭和十四年九月、第二次世界大戦始まる。昭和十五年九月、日独伊三国軍事同盟締結。十一月、紀元二千六百年祝賀行事——」

慎太は息を詰めて聞き入った。時代がどんどんキナ臭くなっていく。

「昭和十六年十二月、日本軍、ハワイ真珠湾を奇襲し、マレー半島上陸。米英に宣戦、太平洋戦争始まる——」

そうだ。日本とアメリカの戦争だ。昨日、日本の負けを知った陣内のひどく落胆した様が浮かぶ。

「昭和十七年一月、日本軍マニラ占領。二月、シンガポール占領。六月、ミッドウェー海戦に敗北。日本軍、劣勢に転じる」

いったん言葉を切る。陣内は背筋を伸ばし、大きく息を吸って吐く。慎太も詰めていた息を吐いた。叶うならもう止《や》めて欲しかった。が、陣内は意を決したように再開する。

「昭和十八年九月、イタリア無条件降伏。昭和十九年十月、レイテ沖海戦敗北、連合艦隊の主力を失う」

日本が坂道を転がるように敗北に向かう。陣内がページをめくる。眼が充血し、ほおが痙《けい》攣《れん》し始める。こっちまで興奮してくる。

「昭和二十年二月、ヤルタ会談。ソ連スターリンが米国ルーズベルト、英国チャーチルとの間で対日参戦の秘密協定を交わす。三月、東京大空襲、約十万人死亡。四月、アメリカ軍が沖縄本島に上陸――」

陣内の背中が電流に打たれたように震えた。二呼吸分の沈黙の後、涙声を絞る。

「五月七日、ドイツ無条件降伏――」

嗚咽が漏れる。こんなことが、と呻《うめ》き、喘《あえ》ぎながら読む。

「六月二十三日、沖縄攻防戦、牛島満司令官自決により終結。民間人の犠牲者約十五万人、日本軍の犠牲者約七万人」

凄まじい数字が呪文《じゅもん》となって這う。

「八月六日、広島に原子爆弾投下、約十四万人死亡。八月九日、長崎に原子爆弾投下、約七万人死亡――」

陣内は絶句し、首を垂れる。ぽたぽたと大粒の涙が落ちる。年表を濡らしていく。はあっ、と悲痛な声を絞り、再び読み始める。言葉が震える。

「八月十五日、昭和天皇が戦争終結の詔勅を発表。日本無条件降伏——」

負けた。陣内武一はいま、日本がどういう負け方をしたのか、知った。両手で顔を覆う。くぐもった嗚咽が漏れる。閲覧席の利用者たちが怪訝そうにこっちを見る。慎太はバンダナを引っ張り出して涙で濡れた年表を拭い、陣内の手に握らせる。しっかりしろ、と背中を軽く叩き、周りを見た。頭をかき、お騒がせしちゃってすみません、と笑顔を送る。

「こいつ、ちょっと本に感動しちゃったもんで」

納得したのかしないのか、みな無言のまま本に戻り、ノートにペンを走らせる。慎太はふーっとため息を吐き、小声で語りかけた。

「武一、しっかりしろよ。おまえは男だろ。大昔のことが判ったくらいで泣くな」

はい、と眼を真っ赤に泣き腫《は》らしたままうなずく。

「自分は大丈夫であります。もう泣きません」

きっぱり言うと、バンダナを握り締めたまま再び年表に向かう。それは手痛いダウンから立ち上がり、再び闘いを挑む不屈のボクサーのようだった。

「八月三十日、マッカーサー、厚木海軍飛行場に到着。九月二日、東京湾の戦艦ミズーリ号上で降伏調印式が執《と》り行われ――」

　年表を一心に読む陣内の顔は蒼白で、生気みたいなものが抜けている。いまにも椅子から崩れ落ちそうだ。ノックアウトは時間の問題に思えた。

　慎太はそっとその場を離れ、閲覧コーナーを出た。ロビーからガラス板ごしに見る陣内は、年表に眼を落としたきり動かなかった。あの逞しい身体がひと回り萎《しぼ》んで見えた。

　元気でな、と声に出さずに告げ、玄関を潜り、早足で図書館を後にした。住宅街の路地を走る。初夏の新緑が眼に痛い。気持ちが清々した。もういいや。あんな面倒なやつに付き合うのは真っ平御免だ。どーせ彼女もいるんだろう。いざとなれば連絡するはず。おれはやるだけやった。息を弾ませて走りながら、これでいいんだ、と己に言い聞かせた。


　池袋駅の向こう側、東口の明治通りから路地を入った、飲食店が並ぶ一角にラーメン屋『昇龍《しょうりゅう》』がある。午前十時二十五分に、店に入る。遅番の定時（十時半）五分前だから余裕だ。

　ここ東口一帯は五十軒以上の人気店が鎬《しのぎ》を削る都内一のラーメン激戦区だが、『昇龍』は東京の伝統的な醤油味中華そばで熱心なファンをがっちりつかみ、専門雑誌等の人気ランキングでも常に上位に食い込む実力店だ。絶えることのない行列はこの店の名物で、昼時は一時間待ちも珍しくない。

古い民家を改築した店内にはカウンターとテーブル席が六つ。二階は店員の休憩所と更衣室、倉庫になっている。

おはようございます、と元気よく声を出す。鶏ガラをベースにしたかぐわしいスープが香る。早番の連中が次々に挨拶を返す。慎太は十二人いるアルバイトで四番目に古いから、大きな顔をしていられる。が、例外はいる。カウンターの向こうの若造だ。名前は正平《しょうへい》。EXILE入団が夢の、昭和六十四年生まれのツッパリ金髪野郎だ。

寸胴《ずんどう》鍋をかき回しながら鋭い眼を飛ばしてくる。なんか文句あんのかよお。睨み返し、階段を上がる。あいつ、同じ遅番のくせに早くから仕込みに入りやがって。オーナーにいいとこ見せようと必死なんだろ。こっちは入店して二年。正平は一年。年齢も二十五と二十三。大先輩なんだから少しは敬《うやま》えっての。武一と同い年なのにえらい違いだ。一度、チャーシュー用の豚肉の発注量をミスしたら客の前で、慎太、このやろう、と怒鳴りやがって。礼儀知らずにもほどがある。あの恨みは忘れてねえからな。いつか、ガツン、とやってやる。

階段を昇りながら、なんかいいことねえかなあ、つまんねえなあ、と考えてたら、あった。綾だ。今晩こそ綾を誘おう。冷静に考えたら昨夜のうちに電話しなくてよかった。焦って、ガッついてるようでみっともないよな。昨日の今日で丁度いいだろう。一気に気持ちが明るくなる。口笛を吹きながら二階に上がり、ドアを開けた。おおっと。

休憩室に白い上っ張りを着たオーナーがいた。パイプ椅子に座って缶コーヒーを飲んでいる。がっちりした身体に四角い顔、角刈り頭。年齢はたしか四十三。十五年前に脱サラし、三年の修業を経て独立。裸一貫から名店『昇龍』を育て上げた、ラーメン業界では知る人ぞ知る有名人だ。説教好きが玉に瑕《きず》だが、フリーター生活が長い自分を心配してあれこれ助けてくれる人情家の一面もある。まあ、典型的なラーメン屋の頑固親父《おやじ》だろう。

「おはようございます」

腰を折って頭を下げる。礼儀さえ忘れなければまず問題はない。

「お疲れさん」オーナーは笑顔で言う。が、眼は笑っていない。

「ちょっと座れよ」あごをしゃくる。なんだろう。開店を控えて忙しい時間なのに。いやな予感がした。慎太は恐る恐る間近のパイプ椅子を引き寄せて腰を下ろした。オーナーが口を開く。

「慎太、おまえなあ」

コーヒー缶を長机に置いた。カツン、と硬い音が響く。思わず首をすくめる。

「ラーメン屋、好きじゃないだろう」

どきっとした。オーナーの顔から笑みが消える。

「舐めてるよな」いや、そんな、と肩をすぼめる。

「炊き出しのボランティアとかやって、自分は上等な人間だと思ってんだろ。池袋のラーメン屋なんかでこき使われるような安っぽい人間じゃない、と」

声に怒りがある。「今朝だってギリギリの出勤だ」

「いや、それは――」

オーナーは手を振って遮《さえぎ》り、語気を強める。

「アルバイトだから時間通りでなにが悪い、日当が増えるわけじゃなし、と言いたいんだろ。正論だよ。学生のバイトならそれでいい。だが、おまえはそれじゃダメなんだ。もう二十五だろ。のんびりフリーターやってる場合かよ」

生傷に塩を擦り込むような言葉にうつむいた。なんか雲行きがおかしい。

「おれはおまえがボランティアで頑張ってると聞いて応援してやったよな。軽ワゴンだってタダ同然で譲ってやった」

廃車寸前のボロ車だが、たしかにタダ同然だった。格安の駐車場も紹介してもらったし、炊き出し用に持ってけ、と店の余った食材も分けてくれた。ボランティアで店を早退、休むときもシフトを調整してくれた。東日本大震災後は店頭で率先して募金活動を行い、慎太がボランティア活動の一環として被災地へ赴く際はワゴンに食料品と水をたっぷり積み込み、ガソリン代として二万円くれた。

「最近は休みが多くなったし、ボランティア以外にもいろいろやってんだろ。おれの眼は節穴じゃないぞ。昨日だってそれで休んだんだろ」

　返す言葉がなかった。

「うちのバイトでいちばんいいかげんなのはおまえだよ。なんでもハイハイと素直に聞くが、腹の底ではバカにしてやがる。本物のラーメン作りなんてはなっから覚える気がない」

　怒りを鎮めるように残りのコーヒーを飲み干す。

「おれはこの池袋に店をかまえて十年だ。その意味が判るか」

　ハイ、といつものように答えた。オーナーはしばらく見つめたあと、淡々と、これまでの苦労を語った。中堅の食品卸問屋の営業マンを辞めて、荻窪《おぎくぼ》の有名店で修業したこと。

「結婚して赤ん坊もいたから、女房には苦労をかけた。文字通り背水の陣だ。自分で言うのもなんだが、おれは営業マンとして優秀だった。おまえの年齢《とし》のとき、三人の部下がいた。しかし、一生を組織で生きるのは真っ平御免だ。いつかは一国一城の主《あるじ》に、と思ってた。二十八で会社を辞めるとき役職は課長代理で部下は六人だ。しかし、おれは勤め人としてのキャリアのすべてを捨てた」

　そのあとの話は聞かなくても判る。都下のラーメン激戦地、立川市で初めての店を持ったものの、開店当初は客が入らず借金は膨らむばかり。一時は本気で夜逃げを考えたが、奥さんと一緒に歯を食い縛って頑張り、納得の醬油味中華そばが完成。以後は既存店を次々に撃破し、客は増えるばかり。立川一の繁盛店に育て上げた後《のち》、勇躍、東京きっての激戦地、池袋へ乗り込んだ、と。飲み屋で散々聞かされたから耳タコだ。

「苦労は買ってでもしろってことだ。池袋で通用したらおれも一人前だと思った」

「一人前どころかもうチャンピオンですよ。『昇龍』を知らないラーメンファンはいません」

いつものようにお世辞を繰り出した。普通なら、そうかあ、と満足そうに笑うのに、今日は無視だ。どうも様子が違う。今朝の説教はかなり長くなりそうだ。

「全国にラーメン店は約三万店あるといわれる。そして厳しい競争の中、毎年三千店が消え、新しい店に替わる。つまり、十年で全三万店が入れ替わることになる。この計算、判るな」

なんとか、と小声で答えた。オーナーはため息をひとつ吐いて先を続ける。

「ラーメン業界は常に戦国時代だ。ゲンコツ濃厚系に背脂チャッチャ系、豚骨と魚介のダブルスープ、牛骨系、淡麗系、と次から次に流行がやってくる。一杯三百円前後の激安ラーメンが売りのチェーン店も続々と店を増やしている。そんな中でおれは伝統の醬油味中華そば一本で生き残ってきた。もちろん試行錯誤の連続だ」

言葉が熱を帯びる。

「いい鰹節《かつおぶし》があると聞いちゃあ四国や九州まで行って確かめ、鶏ガラもケージ飼いの養鶏から平地飼いの地鶏《じどり》に替えた。定休日は人気店を回って味を確かめた。一日五軒がノルマだ。営業日は朝四時起きでスープの仕込みだ。おれはいつも命懸けでラーメンを作ってきた。メンマ一本、海苔一枚、おろそかにしたことはない。おれはここ五年、まともに休んだ日は一日もない。睡眠も平均四時間だ」

眉間に筋を刻み、ぐっと前のめりになる。眼が険しくなる。おまえ、と低い声が這う。

「経営者だから当然だ、と言いたいようだな」

とんでもないです、と慌てて首を振る。が、オーナーの怖い表情は変わらない。

「アルバイトでもやるやつはやる。ラーメンに人生を賭けた大バカ野郎もいる」

そんなやついたっけ。オーナーの右の手が動いた。ひとさし指が階下をさす。

「正平だ」えっ、と声が出た。あの金髪ツッパリダンサーが。

「週に三日は店に泊まり込んでな。朝までスープ作りを研究している。もう三カ月になるが、おれも可能な限りアドバイスしている。あんな熱心なやつ、初めてだ」

「あいつはＥＸＩＬＥに入るって――」

オーナーはほおをゆがめて苦笑する。

「ダンスのプロで食っていくには才能が決定的に足りないらしい。いつまでも叶わない夢を追うより、現実の夢を実現させようってわけだ」

正平はバイトで働くうちに激戦地池袋で生き残っていくことがいかに大変かを知り、スープと醤油ダレの加減ひとつで客が離れ、集まる、その醍醐味に魅了されたのだという。

「あと三年で店を持つと宣言したよ。結婚を約束した彼女と二人、せっせと貯金に励んで、もう百五十万貯まったらしい。開店資金が足りなきゃおれが保証人になって銀行から融資を受けてやる。あいつは本物だぞ」

おまえは偽物だ、と言わんばかりだ。いや、言っているのだろう。

「ラーメンは奥が深い。客もシビアだ。美味いとなればネットで盛り上がり、長蛇の列だが、その逆だとあっという間に閑古鳥だ。正平は店を持ったらダンサーの夢破れた若い連中を雇って鍛え上げて、一緒に全国制覇してEXILEにテレビCMに出てもらうんだとさ。おれもああいう素晴らしい大バカ野郎が出てきて、またエネルギーが湧いてきたよ」

がくん、とうなだれた。全身から力が抜けていく。オーナーが一転、静かに言う。

「おまえ、チャーシュー用の豚肉を発注ミスして正平に怒鳴られたことがあったよな」

うなずくしかなかった。

「正平、泣いてたぞ」もう言葉が出ない。

「あんないいかげんな野郎とは一緒に仕事ができない、おれは許せない、とな」

オーナーの言いたいことは判った。

「おれ、辞めます」そうか、とオーナーは腰を上げる。

「長い間、御苦労だったな」

「おれのほうこそお世話になりました」立ち上がり、深く腰を折る。

「まったく期待に応えることができず、申し訳ありません。今日一日働いて、辞めます」

「判った。終わりが肝心だからしっかりやれ。日当はまとめて振り込んでおくから」

オーナーはそれだけ言うと降りていった。慎太は白い上っ張りの制服に着替えて店に出た。

白地に赤で『昇龍』と染め抜いた鮮やかな暖簾《のれん》を掲げ、今日の営業が始まった。開店と同時にカウンターからテーブル席まで満席になる。いらっしゃいませーっ、とフロアを担当する店員たちの明るい声が飛び交う。注文を取ってカウンターの中の厨房《ちゅうぼう》にオーダーし、水のグラスを運ぶ。中華そばができ上がる。表面に薄く油が浮いた黄金色のスープと中細の縮れ麺《めん》。分厚いとろけるようなチャーシューに旨みを凝縮したメンマ。ナルトと海苔、青ネギが彩《いろど》りを添えて、見た目も美しい絶品の中華そばだと思う。

湯気が立ち昇る厨房ではオーナーと正平が並んでせっせと中華そばを作る。丼をずらりと並べ、麺を茹《ゆ》で、スープと醬油ダレを合わせる。麺の湯を切り、丼にリズムよく注いでいく。箸で麺を整え、チャーシューとメンマ、ナルト、海苔、青ネギを載せる。無駄のない美しい動きだ。汗の浮いた正平の横顔は確かな自信に溢れている。オーナーは時折、短い言葉でアドバイスする。正平は一言も聞き逃すまい、と怖いくらい真剣な眼を向ける。太い絆で結ばれた師弟関係が羨ましかった。

そういえばオーナーには何度も厨房へ入るよう勧められた。いつもヘラヘラ笑い、断ってきた。フロアのほうがラクだった。ラーメン作りに興味はなかった。なにも学ぼうとせず、ラーメン屋を舐めていた。『昇龍』がどれほど凄い店なのか、判っていなかった。

外には客の長い行列ができていた。熱気に溢れたフロアを動き回り、笑顔で仕事をこなしながら、後悔と自己嫌悪に打ちのめされそうだった。

午後六時半。遅番の仕事が終わり、オーナーに挨拶した。厨房から出てきたオーナーは一緒に二階に上がり、白い封筒を差し出した。

「おれの気持ちだ」慎太が躊躇していると、さらに言葉を重ねる。

「退職金みたいなもんだ。これからの生活があるんだから遠慮するな」

受け取り、礼を述べた。オーナーは「厳しい言葉かもしれないが」と前置きして言う。

「公園の炊き出しは立派なことだと思う。ワゴンを運転して東北の被災地へ行き、ボランティア活動を行うってのもなかなかできることじゃない。だが、このままだとおまえ、炊き出しを受ける側に回ってしまうぞ」

なにも言えなかった。

「しっかり頑張れ」肩を叩かれ、慎太は店を後にした。封筒を改めると十万円入っていた。舌打ちをくれ、いいオーナーだったな、と呟いた。

一人、赤や青のネオンが瞬《またた》く池袋の街を歩いた。笑顔のカップルに賑やかな学生風のグループ。すれ違う人間がみな輝いて見える。初夏の夕暮れ時か。いちばんいい季節じゃないか。あーあ、こっちは職なしかよ。今頃は綾との待ち合わせ場所に向かっていたはずなのに。アパートに帰って缶ビールでも飲むか。足が重い。明日からどうしよう。

大塚駅を出てとぼとぼと歩いた。昨夜はあんなに明るく見えた街がいまは鉛色だ。足を引きずるようにして路地に入る。アパートまであと十メートル。街灯の下に人影がある。逞しい身体に坊主頭。あれっ、と眼を凝《こ》らした。瞬間、のけぞった。冷や汗が噴き出す。ヤバイ。逃げるか。いや、もう間に合わない。ポリ袋をぶら提げた陣内武一が大股でやってくる。眉を吊り上げて鬼の形相だ。動けない。蛇に睨まれた蛙だ。

逃げたな、この卑怯者、恥を知れい、と怒声を浴び、あの落雷のようなパンチを食らって吹っ飛ぶ自分が見えるようだ。硬い靴音が迫る。

眼を閉じ、運命の時を待った。よりによって失業の日に。ああ、おれの人生、こんなもん。

叶うなら一発で昇天させてください。

靴音が止まる。静寂が流れる。どうしたの。そっと瞼を開ける。陣内が仁王立ちだ。うへっと首をすくめた。

「田嶋さん、よかった」弾んだ声が飛ぶ。

「本当に会えてよかったです」

輝くばかりの笑顔だ。どうしたんだろう。図書館の、半分くたばった姿がウソのようだ。

「ちゃんとしたお礼も申し上げず、失礼いたしました」

深く坊主頭を下げる。

「取り乱してしまい、反省しております。田嶋さんもさぞかし驚かれたでしょう」

そういうことかよ。詰めていた息を吐き、おう、と胸を張った。

「そっとしておいたほうがいいと思ってな。ところで——」

はい、と陣内が顔を上げる。澄んだ瞳を据えてくる。空咳を吐いて告げる。

「ここまでよく戻れたなあ」

「朝、電柱の住所表示を確認しておりましたし、脚は丈夫ですから」

なんだよ。注意力抜群じゃないか。このおかしな男を少し見誤っていたかも。

「調べ物は終わったのか」

端整な顔にふっと翳《かげ》が射す。が、すぐに明るい声で答える。

「閉館まで休まず調べましたので、概《おおむ》ね終わりました」

じゃあ午後七時までぶっ通しで。昭和の時代なんて年表読んで古い写真を眺めて終わりだと思っていたから意外だった。陣内は語る。

「敗戦から昨年の東日本大震災まで、大まかな時代の流れは把握しました。そして本日、平成二十四年五月十五日が——」

言い淀み、暫し沈黙したあと、続ける。

「沖縄の祖国復帰四十周年であると知りました」

そうだっけな。ぎゅるっと腹が鳴る。陣内が下を向く。またかよ。

「メシも食わずに頑張ったのか」

洗面所の水はたらふく飲みました、と屈託なく笑う。

「腹ペコなのにわざわざ歩いてきたのか」

「一宿一飯、いや二飯のお礼も言わずにお別れするなど、できません。それに——」

オレンジのバンダナを差し出す。アイロンを当てたみたいにきれいに畳んである。

「このハンケチも借りておりましたし。洗って干してきました」

ハンケチ、ねえ。受け取って広げる。

「これはバンダナといってな。こうやって」

対角線を中心に両側から折り込む〝バイアス折り〟で一本の帯状に仕上げる。

「首に巻くんだ」陣内の首に巻いてやる。おお、いいじゃないか。厳《いか》つい古風な風体の中、明るいオレンジがアクセントになって見事に映える。

「婦女子のようではありませんか」坊主頭をかいて照れる。

「そんなことはない。おまえはマスクもガタイもいいからよく似合っている。安物のバンダナだからおまえにやるよ」

ぴっと背筋を伸ばし、真顔になる。

「そうですか。では田嶋さんとの思い出の品として、この不肖、陣内武一、大切に使わせていただきます」

相変わらず大げさなやつ。だが、こいつはいつも真剣だ。澄んだ瞳が迫る。

「自分は田嶋さんとお会いできて幸せでした。この御恩は一生忘れません」

そんな。気持ちがどーんと沈む。おれは記憶喪失の一文なしから逃げた狡《ずる》い男だぞ。ラーメン屋の親父に手痛い説教を食らい、馘《くび》になったいいかげん男だぞ。陣内の太い言葉が響く。

「田嶋さんと過ごしたこの一両日は本当に楽しかったです」

胸が熱くなった。唇を嚙み、行くとこないんだろ、とかすれ声を絞る。返事がない。二人、暗い路地に立ち尽くす。きゅる、とまた腹が鳴る。いや、これは失敬を、と詫びる陣内を誘う。「メシ食いに行こう」

返事も待たずポリ袋を取り上げ、アパートに向かう。

「これは預かっておくから」

いえ、自分はそういうつもりでは、と恐縮する陣内を無視してアパートのドアを開け、玄関先にポリ袋を置く。

「さ、行こうぜ。今日は不労所得がたんまりあるからさ」

逞しい背中を押して歩く。なんか気持ちが晴れ晴れとしてくる。

「焼肉か、それとも中華にするか。なんでも御馳走してやるぞ」

「自分は贅沢が言える身分ではありません」

「じゃあ焼肉にしよう。骨付きのカルビをたらふく食わしてやる」

さ、行こ行こ、と早足で歩く。モノトーンに沈んでいた街が明るくなる。武一、おれこそおまえと出会えてよかったよ、と胸の中で告げる。声に出したらホモだよなあ、と苦笑する。

大塚駅前の焼肉屋で大ジョッキの生ビールを飲み、カルビとハラミ、ロースを四人前ずつ注文した。慎太は届いた肉をどんどん焼き、食え食え、と勧めた。陣内は、遠慮なくいただきます、と旺盛《おうせい》な食欲で面白いように平らげる。飯も丼三杯、ぺろりと食べた。

慎太はとても気分がよかった。上等の焼肉を肴に、生ビールも二杯目だ。すっかり酔ってしまった。陣内は四杯目のジョッキを美味そうに傾ける。

「なあ、武一よお」酔いの勢いで迫る。

「あの写真、彼女だろ」

口の周りの泡を手の甲で拭い、なんでありますか、と怪訝そうに訊いてくる。

「ほら、夜明け前、正座して見てたやつ」

途端に表情が沈む。力なくテーブルにジョッキを置く。御存知でしたか、と呟く。マズいこと訊いちゃったな。また調子にのり過ぎたな、と後悔が胸を刺す。だが、陣内はおかしな飛行服の胸ポケットに右の手を入れ、写真を抜き出した。どうぞ、と微笑む。

「いいのか」「田嶋さんは特別です」

慎太はお絞りで指の間まで丁寧に拭い、両手で受け取った。いまどき珍しいモノクロの写真だ。白いブラウスの女性が微笑んでいる。黒髪を二つに結った、丸顔の美しい女性だ。凛とした眼差しと意志の強そうな唇。清楚《せいそ》、というのだろうか。クラシカルなモノクロ写真のせいか、とても古風な印象だ。陣内にぴったりだと思う。

「自分の大事な女性でした」

陣内はそれだけ言うとジョッキを傾ける。浅黒い顔が毒でも呷《あお》ったようにゆがんだ。

「きれいなひとだな」

慎太はモノクロの写真を眺めながら呟いた。

「こんな彼女がいたらおれ、絶対離さないけどな。美人だもんなあ」

陣内はカラのジョッキをテーブルに置き、寂しそうに微笑む。

「小田原小町です」

おだわらこまち？　まあ古風な名前というか、なんというか。でも、こまちちゃん、ってけっこう可愛いかもな。思わずほおがゆるんでしまう。

「こまちちゃん、いくつだよ」

テーブルの向こう、陣内はオレンジのバンダナを巻いた太い首をかしげる。そして怪訝そうな表情で、十七歳ですが、と言う。うっひょお、高校生かよお。それで結婚の約束までしてたのか。見かけによらず大胆なやつ。陣内は困ったように言葉を添える。

「小町とはつまり、小田原一の美人ということでありまして」

なんだよ。彼女の自慢かよ。そんなこと、自分で言うなよ。美人ってことは見れば判るさ。

苦笑しながら、頭の隅にひっかかるものがあった。小田原って、もしかして——。

「神奈川県の小田原市、か」

陣内は一瞬、しまった、という顔をしたが、すぐに表情を引き締める。そして背筋を伸ばし、はい、と重々しくうなずく。慎太は勢い込んで言った。

「小田原ならすぐじゃないか」陣内は唇を結んで黙り込む。

「新幹線だと東京駅から三十分くらいだろ」

はあ、と首をかしげる。浅黒い顔に戸惑いがある。慎太はため息をついた。新幹線も忘れてしまったのか。

「小田急でも新宿始発で一時間半くらいじゃないか」

陣内はうつむき、「遠い近いで言えば、小田原は近いです」と、か細い声を返す。いらっとした。

「帰れよ」カーゴパンツの尻ポケットから白い封筒をつかみ出し、引き抜いた一万円札を二つに折る。

「ほら、やるから。電車賃には充分だろう」

陣内の眼の前に突き出した。

「遠慮しなくていいぞ。おれは今日、懐が温かいんだから」

「昨夜も言いましたとおり、自分は帰れません」

きっぱり言うと、そっと掌《てのひら》で万札を押しやる。

「田嶋さんのお気持ちだけをいただきます。ありがとうございます」

丁寧に坊主頭を下げる。慎太は苦いものを嚙み締め、一万円を封筒に戻した。

「もう、こまちちゃんと会えないのか」

写真を返しながら訊いた。陣内は受け取り、飛行服の胸ポケットに戻す。無言だ。

「なあ、武一、考え直せよ。なにがあったか知らないけどさ、そうやって写真を大事に持ってるってことはこまちちゃんに未練があるんだろ。ひとりでじっと見つめていたおまえ、未練たらたらだったぞ」

「もう一杯、頼んでよろしいですか」

カラのジョッキを掲げる。眉間に筋を刻んで真剣な面持ちだ。ヤケ酒ってことだろうか。急にこの不器用な男がいとおしくなった。

「いいよ。いっくらでも飲んでください」

五杯目を注文し、陣内は訥々と語った。

「自分はもう小田原には戻れません。帰ってはならんのです」

己に言い聞かせるような物言いだった。

「正直、辛《つら》いです。おっしゃるとおり、いまでも好いております。未練たっぷりであります。しかし、仕方ありません。会ってはならんのです。田嶋さん、判ってください」

届いたジョッキをぐびっとヤケクソのように飲む。こんな凜々しい二枚目も手痛い失恋をするのか、と思ったら、なんか無性に可哀想になった。おれなんか失恋の連続で慣れてるけど、こいつには一世一代の恋だったんだろうな。辛いよなあ。テーブル脇の白い封筒を取り上げる。「武一、これ、なんだか判るか」

唇に白い泡をくっつけたままぽかんと見つめる。

「おれ、今日、バイトを馘になった。これは退職金なんだ」

はあ、と間抜けな面を向けたまま反応がない。慎太はテーブルに身を乗り出して言う。

「だからおれはラーメン屋の経営者なんかじゃなくて、低賃金のアルバイトでこき使われてきた、単なるいち労働者なの。二十五にもなって、まともな職についていない、不安定なフリーターなの。判るか」

陣内は手の甲で泡を拭い、ぬっと顔を寄せてくる。

「ふりーたーとはなんですか」

がっくりとうなだれた。陣内は慌てて言葉を継ぐ。

「自分は初めて聞く言葉であります。ふりーたーとはいったいどういう意味を持つ言葉なのでしょうか。外来語、ですよね」

真剣な面持ちで訊いてくる。そうだ。こいつは普通の人間じゃない。どこまでも真っ直ぐで生真面目で、大事な記憶が抜け落ちた陣内武一だ。慎太は説明した。正式の社員ではなく、安い日給で働く労働者であり、景気が悪くなれば解雇される弱い立場の人間である、と。

「なるほど、月給で生活する会社の勤め人ではなく、日々の手間賃で働く日雇い労働者、と考えて差し支えありませんね」

日雇い労働者、か。面と向かって言われると少々めげる。当然のように口にしてきた〝フリーター〟がいかに使い勝手のいい言葉か、判った気がする。まさか「日雇い労働者です」なんて自己紹介できないもんなあ。そういえば綾と会ったときも「フリーターです」なんて、しゃあしゃあと胸張って言ってたもんなあ。もっともあのときはホームレスへの炊き出しの最中だったから、ただのフリーターじゃねえぞ、という誇りみたいなものもあった。それがいまはどうだ。単なる無職。貧しいプー太郎だ。

がくんと肩が落ちた。陣内もがっかりしたのか、それとも同情したのか、下を向いている。失恋男を励まそうとしたのに、逆効果かよ。なんか惨《みじ》めだなあ。おれの人生、いっつも裏目裏目だなあ。ジョッキの底に残ったビールをずずっと啜る。

ポケットの携帯が震えた。抜き出し、液晶をチェックする。おおっと。身が引き締まる。耳に当てる。晴れやかな声が聞こえる。

「ああ、田嶋くん、いまいいかな」

どうぞどうぞ、と愛想よく答えながら立ち上がる。陣内に背を向け、店の隅で話す。電話の相手はNPO法人『ピース日本』代表、畠山誠太郎《はたけやませいたろう》。ホームレス救済に取り組む、四十歳の著名な社会活動家だ。

「明日、東上野で炊き出しなんだけど、スタッフに欠員が出てねえ。ダメモトであなたに電話してみたんだ」屈託なく言う。

「今日の明日で難しいと思うけど、なんとか都合つかないかなあ。あなたみたいな現場をちゃんと仕切れるボランティア、なかなかいないもの」

そんなあ、大したことないっすよお、と謙遜しながらも、ぐんとテンションが上がる。心地よいものが胸に広がる。畠山の懇願が続く。

「田嶋くん、無理を承知でお願いなんだけど、なんとかならないかなあ」

いいっすよ、と軽い調子で答える。途端に弾んだ声が返る。

「いやぁ、感謝だよ。ホームレスの皆さんも大喜びだ。ありがとう」

簡単な打ち合わせを終え、テーブルに戻る。どっかと椅子に座り、前屈みになる。

「武一、明日、手伝ってくれないか」

厳《おごそ》かに告げる、陣内はジョッキを置き、両手を腿に置いて背筋を伸ばす。

「田嶋さんにはお世話になりっぱなしですから、自分にできることならなんでもやります」

律儀に言う。

「おれさあ、ちょいとボランティアをやってるわけよ」

ぼらんてぃあ、と生真面目な顔で復唱する。ちっと舌打ちをくれる。またかよ。

「ボランティアってのはつまりさあ、無償で社会の弱者を――」

丁寧に、判りやすく、もう二年近くホームレスへの炊き出しを続けていること、東北の被災地への救援活動にも赴《おもむ》いたことを説明した。そして明日は東上野の公園で二百人分のカレーを作る、と。聞き終わった陣内は眉間にシワを寄せ、深刻な表情だ。どーしたの？　なにか気にさわった？　陣内は二呼吸分ほど沈黙し、首をかしげた。

「仕事も家もカネもない浮浪者がそんなに大勢、この東京にいるのですか」

真正面から問われ、言葉に詰まった。陣内はぐるりと店内を見回す。仕事帰りらしいスーツ姿のグループや学生風の若い連中、家族連れ、カップルが楽しそうに焼肉を食べ、酒を飲み、笑っている。みな幸せそうだ。

「こんなに豊かな日本ですよ」

陣内は理解できない、とばかりに語る。

「食糧の配給や栄養失調、学童疎開とも縁のない人々でしょう。みな、栄養満点の肥え太った、血色のいい方々ではありませんか。身なりも立派だ。痩せこけたもんぺ姿の女性や粗末な国民服の老人などただのひとりもおりません。なのにどうして、公園での炊き出しに頼る、物乞《ものご》い同様の貧しい同胞がいるのか、不肖、陣内武一にはまったく判りません」

　言ってることの半分も理解できないが、この男の疑問は要するに豊かな東京になぜ、その日の食事にも困る貧しい人々が存在するのか、ということだろう。

「本日、図書館で知った付け焼刃の知識で申し訳ありませんが、戦争が終わったあとの敗戦国日本はマッカーサー率いる連合国軍に占領され、財閥は解体を強いられ、政治も経済も骨抜きにされましたよね。当然です。我が日本国は戦争に負けたのですから」

　語りながら陣内の顔色が変わる。こめかみに青い血管が浮き上がり、眼が血走ってくる。

「しかし、勤勉で不屈の闘志を持つ国民は、焦土に闇市《やみいち》が乱立し、餓死者も出る貧困に負けませんでした。戦地から九死に一生を得て帰還した復員兵たちも頑張りました。雄々しく立ち上がり、見事国を復活させたのです」

おかしい。こいつは失った記憶を呼び戻すために図書館に行ったのでは？　慎太の疑問をよそに、怒りの口調で語る。

「朝鮮戦争の特需があったにせよ、我が日本国は資源もカネもない打ちひしがれた国土から高度成長を経て、世界が瞠目《どうもく》する経済大国日本を築き上げた。そうですよね、田嶋さん」

　はあ、としか言いようがなかった。

「そういう奇跡の復活を遂げた豊かな国にですよ」

どん、と拳《こぶし》でテーブルを叩く。皿が跳ねる。

「未曾有の大震災に見舞われた東北の被災地ならともかく、なぜ、この首都東京に炊き出しで露命《ろめい》を繋《つな》ぐ哀れな人々がいなければならないのです。自分が昨日、今日といまの東京を見た限り、贅沢で、華やかで、あらゆる物資に溢れております。高級な美しい自動車が広い道路を埋め尽くし、豪華なビルディングが無数に建っております。西新宿には光に輝く摩天楼がいくつも聳《そび》えておりました。夜は厳しい灯火管制が布《し》かれることもなく赤や青の電飾が無数に輝き、着飾った人々が笑顔で歩いています。それが炊き出しとは、自分には信じられません。たび重なる空襲で焼け焦げた焦土なら炊き出しもあったでしょうが」

ちょっと待て、と言葉を挟む。

「おまえ、記憶喪失だろ」陣内は一瞬、呆然とし、次いで逃げるように眼を伏せる。慎太は膨らむ疑問に後押しされるように続けた。

「喪失した記憶を埋めるために図書館に行ったんだろ。なのに、戦争に負けた日本のことばかり気になるみたいだな」

重い沈黙のあと、陣内は唸るように言う。

「自分はなにも知りませんでした。赤子《あかご》同然であります。戦争に負けた惨めな日本の姿に涙を抑えられず、田嶋さんの前で醜態を晒《さら》しました。不肖、陣内武一、実に情けない男であります。申し訳ありません」

いや、それはもういいんだけど。が、陣内は逞しい肩を震わせて語る。

「奇跡の復興に胸を熱くし、アメリカとの関係に衝撃を受け、昨年の東日本大震災のことを知りました。大津波に襲われ、約二万人もの死者、行方不明者を出した大惨事がこの平和な日本で起こっていたのですね。そしていまこの場で田嶋さんからお聞きしたぼらんてぃあの話にさらなる衝撃を受けた次第であります。もしそれが真実だとしたら——」

「なんだよ、おまえ。おれの話を信用していないのか」

いえ、そんな、と顔を上げる。眼が潤んでいる。慎太は冷たい言葉を投げた。

「明日、実際に見たらよく判る。この東京にホームレスの連中がいかに多いか、自分の眼で確かめろよ」

語りながら怒りが煮え立つ。目の前の陣内ではなく、この社会の理不尽さに、だ。

「いいか。世を儚《はかな》んで自殺する人間は一年間に三万人を超えるんだぞ」

ええっ、と眼を剝く。そして上ずった声を絞る。

「自殺者が三万人、ですか。自ら命を絶つ日本人がそんなに」

信じられない、とばかりにかぶりを振る。

「本当だよ。ちゃんと警察庁が統計をとっている。たしか十年以上、連続で三万人を超えているはずだ」

陣内の表情が冥《くら》くなる。か細い声が漏れる。

「生きたい、と切に願いながら死にゆく人間もいるというのに——」

最後は言葉にならなかった。眼が遠くを彷徨《さまよ》う。

「武一、世の中はおまえみたいに単純で神経の太い人間ばかりじゃないんだ」

慎太は諭《さと》すように語りかけた。

「仕事もなくて、生きることに疲れてさ、死んだほうがラクだ、と考えてしまう繊細で弱い人間はゴマンといるんだ。おまえももっと世の中を知らないとな。明日、炊き出しを経験したら少しは理解できるかもよ」

陣内は視線を戻し、上半身を屈めて、では、と迫る。

「なぜそういう事態が発生しているのか、理由はなんなのか、教えてください」

慎太はそっとため息をついた。今夜は長くなりそうだ。まずは政治の無策と長引く構造的不況、格差社会というやつから説明しなきゃならない。頭を整理して問いかけた。

「武一、おれの部屋をどう思った」

はあ、と怪訝そうだ。

「ボロアパートで大したものもないだろう。貧しい部屋だと思わないか」

そういえば、と呟く。納得の表情だ。慎太は苦いものを呑み込んで語った。

「あの部屋のレベルの生活から一段、落っこちるとホームレス、つまり宿無しだ。おれはいま、仕事がない。このままだと炊き出しを受けなきゃ生きていけない」

判ってくれただろうか。武一はうなずき、よく判ります、と歯切れのいい口調で言う。

「たしかに田嶋さんの部屋は貧乏書生の住まいと見紛《みまが》うようです。家もカネもない浮浪者とは指呼《しこ》の間《かん》かもしれません。実に判り易い話であります。ありがとうございます」

深々と坊主頭を下げる。このやろう。少しムカついた。が、陣内の言葉は止まらない。しかし、と口調を強めて続ける。

「田嶋さんは浮浪者にはなりません」断言する。

「どうしてだよ」

思わず両手でテーブルをつかみ、前のめりになった。陣内は胸を張って答える。

「田嶋さんは誇り高き男です。生きることが精いっぱいの日雇い労働者でありながら、弱い者たちに炊き出しを行う、立派な男です。それに、守るべき許嫁《いいなずけ》もいます」

ほおが熱くなった。だから許嫁じゃあ——

「もとい。許嫁ではありませんでした。とても大事な女性でありました。ああいう知的で素敵な女性がいる以上、頑張らざるを得ません。田嶋さんは大丈夫です」

そうか、大丈夫か。

「もっと飲めよ、遠慮すんな」店員を手招きし、生ビールを二杯注文する。

「大丈夫ですか」眉根を寄せて心配そうだ。慎太は傍らの白封筒を摘み上げて振った。

「おれは退職金があるんだ。心配すんな」

「いえ、そうではなく。ビールをそんなに飲んで大丈夫でありますか」

そうか、もう大ジョッキが三杯目か。缶ビール一本で一丁上がりの男にはとっくにリミットオーバーだ。しかし、今夜は特別だ。再出発の夜だ。

「ばっかやろう。おれはおまえが思っているよりずーっと大きな男なの。飲むときは飲むのっ」テーブルに片肘をつき、肩をねじ込むようにして顔を寄せる。

「いまの日本は腐ってるんだ」

囁くように言い、周囲をチェックする。夜の賑《にぎ》やかな焼肉屋の店内だ。不審な人影はない。

「いいか、武一。国民はともかく、政治が決定的にダメなんだ。口だけ達者な小賢《こざか》しい小物ばかりだ。日本を復興させ、高度成長を突っ走った昭和の大政治家とは志も馬力もまったく違う軟弱人間ばかりだ。昭和の政治家は悪いことも山ほどやったし、アメリカに尻尾《しっぽ》を振る情けない振る舞いも多々あったが、政治に命を賭けていた。覚悟があった。日本人としての矜持もあった。エリート官僚をおだて、すかし、能力を最大限引き出して国家を運営した」

語りながら身も心も熱くなる。

「ところが平成の政治家はテレビに出て名前と顔を売り、お笑い芸人に媚《こび》を売り、大仰《おおぎょう》な物言いと深刻な面《つら》で無責任な夢物語を披露することが仕事だと思っている。官僚にも国民にもバカにされて、嗤われて、政治家というよりは卑屈な政治屋だ」

届いた三杯目の大ジョッキをぐびりと飲む。渇いた喉に実に美味い。

「おかげで日本はメタメタだ。大企業は衰退する日本と無能な政府に見切りをつけて工場を人件費の安い中国や東南アジアに移すケースが珍しくない。産業の空洞化だ。勢い、働き口は少なくなり、労働者の給料も下がる。失業率が上がり、景気は悪くなる。日本は口先だけの人間が得《とく》をする国に成り下がってしまった。要領よく立ち回ってカネを右から左に動かすだけで富める者と、心身をすり減らして働いても生活が立ちゆかない貧乏人の差は大きくなるばかりだ。おれみたいな無職の若い連中も増えている。格差社会ってやつだ」

戸村清之先生の凜々しい姿が甦《よみがえ》る。世の欺瞞《ぎまん》と不正を糾弾し、本物の日本人の在り方を説く、現代のサムライだ。

「愚かな政治家が手をこまねいている間に日本国は坂道を転がるように貧乏になっている。借金ばかり重ねて、もはや返済不能だ。東日本大震災と福島第一原発の大事故がダメ押しとなり、国家破綻はもう眼の前だ。すでに破滅へのカウントダウンが始まっている。でも、だれも動かない。声も出さない。見て見ぬふりだ。政治家は度胸も覚悟もない、口舌《こうぜつ》の徒ばかりだ。官僚は保身と組織防衛しか頭にない、卑怯な卑劣漢の集まりだ。どいつもこいつも日本人の恥さらしだ」

「そんなにひどいのですか」陣内が深刻な表情で問う。慎太は大きくうなずいた。

「いまの日本はアメリカの言いなりだ」

「一連の騒動は存じております」

陣内の表情が沈む。ほおをゆがめ、絞り出すように語る。

「日米安全保障条約を巡って大変な騒動があったようですね。今日、図書館で知りました。大東亜戦争――もとい、太平洋戦争が終結して六十七年後のいま現在も沖縄をはじめ日本各地に米軍の基地があるとは、正直、大変な驚きであります。戦争が終わり、昭和二十六年にサンフランシスコ平和条約が調印され、翌二十七年に発効し、連合国の占領は終わりました。つまり日本国の主権は回復し、晴れて独立国となったわけです。それでもアメリカは日本を去らず、各地に軍隊を置いております。同時に結ばれた日米安全保障条約のせいです」

そうだよ、とうなずきながら内心、焦った。戦後の歴史はそれほど詳しくない。なにせ、アメリカとの戦争がいつ終わったかもはっきり憶えていなかったのだから。しかし、安保闘争とか、学生運動は基本を押さえてある。戸村先生の講義と課題学習でバッチリだ。エヘン、と咳払《せきばら》いをして語った。

「一九六〇年、安保闘争と呼ばれる大騒動があってな。日本はいつまでもアメリカの下でいいのか、という学生と労働者の怒りが爆発したんだ。その怒りは反政府、反米運動となって国会議事堂を二十万人からのデモ隊が取り巻き、警官隊と衝突。おれは戦後日本が最も革命に近づいた日だと思う」

戸村先生の講義内容を反芻《はんすう》しながら語った。

「しかし、騒動は騒動で終わった。残念ながら本物の革命を起こすだけのパワーはなかった。日本人の覚悟が足りなかった」

屈辱が胸を焦がす。結局、日本はアメリカに屈した。真の独立へと続く茨《いばら》の道よりは、安易で楽な属国を選択した。

「ソ連とアメリカの冷戦の時代、まともな国は国防に注力した。国民を守るために当然のことだ。しかし、日本は違う。世界最強のアメリカ軍に国防を任せ、経済活動に専念した。おかげで高度成長は軌道に乗り、日本は先進国の仲間入りを果たしたが、代償が大き過ぎた」

「国防をないがしろにしたことの代償、ですか」

「そうだ。愛国の精神は忘れ去られ、拝金主義、享楽主義の人間ばかりが幅を利かせる世の中になった。国の未来を真剣に考え、憂える人間など変人扱いだ」

目頭が熱くなった。

「国防のない国などまともな国家じゃない。国の平和は相応の努力と犠牲、覚悟の上に築かれるものだ。そういう国家として当然のリスクを負うことなく、国民が繁栄を謳歌《おうか》した結果がいまの惨状だ。景気が低迷し、アメリカには足元を見られ、経済も政治も言いなりだ。もはや日本はアメリカの植民地だ。堕落したエセ国家だ。哀れなホームレスも増える一方だ」

大きく息を吸った。

「もう日本は終わりだ」ダメだ。涙が溢れてしまう。お絞りで拭った。では、と押し殺した声がした。陣内が鋭い眼を据えてくる。

「では、我が日本国は堕ちていくだけ、と田嶋さんは言うのですか」

「そうだよ」慎太は重い声で告げた。

「このままだと日本は消える。中国とロシアに呑み込まれる」

陣内は沈思するように宙を見つめたあと、口を開いた。

「ロシアとはソビエト連邦が解体して新たに誕生した国ですね。平成元年に東西冷戦が終わり、平成三年にロシア連邦が誕生したと書いてありました」

そうだっけな。しかし、この男、本当に頭脳明晰なんだな。安保条約のこともそうだけど、図書館で読んだ本や年表の事柄がきれいに整理されて頭に入っている。脳みその出来が根本的に違うんだろうな。まあいいや。細かいこと、難しいことはスルーだ。いま大事なことは国家の要諦《ようてい》、時代の大筋だ。先生の感動の講義を要約して伝える。

「東西冷戦さえ終わればみな、世界中が幸せになると信じていた。しかし、世界はそんな単純なものじゃないんだ。冷戦のあとは民族紛争、宗教紛争と、深刻な争いが世界各地で起こった。その極めつきが二〇〇一年の9・11アメリカ同時多発テロだ」

「存じております。総天然色の写真を見ました。イスラム教徒が運航中の旅客機を奪い、ニューヨークの摩天楼に突っ込んだ事件ですね。二機の大型旅客機が突入、爆発炎上し、二つの摩天楼が崩壊して三千名近い犠牲者が出たと記してありました」

慎太は大きくうなずいた。戸村先生の重々しいバリトンが甦る。〝勇気あるイスラム教徒は命を捨てて傲慢《ごうまん》なアメリカ帝国主義のどてっ腹に正義の鉄槌を打ち込んだ。肥え太った尊大で傲岸不遜なヤンキーどもを震え上がらせた。見事だ、あっぱれだ。我が日本人の大和魂に匹敵する高貴な精神の発露といえよう。まさに世界史に残る大偉業である——〃と。

「あれこそカミカゼアタックの再来だよな」

気持ちが昂揚する。どういう意味ですか、と陣内が問う。慎太は答える。

「アメリカのメディアが報じたんだ。第二次大戦中の零戦の特攻隊攻撃と同じということさ」

　陣内は、かみかぜ、と呟き、遠くを眺める。唇が動く。

「それはしんぷう特別攻撃隊のことですね」しんぷう？

「神の風で神風《しんぷう》です。本来はそう呼びます」

　どうしたんだろう。声のトーンが下がる。凄味を帯びたような。

「しかし、9・11は神風特別攻撃隊とはまったく異なります」

　陣内は視線を戻す。じっと慎太を見つめる。眼が据わる。焦った。顔色が変わる。太い眉が不快げにゆがみ、怒気が青い焔となって立ち昇る。

　ヤバっ。おれ、なんかおかしなこと言った？　どっかで地雷を踏んだ？　慎太は尻をひねり、そっと身を引いた。この男は時々、なんの前触れもなく感情が急変する。片足を横に踏み出し、なにかあればダッシュして店の外へ逃げられるよう、体勢を整える。

　陣内はテーブルで両手を組み合わせて重々しく語る。

「神風特別攻撃隊が狙った標的は空母、戦艦、巡洋艦等、敵の強大な戦力のみです。決して非戦闘員の民間人を標的にはしておりません。三千人近い民間人の犠牲者を出した9・11とはまったく違います」

　強い口調で断言する。

「一緒にしては可哀想です」

そして唇を引き結び、睨んでくる。青白い怒気がビリビリと伝わる。いや、おれが言ったのではなくて——。慎太は眼を伏せた。下手な弁解をしたら、きさま、バカにしておるのかっ、とテーブル越しに拳が飛んできそうだ。ふいに頭の隅で疑問が灯った。おかしな記憶喪失の男がどうして特攻隊のことは詳しいのだろう。判らない。が、ま、いっか。ここは穏便に、丸く収めよう。肩をすぼめ、そうだね、おれもそう思う、と小声で同意した。

陣内はしばし睨みをくれたあと、昂ぶりを鎮めるように五杯目のジョッキを傾け、半分をカラにした。そして荒い息を吐いて言う。

「話を戻します。それで、日本を救う途《みち》はあるのですか」

青白い怒気が消え、真剣な表情が戻る。慎太はふーっ、と息を吐いた。とことん疲れる奴。

「あるよ」素っ気なく答える。陣内の顔が強ばる。慎太は正面から見据えた。心に余裕が戻る。ビールの酔いのせいだろうか。いや、戸村先生のおかげだ。我が日本の救世主、戸村清之先生の存在が、情けない自分を強くしてくれる。

「おれは日本を救う途を知っている」

陣内がぐっと身を乗り出す。「教えてください」

気分がいい。慎太は、テーブルに肘をつき、あごに手を置いた。

「おれとおまえの仲だ。教えてやらないでもないが」

ひと呼吸置いて告げる。「秘密は守れるな」

もちろんです、とうなずく。

「だれにも言うなよ」

「自分に知人は田嶋さんただひとりであります」

きっぱり言う。普通なら、気色わりぃー、と笑い飛ばすとこだが、この男にジョークはない。常に真剣だ。孤独、の二文字が浮かぶ。少し可哀想になった。声を励まして語る。

「おれが所属する『国家の平和を考える会』だ。通称、国平会」

陣内は生真面目な表情で、こくへいかい、と復唱する。

「その会長の戸村清之博士だ。このひとは凄いぞ」

「どう凄いのですか」

まあ待て、焦るな、とジョッキをつかむ。喉を鳴らして飲む。心地よい酔いが回る。

「おれは戸村先生に出逢って人生が変わった」

小泉綾との出逢いを語り、誘われて国平会に入ったことを明かした。

「戸村先生は本物のサムライだ。身を捨て、この未曽有の国難を打破する覚悟でおられる」

陣内の眼が輝いた。

「素晴らしい」感に堪えぬように言う。だろう。慎太は勢い込んで言葉を重ねた。

「会員には著名な政財界人から自衛隊の現役幹部、ジャーナリスト、会社員、学生まで多士済々だ。国平会は社会の地位とか肩書でひとを差別しない。大事なのはここだ」

拳で己の薄い胸をどんと叩く。

「強靭な精神力と気高い志、国家を思う心が入会の条件だ。それさえあれば右翼も左翼も、極道でも入会可だ」

にっと微笑む。

「おれみたいな貧しいフリーターもいるんだ。国平会はだれでもオッケーだと判るだろ」

はい、と陣内はうなずく。なんだよ、ここは笑いを取るとこなのに。ま、いいか。ジョッキを掲げた。喉に放り込むようにしてビールを飲み干し、おねーさーん、もういっぱーい、とお代わりを頼んで続ける。

「先生が、この人間は本物だ、と見込んだ会員は特別な地位が与えられる」

語りながら小泉綾の言葉を反芻する。〝あなた、頑張れば本物のソルジャーになれるかもよ〟。でへ、と顔がゆるんでしまう。

届いた三杯目の大ジョッキを飲む。あれ？　四杯目だっけ。まあいいや。今夜はとことん飲むぞ。矢でも鉄砲でも持ってこい、だ。テーブルの向こう、陣内が真剣な顔で次の言葉を待っている。口の泡を手の甲で拭い、たっぷり間を取って続けた。

「先生の側近、内弟子だ、兵士だ、ソルジャーだ。心身を限界まで鍛え上げ、インストラクターの戦闘訓練を受ける。銃器の扱いも格闘技もマスターする。先生の特命を受け、極秘の行動をとることもある」

陣内が首をかしげて問う。「たとえばどういう行動ですか」

頭蓋の中で綾の甘い言葉が響く。〝わたしも期待してるんだから〟。そうだ。おれは単なるフリーターなんかじゃない。敬愛する戸村先生から全幅の信頼を置かれた、選ばれし男だ。視界がゆがむ。熱い浮遊感が全身を包む。頭に血が昇ったみたいにぼーっとしてくる。

ばかやろう。おれは酒に呑まれるような情けない野郎じゃないんだよ。両手でほおを叩く。よし、活が入った。眼も醒めた。よーく聞けよ、と声を潜める。陣内が、はい、と顔を寄せてくる。恐ろしいくらい真剣な眼差しだ。いいじゃないの。それこそ極秘の話を傾聴する態度だ。こめかみが炙られたように火照る。

「昨日、おれと綾は多摩御陵に行った」

ほう、と陣内は眉間に筋を刻む。

「自分と会う前、ですね」

「そういうこと」

「戸村先生の命令、ですか」

大きくうなずき、ジョッキを傾ける。気分がいい。頭の芯がじーんと痺れてくる。カラのジョッキをテーブルに叩きつける。カツン、と硬い音が響く。

「この弛《たる》みきった日本をどかんと覚醒させようと考えているわけよ。判るか」

判ります、と陣内は低い声で返す。

「で、田嶋さんと小泉綾さんがわざわざ多摩御陵に赴かれた目的はなんでしょう」

慎太はぐっと睨み据えた。てめえ、驚くなよ——あれ？　陣内の表情は変わらない。普通の人間なら腰を抜かしそうな凄い話を聞きながら、静かにジョッキを傾ける。いまおれ、極秘の話を明かさなかったっけ。酔っぱらった頭が混乱する。いや、言ったよな。多摩御陵爆破計画を。陣内は黙々とビールを飲む。たしかに言ったよなあ。が、陣内の表情は毛筋ほども変わらない。多摩御陵は田舎過ぎたか？　やっぱインパクトに欠ける？　綾の言うように国会議事堂か首相官邸？　陣内がビールのお代わりを頼む。若い女の店員がほおを桜色にして微笑む。ちっきしょう、モテモテじゃないか、この色男め。

「武一、おまえはいったい何者なんだよお」

ダメだ。呂律《ろれつ》が回らない。視界が白く染まる。フェイドアウトしていく。

揺れる。リズムよく、身体が揺れる。瞼をこじ開けた。広い背中だ。あれ？　街の明かりも揺れている。路面電車がガタゴトと走っていく。大塚駅前のロータリーだ。都電荒川線だ。

「武一」小声で呼びかけた。陣内は慎太を背負ったまま、大丈夫ですか、と優しく言う。

「田嶋さんは話しながら寝てしまわれました。もうお店を閉めるというので、自分がおぶって出ました」「そうか」

身体がぐんにゃりしている。酔いが回っている。さすがに飲み過ぎた。ごめんな、と呟き、のてっと逞しい背中にへばりついた。こんな情けない姿、晒《さら》しちゃって。

「支払いはお言葉に甘えまして、白い封筒から払わせていただきました。御馳走様でした」

「世話をかけたな」

「とんでもないです」

ロータリーを抜け、住宅街に入る。水銀灯が灯るだけの路地を進む。陣内は息を荒らげることもなく、大股で歩く。いいやつだなあ。男の中の男だよなあ。強くて、優しくて、まっすぐで。これじゃあ女がほっとかないよなあ。

「田嶋さん」静かな口調で言う。

「明日はしっかり頑張らせていただきます」

あっ、そうか。炊き出しか。「頑張ろうぜ」

陣内は大きくうなずく。

「田嶋さんは立派な男です。自分が見込んだとおりの男であります」

野太い声が暗闇に響く。得体の知れない不安が湧き上がる。

「おれ、なんか変なこと、言ったっけ」

バンダナを巻いた太い首を振る。

「いいえ。変なことなどひとつもありません。素晴らしい話でした。『国家の平和を考える会』の理念に感動しました。自分も可能であれば、戸村清之先生にお目にかかりたいです」

ほっと安堵の息を吐いて告げた。

「すぐってわけにはいかないけど、いつか会わせてやるよ」

こいつの身元が明らかになり、おかしな記憶喪失が治ったら、明日にでも国平会に引っ張り込むのに。しかし、正式に入会したら、即ソルジャーだよな。ケンカはめちゃくちゃ強いし、度胸満点で頭脳明晰だし。ガタイのいい色男だし。戸村先生もぞっこんだろうな。

「田嶋さん、お願いがあります」改まって言う。

「国平会の資料がありますよね」

「おれ、喋ったか？」

「落ち込んだときとか泣きたくなったとき、夜ひとりで読むと元気が出る、とおっしゃっておりました」

やっぱ、いろいろ喋ってるんだ。少しめげた。陣内は歩きながら続ける。

「戸村先生に会うことが無理であれば、代わりに国平会の資料を読ませていただけませんか」

なんて熱心なやつ。いいよ、と答え、逞しい背中にもたれた。

「国平会結成時からのテキストがおれの部屋にまとめて置いてある。好きなだけ読め」

ありがとうございます、と張りのある声が聞こえる。

アパートに帰り、倒れ込むようにベッドに横になった。睡魔が襲う。陣内は食器棚から国平会のテキストを引っ張り出すや、三畳間に座り込み、熱心に眼を這わせる。その横顔が冷たく凍っていく。どうした？　なにがあった？　が、もう声を出すのも億劫だ。酔いと睡魔に耐えきれず、瞼を閉じた。

第四章　最後のフィクサー

翌朝、陣内は無口だった。テキスト、読んだのか、と訊くと、はい、と答え、それっきりだ。内容については、興味深いものでした、勉強になりました、と曖昧なものに終始した。昨夜の昂揚した姿とは別人だ。ダメだ。二日酔いで頭が痛い。それ以上、詳しく訊く気にもなれず、洗顔を済ませて冷蔵庫のミネラルウォーターを飲み、ベッドに腰を下ろした。

「おれ、朝飯食えないけど、どうする。喫茶店でも行くか」

いいえ、自分もけっこうです、と言い、突っ立ったまま黙り込む。どうしたの？　なんか深刻そうな。陣内が動いた。それより、と両膝を折り、畳に正座をする。慎太を見上げる。

「田嶋さんにお願いがあるのですが」

眉間に筋を刻む。切迫した表情だ。なんだろう。いやな予感がした。もしかして多摩御陵爆破計画に参加したいのか？　いや、超が付くくらい生真面目な男だから、ひと晩考えて決めたのかもしれない。紛れもないテロリズム、犯罪ですから一緒に警察に行きましょう、と。

額に冷や汗が浮いた。酔っぱらってペラペラ喋った己の口の軽さを悔いた。この男が一度決断したらダメだ。必ず警察に連れていくだろう。抗《あらが》えばあのハンマーパンチで殴ってでも。

背筋が震えた。どうしよう。警察に知られたらとんでもないことになる。先生にも綾にも大変な迷惑がかかる。国平会の存亡にかかわる非常事態だ。なんとか震えを噛み殺し、小声で訊いた。どんなお願いでしょう、と。陣内は眼を伏せ、口を開いた。

「東京を見たいのです」

えっ、と言葉に詰まった。陣内は顔を上げ、漆黒の瞳でまっすぐ見つめて言う。

「この繁栄した東京を自分は見たいのです」

ほっと胸を撫で下ろした。陣内は強い口調で続ける。

「どのくらいビルディングがあり、立派な道路があり、豊かな街になったのか、自分は全部、すべて見てみたいです」

「どこから」陣内は中空を見つめ、たとえば、と自信なげに言う。

「西新宿の摩天楼などいかがでしょうか。一昨日、自動車の中から見せていただいた」

なるほど。「だったら東京スカイツリーだろう」

言った後、思わず舌打ちをくれた。日本一の高さのタワーはとっくに完成したけど、一般公開は五月二十二日。六日後だ。朝のワイドショーで女子アナが展望台から仕事を忘れてキャーキャー騒いでたっけ。

「いや、まだ東京タワーだな」陣内はぽかんとしている。

「一応、訊くけどさ」前置きして告げた。

「東京スカイツリーも東京タワーも知らないよな」

はい、と大きくうなずく。だよな。身も心もこんな立派な男なのに、記憶に重大な欠落がある。やっぱり可哀想な野郎だ。

「じゃあ東京タワー、行こうか。東京でいちばん眺めのいい場所だ」

はい、と立ち上がる。眼が輝く。まるで子供みたいだ。

「おれも東京タワー、行ったことないんだ」

「そうですか。ならば田嶋さんもこの機会にぜひ」

喜色満面で部屋から出て行こうとする。

「武一、東京タワーの前にやることあるだろ」

はあ、と太い首をひねる。

「炊き出しの準備をしなくちゃ」

ああ、これは自分としたことが面目ない、と赤面する。

「ちゃっちゃとやっちまおうぜ。そんで東京タワーへ寄ってから炊き出しだ」

恐縮する武一を促して外に出た。午前八時過ぎ。朝陽が眩しい。思わず顔をしかめた。

近所の貸駐車場の軽ワゴンに乗り、一度アパートに戻って食材を積み込む。ジャガイモやニンジン、玉葱が入ったダンボール箱だ。十近いダンボール箱を二人で積み込み、出発した。

「東京タワーの高さってどれくらいか知ってるか」

「見当もつきません」

「三百三十三メートルだ」

そんなに、と眼を丸くして絶句する。おかしい。面白い。愉快だ。実物を見たらどんなに驚くだろう。よく晴れた空が広がる。心も晴れ晴れとなる。

武一の反応は予想以上だった。ビルの間から見える巨大な東京タワーに啞然とし、タワー横の駐車場にワゴンを停めるや、外に出て天を仰ぐ。太陽を浴びて輝くオレンジの鉄骨を見上げ、てっぺんまで視界に収めようとそっくり返り、よろける。

「うあー、高いですなあ、これは壮観ですなあ」

感嘆の声を上げ、口を半開きにして固まっている。まるで子供だ。

「武一、行くぞ」

我に返った武一は駆け足でやってくる。明るい陽射しの中、長い脚が軽快にアスファルトを蹴る。弾むような走りだ。こっちまで嬉しくなる。

東京タワーの周囲には豪華な観光バスが何台も停車し、次々に客が降りてくる。敬老会とおぼしき老人の団体に、修学旅行の中学生たち。外国人の集団もいる。中国人、韓国人——すっと血の気が引いた。青い眼の白人に大男の黒人。英語で喋りまくる陽気なグループがやって来る。喫茶店での大騒動が甦る。屈強な白人にケンカを売ろうとした陣内武一。ここは警察官も多い。騒動になったらすぐ駆けつけてくる。が、杞憂《きゆう》だった。陣内は笑顔で見送り、さあ、行きましょう、と促す。

チケットカウンターで大展望台への入場券二枚を買う。一人八百二十円の計千六百四十円。

「おカネが必要なのですね」

陣内が申し訳なさそうに言う。

「当たり前だろう。東京はどこだってカネがかかるんだから」

慎太は苦笑して告げる。「さっきの駐車場も一時間五百八十円だぞ」

「散財させてしまい、申し訳ありません」

慎太はぐいと胸を張る。「気にすんな」

そうだ。『昇龍』の退職金はまだ残っている。少しばかり貯金もあるし、あと半月くらいは大丈夫。が、その先は見えない。まあいいや。なんとかなるさ。日本の未来を憂い、命を捨てる覚悟の男に細かいカネの計算は似合わない。どんといこうじゃないか。

エレベータロビーにはずらりと長蛇の列ができていた。最後尾に並び、しばらくすると「すごいですなあ」と素っ頓狂な大声がロビー全体に響いた。陣内だ。カウンターでもらったパンフレットを指さし、興奮の面持ちだ。

「田嶋さん、このタワーはフランスが誇るエッフェル塔より九メートルも高いのですよ。しかも重さは四千トンでエッフェル塔の七千トンに較べて遥かに軽量化が図られております。日本国の産業技術も見事に発展しましたなあ」

皆、こっちを見る。幼い子供連れの夫婦は不思議な生き物でも見たかのように啞然としている。笑いを嚙み殺す初老の女性の姿もあるが、おかしな飛行服を着込み、首にオレンジのバンダナを巻いた屈強な男はまったく気にしない。かまわず大声で喋りまくる。

「大展望台が百五十メートルで、その上の特別展望台は二百五十メートルですか。さぞかし絶景でしょうなあ」

ちょっと、武一、と唇に指を当てて静かにするように言う。そして小声で説明する。

「技術の発展といってもさ、東京タワーの完成はずっと昔だぞ」

そうなんですか、と首をかしげ、パンフレットに眼をやる。

「開業一九五八年、と記してあります」

「だろう。おれたちが生まれる遥か前だ。いま二〇一二年だから――五十四年前になるな」

陣内は遠くに眼をやる。唇が動く。

「ならば太平洋戦争が終結して十三年でこの立派なタワーが完成したのですね」

しんみりした口調だ。そうだよ、とうなずく。

「いわば高度経済成長期のシンボルだな。もう役目は終わったんだよ。観光地としてはまだ人気があるけどな」

そして、一般公開が迫る東京スカイツリーを説明した。高さ六百メートルを超える世界有数のタワーであり、来場者の殺到が予想されること。スカイツリーの誕生で東京タワーの影は薄くなる一方であること。

「東京タワーなんてレトロの象徴、いまや昭和の遺物なんだから」

そうですか、と陣内は肩を落とす。少し胸が痛んだ。せっかくの喜びに水をかけたような。

が、陣内はエレベータに乗るや、すぐに元気を取り戻す。

「おお、これは快適」上昇するエレベータのガラス戸を見て弾んだ声を出す。

「すごいですなあ。公園やお寺がどんどん下がっていきますよ」

ガラス戸に子供のように両手と顔をくっつける。

「おお、あの立派なお寺は増上寺ですな。ならば公園は芝公園ですか」

振り向き、田嶋さん、と目尻にシワを刻んで手招きする。

「東京タワーは初めてでしょう。ほら、遠慮せずご覧になってください」

首から上が熱くなる。一緒にすんな。が、周囲の客はみな柔らかな笑顔だ。エレベータガールまで微笑んでいる。ははっ、と頭をかき、愛想笑いを返した。なんか和《なご》んだような。

大展望台の二階部分に到着するや、外に出た陣内は眼前のパノラマに感嘆の声を上げた。

「いやいや、これはこれは」

生まれて初めて上京した草深い田舎のじいさんのように感心し、手庇をして眼を細める。初夏の陽光に輝く東京湾とレインボーブリッジ、旅客機が次々に発着する羽田空港。陣内の顔色が変わる。唇を引き結び、食い入るように見つめる。その横顔は怖いくらい真剣だった。

大展望台を一周した後、特別展望台行きのチケットを二枚買う。一人六百円の計千二百円。

「田嶋さん、ありがとうございます」

陣内は律儀に頭を下げる。いいから、と手を振る。

「東京タワーなんて一生に一度だもんな。二百五十メートルの眺望、見ておかなきゃ」

はい、と重々しくうなずく。係員に案内され、階段を四十段ほど昇って特別展望台行きのエレベータに乗る。

到着した展望台はまるっきり眺望が違う。百メートル上昇しただけなのに、遥かに雄大なパノラマが広がる。これは見事、天晴《あっぱ》れ、と陣内は手を叩いて喜色満面だ。いまどき田舎の小学生でもこんなに喜ぶやつはいないと思う。

「おお、あれは」指さす方向にひときわ高いタワーが聳える。

「東京スカイツリーじゃないか。今度昇りに行こうな」

「いえ、その左側であります」

どこ？　白い靄《もや》に霞んでなにも見えないけど。

「筑波山《つくばさん》であります」感慨深げに言う。眼を凝《こ》らす。見えない。

「素晴らしい山並みですなあ」

そこまで言うからには見えているのだろう。武道家だし。

「筑波山に想い出でもあるのか」

慎太の問いに眼を伏せ、ぼそりと語る。

「霞ヶ浦の基地で訓練を受けましたから」

かすみがうらのきち？　なんだそれ。

「昔の話であります」

それだけ言うと黙り込む。霞ヶ浦の辺《ほとり》に武道の訓練所みたいな施設があって、筑波山を眺めながら厳しい稽古を積んだのだろうか。時には褌一丁で霞ヶ浦で泳いだりして。陣内は悄然としている。なんか気落ちしたような。

「武一、あっちは富士山だぞ」手を引っ張る。

「おまえ、小田原出身だろ。懐かしの富士山を見ろよ」

西の方へ行く。手前に六本木ヒルズが聳え、その向こう、恵比寿ガーデンプレイスがある。あれ？　筑波山より視界が悪い。濃い靄に遮《さえぎ》られ、なにも見えない。

「冬ならよかったなあ。空気が澄んでるから富士山もばっちり見えたのに」

弁解するしかなかった。が、陣内はじっと眼を凝らし、「ありがとうございます。見えます」と言う。富士山の方向を暫く見つめたあと、慎太に真顔を向ける。

「田嶋さんの家はどちらになります」

ははっ、と空気の抜けたような笑いが漏れた。よりによって富士山の次は大塚のボロアパートかよ。どこまでもユニークなやつ。

「池袋の近くだとこちらですか」

さっさと北の方向に回る。慎太も渋々歩いた。

「宮城《きゅうじょう》があれですな」

陣内が指さす方向を見る。ビルの間に濃い緑の広がりが見える。きゅうじょう？

「あれは球場じゃなくて皇居だろ」

陣内はポカンとし、すぐに気まずそうな笑みを浮かべる。

「そうとも言います」なんのこっちゃ。やっぱり変なやつ。

「池袋のサンシャイン60があのノッポのビルだから」

慎太は右腕を伸ばし、指先で示す。

「そのちょい右くらいかな」無数のビルがごちゃっと固まって、なにがなんだか判らない。思わずため息が出た。

「あんなボロアパート、判るわけないだろ」

「茶色のビルの陰になっております」陣内はきっぱり言い、指さす。

「方角からいってあの茶色のビルの後方であります」

おまえは忍者か、と突っ込みたくなったが、陣内は真剣だ。よろしかったら、と横から双眼鏡が出てきた。ソフト帽をかぶった品のいい初老の紳士が差し出す。

「どうぞ使ってください」

どうも、と一礼して受け取る。ずっしりと重い、防振機能付きの本格的な双眼鏡だ。両眼に当て、調整リングを操作してピントを合わせる。サンシャイン60がどーんと眼の前に見える。その右下方。双眼鏡を当てたまま慎重に首を回す。サンシャイン60の後ろに山手線の線路があり、電車が大塚駅に——、うっそお、と思わず声が出た。たしかに大きな二十階建てくらいの茶色のビルがある。間違いない。アパートはその後方だ。生唾を飲み込み、双眼鏡を外した。紳士に礼を言って返す。陣内は、当然です、と言わんばかりの顔だ。

「ホントに見えたんだ」

「それなりの鍛錬を積んできましたから」

やっぱり武道家じゃなくて忍者？　この男がますます判らなくなる。陣内は地平線まで広がる東京の街を眺めてしみじみ言う。

「よく戦後の焦土から復興しましたなあ」

横顔が憂いを帯びる。慎太も遠くに眼をやった。靄に霞んだ灰色の東京が広がる。胸に黒々としたものが湧いてくる。

「まやかしだろ」えっ、と陣内が怪訝そうに見る。かまわず続けた。

「豪華な高層ビルが無数に建ち、立派なハイウェイが走っても、ドカンと大地が揺れたらおしまいなんだ」

慎太は大震災の被災地を思い浮かべて語った。

「おれはボランティアで東北の被災地を回ったけどな。石巻から南三陸町、気仙沼、陸前高田と沿岸部は大津波にやられて、惨憺《さんたん》たる有り様だった。ビルも病院も学校も潰れて流されてさ。道路と鉄道も崩壊だ。世界中が驚き、恐怖に震えた福島の原発事故は収束にはほど遠いしさ。住民が避難を強いられたまま捨て置かれた地域がいっぱいあるんだ」

語りながら熱いものが湧いてくる。

「日本人は立派だよ。家と仕事を失い、家族を失い、絶望の淵に突き落とされながらも、炊き出しや救援物資配給の列に整然と並び、ボランティアの連中に礼を言い、復興に向けて黙々と働くんだから。でも政治家はダメだ。おれは認めない」

「どうしてですか」

「あいつらは口が達者なだけのお調子者だ。テレビで芸能人相手にペラペラ喋り、深刻な顔で怒り、悲しんでみせるけど、被災したひとたちのことなど本気で考えていないもの。頭にあるのは保身だけだよ。テレビで顔を売り、聞こえのいい言葉を吐き散らして次の選挙に備え、居心地のいい国会議員の身分を守ることが第一なんだ。国民を舐めきっている」

青白い怒りが身も心も焦がしていく。

「被災地が地元の大物政治家なんて震災後一年近くも現地に足を運ばず、それを記者に指摘されると、情緒の問題じゃないんだ、と逆にキレてさ。そんな非情で傲岸不遜な冷血政治家に国会議員の子分どもが百人近くもいるんだぜ。バカだろ」

陣内は、理解できない、とばかりにかぶりを振る。慎太は呻《うめ》くように言った。

「どうせならこの東京が全部、隅から隅まで崩壊しちまえばいいんだ。そしたら無能で無責任な政治家どもも少しは眼が醒めるだろ」

返事はない。陣内は東京の街を眺めたまま動かない。気まずい空気が流れる。帰ろうか、と声をかける。陣内は黙って尾いてくる。

エレベータで大展望台の一階に降りる。フロアで子供たちの歓声が響き渡る。見ると、床にガラス板の畳一枚分ほどのスペースがあり、そこから下を覗き込んで大騒ぎだ。

「面白いじゃん」

慎太はスタスタ歩いてガラス板の中央に立った。足許にオレンジの巨大な鉄骨が見える。大展望台から優美なアーチラインを描いて地上まで伸びている。ミニカーみたいな観光バスとゴマ粒状の人の群れが見える。なかなかのスリルだ。

「武一、おまえも来いよ」

陣内は恐る恐る足を運び、首を伸ばして覗く。そして情けない顔で言う。

「自分はダメであります」おおっ、陣内武一の弱点発見！

「なんだよ、高所恐怖症かよ」

「ガラス板に立つなど、とてもとても」

後ずさりながら小さくかぶりを振る。

「そうか」軽くその場で跳んでみせた。陣内の顔がひきつる。気分がいい。

「本物のパイロットみたいな格好してるのに、情けないやつ」

陣内がしゅんと肩をすぼめる。思わず笑みがこぼれてしまう。周りの子供たちも愉快げに笑う。少し可哀想になった。

「武一、お茶でも飲むか」あごをしゃくる。フロア中央にカフェがある。テーブル席では家族連れやカップルが談笑している。壁に写真つきの大きなメニューが貼ってあった。

「コーヒーにジュース、なんでもあるみたいだぞ」

「じゃあ、自分はこのあいすくりんを」

あいすくりん？　ソフトクリームの写真だ。

「婦女子のようで情けないのですが、自分は甘いものもけっこう好きでありまして」

坊主頭をかいて弁解する。

「特に冷たいあいすくりんには子供の時分から眼がありません」

そうか。あいすくりんってアイスクリームのことか。恐らく、小田原訛りだろう。

「武一、これはあいすくりんの一種だけど、正式にはソフトクリームというんだ」

はあ、と生返事が返る。うまく理解できないようだ。まあいいか。陣内武一だし。ソフトクリームを二つ注文し、テーブル席に座って食べる。

陣内はペロリと舐め、いけますなあ、としみじみ言う。

「そふとくりいむという名のあいすくりんですか。初めて食べましたが、絶品であります」

二人して白いソフトクリームを食べた。二日酔い気味の舌に冷たいバニラ味が沁みる。陣内は眼を細めて舐める。苦い笑いが込み上げる。まさか男と差し向かいでソフトクリームを舐める日が来るとは思わなかった。それも東京タワーの展望台で。あれ？　陣内が食べかけのソフトクリームをじっと見つめている。心ここにあらずだ。また魂がどこかへ飛んでいる。

「大丈夫か」ああ、と我に返った陣内が笑みを返す。

「自分の後輩に甘いものが好きな男がいたもので」

眼に寂しげな色が浮かぶ。

「その男に食べさせてやりたいと思いました」

外を眺めて言う。「とても喜んだと思います」

話の先が見えない。慎太は訊いた。

「そいつもソフトクリーム、食べたことがないのか」

「はい。みつ豆は好きでしたが」

みつ豆、ねえ。やっぱり武道の後輩だろうな。陣内と同じく昭和が大好きな。

「じゃあ食べさせてやれよ。街のコンビニにいくらでも売ってるぞ」

「もういませんので」えっ、と声が出た。

「亡くなりました。十七歳でした」

陣内は白い客船が行き交う東京湾を眺め、後輩の分まで味わうようにゆっくりと舐める。慎太は声を潜めて訊いた。

「病気かなんか？」

いえ、と太い首を振り、眼を伏せる。そふとくりいむは美味いですなあ、と感に堪えぬように言う。きっと深い事情があるのだろう。切ないものが慎太の胸を抉る。

陣内はコーンまできれいに食べ、御馳走様でした、と坊主頭を下げる。そして隣のテーブルを眺める。母子がいた。三歳くらいの女の子がソフトクリームを紅葉《もみじ》のような両手でひっしと抱えて舐め、若い母親が、ほらほら、とハンカチでほおの白いクリームを拭う。

平和ですなあ、と陣内が呟く。ほんとうに、と相槌を打ち、慎太は目尻をそっと指で拭った。どうしたんだろう。柄にもなくじんとしてしまった。

陣内は柔らかな笑みを浮かべ、飽きることなく母子を眺めている。

武一、と小声で呼びかける。澄んだ眼が慎太をとらえる。水を一口飲んで告げた。忘れてくれ、と。陣内は怪訝そうに太い眉をひそめる。慎太は続けた。

「さっき、東京が崩壊しちまえばいいと言ったこと——忘れて欲しいんだ」

陣内はなにも言わず眼を母子に戻した。

午前十時半。東京タワーを後に東上野の公園に向かう。途中、昭和通りで事故渋滞につかまった。徐行を余儀なくされる。助手席の陣内は外をぼんやり眺めたまま心ここにあらずだ。トラックやタクシーの運転手が不機嫌な顔で前を見ている。排ガスが臭い。ハンドルを握り締め、奥歯を噛んだ。ああ、苛々《いらいら》してくる。鈍色《にびいろ》の閉塞《へいそく》感に押し潰されそうだ。この渋滞に押し込められたひとたちは幸せなんだろうか。いまの日本が永遠に続くと信じているのか。国の在り方を考えたことはあるのか。志とか覚悟は——

ぎゅっと唇を噛んだ。飼い慣らされた羊より飢えた狼だ。太く短く潔く、と胸の中で呟く。先生の重厚な言葉が聞こえる。〝勇気ある戦士は死ぬ、だが思想は永遠に生きる〟。そうだ。時が来たら迷わない。やってやる。おれは戸村先生に見込まれた男だ。巨悪と闘う戦士だ。

陣内は外を眺めたきり彫像のように動かない。こいつは羊か、それとも狼なのか。ワゴンは喘ぐようなエンジン音をたてて徐行した。

東上野の小さな公園の広場ではすでに準備が始まっていた。近くのお寺に預けてあるバーナーや鉄鍋を広場の中央に据え、ボランティアスタッフがせっせと動き回っている。

「ここですか」陣内は興味津々の様子だ。スイッチが入ったように生気が戻る。公園前の道路端にワゴンを停め、外に出る。

もう二年近くボランティアを続けてきた慎太は顔だ。うっす、と片手を挙げて挨拶し、

『ピース日本』代表、畠山誠太郎の居場所を訊くと、まだだという。

「田嶋くんの指示に従ってやってくれ、とおっしゃってました」

女子大生のスタッフが言う。またかよ。多忙を極める畠山は最近、ほとんど顔を出さない。舌打ちをくれながらも、テント下に積まれた二百人分の肉とか野菜のチェックを行い、陣内と共にワゴンのダンボール箱を運ぶ。そして公園の水場でバケツに水を汲《く》み、簡易キッチンでニンジンや玉葱を洗い、包丁で刻んだ。豚のバラ肉をハサミで刻むスタッフもいる。

陣内はおかしな飛行服の上衣《うわぎ》を脱いで白シャツ姿になるや、慎太の指示に従ってキビキビ働いた。プラスチックの容器とスプーンを用意し、巨大な鉄鍋に水を張り、刻み終わった具材をバケツに入れていく。惚れ惚れするほど無駄のない動きだ。

一時間後、カレーが完成する頃、ホームレスたちが集まってくる。ぼさぼさの脂ぎった髪に襤褸《ぼろ》の服、という男も数人いるが、ほとんどは普通の格好だ。無精髭《ぶしょうひげ》を生やし、服が擦り切れ、サンダルや靴が汚れているものの、概ね清潔だ。整然と行列をつくり、カレーの配食を待っている。競馬新聞やスポーツ新聞を眺める若い男たち、仲間と談笑する中年男、ひとりぽつんと佇《たたず》む初老の男、全財産を詰め込んだショッパー袋を抱える老女、と様々だ。

「このひとたちが浮浪者ですか」

陣内だ。飛行服の上衣を片手に、茫然と、見つめている。慎太はしゃもじでカレーを混ぜながらシャツの袖を引いた。

「大きな声で言うなよ。ホームレスのみなさんに失礼だろ。おまえはただ笑って、愛想よくしてればいいんだから」

はい、とうなずくその顔は納得していない。

「田嶋さん、でも、とても浮浪者には見えません」押し殺した声で言う。

「顔色もいいし、みなさん元気そうであります」

弱った。そう客観視されると、返す言葉がない。しゃもじを黙々と動かした。

「もっと、飢えて腹を減らして、痩せ細って眼をギラつかせているのでは、と思っておりました。食事を巡ってつかみ合いとか殴り合いがあるのでは、と心配もしておりました」

いったいどこの国の話だ、おかしな独裁者が世襲し、支配するあの困った国か？　と突っ込みたいのを我慢して言う。

「家も仕事もないんだからな。見た目は気楽そうでも実際は大変なんだ」

あっという間に百人近くが並ぶ。のんびりした行列の中で髭面《ひげづら》の太ったおっさんが両腕を突き上げ、あごが外れそうな欠伸をかます。苦いものが込み上げる。ホントはホームレスだけが列をつくっているわけじゃない。漫画喫茶に住むフリーターも、食費を浮かすためにやってくる貧乏学生もいる。が、並んだ人間には配食を行う。それが炊き出しのルールだ。

「その気になれば働ける人もいらっしゃるのでは」

陣内は身も蓋《ふた》もないことを口にする。根が純粋なだけに率直だ。

「あの若いひとなど、怠けているだけでしょう」

その視線の先を追う。赤鉛筆片手に競馬新聞に熱心に見入る、金髪頭の若い男だ。確かに元気そうだ。腹が丸く突き出た小太り体型で血色もいい。

「本当に食事にも困っている浮浪者なのか、訊いてみてはいかがですか」

あーもう、面倒なやつ。しゃもじを他のスタッフに任せ、顔の汗をタオルで拭う。そして陣内に睨みをくれる。

「おまえ、向こうに行ってろ。邪魔だから」邪険に手を振る。

「あとでカレーを食いながらゆっくり話そう」

若い女性スタッフが歩み寄ってくる。

「田嶋さん、配食の準備ができましたけど」

陣内に背を向け、笑顔で応える。

「ごくろうさん、じゃあ始めようか」

ボランティアスタッフが手分けして紙皿に御飯を盛り、カレールーを注いでいく。

女性スタッフが両手をメガホンの形にして、お待たせしました、配食です、と張りのある声で呼びかけ、注意事項を列挙していく。

お代わりはありません、カレーを食べ終わったら食器をゴミ袋に入れてすぐに公園を出てください、屯《たむろ》してお酒を飲んだりタバコを喫ってはいけません、公園内の遊具に腰かけないでください、公衆トイレを利用する際は手早く清潔に、等々。

だれもが自由に出入りできる公園で、この多岐にわたる細かな注意事項は少々理不尽とも思うが、なにかあるとすぐ近所から苦情が出る。炊き出しはできなくなる。以前は凄かった。立ち小便にゴミのポイ捨て。カップ酒を飲んでの野外カラオケ大会。苦情が殺到し、追い出された公園は片手に余る。根気よく、荒野を行く伝道師のようにスタッフ総出でホームレスにルールを言い聞かせ、遵守を約束させ、やっとここまで来た。

配食が始まる。カレーのかぐわしい匂いが漂う。ホームレスたちは整然とカレーを受け取り、黙々と食べる。

「御苦労様」

朗らかな声が飛ぶ。麻のジャケットにスラックス。小脇にブラウンレザーのセカンドバッグを抱えた中年男だ。

「田嶋くん、助かったよ」

角張った厳つい顔に定規を当てて整髪したような角刈り頭。顔だけ見ると頑固な寿司職人のようなこの男がNPO法人『ピース日本』代表、畠山誠太郎だ。

「もっと早く駆けつけようと思ったんだが、テレビの収録が長引いたものでね」

行動力を伴った剛腕の社会活動家として注目される畠山は、このところマスコミへの露出が増えている。テレビにラジオ、新聞、と引く手あまただ。パワフルで弁舌も巧みだから当然だと思う。学歴も有名国立大学の大学院卒だし、著作もあるし。

スタッフが駆け寄り、口々に、お疲れ様です、と頭を下げる。皆、上気した表情だ。畠山は笑顔で労《ねぎら》い、「ぼくへの挨拶はいいからホームレスのみなさんのお世話をしてあげて」と顔に似合わぬ優しい声で言う。スタッフたちは名残惜しそうに持ち場に戻る。

「新顔さんかな」慎太の背後に眼をやる。陣内だ。慌てて紹介する。

「ああ、友人の陣内といいまして」

陣内は深々と腰を折るが、畠山は形ばかりの会釈を返し、「ユニークだな」とひと言。

おかしな飛行服のズボンと白シャツ。首にオレンジのバンダナ。凛々しい坊主頭。たしかにユニークだ。

畠山は辺りを見回し、腕時計に眼をやる。クロコベルトに漆黒のボディの、見るからに高価そうな時計だ。靴もウイングチップの高級品だし。テレビの収録のあとだから当然かもしれないが、以前とはえらい違いだ。学生時代、左翼運動の活動家として名を馳せ、戦闘的な市民運動に従事した経験も持つ畠山は慎太がボランティアを始めた当時、汚いジーンズにワークシャツ姿で頭にタオルを巻き、汗だくで走り回っていた。病に苦しむホームレスがいると病院まで同行し、診察を渋る医者を怒鳴り上げることもあった。いま、『ピース日本』事務所には専従のスタッフもいて、持ち込まれる相談には窓口で一括して応じているという。

「彼女、まだ来てないのか」

畠山は苛立たしげに言う。待ち合わせらしい。恐らくマスコミ関係者だろう。香水ぷんぷんの女性アナウンサーとかレポーターとか。炊き出し光景の撮影とレポートは珍しくない。『ピース日本』は啓蒙《けいもう》活動の一環として、マスコミ取材を積極的に受け入れている。

遅くなってすみませーん、と遠くから女の声がする。公園の正門に人影がある。みるみる迫る。黒のパンツスーツにショルダーバッグ。ショートカットの女が駆けてくる。ドキン、と胸が高鳴った。綾だ。フリーの出版プロデューサー、小泉綾だ。

畠山はとろけそうな笑顔で迎える。簡単な挨拶を交わし、綾は慎太に眼をやる。

「慎太くん、バイトはどうしたの」

いや、この場で問われても。口を濁していると、今度は陣内に視線を移す。

「あら、まだいたんだ」

「先日は失礼いたしました」律儀に頭を下げて言い添える。

「田嶋さんのアパートでお世話になっております」

へえー、と興味津々の様子の綾に業を煮やしたのか、畠山が言葉を挟む。

「小泉さん、どうなった、あの話」

ああ、といま気づいたというように笑顔を向ける。「なんでしたっけ」

畠山の厳つい顔が強ばる。「だから、ぼくの本だよ」

そうか。そもそも綾が一年と五カ月前の冬、初めて炊き出しの現場を訪ねたのも畠山の本が目的だったはず。何度か足を運び、取材も続けていたようだが、立ち消えになった。

「取材の再開を心待ちにしていたんだが」

綾はショートカットの髪を指でかき上げる。

「やめました」あっさり言うと、ショルダーバッグに手を入れる。

「もう著作がいっぱいあるじゃないですか。実にくだらないハウツー本ばかりですけど」

ソフトカバーの単行本を差し出す。『サバイバル　生活保護申請術』のタイトルが。

「どこがくだらないんだ」

畠山は気色《けしき》ばんで迫る。綾はページをめくりながら言う。

「だって、生活保護申請の裏ワザみたいなものが満載だもの。医者から診断書をもらう方法とか、福祉事務所の面談を乗り切るコツ、親族への扶養照会を避けるテクニックなど」

細い眉をしかめる。

「下品だわ。卑怯よ。虫唾《むしず》が走る」

「下品とは失礼だね」畠山は傲然《ごうぜん》と胸を張って返す。

「生活保護の受給は国民の正当な権利だ。日本国は憲法第二十五条が規定する生存権に基づき、生活が困窮するすべての国民に無差別平等に必要な保護を与える義務がある。きみもフリーとはいえマスコミ関係者なんだからそれくらい承知しているだろう」

「身寄りのない高齢者や病人が必要な保護を受けるのは当然です。しかし、この本は」

パン、と平手で表紙を叩く。「違うじゃない」

気合の入った声が響く。炊き出しのボランティアたちが何事か、と作業の手を止めてこっちを見る。ホームレスたちも興味津々の様子だ。畠山はコホンと空咳を吐き、移動しようか、とあごをしゃくる。公園の端まで歩き、銀杏《いちょう》の木陰で改めて向き合う。

畠山は両腕を組み、どう違うのかきみの説明を聞こうか、と余裕たっぷりに言う。綾はページを開いて、しっかり聞いてなさいよ、と断ったうえで読み上げる。

「福祉事務所へは髪をボサボサにして死にそうな顔で赴《おもむ》くべし。絶食、睡眠不足にか細い声、薄汚れた服ならベスト。福祉事務所の職員も瀕死の受給希望者を見殺しにした場合、勤務評定に響くし、なによりネットで名前が広まり未来永劫《えいごう》無差別攻撃に晒される危険性がある。

慇懃無礼な態度とは裏腹に、心の中では常に不安を抱えており、あなたが決死の覚悟で衰弱しきった姿を演出してしまえば、小心な職員は必ず申請書を受理する――ふざけてるわ」

くいとあごを上げて見据え、開いたページを指先で叩き、これって不正受給の勧めですよ、と言う。畠山は大きく首を振る。

「きみがそう感じてしまうとしたら国の責任だよ。福祉事務所の小役人は窓口を訪れる社会的弱者が大人しいものだから、難癖をつけて申請書を受理しない。つまりこの本は不利益を被《こうむ》る弱者の自己防衛術を説いているわけだ」

「若くて健康な国民がこぞって労働を嫌い、生活保護を受けて遊び暮らしたらどうなります。国は滅亡よ」

はあ、と畠山は首をかしげる。この女、なにをほざいてる、と言わんばかりだ。綾は顔を紅潮させてまくしたてる。

「いいですか。昨年、生活保護の受給者は全国で二百万人を突破し、現在は二百十万人です。総支給額も三兆七千億円に達して、これは日本の総税収の約一割になります。国家財政は破綻寸前なのに、こんなバカなことは通らない。弱者救済の錦《にしき》の御旗《みはた》のもと、若い健康な人間が怠惰な生活に浸りきってしまったら、この国は終わりよ」

「いいじゃないか」売り出し中の社会活動家は平然と返す。

「その三兆七千億円は結局は消費に回されるわけだから、日本の景気の浮揚に多大な貢献をしていることになる。いわば公共事業だな」

綾は眉根を寄せ、口角を吊り上げる。

「生活保護費を受給した健常者がその足でタクシーに乗り、パチンコや競馬に出かけることが公共事業なの。ふざけるのもいいかげんにしなさい」

ピシリと言う。が、畠山にはまったく堪《こた》えない。不敵な笑みを浮かべて言う。

「じゃあ訊くけど、生活保護を受給している人間にはタクシーに乗る権利も、パチンコを楽しむ自由もないのかい。きみの言っていることは弱者差別だ。忌まわしいファッショだ」

綾は、処置なし、とばかりに肩をすくめる。

「ああ言えばこう言う。屁理屈《へりくつ》の天才ね。どっかの新興宗教にあなたみたいな男がいたわ。口先だけでまったく内容のない男」

「屁理屈ではなく正論だよ。ぼくは口先だけの口舌の徒じゃない。実際に行動もしている。社会からこぼれ落ちた弱者のために日夜闘っているんだ。現にぼくの理念に賛同して、多くの若いボランティアたちが協力してくれる」

そして慎太に目配せする。どきりとした。

「なあ、田嶋くん、そうだろ。じゃなきゃ、二年も無償で炊き出しなんかできないよな。きみはクルマを用意して、無料提供の食材まで集めて、本当によくやってくれるよ」

綾が無言で睨みつけてくる。弱った。絵に描いたような板挟みだ。なにをどう言えばいいのか判らない。叶うならこの場を逃げたかった。

武一は——少し離れた場所に突っ立ち、呆然と綾を見ている。小田原に住む古風な女子高生、こまちちゃんとは対極の女性だろう。綾は根っからのファイター、闘う女だ。

「ダメねえ」綾が冷たい口調で言う。どきりとした。

「慎太くん、きみは騙されてるのよ」瞳がキッと光る。

「この代表が一度でも東北の被災地に足を運んだことがある？　汗だくになって炊き出しを行い、汚泥《おでい》に塗《まみ》れてがれきの処理をしたことがある？　ないでしょう。きみたち貧しくて若いスタッフばかりに行かせて、被災者支援の実績は自分のものにする。狡猾《こうかつ》極まりないわ」

ちょっと待ってくれよ、と畠山が言葉を挟む。

「ぼくはNPO法人『ピース日本』のリーダーだぜ。本部で様々な情報を集めて分析、それを基に的確な指示を下すことがぼくの仕事だ。リーダーこそ先頭に立って現地へ赴き、汗を流すべき、という主張は大衆受けを狙った愚かな情緒論だ。合理的じゃない。ひとりでも多くの被災者を救おうとするならシステマチックに——」

黙りなさいっ、と綾の叱声が飛ぶ。すっと右腕を伸ばし、畠山に指を突きつける。

「見損なわないでよ。これでも全国紙の社会部にいたんだから」

切れ長の眼が尖る。

「あなた、おかしなビジネスに手を染めてるでしょう」

畠山の厳つい顔が険しくなる。綾はかまわず攻め込む。

「社会福祉事業の名目で路上生活者を食い物にしてるじゃない」

叩きつけるように言う。

「よからぬ連中と結託して〝囲い屋〟で荒稼ぎしてるでしょう」

慎太は一瞬、頭が白くなり、絶句した。〝囲い屋〟――貧困ビジネスのひとつで、ホームレスを生活援助の名目で借り上げたアパートに入居させ、生活保護を受給させたうえで経費を差し引くというもの。その経費は法外で、生活保護費の大部分が巻き上げられるという。

綾がヒートアップする。怒りのマシンガントークが炸裂する。

「安アパートの部屋をベニヤ板で区切ったひとり当たりの住居スペースはたったの一畳半。三度の食事は劣悪で、食パンに牛乳か、御飯に味噌汁と漬物程度。鯵の干物が付けば御《おん》の字よね。受給者名義でつくった預金通帳をあなたたちが管理し、振り込まれた生活保護費から施設使用料、食費、光熱費、運営費等の名目でピンはねしてるでしょう」

「ピンはねだとお。おかしな言いがかりはやめていただきたいっ」

畠山は両腕を広げて反論する。余裕綽々《よゆうしゃくしゃく》のつもりだろうが、顔が蒼白だ。

「ぼくたちはホームレスのみなさんの再起のためにお手伝いをしているだけだ。生活保護は住居がなければ申請できない。預金通帳の管理は再起に備えて無駄遣いを極力避けるように、との親切心だよ。感謝されこそすれ、非難される筋合いはないっ」

「嘘よ、偽善よ」綾は強い口調で切り返す。

「月の生活保護費約十三万円のうち十一万五千円も取り上げているじゃない。外出も制限してるし、外部の人間と許可なしに会うのは禁止。手元に残ったおカネはたったの一万五千円。それでどうやって再起するのよ」

「そんな話は初耳だ。よその施設の悪質な貧困ビジネスと混同してるんじゃないのか」

「とぼけても無駄よ。わたしは逃げたひとから証言を得ている。就職やアルバイトの紹介もまったくなかったと明言してた。路上生活者の再起などこれっぽっちも考えてないでしょう」

畠山が後ずさる。綾は、逃がさない、とばかりに踏み込む。

「あなたは路上生活者を生かさず殺さず、劣悪な施設に監禁して、生活保護費を奪い取る唾棄すべき悪党、亡国の徒よ。恥を知れっ」

畠山は唇をゆがめ、「フリーの編集者風情《ふぜい》が偉そうに」と吐き捨てる。居直ったのか、角張った顔を憤怒に染めて怒鳴る。

「まったく失敬な女だ。ふざけるのもいいかげんにしろっ」

慎太は我が眼を疑った。あの、高潔な社会活動家がまさか、こんな。

「このアバズレが。おまえ、いったい何様のつもりだ。調子にのってんじゃないぞ」

悪鬼の形相で罵《ののし》る畠山を呆然と眺めながら、足許が崩壊していくような感覚に襲われた。

「正義の味方のつもりか。だとしたら世の中が判ってないな。理想と現実は違う。もっと勉強したほうがいい。日本で生きるにはカネがなくちゃなにも始まらない。おまえのような貧乏人は理想だけ食って野垂れ死にするしかないんだ。さっさと死ねっ」

それだけ言うと畠山は逃げるように早足で遠ざかる。

「待て、卑怯者」追いかけようとする綾の腕をつかむ。

「綾さん、ほっとけ。あんなやつ、これ以上相手にする必要ないよ」

綾は悄然と立ち尽くす。腕を離した。

「おれ、ずっと騙されてたんだ。タダでこき使われて」

振り向いた綾が、違う、と言う。

「あのクズも最初は理想に燃えていたのよ。弱者救済に邁進していたのだと思う。だからボランティアの若者も集まった。組織的な炊き出しも継続できた。でも、有名になってマスコミの取材が殺到し、講演に呼ばれ、賞賛されているうちに勘違いしたのよ」

「自分は偉い、と」

「そう。社会活動のカリスマの利用を目論《もくろ》む輩《やから》も集まり、持て囃《はや》され、舞い上がった。カネの力を知った。人間はそれほど強くないわ。眼も眩《くら》む賞賛に囲まれ、見たこともないカネが眼の前にぶら下がったとき、気高い志を持ち続ける人間はごく稀《まれ》よ」

「戸村先生、とか」

そう、とうなずき、視線を上げる。その先に陣内がいた。坊主頭の屈強な男は直立不動の姿勢をとり、真剣な面持ちで語りかける。

「綾さんは大和撫子《なでしこ》ですね」

やまとなでしこ？　なんか、強い女性をさす古い言葉じゃなかったっけ。女子サッカーのなでしこジャパンとか。

「ありがとう」綾は軽く会釈し、慎太くん、ちゃんと紹介してよ、と肘で突っつく。改めて名前と年齢を告げると、案の定、うっそー、と眼を丸くする。

「年上かと思った」二十七歳の小泉綾が屈託なく言う。

「おれ、三十過ぎかと思った。落ち着いているもの。とても二十三には見えないよ」

「いえ、自分は未熟な若輩者であります。まだまだ修行が足りません」律儀に応える。

「武一、もっとリラックスしろよ。肩の力を抜け」

はっ、と背筋を伸ばす。

「で、記憶喪失は治ったの」

綾は遠慮なく訊いてくる。

「いや、まあ、それが」慎太は頭をかいた。陣内も坊主頭をかく。

「不肖、陣内武一、田嶋さんには御迷惑をかけております。食事も酒も風呂も寝床も用意していただきました」

首に巻いたオレンジのバンダナを示す。

「これも頂戴《ちょうだい》しました」

「素敵じゃないの」

「自分もそう思います」明るい言葉で返す。

「自分は田嶋さんとお逢いできて本当に幸せです」

綾はうなずいて慎太を見る。口許に意味ありげな微笑が浮かぶ。焦った。

「いや、おれ、そんな趣味ないから。成り行きでこうなっただけで」

綾が手を振る。いいのよ、弁解しなくて、と笑う。だからあ。

「それより慎太くん」真顔になる。

「アルバイト、どうしたのよ。池袋のラーメン屋」

慎太は横を向き、ぼそりと告げた。「馘《くび》になったよ、昨日」

「あっ、そう。で、どうすんの、これから」

返す言葉がない。シビアな現実がのしかかる。

「昨夜、あのバカ男から連絡があったのよ。久しぶりに炊き出しの取材に来ないか、と。気が進まなかったけど、きみが来ると言うからいい機会だなと。あいつの正体が判って、きみも眼が醒めたでしょ」

「綾さん、おれ、もうなんにもなくなった」語りながら、どーんと気持ちが沈んでいく。

「『昇龍』のバイトも、『ピース日本』のボランティアも」

ホント、これでタダの無職男だ。胸を冷たい風が吹き抜けていくようだった。こんなに明るい初夏の日中なのに、すべてが冷たいモノトーンに変わる。

「なにしみじみ盛り上がってんのよお」

綾が右腕を振った。平手で背中を叩く。パン、と小気味いい音がした。いてっ。綾はすっと顔を寄せ、見つめてくる。銀杏の葉の間から木漏《こも》れ陽《び》が注ぐ。揺れる光の中、切れ長の瞳が美しい。深山の湖みたいだ。ハート形の唇が動く。きみには——

「国平会があるじゃない」

ドクン、と胸が高鳴る。沈んでいた気持ちがぐんと上昇する。

綾の手が伸びる。右の手首をつかまれ、ぐいと引き寄せられた。

「やっと始まるわ」ミントの香りの息がかかる。

「戸村先生から命令があった」

初夏の大気が動く。陣内が飛行服の上衣片手に大股で歩み寄ってくる。戸村先生、の名前に反応したのだろう。険しい表情だ。綾が眉をひそめ、あごをしゃくる。

「武一くん、悪いけど向こうに行ってくれる」厳しい口調で言う。

「わたしたちは大事な話があるの」

陣内の足が止まった。ほんの二、三秒、その澄んだ眼で見つめ、すぐに一礼してくるりと踵《きびす》を返す。広い背中が遠ざかる。楡《にれ》の木陰のベンチに座ってタバコを取り出し、片手で覆って火を点ける。

「先生が日本の改革に動くわ」

潜めた声が這う。ベンチの陣内は眼を細め、遠くを眺めてタバコを喫う。

「慎太くん、判ってる？」手首をつかむ指が食い込む。熱い。火傷《やけど》しそうだ。

「きみとわたしは同志よ。崇高な志を共に抱き、闘う戦士なの」

綾のほおが火照り、瞳が鋭い光を帯びる。慎太は昂ぶる気持ちを抑え込んで訊いた。

「多摩御陵の爆破？」「あれは却下よ。インパクトが足りない」

じゃあ、と頭に浮かぶ恐ろしい光景に震えながら言う。

「国会議事堂か首相官邸？」

あっさり首を振る。艶のあるショートカットが揺れる。

「それでは国家への宣戦布告になってしまう。国家とがっぷり四つに組んで勝てるはずがない。先生は勝ち目のない闘いはやらない。それに――」

つかまれた手首から、綾の覚悟のようなものが伝わる。

「もう、残された時間は限られている。事態は急を告げている」

切迫した声音が耳朶《じだ》を刺す。

「慎太くん」上気した顔が接近する。薔薇色の肌が、震える睫《まつげ》が迫る。唇が動く。

「やろうよ」背筋を甘い痺れが這い上がる。そうだ、自分に残されたものは国平会だけだ。

「一緒に命を捨てようよ」

ずん、と頭の芯に響く言葉だった。死ぬか。そうだ、死んでしまおう。おれの人生、こんなもん。途端に気持ちが晴れ晴れとなった。

この先、未練たらしく生きても末はネットカフェ難民かホームレスだ。最後、〝囲い屋〟の餌食になって終わりだ。綾に頼られているうちが華だ。幻滅し、去られてしまったら国平会もやめて、砂を嚙むような人生を送ることになる。想像しただけで気が滅入《めい》る。

太く短く潔《いさぎよ》く、だ。チェ・ゲバラを見ろ。アルゼンチンの裕福な家で育ち、エリート医学生として将来を約束されていたのに、その身分を抛《なげう》って他国の弱者のために闘い、三十歳でキューバ革命を成し遂げた。しかし、ゲバラは革命の英雄として生きる道を拒否した。キューバ政府の大臣の座を蹴り、盟友カストロに別れを告げ、国際的な革命闘争を展開した。アフリカ、南米の独裁国家に乗り込み、自ら銃を取って闘い、最後、三十九歳でボリビアのジャングルで銃殺されたじゃないか。以来、四十年余り。横暴なアメリカ帝国主義と対峙して一歩も引かなかったその勇気、高潔な志はいまなお世界中の若者を魅了してやまない。

綾がすがるように見つめてくる。ほおが首筋が炙られたように熱くなる。ゲバラは女にもモテモテだったな。よっしゃあ、どんとこいだ。

「判った、やる」

綾の瞳が輝く。「わたしをサポートしてよ」

「まかせとけ」

綾はこぼれんばかりの微笑を浮かべる。もう後戻りはできない。腹を括った。

「で、なにをやるの」「話し合いよ」

えっ、と声が出た。話し合い？　なら別に死ぬことはないんじゃないの。少し落胆し、ほっと胸を撫で下ろした。が、相手の名前を聞いて身が凍った。よく晴れた初夏の日中なのに、鳥肌が立った。

「〝彼〟に覚悟があるのか否かを問うの」「いつ」

「今日よ」さらりと言い、腕時計を見る。

「午後四時。今朝アポイント入れておいたから、待ち合わせて一緒に行こう」

そんな。今日の今日なんて無茶だ。しかもあと二時間半しかない。こっちにも気持ちの整理が。黙っていると、綾が眉根を寄せて迫る。

「きみ、男でしょう。決めたんでしょう。他にやることないんでしょう。たかが話し合いじゃない。殺し合いに行くわけじゃなし。しっかりしなさいよ」

そうだ、ただの話し合いだ。しかし、相手が――

「じゃあいいよ。ひとりで行くから」

突き放すように言うや、綾は背を向け、さっさと立ち去ろうとする。短気だ。潔い。自分にこの半分でも気持ちの強さがあったら。ああ、ウジウジしてダメなやつ。ダッシュする。前に回り、ちょっと待って、と両腕を広げて立ち塞がる。

「行くよ、おれも綾さんと一緒に行くから」

綾はふーっと息を吐き、苦笑する。「もっと自信を持ちなさいよ」

ひとが変わったような穏やかな物言いだ。「きみは本当は強いんだから」

いや、そんな。「強くなかったら暴走族からわたしを守ろうとしないって」

あいつと同じことを言っている。ベンチの陣内を見た。喫い終わったタバコを地面に擦《こす》りつけて消し、ズボンのポケットに丁寧にしまう。

「先生の期待を裏切らないで」

それだけ言うと、綾は待ち合わせの場所と時間を告げ、去っていく。呆然と見送った。どれくらい経ったのだろう。眼の前に陣内が立っていた。

「田嶋さん、顔色が悪いです」

太い眉をひそめる。「心配事でもあるのですか」

広場の中央、炊き出しは終わり、撤収作業が始まっていた。

「戸村先生の命令とはなんですか」

耳のいい野郎だ。

「綾さんとなにか行動を起こすのですか」

いらっとした。「ほっとけ」

怒気も露《あら》わに言う。「おまえには関係ない。いちいち口を挟むなっ」

陣内は眼を伏せる。悄然と肩を落とす。慎太は唇を噛んだ。自己嫌悪が身を絞る。おかしな記憶喪失者に当たり散らすなんて、器《うつわ》の小さいやつ。武一、と明るい声で呼びかけた。

「腹減ったろう、朝飯抜きで炊き出しを頑張ったんだ」

「自分は大したことはやっておりません」

「自慢のカレー、御馳走してやりたかったけど、こういうことになって無理だ。勘弁しろ」

いいえ、そんな、と小声で応える。

「どっかでメシでも食って帰ろう」さっさとワゴンに向かう。ボロのワゴンに乗り、シートベルトを締めた。これで走行距離二十万キロの健気なポンコツともお別れか、と思うと感慨深いものがある。

「炊き出しはもうやめてしまうのですか」

助手席の陣内は前を向いたまま問う。キーを回しながら答えた。

「仕方ないよ。代表の卑劣な性根が見えちまったし」

咳《せ》き込むようなエンジン音を喘《あえ》がせてワゴンが発進する。

「おれはつくづく人を見る眼がなくてさあ」自嘲《じちょう》を滲ませて語った。

「炊き出しに参加したのもさ。好きな女の子に誘われたからなんだ」

「その女性の方はどうされました」

「おれが入って一カ月後にはやめちゃった」

つまんなくなったからやめるね、と屈託なく言い、去っていったな。ハリウッド女優のアンジェリーナ・ジョリーの難民救援活動に感動して炊き出し活動を始めた、という彼女の熱弁はいまでも耳に残っている。興味なかったけど、誘いを断れば嫌われるかも、と参加した。

「好きな女性がやめても田嶋さんは続けられたのですね。立派です」

「優柔不断なんだよ」

「いえ、立派です」それっきり押し黙る。機嫌が悪くなった？　いや、違う。宙の一点を見つめている。ま、いいか。こいつとも今日限りでお別れだし。

途中、ファミレスに寄って御馳走した。陣内はトンカツ定食に焼きうどん、慎太はビーフシチューを食べた。

「武一、もっと食っていいんだぞ」

もう充分いただきました、と断り、テーブルに両手をつく。

「田嶋さん、ひとつだけおうかがいしたいことがあります」

ぐっと前のめりになる。相撲の仕切りのように下から睨む。思わず身を引いた。

「あの知的で闘志あふれる大和撫子と、いったいなにをなさるのですか」

切迫した口調で問う。慎太は軽い調子で返した。「興味あるのか」

「もちろんです」食いつきそうな形相で言う。

「どうしてさ」それはその、と言い淀んだあと、陣内は意を決したように語る。

「大和撫子が死を決意しているからです」

こいつ、なにを言ってるの？　言葉の意味を三秒ほど考えたあと、どっと冷や汗が出た。

「おまえ、全部聞いてたの」

小声で問いかけながら、あり得ないと思った。陣内がタバコを喫うベンチまで二十メートルはあった。聞こえるはずがない。陣内も太い首を振る。

「まったく聞いておりません。しかし、雰囲気で判ります」

なんだ、雰囲気かあ。心の半分で安堵し、半分でこの男の直感に舌を巻いた。が、所詮、雰囲気だ。

「雰囲気で言われてもなあ」笑い半分に言うと、陣内の眼が険を帯びる。

「根拠はあります」低い声が這う。

「自分は死を決意した人間を数多く見てまいりました」

マジ？　陣内は静かな口調で言い添える。

「皆、あの大和撫子のように透明で清らかな空気をまとっておりました。己の運命に殉じ、従容として死んでいきました」

慎太は息を詰めて見入った。澄みきった眼に吸い込まれそうだ。おまえ、どこでそんな経験したの？　おかしな記憶喪失と関係あるの？　重い疑問が渦を巻く。平静を装って告げた。

「おまえの勘違いだよ」

声が震えてしまう。コップの水を飲んで続ける。

「おれたち、戸村先生の師匠筋に会いに行くだけだから。心配することはなにもないから」

そうだ。昔、戸村先生の師匠だったひとだ。世間の評判はどうであれ、いわば身内の人間だ。伝票をつかんで腰を上げた。

「おれ、急いでるから」

返事も待たずにテーブルを後にする。陣内は素早い身のこなしで尾いてきた。逃がさない、と言わんばかりだ。いやな予感がした。なんか、警察官に尾行されているような。


ワゴンを大塚の貸駐車場に停め、アパートに戻った。初夏の陽気に蒸された部屋は穴倉のように暗い。淀んだ温気《うんき》がもったりと肌にからみつく。汗にまみれたジーパン、トレーナーを脱ぎ、清潔なポロシャツと綿パンに着替える。相手が相手だ。ちゃらい服装で怒らせたら元も子もない。さて、行くか。

それは顔の筋肉を励まして笑顔をつくり、陣内にこう告げたときだった。

「武一、急で申し訳ないんだけど、部屋を出ていって――」

「この男、ですか」

陣内が真剣な顔で迫る。どうした？　すっと国平会の古いテキストを差し出す。裏表紙に戸村清之会長の名前、それに並ぶ形で特別顧問の名前と簡単なプロフィールが記してある。

「これから会いに行く人物です。この男ですか」

ひとさし指で特別顧問を示す。薄暗い蒸した部屋で、陣内の眼が青白い光を放つ。濃い殺気が迫る。慎太は生唾を吞み込み、そうだよ、と答えた。陣内の顔が変わる。別人のように呆け、眼が虚空を彷徨《さまよ》う。が、それも一瞬だった。すぐに表情を引き締め、判りました、とうなずく。なにが判ったのだろう。が、その疑問を口にする間もなく、陣内は続けた。

「同行します」えっ、と声が出た。

「自分も田嶋さんに同行します。さ、行きましょう」

飛行服の上衣を手早く身に着けるや狭い玄関口に降りてさっさと編上げ靴を履く。ドアを開け、出ていく。まるで一陣の風だ。慎太は慌てて慣れない黒の革靴を履き、追いかけた。路地を大股で歩く陣内に呼びかける。

「待てよ。おれは了解してないぞ」

陣内は歩みを止めない。このやろう。ぐんと頭に血が昇る。小走りに駆けて肩を並べた。

「武一、どこへ行くのか判ってるのか」

「自分は田嶋さんと一緒に行くだけです。急いでください」カチン、ときた。

「おまえの汚い荷物、おれの部屋に残ってんだぞ。迷惑だから持ってけよ」

冷たく告げながら怒りが募《つの》る。こっちは一世一代の覚悟を決めたんだぞ。綾に無様な姿は見せられない、と震える心身を励ましてるんだぞ。それを突然、同行するだと。ふざけるな。

「さっさと出てってくれよ。もうたくさんだ」

陣内が立ち止まる。初夏の明るい陽光の下、影を孕《はら》んだ顔が見下ろす。二つの眼が黒い氷のようだ。田嶋さん、と太い声が響く。

「自分は田嶋さんに同行します。もう決めました」

他に選択肢はない、とばかりに告げると、じっと見つめて動かない。腋に冷たい汗が浮いた。もしかして――。混乱した脳みそがひとつの推理を紡《つむ》ぎ出す。もしかしてこの男、警察官？　国平会の内部情報収集が目的で接触してきた警視庁公安部の警察官？　いったん疑念を抱いてしまうと、バラバラのピースがまとまり、ひとつの像を結んだ。

そうだ。間違いない。記憶喪失者を装って、巧みに近づいてきたんだ。でなきゃあのケンカの強さとか度胸が説明できない。とどめが昨夜の焼肉屋だ。背筋が冷たくなる。酔っぱらった自分はうまく誘導され、全部喋ってしまったんだ。多摩御陵の爆破計画も、その下見も。やられた。もちろん、国平会のテキスト精読も重要な公安活動の一環だ。呑気《のんき》な東京タワー観光は疑念を抱かせないための周到な工作だろう。

眼を伏せる。昴ぶりも怒りも、熱々の中華鍋に垂らした水滴のように蒸発した。本来の小心な自分に戻り、こくんとうなずいた。

二人、無言のまま歩いた。じきに加勢の公安警察官が現れるはず。だが、それらしき人影はない。巧みに距離をとって尾行しているのだろう。心臓がドキドキする。大塚駅で切符を買う。田嶋さん、申し訳ありません、と坊主頭を下げられ、陣内の分も買う。さすがは公安警察官。徹底している。記憶を辿《たど》る。外回りの山手線に乗りながら考える。

えーと、この男に会ったのは一昨日、多摩御陵近くの神社で——そうだ。綾が暴走族に囲まれているこの男を見つけたんだ。あれは偶然だった。ならば、公安警察官の線はない？脂汗がこめかみを伝う。いや、と囁く声がする。小泉綾も公安関係者ならあり得る。だとしたら暴走族も協力者？そしてあの凄まじいケンカも。さすがに荒唐無稽《こうとうむけい》か？待てよ。国家権力が本気になったらなんでもできる。国のトップを密《ひそ》かに消すことも可能だ。戸村先生がそうおっしゃってたじゃないか。

隣の巣鴨駅で降りて地下鉄三田線に向かう。ここでも坊主頭を下げられ、切符を二枚買う。行き先は銀座。ホームに滑り込んできた電車に乗る。昼下がりの地下鉄。車内は空《す》いている。陣内と二人、座席の隅に座る。黒い恐怖がのしかかる。公安警察官を連れていったらタダじやすまない。いずれ殺される。脚が震えてくる。両膝をつかんで耐えた。周りの乗客を見回す。舟を漕《こ》ぐ中年男に、手を繋ぐ学生風のカップル、談笑する初老の女性三人、スーツ姿の若手ビジネスマン四人、パンチパーマのチンピラ風二人。加勢の公安警察官はどいつだ？

日比谷駅で地下鉄日比谷線に乗り換え、ひとつ目の銀座で降りる。階段を昇る。背後に陣内がぴたりと尾く。とても逃げられない。走った途端、タックルをかまされ、階段を転げ落ちるだろう。そして、密かに監視していた公安部の連中がわっと襲いかかり、身柄を拘束する。秘密の公安アジトに連れ込まれ、厳しい尋問を受ける。すべてを吐いてしまう。ダメだ。万事休すだ。なるようになれ、だ。

路上に出る。おおっ、と陣内が眼を見張る。晴海《はるみ》通りだ。銀座四丁目の交差点まで百メートル。銀座のド真ん中だ。三越百貨店に鳩居堂《きゅうきょどう》、日産ギャラリー。重厚で壮麗なビルが建ち並ぶなか、広々とした石畳の歩道を着飾った人々が歩く。

「これが銀座、ですか」

陣内は口を半開きにして見回す。芸の細かいやつ。存分に演じてくれ。待ち合わせ場所は和光ビル前。予定では三時四十五分に落ち合い、先方の事務所に向かう。腕時計に眼をやる。三時四十分。小泉綾はすでに待っていた。慎太の姿を認めるなり、右手を頭上に伸ばして大きく振る。輝くばかりの笑顔だ。ああ、これがデートだったら。綾が固まる。美しい顔が険しくなる。慎太は早足で歩み寄り、小声で告げた。

「この男も同行するって」

息を呑み、嘘でしょ、と言う。

「面倒なことになっちゃった。ごめんね」

片手で拝む格好をしながら観察する。綾の顔から血の気が引いていく。驚いている。演技としたら満点だ。舞台女優でもやっていける。

「ダメよ。なに考えてんのよ」慎太の肩をつかむや、囁き声で問い質《ただ》す。

「どこの馬の骨とも知れない記憶喪失者がなぜ同行するのよ」

それはあんたが知ってんじゃないの、と返したいのを我慢して答える。

「おれの影響で戸村先生のファンになったみたいだけど」

背後に突っ立つ陣内を眼で示した。あれ？　和光ビルを見上げている。おかしな飛行服に坊主頭の男が時計台を仰ぎ、独り言のように呟く。

「服部《はっとり》の時計塔は残ったのですね」

はっとりの時計塔？　残った？　この男はどういう人物に扮《ふん》しているつもりだろう。周りを騙《だま》くらかすのが商売の公安警察官とはいえ、凝《こ》り過ぎじゃないだろうか。同情を引く小道具にこまちちゃんのモノクロ写真まで用意して。武一、と強い口調で呼びかける。弾かれたようにこっちを見る。

「戸村先生の元師匠に会いたいんだよな」

　はい、と重々しくうなずく。

「きみ、ふざけんじゃないわよ」

　綾はショートカットを指でかき上げ、切れ長の眼で睨む。

「迷惑なんだけど」切り口上で言う。が、陣内は平然と返す。

「自分は会います。もう決めました」

　綾のほおが桜色に染まる。唇が戦慄《わなな》く。信じらんない、と押し殺した声が這う。うまい。本当に怒っているみたいだ。頃合だろう。まあまあ、と間に割って入り、綾と相対する。

「綾さん、こいつが銀座のど真ん中で暴れたら大変なことになる。すぐに一一〇番されて警官隊に取り囲まれるよ」

　諭しながらそっと周囲を観察した。車道の信号が赤に変わり、広場のような交差点を群衆が移動する。タクシーに観光リムジンバス、高級外車。車道を埋めるクルマが午後の光に鮮やかに輝く。公安警察官はどこから見張っている？

「警察はまずいわよ」

　気の強さは天下一品の綾が不安そうに呟き、ショルダーバッグをぐっと抱え込む。だろう。

当たりだ。小泉綾は公安警察のスパイだ。たしか公安警察とその他の警察官は仲が悪いんだよな。戸村先生の講義で聞いたぞ。国家をテロ等から守るエリート警察官を自負する公安は、粗暴な殺人犯や窃盗犯をとっ捕まえる刑事部の警察官とか街の制服警察官を体力自慢の筋肉頭、とバカにしてるんだよな。

そうか、二人とも警察組織のエリートか。納得し、腹の底で怒りが燃えた。上等だ。騙されたふりをしてやろうじゃないの。そしてクライマックスが訪れたとき、ぜーんぶ判ってたんだよ、と余裕をかまして笑ってやろう。綾さん、おれは泣きながら笑ってやるから。

「じゃあ、そろそろ時間だし、行こうか」

慎太は二人を促した。銀座通りの向こう側、三越百貨店のほうを指さす。

「こっちの方向でいいんだよね」

綾が緊張の面持ちでうなずく。三人、交差点を渡り、石畳の歩道を歩いた。三越百貨店を過ぎ、昭和通りの手前で左に折れる。静かな通りだ。綾が先頭に立ち、クリーム色の古びたオフィスビルに入る。大理石を張ったエントランスを歩く。壁に取り付けられた金属の案内板で部屋を確認する。七〇八号室『日本義勇《ぎゆう》研究所』。

身が引き締まる。いよいよだ。どういう展開が待っているのだろう。想像もつかない。三人の靴音が響く。陣内は背筋を伸ばした自然体で、綾はショルダーバッグのベルトを左手で握り緊張感も露わに歩く。二人はまだ完璧《かんぺき》に演じ切っている。凄い。普通の人間なら完全に騙されている。戸村先生が密かに進める革命計画の全容が今日、ついに暴かれるのか？　それとも黒幕の正体が白日のもとに晒されるのか？　慎太は掌《てのひら》の汗を綿パンで拭った。

エレベータに乗る。綾が七階のボタンを押す。ショルダーバッグをつかむ指が白い。相当力が入っている。扉が閉まる。あれ？　公安警察の加勢はどうしたの？　三人を乗せた箱が上昇する。三階、四階――。途中で扉が開き、仲間が乗り込んでくるとかないのか？

七階。チーンと音がして扉が開いた。薄暗い廊下が真っ直ぐ延びている。だれもいない。どうしたんだよ。廊下の左右にずらりと分厚い木製のドアが並んでいる。

「いちばん奥の部屋」それだけ言うと綾は歩いた。背中を軽く押された。陣内だ。田嶋さん、と囁く。心臓がどきんと跳ねた。眼が、落ち着け、とばかりに優しく笑う。

「なにがあっても狼狽《ろうばい》しないでください」

瞬間、眩暈《めまい》がした。自分の想像を超えた、とんでもないことが始まろうとしている。陣内は廊下を音もなく歩き、綾との距離を詰める。獲物に忍び寄る虎のようだ。いちばん奥の左側、非常扉横のドアを綾がノックする。コン、コン、と二度。ドアの向こうから誰何《すいか》する男の声があり、綾が答える。約束の四時ちょうど。

その後の展開は想像の遥か外の出来事だった。綾の背後に立った陣内が動く。ショルダーバッグを瞬時に抜き取る。ベルトを握る綾の指が呆気なく剝がされた。電光石火の早業だ。綾は振り向くや、夜叉《やしゃ》の形相でつかみかかるが、逆に体当たりを食らい、非常扉に倒れ込む。陣内は素早くバッグの中を改め、右手を突っ込み、抜き出した。黒光りする鋼《はがね》が握られている。慎太は口を両手で押さえ、悲鳴を呑み込んだ。

回転式の拳銃だ。やはり綾は公安警察の人間だった、じゃあ仲間割れ？　膨れ上がるフリーターの困惑を嘲笑《あざわら》うように、陣内は装塡《そうてん》された銃弾をチェックし、バッグを無造作に投げ返す。この男、プロだ。綾はバッグを両手に抱え、泣きそうな顔で睨む。

慎太は眼の前の、すべてが崩壊していく展開に立ち尽くすしかなかった。分厚い木製のドアが開いた。ぬっと大きな人影が現れる。濃紺の高級スーツに逞しい長身。ジェルで固めた短髪と黒々としたあご髭。眼つきが爬虫類《はちゆうるい》のように冷たい。香港《ホンコン》映画の悪役のような大男だ。

「動くなよ」

陣内が素早く拳銃を突きつける。虚をつかれた大男は眼を剝き、のけぞる。陣内の全身から濃い殺気が漂う。おかしなチョコレート色の飛行服も拳銃を持てば迫力満点だ。オレンジのバンダナも得体の知れない不気味さを醸し出す。気圧された男は両手を挙げ、しゃがれ声で問う。「どこの鉄砲玉だ」

陣内は小さくかぶりを振る。

「騒ぐな。無駄な殺生《せっしょう》は避けたい」

それだけ告げると綾を、慎太を見る。先に入ってください、と静かに言う。そこには興奮も怒りもなく、確かな覚悟だけがあった。慎太は綾の手を引いた。狼狽しないでください――陣内の囁きが耳の奥に残る。開け放たれたドアから『日本義勇研究所』に入る。

なかは殺風景だった。十五畳ほどの部屋に事務机が二つあり、パソコン二台とコピー機。本とファイルがぎっしり詰まった作り付けの書棚。それに神棚と壁に張った日の丸の国旗。それだけ。奥にスチールのドアがある。

陣内は男の背を銃口で押しながら入ってきた。部屋をぐるりと見回し、叫ぶ。とねっ、と。とね。刀根剛介。慎太は震え上がった。戸村清之の元師匠にして〝最後のフィクサー〟といわれ、政財界に隠然たる影響力を誇った伝説の男。若い時分、ヤクザ二人を日本刀で斬り殺した本物の殺し屋。それを呼び捨てに――

陣内は拳銃片手に吠えた。

「刀根、出てこいっ」

熱い衝撃が全身を貫く。狙いは刀根剛介の生命《いのち》なのか。ならばこの男の正体はなんだ？

奥のスチールのドアが音もなく動く。慎太は綾の肩を抱き寄せた。震えている。柔らかな温もりが伝わる。大丈夫だから、と声に出さずに告げた。

綾が密かに携行していた拳銃。奪い取るや屈強な大男を制圧して押し入り、刀根の名を叫ぶ陣内。もうわけが判らない。判ることはただひとつ、小泉綾も陣内武一も公安警察官ではなかった、ということだ。

「ちくしょう」あご髭の男が呻き、ドアの前に立ち塞がる。両腕を広げて仁王立ちだ。

「おれを撃てっ」

朱に染まった顔をへし曲げ、唾を飛ばして叫ぶ。

「おれを撃ってみやがれ、このやろうっ」

銃口の前に身を晒《さら》す大男。陣内は右腕を伸ばし、拳銃を据える。トリガーにかかる指が動く。ダメだ。この男に駆け引きとか脅しはない。常に本気だ。百パーセント、撃つ。慎太は綾の頭を抱えて、見るな、と囁いた。銃声が轟き、仁王立ちの大男が血飛沫《しぶき》をあげて倒れる。


——


「星野、どけ」

深みのある声がした。

「その小僧、おれに用があるんだろ」

星野、と呼ばれた大男は憤怒の視線を向けたまま、一歩横に移動する。背後から刀根が現れる。チャコールグレーのダブルスーツに艶やかな海老茶の革靴。瑠璃色のポケットチーフ。

銀髪をオールバックにまとめた小柄な老紳士だ。武骨な顔に笑みを浮かべ、陣内と向き合う。拳銃に狙われながらも感情の揺れは微塵もない。

「小僧、おれはもう八十九だぞ」

笑顔の中で一重の眼がナイフのように尖る。肌の色艶《いろつや》と声の張りはせいぜい七十代だろう。この老人、殊勝な言葉とは裏腹にまったく枯れていない。

「こんな老いぼれのタマを取って、それで間尺に合うのかい」

銃口を前に余裕綽々だ。数々の修羅場を潜ってきた男の凄味が漂う。

「ムショに三十年は食らい込むぞ。ほっときゃあおれなんざ、明日にもくたばるかもしれねえ。無駄だ。やめとけ――」

諭《さと》しながら刀根の顔色が変わる。眼を細めておかしな飛行服を眺める。訝《いぶか》しげにあごをひねり、その格好は、と呟く。

二人、睨み合う。五秒、十秒。刀根の雰囲気が一変する。ほおが、唇が戦慄《わなな》く。眼に困惑の色が浮かぶ。最後のフィクサーが動揺している。喉仏が動き、おまえはもしかして、とかすれ声が這う。

陣内の左手が動いた。拳銃を向けたまま胸ポケットに入れ、指先に摘《つま》んだものを取り出す。白い小さな塊――歯だ。奥歯だ。

よく見ろ、とばかりに掲げたあと、差し出す。刀根はそっと、萎《しな》びた右の掌《てのひら》で受け取り、凝視する。掌が微かに震える。動揺が激しくなる。その震える掌を口に当て、奥歯を含む。慎太は絶句した。綾も星野も唖然としている。伝説のフィクサーがショックのあまり錯乱したか？　それとも年齢からくる認知症？

刀根は瞼を閉じ、奥歯を口の中で飴玉《あめだま》のように転がす。ゆっくりと、二度、三度。深くうなずき、瞼を開ける。陣内を見つめる。ほおが震え、老いた顔が驚愕に染まる。奥歯を掌に吐き出し、ぐっと握り締める。唇をゆがめ、あにき、とひび割れた声を出す。兄貴？

刀根の兄の息子、いや、孫？　もしかして、これはわけあり親族の劇的な出逢いなのか。が、そんな甘い感傷を打ち砕くように陣内が吠える。

「きさま、なぜここにいるっ」

無茶な。強引に乗り込んだのは武一、おまえであって——。顔を朱に染め、鬼の形相で怒鳴りあげる。

「こたえんかっ」

拳銃を突きつける。二十三歳。孫のような男が、八十九歳の年寄りを拳銃片手に一方的に責める。陣内武一、おまえはそんな礼儀知らずの非情な男だったのか。

慎太の落胆と困惑をよそに、刀根が泣き笑いのような奇妙な顔で歩み寄る。一歩、二歩、とおぼつかない老人の足取りだ。陣内から怒気が失せていく。そっと拳銃を下ろす。

小柄な刀根は、ゆるせ、とよろめくように倒れ込む。それを陣内の逞しい両腕が受け止める。兄貴、ゆるしてくれ、と悲痛な慟哭《どうこく》が漏れる。泣く子も黙るフィクサー、刀根剛介が背中を震わせて泣く。

慎太は呆然と見つめた。なんなんだ、この二人。認知症の老人と記憶喪失のおかしな青年、でいいんだろうか。

せんせいっ、と星野が叫ぶ。厳つい髭面が苦悶にゆがむ。

「先生、どうしましたっ」

悲痛な声音が響く。

「動くな」刀根が睨みをくれる。血走った眼が尖る。

「星野、おたおたするんじゃねえぞ」

ドスの利いた声が飛ぶ。星野は電流に打たれたように硬直し、その場に立ち尽くす。刀根は念を押すようにうなずき、陣内に向き直る。ほおが動く。あにき、とかすれ声で呼びかける。陣内は無言のまま、穏やかな眼で見下ろす。右手にぶら提げた拳銃がなければ祖父を慈《いつく》しむ心優しい孫のようだ。小柄な刀根は見上げるようにして、萎びた拳《こぶし》を突き出す。

「これは兄貴のものだから返す」

五本の指を開く。掌には奥歯があった。陣内は当然のように摘み上げ、胸ポケットに戻す。慎太は息を詰めた。あんたのものって、陣内の奥歯？　それを八十九歳のフィクサーが口に含んだあと、返す？　ああ、わけが判らない。拳銃も、二人の関係も、なにもかも理解できない。脳みそが痺れる。身体がよろめく。両足を踏ん張った。

刀根の顔色が変わる。唇をへし曲げ、額に深い筋を刻んで決死の形相だ。

「兄貴、耳を貸してくれ」

老人斑《はん》の浮いたこめかみに太い血管が走り、眉間が狭まる。怖いくらい真剣な表情だ。陣内は腰を屈める。その耳に唇を寄せ、刀根は声を潜めて語りかける。密談だ。

慎太は悟った。こいつらは認知症の老人と記憶喪失のおかしな若者なんかじゃない。強い、確かな絆がある。陣内が眼を細めてうなずく。二人の間でいま、密談の合意が成された。

綾は——唇に手を当て、棒のように突っ立っている。あの頭脳明晰で度胸満点の元新聞記者が、魂が抜け落ちたような表情だ。初めて見る無防備な姿に慎太は驚き、絶望した。拳銃を隠し持ち、〝最後のフィクサー〟刀根剛介の元へ乗り込もうとした女。

「行きましょうか」

我に返った。陣内が爽やかに言う。

「終わりました」白い歯を見せて笑う。なんだ、こいつ。一瞬、すべては悪い夢だったのかも、と思った。が、右手に持つ拳銃がこれは現実だと教えてくれる。

「綾さんも帰りましょう」

笑顔で促す。綾はスイッチが入ったように瞬《また》きをする。三人で『日本義勇研究所』を出た。分厚い木製のドアが閉まる。

「ああ、これは返しておきます」陣内がいま思い出したというように拳銃を掲げた。

「突然、取り上げてすみませんでした」

銃身をつかんでグリップの部分を差し出す。

「小型で携行するには便利ですが、本物の回転式拳銃です。一発で相手は死にます。婦女子の使うものではありません」

綾は顔を強ばらせて受け取り、ショルダーバッグにしまう。そして両腕でひっしと抱える。

雲の上を歩くような足取りで薄暗い廊下を歩く。分厚い掌で背を押され、エレベータに乗る。身体が沈む。落ちていく。綾さん、と陣内が語りかける。

「不躾《ぶしつけ》な振る舞いをお許しください」

凛々しい坊主頭が一礼する。が、返事はない。綾はうつむいたきり、押し黙っている。一階に到着した。大理石のエントランスを歩き、玄関を出る。初夏の明るい陽射《ひざ》しに眼が眩んだ。街路樹の下、陣内が足を止める。

「田嶋さん、お願いがあります」

直立不動の姿勢で見つめてくる。浅黒い顔が木漏れ陽に揺れる。

「なんでしょう」敬語になってしまう。陣内はほおを紅潮させて言う。

「まことに恐縮でありますが、おカネを貸していただけませんか。電車賃です」

「小田原に帰るのか」

陣内の顔に翳《かげ》が射す。

「そんな遠くではありません」気弱な笑みを浮かべ、坊主頭をかく。

「どうしても訪ねてみたい場所がありまして」

慎太は迷い、意を決して言う。

「おれも同行していいか」

ダメです、と即座に太い首を振る。表情を引き締めて語る。

「自分にとって大事な場所であります。ひとりで行かせてください。申し訳ありません」

頑《かたく》なな拒絶に、少しだけ気持ちがささくれた。

「この東京にそんな場所があるのか」

陣内は視線を落とす。慎太は膨らむ疑問に背を押されるように続けた。

「記憶喪失のおまえに訪ねたい場所なんかあるのかよ」

唇を引き結んで動かない。表情に沈痛なものがある。

「武一、さっきのあれはなんだよ」

陣内が眼を上げる。

「刀根剛介とどういう関係なんだよ」

返事の代わりに見つめてくる。よく晴れた初夏の午後。傾いた陽は強く、汗ばむほどなのに、身も心も震えてしまう。謎の男、陣内武一の澄んだ黒い瞳に吸い込まれそうだ。

「行けばいいじゃない」

綾だ。震える指で紙幣を差し出す。四つ折りにした千円札だ。

「ほら、これをあげるから、行きなさい」

陣内に押《はし》しつける。顔が蒼白だ。綾は怯《おび》えきっている。行きなさいったらあ、と悲鳴のような声が疾る。陣内は受け取り、深々と腰を折る。

「必ずお返ししますから」

「いらない」綾はまるで野良犬を追い払うように邪険に手を振る。

「あなたにあげる。だからもう行って」

陣内が顔を上げた。凛とした表情だ。

「自分は物乞いではありません」

それだけ言うと背を向け、大股で駆けて行く。バンダナのオレンジが遠ざかる。速い。風のようだ。おかしな飛行服姿の男はあっという間に晴海通りを曲がって消えた。

「慎太くん、逃げよう」

綾がショルダーバッグを抱えて言う。拳銃が入ったバッグ。鬼より怖い〝最後のフィクサー〟。気がついたら走っていた。二人、息を喘《あえ》がせて駆けた。昭和通りに出てタクシーを停める。新橋まで、と綾が告げる。タクシーは昭和通りを右折して走る。

綾は上半身をひねって背後を確認し、異状なしと判断したのか、どすんとシートにもたれる。表情から怯えが消える。ふーっと息を吐き、肘で突っつく。

「慎太くん、説明してよ」

小声で言う。「陣内なる男、何者なのよ」

慎太が答えないでいると、横眼で睨んでくる。慎太は返した。

「綾さんこそ何者なんだよ」

はっと息を呑み、前を向く。拳銃が入ったショルダーバッグのベルトを腕に巻き、両手で抱える。横顔に、もうだれにも渡さない、という覚悟がある。慎太は外を眺めた。いつもと同じ東京のビル街が流れていく。

新宿西口の高層ビル街を見上げ、呆けていた陣内。大男の白人にケンカを売ろうとした陣内。図書館で年表を読み、泣いた陣内。東京タワーから東京の街を怖いくらい真剣に見つめていた陣内。そして刀根剛介に拳銃を突きつけ——。陣内武一、おまえは何者なんだ？　慎太は困惑の海に沈んでしまいそうだった。

第五章　六十七年目の奇跡

「ここでいい」

背後から声がかかる。星野龍生《たつお》はベンツのステアリングを握り締めて返した。

「しかし、先生。ここからだと少し距離があります。先生のお名前を出せば奥の門を使い、拝殿の前までクルマで行けると思いますが」

「星野、おれは二度は言わねえぞ」

失礼しました、と首をすくめ、そっとルームミラーをうかがう。オールバックの銀髪とシワを刻んだ武骨な顔。刀根剛介は靖国神社の大鳥居に、その猛禽類のような眼を向けて動かない。星野の胸に妙な違和感が生じた。『日本義勇研究所』に入って八年。秘書に就任して五年。刀根を靖国神社まで送るのは初めてだ。個人的に参拝したという話も聞いたことがない。神風特攻隊の生き残り、との噂があるが、本当なら亡き戦友のためにも参拝するのではい。

――いや、と思い直した。

刀根はその強面《こわもて》の風貌と荒ぶる過去、活動歴から生粋《きっすい》の国粋主義者と思われているが、それは間違いだ。私心がなく、言動に一本筋が通っているため、半世紀の長きに亙って大物政治家や財界人に慕われ、フィクサーなどと呼ばれてきた。しかし、すべては日本を愛するがゆえであり、請《こ》われるまま外国の要人とも親交を結び、英国王室や中東の王族、米国政府上層部にも太いパイプを持っている。とても国粋主義者という狭い枠に収まる人物ではない。右でも左でもなく、強いて言えば自由と平和を愛する憂国の士、か。胡散《うさん》臭い〝最後のフィクサー〟などではなく、弱きを助け、強きを挫《くじ》く、誇り高き〝最後のサムライ〟だ。

二年前に表舞台から身を引き、すべての公職を離れた。当時、研究所には五人のスタッフがいたが、全員に再就職先を紹介した後《のち》、現在の質素なオフィスに移っている。秘書として仕える星野の他は週に三日、午後三時まで詰めるパートの女性事務員がいるだけだ。

刀根の私生活は孤独だ。若い時分、結婚した妻とは戦後の混乱期、死別したと聞いている。以来、独り身を通してきた。隠退後の毎日は読書と原稿執筆、来客の応対等で過ぎていく。

星野には心に秘めた誓いがある。この先、なにがあっても刀根と離れない。一生、ついていく、と。しかし、八十九歳。毎朝の乾布摩擦と木刀の素振りを欠かさず、栄養のバランスを考慮した食事と適度な仕事で健康を保ってはいるが、別れの時はいつ訪れてもおかしくない。それを思うと切なくなる。一分でも一秒でも、一緒にいたい。

大鳥居の前にベンツを停め、運転席を飛び出るや、素早く後部座席に回り、ドアを開ける。

「ごくろう」

刀根は艶やかな海老茶の革靴でアスファルトに立ち、周囲を睥睨《へいげい》する。チャコールグレーのダブルスーツに瑠璃色のポケットチーフ。オールバックに固めた銀髪。小柄な老紳士は警戒の眼を巡《めぐ》らす。星野はいつでも楯になれるよう、側《そば》に控えながら、苦い屈辱を噛み締めた。

今日、あのおかしな飛行服の野郎に踏み込まれ、拳銃を突きつけられたとき、自分は動けなかった。初めて経験する異様な迫力に圧倒され、惨めな姿を晒した。いつでも命を捨てる覚悟、と腹を括っていながらこのざまだ。刀根に問答無用で放り出されても当然の醜態だった。しかし、二人きりになった事務所で、「おれも動けなかった、気にするな」と呟いたきり、ひと言も責めず、代わりにクルマを出すよう命じた。その行き先がここ靖国神社だ。

刀根が革靴を踏み出す。背を向け、大鳥居に向かって歩いていく。

「先生、わたしもお供します」

「おれは一人で行くと言ったはずだが」

星野は大股で歩み寄る。「あのおかしな野郎に会うのですね」

背中が止まる。肩のあたりから青白い怒気が漂う。星野は腹の下に力を入れ、萎縮しそうな心を励まして続けた。

「どういう素姓《すじょう》の男なのですか」

「それを聞いてどうする」

　重い声に一瞬棒立ちになったが、すぐに歯を嚙んで答える。

「秘書として、いえ、先生の弟子として知っておくべきだと思います」

　刀根に拳銃を突きつけ、なぜここにいるっ、と怒鳴り上げた坊主頭の男。八十九歳の刀根が兄貴、と呼んだ野郎。二人の関係が理解できない。しかもだ。一緒に来たあの女、国平会の小泉綾だ。約束の面会の時間、四時ちょうどに来たから間違いない。だが、仲間という雰囲気ではなかった。ならば男に外で脅され、一緒に押し入ってきたのか？　いや、待てよ。たしか男は帰り際、綾さん、と呼んだ。そういえば影の薄い今風の蚊トンボのようなガキもいた。あの三人組、何者だ？

　星野、と野太い声が飛ぶ。さっと背筋を伸ばし、直立不動の姿勢をとる。

「おまえも偉くなったもんだ」

　そんな、と肩をすぼめて恐縮する。刀根は背中を向けたまま続ける。

「あのおかしな野郎、年齢《とし》は二十三だ」

　絶句した。三十五の自分よりひと回りも下だ。三十過ぎにしか見えなかった。二十三なら大学生みたいなものじゃないか。刀根が振り返る。我が眼を疑った。笑っている。目尻に深いシワを刻んだ、春の陽射しのように穏やかな笑みだ。

「怖いもの知らずのおれを殴り飛ばした、唯一の男だ」

刀根は愉快そうに言うと、あごをしごき、「強烈なメリケンだったな」と呟く。そして向き直り、何事もなかったように歩いていく。その背中が小さくなる。星野は見送りながら、ちくしょう、と呻いた。

自分が師として、命の恩人として敬《うやま》い、慕う刀根剛介を殴り飛ばしただと？　枯木のような老人を？　熱い溶岩のような怒りが湧いてくる。

次になにかあったらあの若造、ぶちのめしてやる。刀根は靖国神社の広々とした参道を進む。緩慢な歩みだ。一年、いや半年前はもっと確かな足取りだった。身体も萎《しぼ》んだ気がする。天高く聳える巨大な鳥居に較べ、なんと小さな身体か。参拝に向かう学生のグループが笑い声を上げながら抜き去っていく。刀根はなにかに導かれるように黙々と足を進める。その姿はいつかテレビで見た、スペインの霊場を廻る老いた巡礼者のようだった。


新橋駅前でタクシーを降り、カフェに入った。隅のテーブルで綾と向かい合う。元新聞記者はすぐさま小型の赤い革カバー付きノートを取り出し、テーブルに広げる。

「いい、慎太くん。これはとても重要なことなの」

切れ長の瞳が光る。切迫した言葉を投げてくる。

「あの男が何者なのか、少しでも手掛かりが欲しい」

「どうして」

「その理由は後回し。悪いけど、時間がないの」

そして質問を繰り出す。有無を言わさぬ新聞記者の口調に圧倒され、問われるまま、謎の男、陣内武一の言葉と行動を語った。まずは初めて会った月曜日、綾と別れた後の大塚の喫茶店だ。一昨日のことなのに、遥か昔の出来事のようだ。綾は銀色のペンで記していく。

「じゃあ、昭和は二十年で終わり、そこから平成が始まったと思っていたわけね」

「いや、そもそも平成も知らなかった」平成も、と絶句する。

「昭和が六十四年まで続いた、と教えたら驚いてたな」

そうだ。あいつは驚いてばかりだった。

「戦争に負けたと知って、いまにも泣き出しそうだった」

「戦争って？」小首をかしげる。当然だ。

「太平洋戦争だよ。日本がアメリカに負けたやつ」

綾は無言のままペンを走らせる。慎太はアイスコーヒーで喉を湿らせて語った。喫茶店に居合わせた屈強な白人男性を、アメリカ人と決めつけてケンカを売りそうになったこと。自宅アパートに連れていったらパソコンもテレビも知らなかったこと。

「で、翌日の火曜日、つまり昨日、朝からおれと図書館に行ったわけ」

ペンが止まる。すくい上げるように見る。瞳が訝《いぶか》しげに細まる。

「図書館に彼が行きたいと？」

「そうだよ。調べ物がしたいと言うから、池袋の西口にある図書館に連れてった」

「彼はなにを調べたのかしら」

「昭和の歴史。年表を食い入るように見つめて、声に出して読んだ」

語りながら甦る。戦争中の事柄を読み上げ、日本の敗戦が濃厚になるにつれ、感情が昂ぶっていく武一。そして——

「八月十五日の終戦と同時に感極まって嗚咽したのね」

綾がペンを走らせながら確認する。

「そう。両手で顔を覆って、逞しい背中を震わせて、さすがに可哀想だった」

「一日中、図書館で調べ物をしたのね。慎太くんも一緒に」

いや、それは。横を向き、エヘン、と咳払いをして言う。

「おれはラーメン屋のバイトがあったから」

面倒になって記憶喪失の一文無しを置いて逃げた、なんてとても言えない。

「で、その日に馘《くび》になったのね」

がっくんと肩が落ちる。綾はかまわず続ける。

「それで調べ物を終えた陣内くんと落ち合った、と」

「夜、おれのアパートに帰ってきたんだ」

ウソじゃない。『昇龍』を馘になって、とぼとぼアパートに戻ったら、あのおかしな男が待っていた。そして洗ったバンダナを返し、こう言った。田嶋さんとお逢いできて幸せでした、この御恩は一生忘れません、と。胸が熱くなる。

「あいつ、図書館で調べるまで東日本大震災も知らなかった。今日は朝、東京の街が見たいというから東京タワーに昇ってきた」

じゃあ、と綾が身を乗り出す。瞳が期待に輝く。

「東京タワーは知ってたのね」慎太は小さく首を振る。

「東京タワーもスカイツリーも知らなかった。でもパリのエッフェル塔は知ってたな」

「なにそれ」細い眉をひそめて怪訝そうだ。慎太は続けた。

「増上寺も芝公園も、筑波山も霞ヶ浦も知ってたよ」

ふーん、と綾は遠くを眺めて呟く。

「古くからの地名とか建造物は承知しているわけだ」

そうだな。言われればその通りだ。

「小田原ってなに」

綾が問う。あれ？　小田原のことはまだ語ってないけど。鈍いわね、とばかりに続ける。

「ほら、『日本義勇研究所』を出たあと、武一くんは電車賃を貸してくれって言ったじゃない。するときみが、小田原に帰るのか、って」

元新聞記者の冷静さに舌を巻きつつ答えた。

「小田原があいつの故郷だからな」「詳しく説明してよ」

ほおを火照らせて迫る。慎太は頭を整理して語った。アパートに泊まった最初の夜、明け方、武一が正座して写真を見ていたこと。昨夜、焼肉屋で問い詰めると、結婚の約束をした十七歳の少女だと明かしたこと。

「あいつ、写真を胸ポケットに大事に隠していてさ。いまどき珍しいモノクロの写真なんだけど、すっごい美人でおれ、びっくりした」

「胸ポケットとは、あの奥歯をしまっていたポケットのことね」

静かな口調で確認する。

「そうだよ。おれ、特別に見せてもらった」

「彼女の名前は？」

「小田原こまちとかいったな」語りながらほおがゆるんでしまう。「こまちちゃん、小田原一の美人なんだって。あいつ、謙虚なくせに、そういうとこ臆面《おくめん》もなく自慢するんだよな。ホントに可笑しなやつ」

「小町は彼女の名前じゃないわよ」はあ？

「小野小町って知ってる？」

さあ、と首をひねる。おののこまち。タレントだっけ。歌手かな。いや、ちがうな。

「お笑い芸人だっけ」

綾はため息を吐き、今日は時間がないから今度ね、と言うや、次の質問を繰り出す。

「彼、小田原でどういう生活を送っていたのか、話してくれたのかしら」

「いや、まったく」もう小田原には戻れません、と言った武一。

「おれ、電車賃、貸してやろうとしたんだけど、拒否された。彼女に未練たっぷりなのに、帰れないんだって。小田原で大きな事件でも起こしたのかな」

そうかもね、と気のない相槌を打ちながら綾はせっせとペンを走らせる。武一くんは、と細い声が漏れる。ペンを止め、慎太を見る。眼が険しい。いやな予感がした。

「刀根剛介のことをどこで知ったの」

きた。それはその、と言葉に詰まる。綾はテーブルに肘をつき、顔を寄せてくる。そして大きな瞳を据え、声を潜めて問う。

「嘘偽りはなしよ。本当のことを教えて。ここはとても大事なポイントだから」

慎太は肩をすぼめ、額に浮いた汗を指で拭い、国平会のテキストを見せたことを明かした。

「そこに刀根剛介の名前があった、と」

「そうだよ。昨夜、国平会の理念に感動した武一が読みたいっていうからさ。あいつ、熱心に読んでたけど、今日、炊き出しで綾さんと会ったあと、大塚のアパートに戻ったら突然、訊かれてさ」

古いテキストを差し出し、〝特別顧問　刀根剛介〟の名前を指で示した武一。

「武一のやつ、この男に会いに行くのですか、と怖い顔で」

「認めたのね」

「濃い殺気がビリビリ押し寄せて、おれ、殺されるんじゃないかと思った。武一が本気になったら怖いから」

凶暴な暴走族三人をあっという間に叩きのめした武一。その怖さは綾も承知しているはず。

「きみ、武一くんにどこまで話した？」慎太は顔を伏せた。

「怒らないから」宥《なだ》めるように言う。

「以前のわたしなら口封じに殺していたかもしれない。でも、いまは違うから」

これはジョークだろうか。そっと眼を上げると、真顔の綾がいた。容赦なく攻めてくる。

「焼肉屋で酒に酔って、いい気分になって、ペラペラ喋ったんじゃないの」

観念した。ごまかしの利く相手じゃない。たぶん、と頭をかく。

「多摩御陵の爆破計画も喋ったと思う」

パン、とノートを閉じる。そしてアイスティーを飲み、大きく息を吐く。怒った？　慎太はそっと身を引いた。綾の濡れた唇が動く。

「あの奥歯、なにかしら」瞳が宙を見つめる。

「奥歯、欠けてたよね」なんのことだろう。

「ほら、武一くんが差し出した奥歯よ。少し欠けてたじゃない」

まったく記憶にない。が、綾は確信を持って言う。

「三分の一くらい欠けていた。刀根はその欠けた奥歯を口に含み、転がし、我を失った」

あの緊迫した状況下、冷静に観察していた綾。やっぱりただ者じゃない。自分のような平凡な男とは住む世界が違う。

「フィクサーと呼ばれる怖い老人が感情を爆発させ、慟哭した」

独り言のように呟く。

「孫のような武一くんを、兄貴、と呼んだ」

慎太はカップに残ったアイスコーヒーを飲み干して言った。

「あの奥歯は武一のものだよね」

綾は、さあ、と首をかしげ、それより、と新たな疑問を投げる。

「刀根が漏らした、ゆるしてくれ、ってどういう意味かしら」

判るわけがない。綾も答えを期待していない。

「武一くんはこうも言ってたね。きさま、なぜここにいるっ、と」

眉間を寄せ、ペンを唇に当てて考え込む。優秀な元新聞記者の頭脳が、平凡で頭の悪い男を無視してフル回転する。慎太は素っ気なく告げた。

「あいつ、おかしなことを言ってたよ」

綾の瞳が焦点を結ぶ。

「なんて？」真剣な表情で問う。慎太は重々しく語った。

「死を覚悟してるって」

「だれが」

「綾さんだよ」

表情は毫《ごう》も変わらない。それで、とばかりにあごをしゃくる。

「大和撫子が死を決意している、と言ってた。そういう人間をいっぱい見てきたんだって」

　ふーん、と言ったきり、綾は遠くを見つめる。思い当たる節があるのだろうか。慎太は不可解なものを感じつつ言葉を継いだ。

「みんな己の運命に殉じ、従容と死んでいったんだとさ。わけ判んないだろう」

　三呼吸分の沈黙の後《のち》、綾が動いた。ショルダーバッグにノートとペンを突っ込む。そして腰を浮かそうとする。

「綾さん、おれも質問がある」

　なによ、と眉間に筋を刻む。慎太は不吉なものに身を絞られながら、声を潜めた。

「その拳銃、どこから？」綾は無言のまま立ち上がる。

「待てよ」バッグをつかんだ。綾が険しい眼を向ける。二人、睨み合う。

「おれの質問は無視かよ」

　綾が笑う。口角を吊り上げて冷笑する。

「これから返しに行くのよ」

　それだけ言うと手を振り払い、歩いていく。慎太は震えてしまう足を励まして後を追った。

　はあ、はあ、と己の荒い呼吸が耳朶を叩く。大鳥居までは坂道になっている。若い連中ならまったく意に介さずすいすい歩く、なだらかな傾斜だ。しかし、八十九歳の自分には応える。西陽《にしび》が眩しい。胸が苦しい。歩を進める毎《ごと》に足が重くなっていく。長く生き過ぎた。刀根剛介は苦笑し、黙々と歩いた。長く伸びた黒い影と共に大鳥居を潜る。

広々とした参道の両側に銀杏《いちょう》の樹が並ぶ。眼に鮮やかな濃い初夏の緑だ。気持ちのいい風が吹いてくる。刀根は足を停め、息を整えた。最後に訪れてから七十年近くになる。大東亜戦争が終わって初めて足を踏み入れる靖国神社だ。

正面に日本陸軍の祖、大村益次郎《ますじろう》の銅像が聳《そび》える。笑い声と歓声が聞こえる。制服姿の防衛大生や中高生、ビジネスガール風の若い女性たち。華やかな装いの少女のグループも、地方から上京したらしい老人の集団もいる。平和だ。黄昏《たそがれ》時の陽光の下、呆れるほどのんびりした光景が広がっている。まるで公園だ。さあ、行くか。ぜい、と喉を鳴らして境内の空気を吸い、再び足を踏み出す。

遥かな光景が甦る。ザッザッ、と砂利を踏み鳴らす軍靴の音が聞こえる。満開の桜の下、勝利祈願に訪れた皇軍兵士たちが整然と列をつくり、決死の面持ちで拝殿に向かって行進する。戦死の報を受けた遺族たちもいる。いくつもの家族が固まり、背を丸め、黒の喪服で悄然と歩き、数珠《じゅず》をしごきながら亡き父や夫、息子を想い、声を殺して啜り泣く。兵士たちを励ます万歳の大声が聞こえる。日の丸の小旗がいくつも振られる。境内いっぱいにひとが溢れ、悲愴《ひそう》な重苦しい空気が隅々まで満ちていた。笑い声など、ひとつもなかった。春爛漫《らんまん》の靖国は、陰鬱なモノトーンに沈んでいた。

刀根は別世界のような明るい境内の参道を踏み締めて歩いた。中年男の集団が笑顔で記念写真に納まる大村益次郎の銅像を過ぎ、送迎のタクシーや大型観光バスが並ぶ車道を渡り、青銅製の第二鳥居を潜った。

正面に荘厳な神門があり、その奥に巨大な鷲《わし》が翼を広げたような拝殿が見える。刀根は息を喘がせて神門の階段三段を昇った。いよいよだ。腰を伸ばし、呼吸を整える。足許を確かめ、階段を降りると左右に桜の森が広がる。春は鮮やかな桜色に染まる神聖な森も、初夏のいまは瑞々《みずみず》しい若葉が濃い木陰をつくっている。

慎重に周囲を見回す。右の奥に大きな人影があった。腰に両手を当て、じっとこっちを見ている。坊主頭に飛行服と編上靴。胸が高鳴った。

刀根は逸《はや》る気持ちを抑えて革靴を踏み出した。顔が火照る。新緑の下、視界が揺れる。飛行服の陣内武一も揺れる。葉桜の森に神々しい澄んだ空気が満ちてくる。

兄貴、と呼びかけ、革靴の踵を合わせて立つ。自然と背筋が伸び、右の手が動いた。挙手し、敬礼の姿勢をとる。陣内もごく自然に答礼する。まさか、こんな。刀根の背筋を凛としたものが貫く。びゅう、とガソリン臭い風が吹く。払暁の特攻基地の匂いだ。身体の奥から雄々しい活力のようなものが湧いてくる。陣内の唇が動く。

「刀根、信じられるか」

もちろん、と大きくうなずいた。胸が熱くなる。欠けた奥歯を差し出した飛行服の若造。我が眼を疑った。そっくりだった。口に含み、確信した。こいつは陣内武一。一飛曹だ。兄貴がおれの事務所にやってきた。刀根は強ばった舌を動かした。

「おれの形見を持つ男は兄貴だけだ」

また泣きそうだ。両手を指先まで伸ばす。直立不動の姿勢をとって堪《こら》える。泣くな、剛介。男だろう。

「兄貴、おれはもう棺桶《かんおけ》に半身を入れた老いぼれだ。なにがあっても驚きませんよ」

大きく息を吸い、言葉を継ぐ。

「まして兄貴は特攻隊員だ。御国《おくに》のため、愛する者のために生きながら命を捨てた、尊く気高い存在だ。おれは兄貴が零戦と一緒に現れても驚かないと思う」

陣内武一。首に巻いたオレンジのバンダナ以外、鹿児島の特攻基地を飛び立ったままの姿だ。あれは昭和二十年五月――そう、五月。

「こっちへはいつ」

間抜けな質問だ。が、それ以外、問うべき言葉がない。

「一昨日だ」陣内は躊躇なく答える。

「五月十四日だ」

頭が痺れた。鹿児島の特攻基地を出撃した日。皇軍最後の大決戦、菊水六号作戦に従事し、出撃した元特攻隊員刀根剛介は、六十七年目の奇跡に身も心も震えた。

「刀根、座れ」

陣内はあごをしゃくり、傍らのベンチに座るよう促す。その眼に憐憫がある。ぽっと怒りが芽吹いた。年寄りだと思ってバカにしやがって。両の足を軽く開き、武道でいう自然体の姿勢をとった。

「その前に、兄貴の質問に答えさせてくれ」

しつもん、と唇が動く。太い眉をしかめ、怪訝そうだ。

「兄貴は拳銃を突きつけて、こう言いましたよね。きさま、なぜここにいるっ、と」

あれは落雷のような言葉だった。身体を突き抜け、ドカンと爆発した。六十七年前の屈辱と絶望、哀しみが甦り、刀根の老体を容赦なく絞り上げた。気がついたら陣内に歩み寄り、涙を流し、許しを請うていた。

「おれの零戦は哀しいくらいポンコツだった。それでも最後の一戦、頑張ってくれると思ったんだが、もう限界にきていた。肺病病《や》みの年寄りみてえに咳き込む零戦を騙し騙し、種子島の基地まで辿《たど》り着いた。グラマンの爆撃で方々に穴が開いた滑走路になんとか着陸したおれは、その場で修理が可能ならすぐに後を追うつもりでした」

語りながら怒りが身を焦がす。

「しかし発動機が焼け焦げ、整備兵もお手上げだ。代替機もない。そのまま船で本土へ戻されたおれは次の出撃を待った。ところがあの〝あとから司令〟の野郎が——」

喉に鉛が突っ込まれたようで言葉が続かない。陣内が引き取る。

「小田将光司令がどうかしたのか」

刀根は臍《へそ》の下、臍下丹田《せいかたんでん》に力を込めた。かすれ声を絞り出す。

「帰還したおれを木刀で打ちのめし、そんなに命が惜しいか、見事散った連中に申し訳ないと思わないのか、卑怯者、恥を知れ、天皇陛下に謝れ、と仲間の前で罵《ののし》ったんですよ。小田の野郎、おれに恨み骨髄だ。ここぞとばかりに荒っぽい部下を使い、制裁を加えた」

死ななかったのが不思議なくらいのリンチだった。

「背中の南無阿弥陀仏も血で染まって、読めなくなっちまった」

半死半生の特攻隊員を営倉に押し込み、反省文を書かせ、連日、殴る蹴るのリンチを食らわせた。土下座し、特攻に出してください、と懇願するその頭を踏みつけ、唾を吐きかけ、小田は高笑いした。耳の奥で金属質の笑いが響く。眼が眩む。腕が、足が、がくがく揺れた。

咄嗟に桜の樹をつかみ、崩れ落ちそうな身体を支えた。

「刀根、無理せんでもいい。座れ」

陣内の命令に首を振る。顔から脂汗が垂れる。

「おれは座りません。まだ話は終わっていない」

荒い息を吐き、記憶の奥底に沈めていた過去を引っ張り出す。

「小田は決して特攻に出そうとしなかった。皇軍兵士にあるまじき卑怯な男、とのレッテルを貼《は》り付け、銃殺より惨《むご》い生き恥を与え、容赦なく心身を切り刻んだ」

口が渇く。唾を飲み込んだ。

「おれは兄貴に、花田に、三島少尉に申し訳なかった。この靖国でおれの到着を待っているかと思うと、気が狂いそうだった」

少年飛行兵、花田勇三の、まだ幼さを残す凜々しい顔が浮かぶ。直立不動の姿勢で、刀根二飛曹だけを見て突っ込みます、と言った花田。淡い月明かりの竹林で、おかあさんおかあさん、と泣きそうな声を絞り軍刀を振り回す花田。特攻出撃の払暁、靖国神社には何番の市電で行けばよろしいのでしょうか、と沈痛な面持ちで訊いた花田。白ハチマキをきりりと巻いた花田。あいつはまだ十七歳だった。楽しいことなどなにひとつ知らない童貞野郎だ。

「おれはみんなに逢いたかった。花田に、逃げたんじゃない、と誤解を解き、一緒に突っ込んでやれなくてごめん、と頭を下げたかった。三島少尉に、兄貴に、遅れたことを詫びたかった。だからバカなおれは――」

両手で桜の樹を握り締めた。熱い涙がほおを濡らす。ゴツゴツした黒い樹皮が掌に食い込む。痛みが萎えそうな心に活を入れる。刀根は喉を絞った。

「営倉のコンクリートの壁に頭から突っ込んだ」

しんと静まり返った真夜中、見よ、予科練乙飛男児の心意気を、と大声で吠え、全力でコンクリートに突進。血を噴いて昏倒《こんとう》し、大の字に転がった大間抜け。

「死のうとしたのか」陣内が冷静な声で問う。

「そうです。しかし、死ねなかった。頭蓋骨が砕け、二週間ほど意識が失せただけで生き返っちまった」

「頑丈な身体だからな。コンクリートに頭突きを食らわしたくらいでは死なんだろう」

陣内が唇をねじって微笑する。全身の強ばりが解けていく。

「おれは病院で終戦を迎えた」

それだけ言うと両の掌《てのひら》で顔を拭《ぬぐ》い、脱力したようにベンチに腰を下ろした。陣内が初夏の夕空を覆う鮮やかな若葉を見上げ、独り言のように言う。

「まさかあんなに早く日本が負けるとはな」

寂しげな表情が胸に沁みた。見事散った三人。喉まで出かかった質問を呑み込む。

陣内は弟分の複雑な胸の内を察知したかのように語る。

「花田も三島少尉も大願を成就できなかった」

淡々とした静かな口調だった。

「沖縄を前に、ヘルキャットにやられた。おれが付いておきながらすまん」

坊主頭を下げる。そんな、と呟き、刀根はうなだれた。花田。三島少尉。瞑目する。どのくらいそうしていたのだろう。気がつくと、己の旅を語っていた。遥か昔の、情けない、死に損ない野郎の一人旅だ。陣内は桜の樹にもたれて両腕を組み、遠くを眺めている。

「元京都帝大生、三島潔少尉の実家は京都の嵯峨野《さがの》にありました。父親は物理学の高名な学者で、家は築地塀《ついじべい》を巡らした大邸宅だ。おれの話を聞き終わると、父上は、拙《つたな》い操縦技術でよくやった、と涙を堪《こら》えて言われましてね。そうです。おれは両親の前で、沖縄特攻では存在しなかった戦果確認機の搭乗員になりすまし、三島少尉は敵艦に突っ込み、華々しく散りました、とさも見てきたかのように伝えたのです」

陣内はなにも言わない。

「母上は畳を叩いて、戦争が憎い、軍隊が憎い、特攻隊が憎い、と号泣されました。潔、潔、という哀れな声はいまも耳に残っています」

父親にたしなめられ、すぐに奥に引っ込んだ母親。その顔は亡霊のように蒼ざめていた。

「父上は三島少尉の手紙を見せてくれました。インテリで冷静なあのひとらしい、感情の昂ぶりも気負いもない、淡々とした内容でした」

白い便箋に青いインクで流麗な文字が記してあった。残される両親を気遣い、心配させまいとする、晴れ晴れとした内容だった。刀根、と陣内が呼びかける。

「遺書は両親宛《あて》のものだけか」

遠くを眺めたまま問う。「他になかったか」

どきりとした。陣内はあれを知っているのか。

「三島少尉から聞いたのですか」「あるんだな」

刀根は観念して語った。軍の厳しい検閲を避けるべく、親しい整備兵に託した、あの女性への手紙を。

「邸宅を後《あと》にすると、追いかけてきた三島家の女中がこう言いましてね。会って欲しい女性がいると」

件《くだん》の女性は近くの文具店の娘だった。年齢は十八。小さなお寺の境内で刀根を待っていた。紺のスカートに白いブラウス。眼のくりっとした小柄な可愛らしい女性だった。

「文具店を訪れた京都帝大生の三島さんと親しくなり、蔵書を借り、哲学や文学を教えてもらい、結婚を意識する仲になったようです」

「親の許しはあったのか」

「いや。三島さんの両親は真剣に取り合わず、身分が違うということで一蹴《いっしゅう》したらしい」

刀根は苦いものを噛み締め、続けた。

「三島少尉は誠実で侠気《おとこぎ》のある方だから、駆け落ちしても必ず一緒になると約束されたようです。もっとも学徒出陣で兵隊にとられ、特攻隊員となり、それも叶わぬこととなったわけですが」

「手紙を読んだのか」

はい、と記憶を辿る。両親への手紙と違い、熱情あふれるものだった。この戦争は負けると断言し、日本の行く末を憂い、多くの若人を悲惨な戦地へ送って殺しながら恬《てん》として恥じぬ軍の上層部を非難し、愚かな国の指導者たちの罪を問い、最後、自分はあなたの幸せを祈って特攻に出るから、早く忘れて新たな人生を踏み出して欲しい、と結んであった。愛情に満ちた素晴らしい遺書だった。

「手紙の末尾に、我がKAへ、と記してありました」

陣内のほおが隆起した。次いで祈るように眼を伏せる。やりきれなかった。

「娘に、このKAとはなんです、と問われたので、海軍内の隠語で家内を指す、と教えました。娘は手紙を胸に当てて呆然としておりました」

晩秋の青空を見つめ、放心したように突っ立つ娘の姿が甦る。

「おれは娘に、三島少尉は部下思いの勇気ある方だった、笑って敵艦に一直線に突っ込み、砲弾を潜って見事散華された、と告げた。娘は静かな境内に蹲《うずくま》り、声を殺して泣きました」

柔らかな風が吹いた。若葉が揺れ、葉ずれの音がする。陣内はあごを上げ、眩しそうに見つめる。爽やかなものが満ちていく。三島少尉が側《そば》に来ているような。

花田は、と陣内が呟く。ぐんと血が昇った。顔が火照り、頭の芯が熱を持つ。甲高い笑い声が聞こえる。高校生らしき数人の少年が黒革のバッグをぶら提げ、参道を歩いてくる。坊主頭の少年もいる。お参りではなく、下校の近道なのだろう。みな、仔犬のようにじゃれ合いながら歩く。刀根は拳を固めて告げた。

「花田の実家にも行きました。山梨の山の中の村だ」

「軍神の家、だったな」

「国民学校の生徒たちが登下校の途中、頭を下げていく、誉《ほまれ》高き軍神の家ですよ。花田はおれに誇らしげに語ってくれました」

男ばかりの三人兄弟の末っ子で、兄二人はすでに戦死。父親は花田が幼い時分に亡くなり、十七歳の三男の特攻死で母ひとりが残された。

「その軍神の家はもう、ありませんでした」

「どういうことだ」

　陣内の表情が険を帯びる。刀根は、想像もしなかった悲惨な情景を脳裡に浮かべながら一気に語った。

「立派な兵隊に育て上げた三人の息子を御国と天皇陛下に捧げ、軍神にしたあっぱれな母親、十七歳の末っ子の特攻死の報《しら》せを受けても涙ひとつ見せず、気丈に振る舞い、弔問の村人たちに丁寧に礼を述べた見事な報国の母、として村中の尊敬を集めましたが、敗戦ですべては変わったのです」

　ひと呼吸おいて続ける。

「軍神の家は忌まわしい戦争協力者の家となり、村人は賞賛の代わりにひどい罵声を浴びせ、玄関先で立ち小便をする輩まで出て、母上は息子たちの遺影の前で毎日泣いて暮らしたということです。じきに母上は塞ぎ込むようになり、家に閉じこもったきり、外出しなくなった。ある夜、隣村から酔っぱらいのチンピラ集団が押しかけ、鬼ババア、出てこい、息子三人を殺しやがって、と叫び、ふざけ半分に玄関に火をつけるという度し難い愚行に出ました」

　黒く焼け焦げた家の残骸が浮かぶ。

「母上はどうなった」

　陣内が怖い声で問う。刀根は喉元からせり上がる震えをなんとか呑み込み、告げた。出てきませんでした、と。

　ぐっと息を詰める音がした。陣内の顔から血の気が引いていく。

「藁葺《わらぶ》き屋根の粗末な家はあっという間に燃え盛り、炎に包まれたそうです。しかし近所の男衆が水をかぶって飛び込み、仏間で息子たちの遺影を抱えて動かない母上を救い出しました。おれが訪ねたとき、母上は病院のベッドにいました。顔半分と背中が焼けただれ、包帯でぐるぐる巻きでした」

「話はできたのか」

「医者に頼み込んで十五分だけ面会しました。あなたの息子は敵の対空砲で片翼をもがれながらも駆逐艦に突っ込み、見事轟沈させたというおれの見てきたような嘘八百に、涙を流して喜んでくれました」

　包帯の間から覗《のぞ》く赤黒い眼が潤み、涙が溢れたのを昨日のことのように憶えている。

「母上は快復《かいふく》されたのか」

　刀根は事務的に告げた。

「半年の入院生活後、親戚《しんせき》筋の紹介で小学校の住み込みの用務員になられ、なんとか生きていかれたようです」

　そうか、と陣内は眼を伏せる。その沈痛な面持ちに胸が痛んだ。

陰鬱な空気が流れる。初夏の西陽が参道をオレンジ色に染める。桜の樹の下にはすでに闇が這い入っていた。陣内が朧《おぼろ》に霞む。

「兄貴、面白い話をしましょう」

朗らかに語りかける。

「〝あとから司令〟の小田将光ですよ。あの野郎、やっぱり逃げやがった」

ほおがゆるんでしまう。

「戦後は進駐軍が怖くてしばらく大人しくしていたようだが、じきに講演活動を始めましてね。戦争反対の講演です」

陣内が見つめてくる。黒い、澄んだ瞳に吸い込まれそうだ。つまらない話を始めた己に嫌気がさし、それでも平静を装い、軽い調子で続ける。

「満員の聴衆を前に、あの男は特攻がいかに愚かしい作戦だったかを熱弁し、出撃の朝を感動的に語り、純粋な若者が犠牲になる戦争はもうゴメンだ、と涙ながらに訴えるのです。生きて、生き抜いて、戦争の愚かさを世に伝えるのが自分の使命、と臆面もなく語る〝あとから司令〟は講演の最後、万雷の拍手を浴びて、民主主義万歳、マッカーサー元帥万歳、と顔を紅潮させて叫ぶわけだ。逞しい野郎だ。おれは怒りを通り越して呆れ返りましたよ」

「なにをやった」低い声で訊いてくる。

「きさまが黙っているわけがない。なにをやった」

「大したことじゃない」刀根は素っ気なく語った。

「当時、おれは渋谷の台湾人に雇われて闇市の用心棒をやっていた」

白いマフラーを巻き、革ジャンパーを着込んで闊歩する己の姿が見える。

「暇潰しの余興に荒っぽい舎弟を引き連れて講演会場に乗り込み、壇上に駆け上がって小田をとっちめてやった。あの野郎、おれに殴り飛ばされ、震え上がっていたな。暴力反対、許してくれ、と這いつくばる哀れなおっさんの胸倉をつかんで引きずり上げ、マイクに向かって〝あとから司令〟の名の由来と卑怯で狡猾な性根を洗いざらいぶちまけてやった。もちろん、おれが受けたリンチの数々もですよ」

深く息を吸い、昂ぶりを抑える。

「会場は騒然となり、怒号が飛びました。卑怯者、とか、恥を知れ、と怒り狂う連中もいたな。だが、おれから言わせればあの会場にいた連中は全員、同じ穴のムジナですよ。マッカーサーが怖くて宗旨変えしただけのエセ民主主義者だ」

拳が熱くなる。怒りにまかせて殴りまくり、元高級将校を血ダルマにしてやった。ボロ雑巾のようにつっ伏す小田に蹴りを入れながら、従容と死を受け入れ、出撃していった仲間に較べ、この自分はなんと醜く汚れているのか、と自己嫌悪に泣き喚きそうだった。

「用心棒をやっていたのか」

冷静な陣内の声がした。我に返る。

「そうですよ。特攻帰りは蛇蠍《だかつ》のごとく嫌われ、恐れられていた。戦後の民主主義万歳の焼け跡で、特攻崩れ、負け犬野郎、と蔑《さげす》まれてね。愚かな軍部に利用されたバカで単細胞の狂信者たち、としか見てくれなかった。女学生たちがキャーキャー騒いだ鹿児島の基地とはえらい違いだ。自暴自棄になった特攻帰りの中には強盗団を結成し、暴れまくる連中もいた」

「それで台湾人の用心棒か」

刀根は胸を張って答えた。

「台湾人は戦勝国民だ。渋谷の闇市の王様だ。黒焦げの焦土で痩せこけて飢え死にしそうな日本人と違い、やつらは金持ちだ。おれも食わなきゃならない」

言ったあと、苦笑した。

「早く死にたがっていた零戦乗りが、いったいなにを言ってるんでしょうね」

「長生きして偉くなったらしいな」

なんだと。あごを上げ、睨みをくれた。「それは皮肉ですか」

昔は名だたる極道が震え上がった睨みだ。しかし、陣内は平然と見返してくる。

「『国家の平和を考える会』の案内書で読んだ。おまえの簡単な経歴が記してあった」

後頭部に鈍い衝撃があった。国平会。胸のポケットチーフを抜き出し、額の脂汗を拭った。

「肝心なことを忘れていた。兄貴、おれは年齢《とし》をとり過ぎましたよ」

返事はない。言葉を選んで語った。

「おれは闇市での仕事ぶりを見込まれ、老舗の極道組織の顧問格に迎えられた。中国人や朝鮮人との抗争に駆り出され、進駐軍から流れたコルトをぶっぱなし、日本刀を振り回して暴れた。愚連隊や新興の極道組織ともやり合い、銃弾を五発撃ち込まれて死にかけたことも、日本刀で背中をざっくり斬られて血の雨を浴びたこともある。刑務所にも入った。殺人と傷害で前科三犯だ」

笑いが込み上げる。

「兄貴、おれの戦後は余生みてえなもんだ。足を地面につけて人間とやり合うケンカなんざ、遮《さえぎ》るもののない大空で化け物みてえなヘルキャット相手に機銃をぶっぱなすケンカに較べたらママゴトですよ。おれは極道どもが頭に血ぃ昇らせて出入りだ抗争だと喚《わめ》く生活に飽きちまった。組織から足を洗い、横浜で貿易の真似ごとをした。裏社会の人脈が幸いして、仕事は順調だ。優秀な人材も集まった」

会社を幹部連中に任せて、請《こ》われるまま人に会った。国家再建に燃える若いやつらと話して励まし、政治家・財界人の相談にのった。カネの相談、女の相談、スキャンダルのもみ消し。清と濁をまとめて引き受け、いつの間にかフィクサーと呼ばれる存在になった。笑い話にもほどがある。

「楽しそうだな」刀根は笑みを消した。陣内が桜の樹から身体を起こす。

「おまえは国平会を主宰する戸村清之の師匠、なんだろう」

そこまで承知しているのか。

「昔の話です。いまはもうなんの関係もない」

「なぜ女が拳銃を持っていた」

女、小泉綾。そうか。拳銃は小泉綾のものなのか。刀根は言葉を選んで告げた。

「午前中、小泉綾から電話があり、相談したいことがある、と言ってきました。切迫した口調だった。小泉とは以前、何度か会ったことがあります。戸村清之に可愛がられ、秘書のようにくっついていた女だ。おれは戸村がおかしなことを企《たくら》んでいると思い、承知した」

「女はおまえを殺す覚悟だった」

いちいち納得できる話だ。刀根はうなずいた。

「小泉綾は元新聞記者のインテリだ。戸村に心酔し、洗脳されている。おれが邪魔だった」

「どうして」

「戸村は国を憂う若きカリスマだ。きっと大きな計画があるんでしょう」

語りながら背筋を冷たいものが這う。戸村清之は危ない。危険過ぎる。陣内が、やはりな、と呟く。なんだ？

「多摩御陵の爆破計画もあった」

陣内は静かな口調で言う。

「もっとも下見だけで、結局中止になったようだが」

刀根はポケットチーフで首筋の冷たい汗を拭った。

「兄貴、おれは判らないことばかりだ」

ひび割れた声で問う。

「老いた脳みそには難《むずか》し過ぎる。もう焦げつく寸前だ。そもそもなぜ、兄貴がおれの事務所に現れたんだ。拳銃も女ではなく兄貴が握っていたし」

陣内が、判った、とばかりにあごを上下させる。

「まず最初の質問に答える」

そう前置きして陣内は語った。この世界に来て、最初に接触があったのが小泉綾と田嶋慎太の二人。この田嶋なる男は『日本義勇研究所』にも一緒に来た、あの影の薄い若造で、国平会の会員でもあるという。

「おれは田嶋さんの部屋に泊めてもらっている」

田嶋さん？　刀根は思わず言葉を挟んだ。

「あのもやしみてえな若造をさん付け、ですか」

「田嶋さんは二十五歳で、おれは二十三歳だ。親しくなっても長幼の序というものがある。年長者は敬《うやま》わなければならん。それに田嶋さんは右も左も判らぬこのおれを図書館に案内し、東京タワーに連れて行ってくれた。おかげでこの世界も少しは理解できた気がする」

これも、と首に巻いたオレンジのバンダナを指で摘《つま》む。「田嶋さんに頂戴した」

目尻を下げて嬉しそうだ。ふう、とため息を吐き、刀根は告げた。

「兄貴、いまの二十五歳の男は昔の十五歳くらいだ。花田よりずっと子供だ」

「おれもそう思う。花田は立派なサムライだった。エンタープライズを狙うおれに最期まで尾いてきた」

おおっ、と声が出た。空母エンタープライズ。全身の血が沸騰する。時空を超え、花田の明るい声が聞こえる。

――大和に勝るとも劣らない鉄の要塞、巨大なエンタープライズが真っ二つ、ですか――

花田、すまん。両膝を握り締め、呻いた。苦しい。呼吸が荒くなる。不沈空母、エンタープライズにあの花田勇三と陣内武一が。衝撃と絶望でどうにかなりそうだ。アメリカが誇る空母エンタープライズはたしか――

「戸村清之の人となりも、多摩御陵爆破計画も、田嶋さんから聞いた」

陣内は淡々と語る。

「おまえの名前が国平会の古い案内書に記してあった。刀根剛介。二つとある名前ではない。年齢と出身地からみて、予科練の鬼神、刀根剛介だと確信した」

刀根は深呼吸して息を整え、声を励ました。

「判った。では二番目の質問に答えてください。拳銃は小泉綾から受け取ったのですか」

ちがう、と即座に否定する。

「おれが綾さんのバッグから奪ったものだ」

ちっ、と舌打ちをくれた。今度は綾さんかよ。おれは八十九だぞ。知らない人間が見たら、頭のおかしい者同士の話にしか聞こえないだろう。が、陣内にとって自分は二十二歳の弟分だ。そうだ、卒寿間近のじいさんなんかじゃない。ぐんと気持ちが昂揚する。あの、予科練乙飛に鬼神・刀根剛介あり、と謳われた凄腕の零戦パイロットだ。全身に久しく忘れていた活力が湧いてくる。

「兄貴、なぜ小泉綾が拳銃を呑んでいると判ったのですか」

「綾さんは死ぬ覚悟だった」重い言葉が這う。

「おれたち特攻隊員と同じ顔をしていた」

なにも言えず、刀根はただ耳を傾けた。

「大和撫子が決死の覚悟で刀根剛介の元へ乗り込むとなれば、得物《えもの》を呑んでいて当然。おれはそう考えた」

声のトーンが下がる。「さすがに婦女子に拳銃は驚いたが」

ほおの筋肉が隆起する。眼が険を帯びる。

「戸村なる男、うら若き女性に拳銃を持たせ、刺客に仕立てるなどもってのほか。許せん」

すみません、と頭を下げる。

「いまは袂《たもと》を分かったとはいえ、おれの弟子でした」

「なぜ別れた」

正面から問われ、しばし言い淀む。陣内が見ている。深山の湖のように澄んだ眼だ。言い逃れはできない。

「戸村清之は東大法学部の学生時代からおれの事務所に出入りしていた、筋金入りの弟子です。岩手県の貧しい農家の出で、小学生の時分から新聞配達で家計を助けたと聞きました。上京してからは家庭教師と肉体労働の掛け持ちで学費と生活費を捻出《ねんしゅつ》する苦学生でしてね。戸村はカミソリのように優秀で、純粋で、国を想い、憂《うれ》うそのぶれない強靭な心は恐ろしいほどだった。おれは食うのに精一杯の戸村が哀れで、自宅に書生として置いてやったこともある。あの野郎、泣いて感謝していました」

戸村は大学院に進み、国際政治学で博士号を取得。名門私立大学で教えるようになり、そこから劇的に変わった。

「金持ちの学生連中の派手な遊びっぷりと、問題意識のないスポンジ頭に幻滅したのです。未来を担《にな》うべき若者がこんな体たらくで大丈夫なのか、熾烈《しれつ》な国家間の競争の中で我が日本国は沈没してしまうのでは、と真剣に悩んだようです。折りも折り、経済も産業も停滞し、日本は底なしの閉塞状況に陥ってしまった。国を動かすべき政治家たちも二世、三世のプライドばかり高いボンクラ揃いで、まったく期待できない。焦った戸村は確かな志を持った若者を教育すべく、私塾として国平会を立ち上げました。十年前、戸村が三十歳のときだ」

「きさまも協力したんだな」

「優秀で真面目な弟子です。しかし、東北の貧しい農家の出だ。知名度もカネもコネもない、気高い魂のみを頼りに闘う国士《こくし》だ。おれは特別顧問として名前を貸し、少しばかりのカネを融通し、人脈も紹介してやりました。若いのに立派な志と行動力だ、と感服しましたから。戸村清之になら沈みゆく日本を託せるかも、と思ったのも事実です」

「だが、国平会は変わった、と」

「手弁当で地道な活動を続けていたが、目立った成果はありません。勉強会の会場の確保にテキスト類の作成、会報の発行。カネは出ていくばかりです。しまいには借金を抱え、大学当局からも戸村の活動に苦言があり、追い込まれた戸村は教育だけではダメだ、確たる行動を伴わなければ、と過激な思想に傾倒していきました。戦争の専門家を雇い、格闘術と銃器の扱いを習い、戸村に心酔する若い弟子たちと山の中で戦闘訓練に励み——」

語るうちに陣内の様子が変わる。首をかしげ、不思議そうな表情だ。

「兄貴、どうしました」

「この平和な日本に戦争の専門家がいるのか」

至極真面目な顔で問う。

「ふりーたーと称する日雇い労働者の若者とか、ほーむれすという名の宿なし連中でも充分に食べていける幸せな世の中ではないか。こんな平和な国のどこに戦争の専門家がいるのか、おれには理解できん」

弱った。現役の特攻隊員になにをどう説明すればいいのか。とりあえず、事実を告げる。

「本物の戦争がやりたくて外国へ行く若い連中もいるんです。フランスの外人部隊などの傭《よう》兵《へい》になって、アフリカ等の紛争地帯に赴《おもむ》きましてね。どこまで本当か知らないが、幾多の激しい戦闘を生き抜き、教官になって除隊し、その経歴を引っ提げて日本に戻り——」

語りながらバカらしくなった。

「やめましょう。おれも平和な日本で生まれ育った若い連中の頭の中は理解できません。やつらも国を背負い、愛する者を守るために戦う本物の戦争の怖さと惨めさ、絶望は判らないでしょう。とにかく、おれと戸村には意見の相違が生じましてね。次第に距離ができ、三年前に完全に別れました。破門です」

肩を上下させて嘆息した。

「戸村は出版業界に転じた小泉綾の協力を得て、本を次々に出しました。日本の悲惨な現状や愚かな政治家どもの実像を明快な口調でぶった斬《ぎ》り、多くのファンを獲得。国平会は日本社会の良心として注目され、いまでは政財界人も多数入会しているって噂だ。戸村は大学を辞めて活動に専念ですよ。日本の救世主として持て囃すマスコミや文化人も増える一方で、戸村は徴兵制を導入しろだの、自衛隊も空母を持てだの、あげくの果ては核武装も視野に入れるべき、と過激になるばかりだ。やりきれませんよ」

「大きな計画とはなんだ」

一瞬、虚をつかれたが、すぐにピンときた。うっかり漏らした己の言葉だ。

「戸村はおれとの別れ際、四十を過ぎてまで生きていたくない、惨めな老醜を晒したくない、と当て付けのように言いましてね。アメリカの植民地となったまま堕落していく日本国を覚醒させ、眠ったような日本国民に活を入れるためなら喜んで命を捧げるそうです」

「具体的な計画はあるのか」

「さあ」首をひねった。

「ただ、多摩御陵爆破は本気じゃありません。インパクトに欠けるし、なにより大義が見えない。若い連中を洗脳して取り込むためのまやかし、偽《にせ》計画ですよ。戸村はそんな単純な男じゃない。裏で遥かにインパクトのある計画が具体化しつつあるということでしょうが」

判らない。見当もつかない。戸村は右でも左でもない。その点は自分と同じだ。ただ実践を知らない学者特有の純粋さ、傲慢さ、プライドの高さが過剰にあり、高邁《こうまい》な思想と卓越したカリスマ性とは別に、底の知れない強引さ、危うさが同居している。しかも若い。生き急いでいる。陣内が独り言のように言う。

「理想に燃える戸村は障害となりかねない元師匠を殺し、万全の状態で実行に移す、と」

刀根は苦笑した。

「兄貴、それは買い被《かぶ》り過ぎだ。おれは隠居した身だ。もうなんの力もない」

「計画が過激であるほど、障害はたとえ石ころひとつでも取り除いておきたいのだろう。兵法の基本だ」

「おれは石ころですか」

「気分を害したのなら謝る。許せ」深々と坊主頭を下げる。

「よしてください。おれは石ころでけっこうです」

周囲を見渡し、不審な人物がいないことを確認して声を潜める。

「それより、拳銃はどうしました」

陣内は坊主頭を上げ、晴れやかに答える。

「綾さんに返したさ。おれのものではないからな」

当然だろう、と言わんばかりだ。刀根の胸で黒々とした不安が膨れ上がる。

「なにか気になるのか」

「小泉綾はどう処理するつもりでしょう」

「綾さんは利口だ。うまくやるさ」

「洗脳された女ですよ」

「大丈夫だ。田嶋さんも付いている」

あの洗濯板のような貧弱な身体のもやし野郎が？　わけが判らない。

刀根、と陣内が呼びかける。「日本はいま大変らしいな」

刀根はどう答えていいのか判らず、ただ特攻隊員の凜々しい顔を見つめた。重い声が這う。

「経済の低迷と政治の堕落。そして昨年の東日本大震災だ。福島の発電所も深刻な状況のようだが――」

表情に困惑の色がある。

「兄貴、よく理解できないでしょう」

面目ない、と眼を伏せる。刀根は苦笑し、言葉を選んで語った。

「地震と大津波で海沿いの発電所がぶっ壊れましてね。放射能が大量に漏れているのです」

ほうしゃのう、と陣内が呟く。刀根は両腕を組み、暫く沈思したあと口を開いた。

「終戦間際、アメリカが広島と長崎に原子爆弾を落としたことはご存知ですか」

「図書館で読んだ」陣内は苦悶に顔をゆがめて言う。

「たった二発の爆弾で二十万を超える人間が死んだらしいな」

「その原子爆弾に使用した燃料で国民が使用する電気を作っている、と考えてください。正式名を原子力発電所といいます」

陣内は怖い顔でうなずく。刀根は続けた。

「原子力発電所では凄まじいエネルギーが発生します。想像を絶する大量の電気を生み出すことが可能です。戦時中、軍需産業の強化のためにフル稼働した黒部や佐久の水力発電所など問題になりません。半面、事故で施設が壊れてしまえば恐ろしい毒を出します。その毒が放射能で、人類には手のつけようがありません。いまの技術をもってしてもコントロール不可能なのです」

「もろ刃の剣、というわけか」

そうです、と刀根は大きくうなずいた。

「安全だ、絶対に事故は起きない、と科学者も電力会社も政府も太鼓判を押してきた。国民の多くも、石油や天然ガスなど資源のない日本に原子力発電所は必要、と納得していたのです。もちろん安全が絶対条件ですが」

刀根はやり場のない無念を嚙み締め、かすれ声を絞る。

「ところがたった一回の地震と津波でこの様《ざま》です。放射能に汚染された土地から逃げ出した福島の人々は各地を彷徨い、いまも約二十万人が故郷へ帰れないままです。慣れない生活の中、自殺も衰弱死も増える一方です」

この平和な日本でか、と陣内が悲痛な声で問う。刀根はかぶりを振った。

「兄貴、大東亜戦争から六十七年後の日本は見た目は平和だが、中はズタズタです。腐っている」

深く息を吸い、沸騰する怒りを鎮めて語った。

「原子力発電所の事故発生当初、頭でっかちで実行力も胆力もない、プライドばかりが異様に高い青二才の政治家どもは、国民に向かってこう言い続けた。想定の範囲内、おおむね安全、直ちに健康に影響を及ぼすことはない、と。電力会社も官僚も同様です。しかし、すべては大嘘でした」

人間の皮をかぶった冷血漢たちの顔が浮かぶ。

「発電所は崩壊し、大量の放射能を放出し続けた。そして正確な情報を持たない国民は安全な土地へ避難することもかなわず、放射能を浴び続けた。政府がまともに機能していれば避けられた事態です。匂いも味もしない放射能は静かに確実に、人体を蝕《むしば》みました。子供たちを放射能という名の毒に晒《さら》してしまった親は泣いています」

声が震えてしまう。

「発電所の事故は収まったのか」

陣内の問いに刀根はシワ首を振るしかなかった。

「いまも収束にはほど遠い状態で、福島を中心に国土を汚染し続けています。日本の危機管理の甘さに世界中が驚き、呆れ果て、外国人は続々と逃げ出しています。いくつかの幸運が重なって被害は最小限に抑えられましたが、最悪の場合、この東京も放射能で壊滅していたでしょう。日本国は崩壊寸前でした。いまの状態は単なる僥倖にすぎない」

陣内の眼が険しくなる。

「つまり政府と電力会社は都合の悪い情報を隠し通したわけだな。そして国民の生命と生活を蔑《ないがし》ろにした、と」

「恥ずかしい話です」

「大本営発表と変わらんな」

返す言葉がなかった。刀根は居住まいを正し、深く頭を下げた。

「兄貴、すみません」

込み上げる熱いものを堪《こら》えて続けた。

「日本をこんな国にしてしまって」

返事の代わりにふっと風が舞う。「帰ろう」

言うなり、陣内は神門のほうへ歩いていく。刀根はベンチから腰を上げ、後を追った。

「兄貴、いいんですか」

「なにが」

「拝殿に参らないのですか。花田も三島少尉も待っています」

陣内はあっさりかぶりを振る。

「きさまが指定したから来たまで。おれに靖国を参拝する資格はない」

「どうしてです」

「おれはまだ戦っている」

言葉の意味を理解するまで五秒かかった。戦後を安穏《あんのん》と生きてきたきさまとは違う、と言われているようで少しめげた。が、すぐに気持ちを励まし、早足で歩いた。心臓の鼓動が速くなる。肩を並べる。すっとした爽やかなものが匂う。自分がとっくに失った、若い生命力の匂いだ。神門を潜ったところで語りかけた。

「兄貴、おれに訊くことはありませんか」

「なんだ」

「焦土の小田原にも行きました」

編上靴が止まる。音もなく振り返り、仁王立ちになる。刀根は思わず後ずさった。暮れゆく靖国の境内。強烈な西陽に照らされて立つ特攻隊員は地獄の鬼のようだ。負けるか。

「小田原は不運な街だ。八月十五日の午前零時過ぎ、つまり昭和天皇による終戦の玉音放送まであと十二時間足らずというとき、B‐29の空襲を受けています。埼玉県の熊谷、群馬県の伊勢崎などと並んで大東亜戦争最後の空襲の地です」

それで、とあごをしゃくる。刀根は数字を反芻して告げた。

「四百二戸が焼失し、死者も五十人近く出ている。気になりませんか」

三呼吸分の沈黙の後、陣内の唇が動いた。

「おれはいま、戦いの最中にある。小田原のことはあとだ」

なんだと。こめかみがじりっと灼《や》ける。

「兄貴、無礼を承知で言わせてもらう。あんたは戦う、戦う、と言うが、一度は零戦搭乗員失格の烙印を押された男だ」

陣内の眉間が狭まる。眼が据わり、濃い殺気が漂う。

「なぜ、あんたが南方から本土へ、特攻要員として送り込まれたか、おれは知っている。戦後、あらゆる人脈を使ってあんたの考課表を探し出した」

やめろ、と陣内が囁く。遥か昔、自分を殴り倒した右の拳が震える。いや、やめない。

「そこにはこう記してあった。〝この搭乗員、思想および行動に大いに問題あり。適宜処置願いたし〟と。つまり、特攻に出してさっさと始末してしまえ、ということだ。兄貴が南方で零戦に搭乗してどういう行動をとり、上を激怒させたか、その詳細も書いてあった」

どっと熱い怒気が押し寄せた。鼻にシワを刻み、きさまあ、と凄む。怒った虎のような形相だ。刀根は負けじと一歩、踏み込んだ。

「恥じることじゃない。おれは兄貴を誇りに思う」

瞬間、右の拳が動いた。ブンと唸り、胸倉に丸太を突き込んだような衝撃があった。ネクタイごとシャツをつかまれ、引き寄せられる。八十九歳の老人には抗いようのない膂力《りょりょく》だ。

「刀根、それ以上、減らず口を叩くな」

低い声が這う。血走った眼が迫る。

「おれは特攻隊員だ」

「おれもだ」刀根は喉を締めあげられながらも、か細い声を絞った。

「兄貴、こんなじじいになったが、おれも特攻隊員だ」

鋼色《はがねいろ》の、忘れていた闘争心が湧いてくる。

「霞ヶ浦航空隊で鍛え込まれた、予科練乙飛の特攻隊員だ。忘れるな」

陣内の眼がゆるりと動き、遠くを眺める。意識が白くなる。おいおい、と野太い声が飛ぶ。やめなさいよ、と女の声も聞こえる。参道を行く人々が囲み、非難の眼を向ける。陣内が手をゆるめる。ひゅう、と喉が鳴った。力が入らない。腰から崩れ落ちそうだ。咄嗟に両手を膝に置き、萎えそうな身体を支える。そして大きく息を吸い、笑顔をつくる。

「ごめんなさいね。ちょいとふざけてたんです。こいつ、おれの可愛い孫でね。なにも心配ありませんから」

さあ、行こう、と陣内の背を押す。強靭な筋肉の束の感触があった。まぎれもない現役の零戦搭乗員の背中だ。

二人、無言のまま歩いた。第二鳥居を潜り、車道を渡ったとき、陣内が口を開いた。

「刀根、笑わないで聞いてくれるか」

一転、穏やかな声音だった。

「なんでも言ってください」

陣内は編上靴を止め、腰に両手を当て、空を仰ぐ。つられて刀根も空を見た。両足を広げ、老いた短軀のバランスをとる。初夏の夕暮れ。黄金色の空が眼に沁みる。

「なぜ、この大震災後の沈みゆく日本へ来たのか、おれなりに考えてみた」

はい、とうなずく。

「使命があるのだと思う」使命、と復唱した。

「そうだ。天がおれに与えた使命だ。でなければ説明がつかんだろう」

そうか。使命か。透明な冷気が降りてくる。周囲のノイズが消える。身体が軽くなる。心地よい浮遊感が刀根を包む。視界がぐんと広くなる。ああ、黄金色の空に吸い込まれそうだ。鼓膜が震える。零戦のエンジン音が聞こえる。オイルとガソリンの匂い。両手に操縦桿とスロットルレバー。両足にフットレバー。シューッ、と風切り音も聞こえる。

あの大空を自由自在に飛び、死力を尽くして戦い、見事散る覚悟だった自分。思いとは裏腹に、生き長らえた自分。ならばこの刀根剛介にも使命があるのか。八十九まで生きてきた、この死に損ないの老人にも。

視界の隅が輝く。白銀色の澄んだ光だ。光は輝きを増し、丸めたシルクを解き放ったように視界いっぱいに広がり、刀根を覆う。瞬間、悟った。秋の風に枯れ葉が舞い、水面《みなも》に木の実が落ち波紋が広がるように、陣内武一との再会を悟った。これは必然だと。不思議でもなんでもないと。

「田嶋さん、綾さんとの邂逅《かいこう》もそうだ」

陣内の確信に満ちた言葉が、己の心に直《じか》に届く。

「おれは天の使命に導かれ、おまえに会った」

そうだ。その通りだ。

「刀根、おれは戦う」

「おれも戦う」

桜島を望む、あの鹿児島の特攻基地に戻った気がした。怖いもの知らずの二十二歳、南無阿弥陀仏の刀根剛介だ。そして傍らには兄貴と慕う陣内武一がいる。共に大空を眺め、胸襟を開いて語り合う。夢なら醒めないでくれ、と祈った。

刀根、と一転、気弱な声が呼びかける。陣内が神妙な表情で見下ろす。

「おまえに頼みたいことがある」

なんでもどうぞ、と大きくかまえたが、頼みは意外なものだった。

「千円、所望したい」

はあ、と肩透かしを食った気分で懐からワニ革の財布を取り出した。

「兄貴とおれの仲だ。十万でも二十万でも融通しますが」

「いや、千円でいい」

請《こ》われるまま、千円札を差し出した。

「かたじけない」

恭《うやうや》しく受け取ると坊主頭を下げ、「これがないと男の沽券《こけん》にかかわるのでな」と大げさなことを言い、表情を引き締めた。漆黒の瞳に確かな覚悟がある。

「刀根、また会おう」

それだけ言うと返事も待たず、風を巻いて参道を駆けていった。ちょっと待て、兄貴、あんたの連絡先は、携帯の番号は――あるわけないか。二歩、三歩、と刀根は追いかけたが、やめた。速すぎる。参拝客の間を突っ走り、大村益次郎の銅像の向こうに消えていく陣内を見送り、刀根は再び歩き始めた。全身に闘志と活力、そして確かな希望が漲《みなぎ》っていた。


日比谷に建つ老舗《しにせ》ホテルの小ホールで『国家の平和を考える会』の定例勉強会が開かれていた。田嶋慎太と小泉綾は、午後五時から始まった勉強会に途中参加し、最後列に座った。

高い天井に豪華なシャンデリア。壇上では金の屏風を背に、高級スーツ姿の戸村清之が熱弁をふるい、フロアを二百名近い会員が埋める。ジャーナリストに自衛隊幹部、政財界人も交じった会員はみな熱心だ。デスクに向かってメモをとり、ノートパソコンのキーを叩く。空調は万全のはずなのに、渦巻く熱気でむせ返りそうだ。

　戸村は決起を促す革命家のように叫ぶ。

「いまが日本を救う最後のチャンスだ。未曽有の国難から逃れるには、志ある我々が立ち上がるしかない。子供たちの未来を託せる立派な社会を、世界に誇れる本物の独立国家をつくろうではないか。さあ、いまこそ日本人の意地と誇りを見せようではないか」

　フロアの会員たちは、言葉のひとつひとつに深くうなずく。

　慎太は冷静だった。弟子の若い女に拳銃を持たせる卑劣なやつ。その嫌悪が先に立ち、いつものように尊敬の眼で見ることができない。それは綾も同様のようで、白けた表情で眺めている。畏怖と敬慕のベールを取り払ってしまえば、眼の前の光景は異様としかいえない。勉強会というより、独演会だった。しかも、今夜はいつもよりずっと力が入っている。ハンサムな顔を真っ赤に染め、拳を振り回す戸村は、学者というよりは新興宗教の教祖だ。が、会員たちは熱心な面持ちで、まるで神のお告げを聞くかのように耳を傾け、記録していく。

「我が国平会はサムライの集団だ。この美しい日本国を憂い、愛する、私心のない高潔な人間の集まりだ。一千兆近い借金と政治の堕落。横行する拝金主義と享楽主義。千年に一度の大震災と原発のメルトダウン。大企業の海外脱出と産業の空洞化。そして権力者に媚《こ》びへつらい、弱者に居丈高に振る舞う卑怯者たちの国と成り果てた日本。我々は猛烈に怒っている。もう待ったなしだ。戦う準備はできている。あの敗戦以来の国難を前に尻尾を巻いて逃げるような、唾棄すべき臆病者は我が国平会にはひとりもいない。そうだろっ」

そうだっ、そのとおりっ、と地鳴りのような声が湧く。

「前へ進もう、なにも恐れるものはない。我々の前進を阻むものはなにもない。わたしは先頭に立って戦う」

戸村の熱弁はピークに達する。こめかみに青筋を立て、血走った眼を吊り上げて叫ぶ。

「仮にわたしが過酷な運命に殉じ、先に斃《たお》れるようなことがあっても、この遺志は引き継いでくれるなっ？」

おおっ、と会場全体が呼応する。

「わたしの屍《しかばね》を踏み越えて戦ってくれるなっ？」

うおおっ、と吠えるような歓声が湧き上がり、最前列の大柄な一団がざざっと起立する。モスグリーンの戦闘服に黒のコンバットブーツ。ソルジャーの連中だ。戸村と共に本物の戦闘訓練を積んだ、側近中の側近だ。十人はいる。みな、揃って拍手し、先生、やりましょう、おまかせください、と顔を真っ赤にして叫ぶ。会員全員が立ち上がり、拍手する。顔を歓喜で輝かせ、やります、戦います、と憑《つ》かれたように叫ぶ、怒鳴る、喚く。

もはや異物と化した慎太と綾。二人揃って力のない拍手を送る。慎太は手を叩きながら周囲を見回し、気づいたことがある。あれ、なんかおかしいぞ。手を止め、呆然と突っ立つ。ほら、拍手拍手、と綾が肘で突っつく。ああ。慌てて手を叩く。

頭上で輝くシャンデリアが眩しい。厳しい訓練を積んだソルジャーたちの逞しい肉体を眺める。もはや弟子というよりは私兵だ。戦闘のプロだ。やっぱ、おかしいよな。

ありがとう、みんなありがとう、と高級スーツの戸村は両手を掲げ、アカデミー賞を受賞したハリウッドスターのようにこぼれんばかりの笑みを見せる。独演の最中が鬼の形相だけに、その落差には眩暈《めまい》がしそうだ。これで女たちはぼーっとなる。綾は——。いつもは上気した顔で、手が破裂するんじゃないかと思うくらい強烈な拍手をしていたが、いまは石のような無表情でおざなりの拍手を送る。

勉強会終了後、会員が戸村と談笑し、三々五々と去っていくのを見届けて歩み寄る。

「先生、任務終了です」

綾が報告する。戸村は一瞬、呆気にとられ、次いで、おお、と両腕を広げて迎える。

「そうかい、無事終わったか」笑顔が強ばっている。綾は素っ気なく告げる。

「拍子抜けでしたけど」戸村は笑みを消し、ごく自然な動作で肩を抱く。

「小泉、詳しいことは場所を変えて聞こうか」

「いえ、ここでけっこうです」

肩をひねって抱いた手を外し、正面から向き合う。そして、傍らに立つ慎太を眼で示す。

「田嶋慎太も同行してサポートしてくれました」

やっと気がついたのか、険しい眼を慎太に向ける。慎太は怯《ひる》みそうな己を叱咤《しった》して見返す。このカネなし、職なしのフリーターが国を憂うカリスマ、超インテリの政治学者、戸村清之と睨み合う。怖い。ちびりそう。

「彼と一緒に報告させていただきます」綾がぴしりと言う。

「いいだろう」あっさり返すと、背後に視線をやる。慎太はそっと振り返った。屈強なソルジャーたちがずらりと並んで控える。冥い眼が光る。ぞくっとした。こいつらは戸村の命令があれば殺人も辞さない、本物の兵士だ。戸村が軽く片手を振る。途端に列が散り、先を争うように駆け、ホールを出ていった。ドアが閉まる。シャンデリアの輝くホールに三人だけだ。心細いような、頼りないような。

「じゃあ報告を聞こうか」

柔らかなバリトンが響き渡る。デスクを挟んで座る。戸村は穏やかな表情で問う。

「刀根剛介には会ったんだね」

綾は答える代わりにショルダーバッグから拳銃を抜き出し、デスクに置く。ゴトッ、と硬い音がした。戸村の眉が不快げに動く。

「これを使うまでもありませんでした。先生にお返しします」

正面から見据えて告げる。

「〝最後のフィクサー〟と恐れられた男も、もう八十九です。言葉は意味不明で動作も緩慢」

すげえ。平然とでまかせを口にする。自分ならへどもどしてあっという間にばれるだろう。

やっぱり小泉綾はただ者じゃない。

「そのうち舟を漕いでしまい、あの髭面の秘書の――」

「星野龍生だろう。元極道の」

やっぱりヤクザか。銃口の前に仁王立ちになり、両腕を広げ、おれを撃て、と叫んだ星野。

その命知らずの元極道を圧倒した陣内武一。慎太は這い上がる震えを嚙み締め、いまこの場の話が自分に振られませんように、と祈った。頭が悪くて臆病な自分に回ってきたら、焦ってびびって全部喋ってしまうかも。

綾は戸村だけを見つめて語る。

「秘書の星野も困っていました」そう、その調子。

「外聞《がいぶん》が悪いので内密にしてください、と」

なるほどねえ、と戸村は拳銃をつかみ上げる。手慣れた仕草でシリンダーを振り出し、装塡された銃弾を確認する。そしてシリンダーを戻し、グリップを握る。口許に冷笑が浮かぶ。

なに？　いやな予感がした。親指でハンマーを上げる。鋼《はがね》が擦《こす》れる不気味な音がした。右腕を水平に伸ばし、トリガーに指をかける。すっと銃口が滑る。戸村が目尻にシワを刻む。笑いかける。おれ？

「田嶋くん」黒い銃口が据えられる。おれだ。全身が冷えた。

「愛の力は強い」

はあ？　突然、ポエムの朗読だろうか。拳銃とポエム。社会改革を叫ぶインテリの政治学者には当然のことかも。

「きみのような平凡な男が刀根剛介の元へ乗り込むのだから」

一瞬、ぽかんとし、次いで屈辱が身を灼いた。

「小泉綾に惚れてるんだろ」

息を詰めた。言葉が出ない。戸村はサディストの貌《かお》で容赦なく攻める。

「もうセックスはしたのか」舌舐めずりしながら言う。

「女はセックスをしなきゃ、その本性は判らないぞ。小泉はその知的でクールな容姿に似合わず、とても大胆だからな」

弾かれたように隣の綾を見た。美しい横顔が恥辱にゆがむ。首筋から耳たぶまで真っ赤だ。

それでも綾は背筋を伸ばし、毅然と告げる。

「刀根剛介が頭もクリアで、あなたへの敵意を剥き出しにしたら、わたしは拳銃を使わざるを得ませんでした。思考がそうプログラムされていたからです。あなたはわたしが殺人者になり、その場で元極道の星野に殺されたとしても、なんの痛痒《つうよう》も感じなかったでしょう」

恐ろしいことを淡々と語る。どうして、と戸村が銃口を綾に向ける。綾の唇が震える。

「わたしは慎太くんから言われて眼が醒めました」

いや、おれはなにも言ってないけど。綾の瞳が潤む。泣いてる？

「わたしはあなたの単なる駒《こま》だと判ったからです。使い勝手のいい駒にすぎません」

「そうだよ」戸村はあっさり認め、そっと拳銃を手元に引く。そして銃口をいとおしそうに指先で撫でる。

「小泉、すべての革命は銃口から始まるんだ。憶えておきたまえ」

拳銃をスーツの懐に収める。そして慎太を見る。

「まさかこんな情けない男にコントロールされるとはな」肩をすくめる。

「きみの崇高な志と覚悟を信じていたから重要任務を与えたのに」

期待はずれだった、と言わんばかりだ。

「帰りなさい」指でドアを示す。

「ここでの話は忘れたまえ。それが身のためだ」

凄味のあるバリトンが這う。

「他言したら責任をとってもらうからね。即、ソルジャーの連中が動く」

それだけ言うと腰を上げた。慎太は綾の手を引き、ホールを出た。


外は夜の帳《とばり》が降りていた。慎太と綾は日比谷通りに出て石畳の歩道を歩いた。ヘッドライトの群れが流れていく。その向こう、皇居の黒い森が見える。二人きりだ。夜の街をいま、綾と。よし、と意を決して言った。

「ひとつだけ訊きたいんだけど」綾の身体が強ばるのが判った。

「綾さん、戸村清之のことを最後、〝あなた〟と呼んだけど、そういうことでいいのかな」

うなずく。〝先生〟から〝あなた〟へ。そういうことか。なんか気持ちが晴れ晴れした。

「あれ、ウソじゃないから」綾がぽつりと言う。

「眼が醒めたってこと」

焦った。どう応じていいのか判らない。

「本当は慎太くんに言われたわけじゃない。でも、心で判ったから。セルフ・アイデンティティを、つまり心理学でいうところの自己同一性を取り戻せ、覚醒しろっ、て」

弱った。おれ、超能力者じゃないし、そういう難しい言葉、まったく知らないし。

「慎太くんは刀根の事務所でわたしを守ってくれた。やっぱり強いのよ」

いや、咄嗟に肩を抱き寄せただけで――。そういえば綾の肩、震えてたっけ。

「きみのこと、『ピース日本』の畠山に騙されてるって責めたけど、わたしのほうがずっと深刻だったね。武一くんが拳銃を突きつけてとんでもない状況になったあの事務所で」

ひと呼吸おいて言葉に力を込める。

「いま慎太くんが守ってくれてる、と思ったら、戸村の呪縛《じゅばく》が解けたのよ。戸村は守ってくれない。ただ利用して放り出すだけ。死んでも見向きもしない」

声が、肩が震えている。弱った。こういうシチュエーションは初めてだ。どうしたらいい。また肩を抱こうか。でも、なにすんのよっ、なんてほおを張られたら、一発で轟沈だよな。もう立ち直れないよな。ああ、肝心の場面でうじうじ迷ってしまうところがおれの弱点だな。綾、おれが付いてる、なんて強引に抱き寄せて、じっと瞳なんか見つめることができたら、おれの人生、劇的に変わったのに。戸村清之は自信満々だもんなあ。ハンサムで頭がよくてさ。勉強会はいつも高級ホテルだし、訓練を積んだソルジャーもいるし――あれ？　足を止める。脳裡でシャンデリアが輝く。きらびやかな光が眩しい。

「どうしたの、慎太くん」

水銀灯の下、陰影を刻んだ顔が怪訝そうだ。五秒ほどの沈黙のあと、慎太は膨れ上がる疑問を口にした。勉強会で感じた、あの疑問だ。

「派手にカネを使ってるよね」だれが、と小首をかしげる。

「戸村清之」綾は無言のまま見つめる。

「勉強会はいつも高級ホテルのホールだし、身に着けたスーツもシャツも高級品だ。十人からいるソルジャーは内弟子というより私兵でしょ。彼らの衣食住を保証し、インストラクターを雇い、高度な戦闘訓練を施すにはとんでもない金持ちじゃなきゃ無理だと思うけど」

語りながら疑問は膨らむばかりだった。

「大学の先生は辞めてるし、会員から莫大なおカネを集めているわけでもない。どっかの企業から大口の寄付でもあるのかなあ」

それはないわ、と綾は言下に否定する。

「新興宗教じゃあるまいし、戸村への寄付は企業も個人も常識の範囲内よ。誇り高い彼は特定の色が付くことを嫌がり、主に自分の収入で賄っているはず。請われて日本各地で行う講演は啓蒙活動の一環でタダみたいなもの。著書がいくつかベストセラーになってるから、その印税を充《あ》てていると思っていたけど」

表情が曇る。冷静に考えるとおかしいわね、と独り言のように呟く。

「だろう。もしかして自宅とかも高級住宅地の大邸宅じゃないの」

「彼の自宅は西新宿の外資系ホテルで、一泊二十万はくだらない、眺望抜群のスイートルームなの。たしかに出費に較べて収入は不透明過ぎるわ」

言ったあと、眼を伏せる。首筋が桜色に染まる。西新宿の外資系ホテルか。そういや月曜日も新宿駅南口でワゴンから降ろしたな。西新宿のホテルまですぐだ。でも、そんなつもりで訊いたんじゃ——。話題を変えよう。

「綾さん、あいつ、なにをやろうとしてるのかな」

えっ、と綾が顔を上げる。

「だからさ、あいつの今夜の独演会、なんか遺言みたいに聞こえた。それに——」

綾の表情が険しくなる。慎太は二呼吸分ほど言い淀み、それでも告げた。

「綾さんも今日、おれに言ったじゃないか。先生が日本の改革に動く、と」

返事がない。顔が青ざめていく。

「ほら、東上野の炊き出しの公園でおれを誘ったよね。残された時間は限られている、一緒に命を捨てよう、とさ。新橋のカフェでも時間がないと言ってた。憶えてるだろう」

まずい。詰問口調になってしまう。綾はあごを上げ、挑むような視線を向けてくる。

「わたしはなにも知らないの。利用されただけ」

叩きつけるように言う。そんな。綾は切れ長の眼を光らせ、怒りの表情でまくしたてる。

「もう、判らないことばっかり。おかげで脳みそがショートしてシャットダウンしちゃった」

お手上げ、とばかりに両手をひょいと挙《あ》げる。

「疲れたから帰るね」背を向けようとする。ちょっと待って、と慎太はすがるように手を伸ばした。まだ話したいことは山ほどある。

「慎太くん。今夜はひとりにして。お願いだから」

一転、細い眉をゆがめ、泣きそうな顔で言う。

「もうくたくたなの。ごめんね」

慎太はその場に立ち尽くした。じゃあね、と綾は手を振り、逃げるように駆けていく。速い。水銀灯が灯る歩道を走り、あっという間に闇に消えた。なんだよ、とても元気じゃん。

午後九時半。大塚駅前の牛丼屋で弁当を二つ買い、アパートに帰る。身体が重い。腰もだるい。鉄板を背負っているようだ。疲れた。路地に入る。眼を凝《こ》らす。アパートの前、街灯の下、人影は——ない。武一。昨夜のように待っていたら怖い。けど、いなきゃ寂しい。なんだろう、この気持ち。自分はいま、胸にぽっかり開いた空洞を抱えている。

暗い部屋に入り、蛍光灯を点けた。辛気臭《しんきくさ》い空間が浮かび上がる。弁当入りのポリ袋を放るようにして置いた。隣に武一のポリ袋、白いマフラーとかゴーグル、帽子、褌《ふんどし》が入った、武一の全財産だ。

食欲がない。冷蔵庫を開け、缶ビールを飲んだ。喉が渇いているのに美味くない。半分飲んでパイプベッドに仰向けになる。これから先、どうなるんだろ。

綾は拳銃騒動のあと、カフェでこんな怖いことを言っていた。以前のわたしなら口封じに殺していたかも、と。あれはジョークじゃないもんな。憂国のカリスマ戸村清之も、他言したらソルジャーの連中が動く、と凄んでた。

疲労と酔いのせいだろうか。恐ろしい妄想がぐぐっと頭をもたげる。戸村は元師匠にして最後のフィクサー、刀根剛介に刺客を放った怖い男。冷酷なカリスマだ。いま頃はうるさいゴミを始末しようとソルジャーが動いているかも。連中ならこんなボロアパート、あっという間に打ち破るはず。電源を切ってドアを粉砕、戦闘訓練を積んだソルジャーが闇に乗じて躍り込み、哀れな無職男を組み伏せ、喉をナイフでかっ切り、退散する。その間、わずか三十秒。あとは鮮血にまみれ、白眼を剝いた殺人死体が残る。

がばっとベッドから跳ね起きた。もしかして、自分はとっても間抜けなことをしたんじゃないか。のこのこ自宅に帰るなんて。

ドン、とドアが叩かれる。ひっ、と喉が鳴った。全身から血の気が引いていく。ドン、とまた叩く。身体が硬直する。心臓の鼓動が速くなる。田嶋さん、と大声がする。あれ？

「田嶋さん、遅くなって申し訳ありません」

おお、武一。転がるように玄関ドアに駆け寄り、ロックを外した。大きく息を吸い、平静を取り戻す。しばらく間を置いて、ゆっくりとドアを開ける。

坊主頭の武一が立っていた。片手に飛行服の上衣を握り、輝くばかりの笑顔だ。慎太は仏頂面をつくり、今夜は帰らないかと思ってた、と素っ気なく告げる。

「ここ以外、帰るべき場所がないもので」坊主頭をかく。

「しょうがねえなあ。入れよ」

失礼します、と礼をし、編上げ靴を脱いで揃え、部屋に上がる。缶ビールを投げてやる。

「で、大事な場所には行ってきたのか」

はい、と畳に正座をして明るく答える。

「渋谷も新宿も、自分の予想を遥かに上回る大変な変貌《へんぼう》ぶりでありました。しかし、新宿の伊勢丹《いせたん》百貨店は残っておりましたし、月餅《げっぺい》とライスカレーの美味い中村屋も見紛《みまが》うような大きなビルディングではありますが、同じ場所に建っておりました」

はあ、と言うしかなかった。陣内は遠足から帰った子供のように眼を輝かせて語る。

「代々木練兵場は大きな公園になっておりました。東京巨人軍が誇るビクトル・スタルヒンの剛速球に胸躍らせた水道橋の後楽園球場にも寄ってみましたが、もうないのですね」

なにを言っているのだろう。

「天井を覆った、巨大な球場に変わっておりました」

「ああ、東京ドームな。あれ、もうできて二十年以上になるんじゃなかったっけ。でも、時代遅れだぞ。人工芝は選手の故障を招くんだって」

はあ、と今度は陣内が缶ビールを握ったままぽかんとしている。

「まあいいや、飲めよ」

はっ、いただきます、と一礼し、プルタブを引き上げる。唇を当て、喉に放り込むようにして一気に飲む。相変わらず豪快な飲み方だ。喉仏が四回動いて飲み干す。ぷあっ、と息を吐き、うまいです、と浅黒い顔をほころばせる。ギュル、と腹が鳴る。

「いや、これは失敬」

赤面して恐縮する。こいつが、あの刀根剛介に拳銃を突きつけ、怒鳴り上げた男かと思うと、あまりの落差に頭が痺れてしまう。ギュルル、とまた鳴る。

「ビールで腹の虫が起き出したようでして」

へどもどして弁解する。相変わらず健康なやつ。

「牛丼弁当、冷えてるけど、よかったら食べろよ」あごでポリ袋を示す。

「二つ食っていいぞ。おれ、食欲ないから」

陣内は二つの弁当を手に取り、自分にも買ってくださったのですね、と感に堪えぬように言う。ほおが熱くなった。

「いいから食えよ」つっけんどんに言い捨ててビールを飲んだ。陣内は弁当二つを掲げ、ありがたく頂戴します、と丁寧に言う。

「いろいろ見て回りましたので腹がペコペコであります」

そして正座したまま箸を使い、旺盛な食欲で平らげていく。ぐいとほおばり、咀嚼する。冷えた牛丼弁当をこんなに美味そうに食うやつも珍しいだろう。

「おまえの大事な場所って東京見物のことか。朝の東京タワーも楽しかったみたいだし」

箸が止まる。眼が宙を睨む。ヤベ。皮肉に怒った？　慌てて言葉を継ぐ。

「綾さんに借りた千円じゃ足りないだろ。おれはそれを心配したわけよ」

「途中でカネが足りなくなりましたので、水道橋からは歩きました」

一礼してまた食い始める。ふー、と詰めていた息を吐く。気を遣わせるやつ。

あっという間に二つの弁当を食べ終わると、御馳走様でした、と手を合わせ、ポリ容器をキッチンで丁寧に洗う。やっぱ、育ちがいい。どういう人生を送ってきたんだろう。

武一、と呼びかける。広い背中が強ばる。

「今日、ああいう騒動があったじゃないか。同じ屋根の下にいて触れないのもおかしいからやっぱ訊くけどさ」

前置きして言う。「刀根剛介とはどんな関係なの。親戚か？」

返事がない。水道の音だけがする。

「言いたくなきゃいいけど」

重い沈黙のあと、友であります、と押し殺した声がする。友？　それは老人の友人がいてもおかしくないけど、相手は〝最後のフィクサー〟といわれる大物で、しかもおまえは拳銃を突きつけたんだぜ。それを友って、どういうこと？

「おれ、頭が悪いから理解できないんだけど」

「これ以上は言えません。お許しください」

キッチンに向かって深々と頭を下げる。なんか悪いことをしたような。ビールを飲み干し、ノートパソコンを起動させる。

「武一、歌でも聞くか」

なんでありましょうか、と怪訝そうな顔でキッチンから戻ってくる。慎太はマウスを動かしながら語る。

「動画投稿サイトってのがあってな。おまえに説明しても判んないだろうけど、古い歌なんかも入ってるんだぞ。昭和のアイドルとかどうだ。懐かしの百恵ちゃんも映像付きだ」

そういえば田舎の親父、百恵ちゃんが好きだったな。町役場の冴えない係長で、口うるさいだけのつまんない男だったけど、テレビの懐メロで山口百恵が出てくると真剣な顔で観ていたな。歌を口ずさんでもいた。おれと同じ生粋の音痴で調子が外れてたけど。動画投稿サイト、教えてやったら喜ぶだろうな。

「古い歌が入っているのでありますか」

陣内は正座し、じっとディスプレイを見つめる。食い入るような眼だ。

「なんでもリクエストしろよ。おまえは硬派だからアイドルはダメか。なら演歌もフォークも外国のバンドも入ってるぞ。ビートルズとかプレスリーはどうだ」

はい、とうなずき、真剣な面持ちで言う。『われは海の子』を、と。われはうみのこ？　よく判らないまま打ち込む。童謡だ。美しい海の風景をクリックする。どこか懐かしいメロディが流れる。おお、と陣内が感嘆の声を漏らす。

「自分は小田原の生まれ育ちで、物心ついたときは相模湾で泳いでおりました」

弾む言葉と重なるように、子供たちの合唱が流れる。

我は海の子白浪《しらなみ》の　さわぐいそべの松原に

古臭い歌詞はよく理解できないが、凜々しくて逞しくて、なんかいいかも。

「この機械は素晴らしいですなあ。次は『春の小川』を」

陣内が笑顔で言う。はいはい、はるのおがわ、と。小川の風景をクリック、と。明るいメロディが流れる。これもどっかで聞いたことがある。陣内が口ずさむ。上手い。うちの家系と違って音程ばっちりだ。カラオケなんか行ったら、女の子にモテモテだろうな。

「モーツァルトなど、大丈夫でしょうか」

ええ、こいつ、クラシックの素養もあるのか。やっぱ金持ちの上流階級の出だな。

「なんでもこいだ」

「では『アイネ・クライネ・ナハトムジーク』を」

うえっ、面倒くせえタイトル。あいねくらいねなはとむじーく、と。ウィーンの古い街並みが現れる。それ、クリック。おおっと。軽快で流麗なバイオリンの調べだ。なんか、この薄汚れた部屋も高級になったようだな。陣内は眼を閉じ、じっと聞き入っている。なにを思っているのだろう。少し切なくなった。

「次はビバルディの『四季』を」

言ったあと、すぐに、四季は春夏秋冬の四季であります、と付言する。あーもう、無知だと思ってやがるな。実際そうだけど。これもバイオリンだ。壮麗で雄大で、眼を閉じると、ヨーロッパの美しい森が浮かんできそうだ。

陣内は満足そうにハミングする。慎太の気持ちも清々しくなっていく。

「ショパンの『ノクターン』をお願いします」

おお、今度はピアノだ。一転、ノスタルジックで物悲しいメロディが流れる。大塚のボロアパートの夜が華麗なクラシックの調べと共に更けてゆく。

ベートーベンやチャイコフスキー、モーツァルトの壮麗なメロディが頭の中でまだ鳴っている。「ああ、爽快ですなあ」

午前八時。陣内武一は今朝も元気だ。アパートを出るなり、晴れ渡った五月の空を仰いで深呼吸をしてる。結局、リクエストに応えるまま、午前二時まで動画投稿サイトのクラシック漬けだった。

「音楽は素晴らしいですな」

おかしな飛行服の男は晴れ晴れと言う。

「おかげさまでとても元気になりました」

田嶋慎太は欠伸《あくび》を嚙み殺しながら返した。

「もう充分元気だろう。昨日も一昨日もその前も」

暴走族三人まとめてぶちのめしたり、白人の大男にケンカを売ったり。昨日は〝最後のフィクサー〟の事務所に拳銃片手に殴り込み、元極道をびびらせたあと、東京見物に行っちまうし。結局、電車賃がなくなって水道橋から歩いて帰ってきた。どこを切っても元気の塊《かたまり》だ。

「そんなに元気なやつ、日本中にいないと思うよ」

「そうでありますか」坊主頭をかく。

「おまえの大好きな昭和の時代なら活力もあったけど、いまの日本、元気ないんだから。おれみたいにさ」

いや、そんな、と困っている。思わず笑みが漏れる。相変わらずユニークなやつ。

今朝も早くから張り切っていた。物音で眼が醒めると、陣内は風呂場で洗濯の最中だった。洗濯機はないから洗面器を使っての揉み洗いだが、ジャージの袖をまくり、褌やシャツをせっせと洗っていた。寝ぼけ眼《まなこ》をこすって声をかけると、爽やかな笑顔でこう言ったっけ。

「田嶋さんも洗いものがあったら出してください」

いや、おれはコインランドリー専門だから、と丁重にお断りしたけど、ホント、元気なやつ。今日の予定もばっちりみたいだし。

「はい。昨日は水曜日で休館ですが、今日は開館しております。せっかくですから、色々調べてまいります」

「また図書館に行くんだな」

色々、ねえ。気になるけど、あまり深入りしないほうがよさそうだ。浅黒い顔が見下ろす。

「田嶋さんは今日はどこへ行かれるのでありますか」

ちっ、と舌打ちをくれた。寝癖のついたぼさぼさ頭をかき、おまえには関係ねえだろ、投げ捨てるように言う。

「ああ、これは失礼いたしました」

逞しい肩をすくめて恐縮する。あーあ。自己嫌悪が身を絞る。相変わらず狭量《きょうりょう》なやつ。これじゃあ人生、うまくいかないよなあ。

「朝メシでも食ってゆっくり考えるさ」

はい、と陣内は元気に応え、胸を張って歩く。判りやすい男だ。単純で一本気で、裏表がないし——。いや、ちがう。この男、裏だらけだ。隠してること、表に出せない怖いことを山ほど抱えている。呑気なフリーターとは住む世界が違う。凛々しい横顔を眺めながら、どっかで別れなきゃなあ、と思った。このまま二人で住み続けることはできないし。

「素晴らしいですなあ」

突然、弾んだ声がした。陣内が眼を細めている。その視線の先、ＪＲ大塚駅の前を轟音を上げて走る路面電車があった。白いボディに鮮やかな緑の線が入った、洒落た電車だ。陣内は感動の面持ちで言う。

「平成の世にも残っているのですなあ。新宿も代々木も飯田橋も、市電の痕跡《こんせき》などきれいに消えておりましたから」

市電？　これは都電だけど、まあいいか。陣内武一だし。慎太は明るい口調で告げた。

「都内にはもう世田谷線とこの荒川線の二線だけだもんな。交通渋滞の原因とかで邪魔者扱いされた時代もあったようだけどさ。いまは排気ガスを出さないクリーンな乗り物として評価されてるみたいだ。時代って判んねえよな」

陣内は大きくうなずく。笑みも消えて、怖いくらい真顔だ。

「人智《じんち》の及ぶ世界などたかが知れております。時代の先行きが正確に判る人間は地球上にひとりもおりません。世の中、判らないことだらけであります」

気のせいだろうか。己に言い聞かせるような物言いだ。が、すぐに表情が一変する。明るい笑顔で続ける。

「市電が残る街に住んでおられる田嶋さんと御縁ができた。これも運命でしょうなあ。人生は愉快ですなあ」

そんな、田舎の呑気なじいさんみたいなことをしみじみ言われても困る。

早足で急ぐ勤め人たちの間をぶらぶら歩いて、気がついたら牛丼屋の前だった。さすがに昨夜の弁当二個に今朝もじゃマズイだろ、と思ったら、ちがった。陣内は「牛丼、大好物であります」と涎《よだれ》を垂らしそうな顔だ。

店に入り、カウンターに座って注文する。陣内には牛丼の特盛りと味噌汁、生卵、ついでにお新香も付けてやる。かたじけないです、と両手を腿に置き、坊主頭を深く下げる。慎太は牛皿と焼き鮭の朝定食を頼んだ。

いただきます、と陣内は手を合わせ、いつものように背筋を伸ばしてモリモリ食う。味噌汁をぐいと飲み、美味いですなあ、感に堪えぬように言う。他の客が、なんだこいつ、とばかりに白い眼を向けるが、日本人はやはり味噌汁であります、と朗らかに言い、旺盛な食欲で平らげていく。朝からチェーンの牛丼屋の味噌汁にこれだけ感動する男も珍しいだろう。

慎太も食欲がないまま、箸をつけた。おかしい。胃袋が動き出す。腹がぎゅるりと鳴る。かっ込むようにして食べた。熱い味噌汁を飲む。おおっ、美味いじゃないか。結局、全部、鮭の皮まで残さず平らげた。昨夜、満足に食ってないからか。いや、ちがう。陣内が放つエネルギーのせいだ。元気を少し分けてもらったような。朝も寝起きがよかったし。

店を出た陣内は丁寧に礼を述べると、では腹ごなしに走って行ってまいります、と両腕を大きく振りながら駆けていく。オレンジのバンダナが朝陽に鮮やかだ。

「おお、クルマに気をつけてな」

慎太も笑顔で手を振った。陣内はすっ飛ぶように遠ざかり、池袋の方向へ消えた。なんだあれ、と声がする。小学校五、六年くらいのガキが二人、気色悪そうにこっちを見ている。あいつらホモだちだぞ、と囁く。きっもちわりぃー、と嘲笑《ちょうしょう》する。こらあ、と慎太は睨みをくれた。ガキ二人は怯えた表情で後ずさる。慎太は肩を揺らして歩み寄った。

「ホモだちじゃなくてともだちだ」

はい、と二人揃ってうなずく。慎太は顔を寄せ、低く告げる。

「ついでに言っておくがなあ」たっぷり間をとって続けた。

「ホモでもなんでも、当人同士が納得してたらいいだろ。ちっぽけなことにこだわるな。おまえら、そんなんじゃカッコいい大人になれねえぞ」

二人、顔を見合わせ、行こうか、と言うなり、逃げるように駆け出した。あっという間に朝のラッシュの雑踏にまぎれる。

あーあ、両腕を天に突き上げて背伸びをした。生意気ながきんちょに説教垂れる身分かよ、と声に出さずに呟く。おれもカッコいい大人になりてえなあ。

出勤や通学の人間が先を急ぐ歩道の端で携帯を開いた。無数の靴音が響く。なんにもやることがない。バイトも、ボランティアも、見事になくなった。綾。携帯は沈黙したままだ。バッカじゃねえの、という脳裡の声を聞きながら、念じた。鳴れ。一分。二分。沈黙したままだ。ああ、未練だ。情けない。ため息を吐き、えい、と電源を切った。

第六章　襲撃

午後四時。夕暮れ迫る藍色の空にローターの爆音が響く。米国務省副長官、ヘンリー・モーガンは双発タービンエンジンの大型ヘリコプター、シコルスキー61の座席から下を眺めた。米軍横田基地を出発して三分。眼下に東京郊外の住宅地や商業地が広がり、幾本もの細い道路がうねる。畑と小さな自然公園も見える。相変わらず統一感のない街並みだ。モーガンは思わず顔をしかめた。

ハーバードの学生時代、アメフトで鍛え上げ、いまもウェイトトレーニングを欠かさない六フィート三インチの巨軀《きょく》は胸板が厚く、腹部が締まり、五十六歳の実年齢より十歳近く若く見える。涼しげなアイビーグリーンのスーツにベネチアンレザーのシューズ。体型とファッションは洗練されたエグゼクティブそのものだが、太い首から上は違う。クルーカットの金髪に四角い武骨な顔、鋭い眼はケンカ自慢の荒くれ男のようだ。

クーガー（アメリカライオン）の異名そのままに、獰猛《どうもう》で苛烈《かれつ》な気性と、狙ったら地獄の果てまで追いかける執念を持つ、飢えた肉食動物のような政府高官だった。

「副長官、えらく御立腹のようですな」

対面シートに座る中肉中背の優男が言う。ブラウンの髪に明るいブルーの瞳。秘書官のアーノルド・マクラレン。

「日本がお嫌いとの噂はお聞きしておりましたが」

「肌に合わないんだよ」

モーガンはシートにもたれ、憮然《ぶぜん》と腕を組んだ。手首でゴールドのオーデマピゲが光る。

「国民性も、政府の在り方も」

切れ者と評判の秘書官は重々しく返す。

「一九七〇、八〇年代の、世界が瞠目した驚異の経済成長の時代とは違い、いまは凋落《ちょうらく》の一途ですからな」

「日本政府は東アジアの防衛の重要性を判っておるのかね。沖縄の普天間《ふてんま》基地があぁいう不安定な状態では我が米軍も欲求不満が高まるばかりだ。中国の伸張が著しいいま、東アジアの安全保持が最優先とは赤子《あかご》でも判るものを」

語りながら憤懣《ふんまん》が募る。このゴミゴミした日本国と、眼先の利益にしか興味がない器の小さな政治家たちに。

「だいたい普天間基地の移設返還は一九九六年の基本合意で決まっているではないか。その後、協議を重ね、名護市辺野古《へのこ》のキャンプ・シュワブ沿岸部に移設するという具体案で納得したのだろう」

「紆余曲折《うよきよくせつ》はありましたが、滑走路二本をV字形に建設する案でほぼ合意であります」

「それを政権が変わった途端、新しい国家のトップが国外移転、最低でも県外移設を明言するとはいったいどういうことだね。国家間の約束を白紙に戻すなら相応の理由、日本もアメリカも納得する確たる理由がなければならない。それがあるのか」

どこにもありませんな、とマクラレンは肩をすくめて答える。

「島国日本の野心にばかり長《た》けた未熟な政治家たちは、政権が欲しいばかりにできもしない約束をしてしまいました。新政権は沖縄県民に県外移設を確約し、必ずアメリカを説得してみせる、と大見得を切ったのです」

「愚かな連中だ。話にならん」

マクラレンは大きくうなずいて続ける。

「彼らはほかにも約束をしております。自国の深刻な財政危機につけ込み、国家予算を組み替えれば数百億ドル規模の新たな財源が生み出せる、と明言したのです。魔法使いじゃあるまいし、とても不可能ですが」

モーガンは、やりきれない、とばかりに厳つい顔をしかめた。

「アーノルド、できもしない約束で相手を騙すことをなんというか知ってるかね」

秘書官は返事の代わりに首をかしげる。モーガンは、ローターの轟音に負けまいと強い口調で続ける。

「詐欺というのだよ。国家ぐるみの詐欺だ。哀れな被害者はせっせと働き、真面目に税金を納める国民だ。日本はそういう情けない国家に成り下がってしまった。わたしは起業家として悪戦苦闘していた若き日、敗戦国の焦土から立ち上がり、日本経済を雄々しく牽引《けんいん》したホンダ、トヨタ、マツシタ、ソニーなどの偉大な企業人に心底畏怖《いふ》を覚え、憧れたものだ」

それは意外でした、とマクラレンが皮肉っぽい笑いを浮かべる。

「日本がお嫌いだったのでは」

「嫌いだが、認めるべき大人物はいた。彼らは世界を相手に果敢に戦い、恐るべきチャレンジスピリットで見事な勝利を収めた。ところがいまはどうだ。バブル経済が弾け、政治も経済も加速度的に悪い状況になっていたところへ東日本大震災が拍車をかけて、惨憺たる有様だ。しかも世界中に放射能を拡散し続ける原発事故は未だ収束とはほど遠い状態というではないか。わたしは心底、うんざりしているよ」

「副長官。少しお疲れのようですな」

マクラレンがブルーの瞳を輝かせて身を乗り出す。

「今回の非公式の会談を終えましたら、少し骨休めをなさいませんか」

モーガンの片眉が訝しげに動いた。マクラレンは脈ありと見たのか、言葉に力を込める。

「日本は東京ばかりではありません。京都、奈良、と美しい古都を知らずして日本は語れませんよ。副長官は企業経営者の時代から幾度となく来日されていると伺っております。しかし、東京以外は御存知ない。これは偏屈というか視野狭窄《きょうさく》というか、近い将来、大統領も夢ではない、我が国屈指の実力者にしては――」

口を噤《つぐ》む。モーガンの顔が憤怒にゆがむ。眼が血走り、怒ったクーガーが現れる。

「ばかもんっ」爆発するような怒声が狭い機内に響き渡る。マクラレンの顔がこわばる。

「わたしは物見遊山《ものみゆさん》で来ているのではない。大統領閣下および国務長官の意を受け、我がアメリカの国益を損ない、東アジア全域に重大な危機を招こうとしている日本政府に最後通牒《つうちょう》を突きつけにきたのだ」

それはおっしゃるとおりですが、と秘書官は果敢に抵抗を試みる。

「軍用機でワシントンから横田ベースへ直行、大統領閣下の専用ヘリにも採用されていることのシコルスキー61で東京の中心に乗りつけ、会談を終えてUターンとは、ハリウッドスターが新作キャンペーンでプライベートジェットに乗り、アジア各国を飛び回るより凄まじい、殺人的なスケジュールであります」

「当然だろう」モーガンは分厚い胸板をぐいと反らせる。

「わたしは軟弱なハリウッドスターなどではない。アメリカ国家を運営する公僕として命懸けで仕事に取り組んでおる。秘書官といえども、中途半端な気持ちで日本に来られては迷惑千万。国家を担う覚悟で目の前の仕事に取り組んでもらいたい」

肝に銘じておきます、と神妙な面持ちのマクラレンにぬっと赤ら顔を寄せる。そして目尻にシワを刻み、ウインクする。

「もっともわたしがハリウッド入りするには悪役しかないがね」

マクラレンはほっと息を吐き、なんとか言葉を返す。

「希代の悪役として一世を風靡《ふうび》されると、学生時代、シェークスピア劇の演出を手がけ、自ら悩めるハムレットも演じた、このアーノルド・マクラレンが保証いたします」

ワッハハアッ、とモーガンは高笑いしたあと、眼を細め、青灰色の東京の空を眺める。

「一羽の雀《すずめ》が落ちるのも神の摂理。来るべきものはいま来なくとも、いずれは来る。肝腎《かんじん》なのは覚悟だ」

ハムレットの台詞《セリフ》を朗々と諳《そら》んじ、秘書官の痩せた肩をそのグローブのような手で叩く。

「世の中、一寸先は闇だ。その日、その時を精一杯、覚悟を決め、命懸けで生きないとな」

「勉強になります」

　マクラレンは真顔で答える。シコルスキー61が降下を始める。眼下に東京の高層ビル街が広がる。横田基地から三十キロ余り。僅《わず》か十五分のフライトだ。

「では秘書官として東京到着後のスケジュールを申し上げます」

手帳を抜き出してページをめくる。

「まずアメリカ大使館で駐日大使と会食、休憩の後《のち》――」

ちょっと待て、とモーガンが制す。指を突きつけ、険しい表情で命令する。

「大使との会食も休憩も必要ない。会談へ直行だ」

「それは無茶です」マクラレンが毅然と返す。

「どうして」降下していくヘリコプターの中、空気が緊迫してくる。

「彼らも食事と休息をとりませんと」

目配せする。前部のシートに座った大柄なスーツ姿の男が二人。鍛え上げた筋肉質の身体から緊張と警戒心が漲る。

「プロとしての職務を遂行するには、万全の体調でなければ無理であります」

モーガンは舌打ちをくれる。

「だからシークレットサービス（SS）など必要ない、とあれほど言ったではないか。わたしは大統領でも閣僚でもない」

「外国を訪問する米国政府の要人として、それは許されません。我儘というものです」

秘書官は諭すように言う。

「まして国務省は他国の外務省の管轄である外交政策に加え、通商分野も担うという、我がアメリカ合衆国の最重要行政機関であります。その証拠に、国務長官の大統領継承順位は、副大統領、下院議長、上院仮議長（上院議長は副大統領が兼務）に次いで第四位であります。その国務省のナンバー2であられる副長官はもっと自覚を持っていただきませんと」

滔々と告げる。

「二〇〇一年の9・11以来、我がアメリカ国の警護体制は一変しました。当時のブッシュ大統領はSSの警護拡大を命じ、閣僚の中には家族まで二十四時間体制で警護対象とされ、やり過ぎだ、と不満も相次いだといいます。しかし、それが国家を運営する要人の負うべき不便であり、不自由なのであります。耐えてください」

モーガンはなにも言わない。その渋面に、ここぞとばかりに自覚を促す言葉を投げ込む。

「副長官はいま、SSの警護範囲である〝外国で特別任務を行う合衆国の公式代表者〟に広義の意味で該当します。お判りですか」

タフで鳴る国務省副長官は忌々しげに口を開く。

「わたしは公式代表者ではない。あくまで非公式の密使だ」

「ですから広義の、と申し上げました。牧場の牛が草を食《は》むように、全国民が与えられた平和を呑気に貪《むさぼ》るのどかな島国であろうと、未来は予知できません。現に日本は恐るべき大震災に見舞われて東北沿岸部が壊滅、福島ではチェルノブイリに匹敵する原発のメルトダウンも発生したではありませんか。副長官に教えていただきましたとおり、人生は、そしてこの世は一寸先は闇であります」

「そりゃそうだがね」皇居の森が左下に迫る。モーガンは眺めながら言う。

「かのマッカーサー元帥は日本が連合国軍に降伏して半月後の八月三十日、占領軍のトップとして混沌《こんとん》の極みにある敗戦国の地を踏まれた。緊張感の欠片《かけら》も見せず、悠々とコーンパイプをくゆらしながら、だ」

語りながら顔が赤みを増してくる。

「偉大なるマッカーサー元帥は、どこに危険なゲリラや狂信的なテロリストが潜んでいるやも知れぬ占領国の、その首都のド真ん中に乗り込み、ただひたすら執務に励んだ。土曜、日曜も休まず、アメリカ軍人の誇りを胸に膨大な仕事を処理した。彼はいつも丸腰で、大した警備も付けず、皇居前の連合国軍総司令部と宿舎のアメリカ大使館をキャデラックで振り子のように毎日往復した。京都や奈良も訪れず、皇室主催のパーティも拒否だ。この勇気はどうだ、ストイックさ、勤勉さはどうだね」

マクラレンは肩をすくめ、SSの二人と目配せを交わす。赤毛のマッコイとスキンヘッドのウィリー。大統領警護の経験も持つ、射撃、格闘技共に超一級のSSだ。モーガンの野太い声が続く。

「マッカーサー元帥は実に十五年間、母国アメリカの地を踏まずフィリピンで強力な日本軍相手に激戦の指揮を執り、戦争終了後は日本国の民主化に取り組んだのだぞ。朝鮮戦争勃発《ぼっぱつ》の際は国連軍の最高司令官として、ソ連・中国の全面支援を受けて悪魔のような強さを誇った北朝鮮軍と戦い、撃破している。奈良だ京都だ、とうつつを抜かし、長期休暇をとってはバカンスに繰り出し、芸者ガールに鼻の下を伸ばしているいまの弛《たる》んだ役人連中に元帥の爪の垢《あか》を煎《せん》じて飲ませたいところだ」

強烈な当てこすりにマクラレンは苦笑する。モーガンの舌鋒《ぜっぽう》は止まらない。

「本国からわざわざSS二名を引き連れて、世界一平和で安全な都市、東京へ乗り込むなど、泉下《せんか》のマッカーサー閣下が聞かれたら大笑いだろうな。わたしも笑いたいよ」

国務省副長官は自嘲するように微笑んだあと、表情を引き締める。

「なあ、アーノルド」はっ、と端整な顔に緊張を漲らせる。

「日本の政府関係者には釘を刺してあるのだろうな。余計な警護は一切無用、もし今回の訪問が日本国政府のカラ騒ぎのせいで外部に漏れ、マスコミ関係者が接触を試みるようなら、我々はその場から引き返し、日本の情報統制のまずさ、稚拙さを大統領閣下に報告せざるを得なくなる、と」

「もちろんであります」秘書官は手帳のページをめくる。

「とっておきの場所が用意してあります」

「山の中の別荘とかではないな」

「都心であります。首相官邸も国会議事堂もある永田町であります」

ひと呼吸おいて日本政府が用意した極秘の場所を説明する。モーガンは、いいじゃないか、と満足げな笑みを浮かべる。

「よく考えたな。融通の利かない日本人にしては上出来だ」

「我々が会談場所の条件を厳しく突きつけた結果であります。ハイエナのようなマスコミもここは想定外でしょう」

シコルスキー61が着陸態勢に入る。回転速度を落としたローターがヒュンヒュンと風を切って唸る。東京・六本木の街並みが迫る。真下にヘリポートが迫る。傍らにヘリ二機分の駐機場も備えたコンクリート張りの発着エリアと、手入れの行き届いた鮮やかな芝生。モーガンは六本木の本格的なヘリポートに驚きの表情だ。

「副長官は初めてでしたな。これも我がアメリカ領土であります」

マクラレンは我が意を得たりとばかりに、滔々と説明する。

「ヘリポートというよりは基地ですな。広さ約四千平方メートル。周囲を鉄条網で囲まれ、厳重な警備体制のもと、連日連夜軍用ヘリが離着陸する、日本人オフリミットの治外法権エリアです」

緑豊かな都立青山公園とビル群の間の、広々としたヘリポートの上空でホバリングして着陸位置を定める。樹木が大きく揺れ、青葉が千切れて飛ぶ。モーガンは窓の外に広がる、東京の中心部とは思えない光景を眺めながら呆れたように語る。

「しかし、都心の一等地だ。軍事的に有用とも思えない。軍用ヘリが一機、二機、離着陸したところでなにもできないだろう。有事の際は日本政府の施設を使えばいいことだ」

「どういうことでしょう」

マクラレンが首をかしげる。だから、とモーガンは苛立たしげに言う。

「こんな大都会のちっぽけなヘリ基地は日本へ返還してしまえばいいだろう。大々的にプレス発表して返還してしまえば、日本国民の感情も少しは和《やわ》らぐはずだ。コストパフォーマンスは絶大だぞ」

「とんでもない」切れ者の秘書官はかぶりを振る。

「東京はクルマがひしめいて四六時中排気ガスまみれの渋滞地獄であります。横田ベースから都心までは満足なハイウェイもありません。クルマを使えば優に一時間、いえ、場合によっては二時間を要します。僅か十五分間の快適なフライトとは文字通り天と地の違いです」

「便利だと言いたいのだな」

「在日米軍の幹部連中は〝空のタクシー〟と呼んで、気軽に使っております。これは極秘事項でありますが、歴代の大統領も引退後、プライベートで何人もこのルートを使って東京で要人と会っております」

笑みを浮かべて得々と言う。

「現職の副大統領が利用されたこともあります。本日、副長官も体験されて、この利便性と快適さをよく理解されたと存じます」

「つまり、返還はあり得ない、と」

「普天間より難しいかと」

「言葉を慎め、アーノルドっ」

野太い怒声が飛ぶ。優男の秘書官は背筋を伸ばす。

「つまらんジョークを言うんじゃない。これから日本政府の代表と極秘会談だぞ。今度、余計な減らず口を叩いたら、わたしのアメフト仕込みのこのエルボーで」

右肘を分厚い掌《てのひら》で叩く。ぱしっと乾いた音が弾ける。

「あごを叩き割ってやる、ウソじゃないぞ」

「以後、気をつけます」

マクラレンは殊勝に頭を下げる。シコルスキー61が着地する。ふわり、と卵の上に乗っかるような着地だ。モーガンは安全ベルトを外し、シートから腰を上げながら、胸に複雑なものが渦巻いていくのを感じた。


熱い。タオルで首筋の汗を拭い、玉葱を炒《いた》める。しゃもじでフライパンをかき回しつつ、ジャガイモの皮を剝き、ニンジンを刻む。

結局、陣内と別れたあと、パチンコを一時間ばかりやって四千円すってしまい、アパートに戻って寝た。起きたら陽は傾き、午後三時を回っていた。なーんにもやることがなかった。このカレーづくりも暇つぶしの、単なる気紛《きまぐ》れにすぎない。さすがに牛丼ばかりじゃ可哀想だ。カレーを食わせる約束も、炊き出しがああいうことになって果たせなかったし。スーパーへ買い出しに行き、具材と、ついでにワインも一本、買った。

玉葱を飴《あめ》色になるまで炒めていったんフライパンから取り出し、代わりにニンジン、ジャガイモと豚のバラ肉を炒める。充分に火が通ったところで水と玉葱を入れ、ぐつぐつと煮ながら丁寧にアクを取る。

辛口のルーを割って放り込み、溶けるまで焦げつかないようかき回す。仕上げに醤油を垂らし、カツオ出汁《だし》の素《もと》を振りかけ、攪拌《かくはん》する。ついでにワインも入れちまえ。どぼどぼっと景気よく注ぐ。特製カレーのでき上がりだ。

お玉ですくって味見をする。美味いじゃないの。コクがあってまろやかで。やったあ、と声を上げ、次いで、落ち込んだ。まさか男の帰りを待ってボロアパートでカレーづくりにいそしむとは思わなかった。おれの人生、こんなんでいいんだろうか。

ドン、とドアが叩かれた。

「ただいま帰りましたあ」

陣内だ。おお、と心が弾む。玄関にダッシュし、二呼吸分の間を置いて開けた。午後五時過ぎ。陣内の汗にまみれた顔があった。

「早かったな」素っ気なく言う。陣内は息を弾ませ、澄んだ眼を据えてくる。

「無性に田嶋さんに会いたくなったもので」

ほおが熱くなった。この男にジョークはない。いつも真剣だ。どう対応していいのか困る。

「日本は大変な時代を過ごしてきたのですね」

手を握らんばかりに迫る。

「奇跡の高度成長に世界が瞠目《どうもく》したのもつかの間、長い停滞期に入り、狂乱のばぶる経済が弾け、東日本大震災も加わっていまやどん底です。残念ながら出口は見えません」

「それとおれと、なんか関係あんの」

はい、と大きくうなずく。

「よく頑張って生きてこられた、と不肖、陣内武一は感動しておるのであります」

部屋をぐるりと見回す。

「このようなあばら家——もとい、質素なアパートで不安定な安い給金の日雇い仕事に従事しながらも、めげずに生き抜いておられる」

てめえ。そこまで言うかよ。睨んだが、蛙の面《つら》に小便だ。

「ぼらんてぃあまでされて、弱い者の味方として頑張っておられる。東北の被災地での救援活動も見事です」

いや、あれは下心から始まったのであり、成り行き上、こうなっただけで。陣内は上気した顔で続ける。

「軟弱で身勝手な輩《やから》が世にはびこるなか、田嶋さんはひとり、孤独に耐えて雄々しく生きておられる」

そうか、やっぱだれが見ても孤独かあ。さすがにめげる。がっくりと肩が落ちた。陣内の眼が潤む。唇が震える。どうした？

「しかし、日本がこのまま為《な》す術なく沈没していくのを、指をくわえて見るのも辛いのであります。どこかで立ち直って欲しい」

混乱している。急に図書館で様々な知識を、それも大量に詰め込んだから、脳みそが容量オーバーでショートしているのかも。まあまあ、と背を押し、ドアを閉める。

「ボロアパートの玄関先でするような話じゃないだろ」

はあ、と坊主頭をかく。

「腹減ったろ。カレー、つくっといたぞ」

おっ、と顔を輝かせる。「こうばしい匂いですなあ」

鼻をひくつかせたあと、屈託のない笑顔を向けてくる。

「自分ひとりのためでありますか」

いや、それは、その——どぎまぎしながら答えた。

「ほら、牛丼ばかりで可哀想だし、約束のカレーも食わせてやれなかっただろう」

ありがたい、とぐっと手を握ってくる。

「感謝です。お心遣い、まことに」

坊主頭を深く下げる。

「自分は本当に田嶋さんに逢えて幸せでした」

そんな、大げさな。慎太は手を振りほどき、告げる。

「手と顔を洗ってこいよ。おまえ、図書館から走ってきたんだろ。汗まみれだぞ」

これは失礼しました、と恐縮して風呂場に入っていく。その間、慎太はコンロに鍋をかけ、お湯を沸かし、レトルトの御飯を温めた。なぜか心がウキウキしてしまう自分に赤面した。

小さなテーブルで二人向き合い、カレーを食った。慎太は胡坐《あぐら》、陣内は正座だ。いただきます、と両手を合わせ、スプーンを使う。ひと口食べて、浅黒い顔をほころばせる。

「とても美味いであります。中村屋のライスカレーに負けていません」

いや、それほどでも。普通ならシラけるとこだけど、嫌みとか妬《ねた》み嫉《そね》みがまったくない天然記念物のような男の言葉だから、なんか嬉しくなる。これじゃあモテるわなあ。こまちちゃんとどうして結婚できないんだろう。お似合いのベストカップルだと思うけど。

「ほら、飲めよ」コップにワインを注いでやる。

「おお、葡萄酒ですか」

声が弾む。口をつけ、一気に飲み干す。相変わらず豪快な飲み方だ。くーっ、と唸り、五臓六腑に沁み渡りますなあ、と感に堪えぬように言う。ごぞうろっぷ、ってなんだか判らないけど、とにかく旨いということだろう。

「さ、もう一杯、いけ」

ありがとうございます、とコップを両手で捧げ持つ。ささやかな宴《うたげ》は静かに過ぎていった。

それは陣内がカレーを二皿、慎太が一皿食べ終わり、ワインを飲んでいるときだった。

「田嶋さん、ひとつだけお訊きしたいことがあります」

両手を腿に置き、改まった口調で言う。眉根を寄せ、切迫した面持ちだ。唇が動く。が、次の言葉が出ない。眼を伏せる。言い淀んでいる。いらっとした。

「武一、おれとおまえの仲だ。なんでも訊けよ」

じゃあ言います、と顔を上げる。

「エンタープライズのことですが」

エンタープライズ？　慎太は首をかしげた。すがるような眼が慎太をとらえる。エンタープライズって、もしかして。

ドン、と玄関ドアが叩かれた。びくっとした。激しいノックだ。ドンドン、と連続で叩かれる。まずい。普通じゃない。国平会のソルジャーか？　ついに来たか？　そっと腰を浮かす。陣内も右膝を立て、鋭い眼を向ける。臨戦態勢だ。

「いるんでしょ」

はあ？　女の声だ。

「慎太くん、開けなさいよ」

綾だ。小泉綾が自分のボロアパートにやってきた。しかし、なんで？　昨夜、逃げるように走り去っていったのに。困惑が夏の入道雲のように広がる中、慎太は弾かれるように立ち上がり、ドアを開けた。おおっとう。綾はほおを火照らせ、険しい表情だ。

「武一くん、いるの」

なんだ、のっけから武一かよ。落胆しつつ、言葉を返した。

「いまメシ食ってたとこ。電話くれればよかったのに」

綾は細い眉を吊り上げる。「何度も電話したけど出ないじゃない」

そうか。ケータイを取り出し、電源をオンにする。綾の電話が四件も入っていた。

「ごめん、ずっと切ってたから」

未練を断ち切ろうとオフにしたのに、よりによってまあ。

「もういいよ。それより武一くんを出して」

苛ついた口調で迫る。これは綾さん、と武一が奥から現れる。こぼれんばかりの笑みだ。

「自分も綾さんに会いたいと思っていました」

あ、てめえ。調子いいやつ。案外、ナンパかも。綾が見つめる。漆黒の瞳が陣内をとらえる。浅黒い顔から笑みが消える。二人、真顔で見つめ合う。なんかドキドキした。

「武一くん、ちょっと顔を貸して」

くいっとあごをひねる。「きみに話があるの」

冷たい声音だ。二人の表情が硬くなる。おかしな雰囲気だ。まあまあ、と間に割って入る。

「綾さんも入りなよ。ワインもあるし」

「慎太くんは黙ってて」ぴしりと言う。

「わたしは武一くんにだけ用があるの。悪いけど、二人きりにさせてくれる」

はい、と肩を落とす。陣内が動いた。編上げ靴を履き、行きましょうか、と外に出る。綾も続く。陽が落ち、街灯が灯っている。二人、夜の路地を歩き、消えた。ちくしょう。


「綾さん、これをお返しします」

近くの児童公園で、陣内は千円札を差し出してきた。

「助かりました。ありがとうございます」

水銀灯の下、凜々しい坊主頭を深々と下げる。なんのことか判らず、立ち尽くしていると、陣内が言葉を重ねる。

「刀根の事務所を出たあと、貸していただきました」

ああ、合点がいった。すべてが沸騰するような騒動の後《のち》、この男は凜とした表情で言った。

自分は物乞いではありません、と。

「律儀なのね」受け取り、ポケットにしまう。陣内が直立不動の姿勢で言う。

「当然のことであります」

長身の逞しい体軀《たいく》に、恐れを知らぬ魂。

「おかしなひと」

綾は傍らのブランコに腰を下ろし、少し話したいから、と隣のブランコに座るよう、促す。

「いえ、自分はこのままでけっこうであります」

綾はため息をつき、陣内の表情を観察しながら語った。

「小田原に行ってきたわ」毫《ごう》も変わらない。

「昨夜のうちに現地に入って、朝早くから駆け回ったの。もうくたくた」

「御苦労であります」感情の乱れも見えない。

「これでも元新聞記者でね」

「知っております」

「人物調査は慣れている。きみが名乗る陣内武一のことも、おおまかな輪郭は判ったわ」

返事はない。陰影を刻んだ顔が宙の一点を見つめる。透明な清々しい空気が辺りを包む。

「陣内武一は確かに存在した。旧制の中学を四年で中退して海軍飛行予科練習生、通称予科練に入隊。抜群の操縦技術を誇り——」

綾さん、と声がした。陣内が険しい眼を据えてくる。

「自分の経歴を調べて、なにをどうなさりたいのです。もう新聞記者ではありませんよね」

綾は肩をすくめ、興味があったから、と微笑んだ。

「実家は大きな海産物問屋で、四人きょうだいの長男の陣内武一は、御国《おくに》のため、と両親と周囲の反対を押し切って、難関の予科練を受験、見事合格した。優秀な零戦搭乗員としてフィリピンや台湾で戦い、最後は特攻隊員として沖縄の海に消えた」

そう、消えた。陣内武一は死んだ。間違いない。

「陣内武一は元々は教師になりたかった。中学を出たら教師の養成機関である師範学校に進み、ゆくゆくは故郷小田原で子供たちを教えたいと希望していた。それは許嫁《いいなずけ》である桐野杏子《きりのきょうこ》の願いでもあった」

陣内の眼が青白い光を帯びる。綾は足許から這い上がる震えに耐え、続けた。

「桐野杏子は小田原小町の異名を持つ美しい少女で、陣内武一が各地を転戦していた当時は高等女学校に在学していた。男女交際に厳しい時代でもあり、二人は陣内武一が短い休暇を使って帰省したとき、彼の自宅の蓄音機でクラシック音楽を鑑賞することが唯一のデートだったという。哀しい時代ね」

「やめろ」

陣内が一歩、踏み出す。怒気が焔《ほむら》となって漂う。

「綾さん、やめてください。でないと、自分は」

握り締めた拳が震える。綾はかぶりを振った。

「陣内武一の御両親は八月十五日真夜中の小田原空襲のとき、箱根の別荘に疎開中で無事だった。きょうだいも同じ。そして桐野杏子も戦後を生き、別の男性と――」

陣内が揺れた。崩れ落ちる身体を支えるように、隣のブランコをつかむ。綾さん、もういいです、とかすれ声が漏れる。そして喘ぐように荒い息を吐き、ブランコに腰を下ろした。キイ、キイ、と鎖が軋む。陣内は背を丸め、うなだれたまま動かない。ゴゴッと夜気を震わせて路面電車の音が響く。綾は両脚を大きく振ってブランコを漕いだ。風を切る音がする。子供に戻ったみたいだ。明るい口調で語りかけた。

「杏子さんの写真、見せてよ」

視界が大きく上下する。水銀灯が迫り、退《さ》がる。風がびゅんと鳴る。

「飛行服の胸ポケットにしまってある白黒写真。十七歳なんだってね。慎太くんに見せたんでしょう」

陣内はその逞しい身体を丸めたままだ。

「わたしはダメかあ」ブランコを停めた。

「男勝りの元新聞記者なんかに見せたら、全部、バレちゃうもんね」

陣内が首だけ回して顔を向け、どういうことです、と問う。

「きみと陣内武一は血の繋がりがあるでしょう」

返事の代わりに眼を逸《そ》らす。綾は畳みかけた。

「陣内武一は小田原に実在した。きみが陣内武一のきょうだいの孫か遠い親戚かは知らないけど、こういうことだと思う」

小田原取材で組み立てた推測を整理して告げる。

「日本を、愛する人を守るためにすべてを捨てて予科練に入り、アメリカ軍と戦い、最後は特攻隊員として沖縄へ出撃していった陣内武一に憧れ、いつの間にか一体化してしまった。そのクラシカルな飛行服も腕時計も勇敢な大空のサムライ、陣内武一に憧れたゆえ、ネットオークションかなにかで手に入れたのでしょう。杏子さんの写真も古いアルバムから引き剝がして己のコレクションにしたのよ」

胸に黒々と広がる不安を振り払うように語った。

「心理学でいう防衛機制ね。なんらかの理由で弱った自我を再生するメカニズムよ。この防衛機制のひとつのケース、〝同一化〟が当てはまると思う。つまり、自分にない名声や強さ、権威に接近することによって己を高めようとする心理ね。通常は映画や小説のヒーローと自分を重ね合わせ、いつの間にか同一化してしまうの。しかし、きみの場合、血縁の陣内武一がその対象となった」

そうに決まっている。

「元々の自分の記憶はきれいに消え、憧れの神風特攻隊、陣内武一になりきり、死をも恐れぬサムライになった。そういうことよね」

願望を滲ませて念押しする自分に気づき、綾は慄然《りつぜん》とした。

「きみはどこの何者なの」震えてしまう声が情けなかった。

「あの欠けた奥歯はだれのものなの」

無視だ。石のように押し黙っている。

「きみの歯じゃないよね」綾は萎えそうな己を叱咤して続けた。

「刀根剛介先生とはどういう関係なのよ」

悲痛な声音が闇に溶けていく。深まる沈黙が怖かった。

「刀根先生も鹿児島の特攻隊にいたらしいから、その関係でしょう。陣内武一と刀根先生が戦友、とか」

肩が動いた。反応あり。勢い込んで語った。

「わたしは刀根先生の本当の姿を知っている」

陣内は覚醒した肉食動物のようにぐっと背を伸ばし、顔を上げた。表情に怪訝な色がある。睨み合う格好になった。綾は充分に間を取り、とっておきの情報をぶつける。

「刀根先生は戦友のお母様の面倒をみていたのよ。知ってる？」

いいえ、と大きく首を振る。ほうら、やっぱり。余裕が戻る。

「わたしは国平会代表の戸村清之からこんな話を聞いたことがある」

陣内が見つめてくる。きれいだ。深山の湖のような瞳だ。綾は戦《おのの》く心を抑えて語った。

「いまから二十年近く前、戸村清之が刀根剛介の自宅に書生として住み込んでいた時分のこと。刀根先生のお供で戸村は老女の見舞いに訪れたのよ。場所は都内の大学病院」

眉間に筋が刻まれ、ほおが隆起する。

「その後、日を経ずして亡くなったようだけど、もう八十歳を過ぎた方でね。どういう事故か、顔半分に火傷のケロイドが残っていたらしい」

陣内の眼が動く。なにかを探すように宙を彷徨う。どうしたの？　焦点を結ぶ。綾をとらえる。唇が動く。なまえは、と聞こえた。その重い声が綾の背を押す。

「老女の名前はねえ」

語りながら綾は記憶を辿る。四年前、まだ刀根剛介に心酔していた戸村は涙ながらに語った。特攻隊員として零戦で沖縄に出撃し、亡くなった十七歳の戦友。息子三人を戦争で失い、残酷な戦後を過ごした悲劇の母親。その身寄りのない母親の生活を援助し、実の息子のように尽くし、最後は都内の高級老人ホームに入所させて、面倒をみた本物のサムライ。だれも知らない、フィクサーと恐れられる男の裏の貌《かお》——。老女の名前は。

「花田といったわ」

そう、花田。戸村は病室のプレートの名前を記憶していた。心酔する刀根のすべてを知るために。

陣内は綾から眼を逸らし、前を向いた。遠くを眺める。放心したような横顔だ。どうしたんだろう。陣内武一。判らないことだらけだ。綾は高鳴る胸に両手を当て、語った。

「刀根先生は病院のベッドに屈み込み、意識が朦朧《もうろう》としている花田さんの手を握り、よく頑張りましたね、素晴らしい人生でした、と切々と語りかけたらしい。戸村は尊敬する師の、その神々しい姿にもらい泣きしたと言ってた。いまの二人の関係からすると嘘みたいな話だけど」

陣内は眼を伏せ、瞑目する。そして祈るように両手を組み合わせる。

「刀根先生は強面のイメージとは裏腹に心根の優しい情《じょう》のある方だから、同一化したきみに合わせたんじゃないのかな。戦友である陣内武一と血が繋がる青年に」

きっとそうだ。でなければ孫のような若い男を兄貴と呼んだり、すがって慟哭するはずがない。「そういうことよね」

沈黙したまま動かない。疑問はまだ山ほどある。刀根に拳銃を突きつけて、なぜここにいるっ、と怒鳴り上げたこと、刀根が、ゆるしてくれ、と漏らしたこと。欠けた奥歯のこと――。深い霧の向こうに隠れたままだ。進むべきか？　思い切って跳んでみようか？

この世を成す大事な一線を越え、霧の中へ踏み込んでしまえば曇った視界が開け、すべてが鮮やかに見えてくる気がする。しかし、できない。仮にも自分は元新聞記者だ。シビアな現実のみを見つめ、取材し、呻吟《しんぎん》し、記事を書き、ままならない世間と闘ってきた女だ。そんな非現実的なこと、できるはずがない。

「わたしが間違ってたら教えて」

きみが明かしたら信じる。しかし、自分からは切り出せない。恐ろしいから。二十七年間生きてきたこの世界がゆがみ、呆気なく崩壊してしまいそうだから。

「武一くん、教えてよ」

か細い悲鳴のような声が空しく消えた。陣内はブランコに座ったまま押し黙っている。夜の児童公園に静寂が満ちた。

なんだよ、あれ。児童公園の植え込みの陰で、慎太は思わず舌打ちをくれた。

水銀灯の下、二人、ブランコに座りやがって。絵になるじゃないの。このままテレビCMにしてもいいくらいだ。二人の未来を祝福します、なんてキャッチコピーを付けて。

綾は両手を胸に当て、なにかに耐えるように沈黙している。そうか、武一に惚れちまったのか。無理もないよな。ガタイがよくてハンサムで、ケンカも強くて、勇気があって、礼儀正しくて。イジイジしたとこが微塵もないもんなあ。おまけに良家の育ちみたいだし、クラシック音楽なんかも嗜《たしな》んでるし。〝最後のフィクサー〟、刀根剛介の事務所でも凄かった。元ヤクザが圧倒されて、なにもできなかったもんなあ。

あーもう、ため息しか出ない。綾は戸村清之みたいな強くて知性と信念のある男が好きだから、陣内武一はド真ん中のストライクだな。一ミリも外れていない。綾はすべてを告白しようと訪ねてきたんだな。ああ、また失恋かよ。しかし、今回の失恋は重いな。相手がよりによって武一だし。気持ちがどーんと落ち込む。立ち直れないかも。

あれっ、綾が夜空を仰ぐ。寂しそうだ。恋する乙女の貌だ。陣内はうつむいたきり、なにも言わない。ちくしょう、この色男。かっこつけやがって。寡黙な男を気取ってんのかよ。さっきまで深刻そうに語り合ってたのに、コクられたらもう無言かよ。そんなにこまちちゃんに未練があるなら、とっとと小田原に帰っちまえ。綾が可哀想じゃん。こうやって公園の植え込みから覗き見するおれも可哀想だけど。知らない人間が見たらただの変態だよな。

尻ポケットのケータイが震える。だれだよ、こんな大事な時に。抜き出し、耳に当てた。

あにきいるか、と声がした。しわがれた年寄りの声だ。なんだ、こいつ。藪《やぶ》から棒にあにきいるかって。こんな無礼な年寄りなんか知らねえぞ。どーせ耄碌《もうろく》ジジイの間違い電話だろ。

「小僧、兄貴いるか」瞬間、身も心も凍った。この声は——

「おれの事務所に来た小僧だろ。陣内の兄貴を出せ」

刀根剛介のドスの利いた声にびびり、ちょっと待ってください、とか細い声で断り、頭が混乱したまま、この番号をどこで、と訊いた。

「どーこでえ？」

語尾が不気味に上がる、怒りと不機嫌をこねたトーンに身をすくめた。大きく息を吸う音がし、怒声が爆発した。

「小僧っ、おめえのケータイの番号くらい朝飯前だ、おれをだれだと思ってる」

うっひょお。〝最後のフィクサー〟であります、と喉元をせり上がる言葉をなんとか呑み込み、植え込みをザザッと鳴らして飛び出した。

武一、武一、と喉を嗄《か》らして叫ぶ。ブランコから二つの人影が立ち上がる。陣内は不審者と思ったのか、綾の肩を抱く。ちくしょう、そのシルエット、だれが見ても熱々の恋人同士じゃん。それに較べてこのおれは公園の植え込みに潜む変態の不審者で、じいさんの怒声にびびりまくって、パニックを起こした野良猫みたいに走り回る情けない無職のフリーターか。

「ああ、田嶋さん」二人が離れる。いまさら遅いんだよ。てめえら、ばっちり見たからな。ブランコに座って語り合ってた姿も、綾の肩を抱いたとこも。

「田嶋さん、どうしました」

陣内が爽やかな笑顔で訊いてくる。綾は——不機嫌そうに横を向いている。だよな。大事な恋路の邪魔をしたんだもんな。怒って当然だよな。また気持ちが沈む。いやいや、そんな場合じゃない。

「武一、電話電話」ケータイを大きく振る。はあ、と太い首をかしげる。

「刀根のじーさんから電話」

言ったあと、ヤバっと思ったが緊急事態だ。ほら、と投げた。陣内は空中でキャッチし、耳に当てる。あー、よかった。ほっとしたのもつかの間、陣内の顔色が変わる。眉間が狭まり、眼が細まる。怖い。足を停めた。

「判った。よくやった」

陣内は低い声で言う。それは部下を労《ねぎら》う上司のようだった。伝説のフィクサーを相手に、堂々と語る陣内を慎太は呆然と見つめた。綾も同じだ。

「すぐに行く。待ってろ」

その言葉を最後にケータイを閉じ、差し出してくる。

「ありがとうございました」白い歯を見せて、人が変わったような笑顔だ。

「急用ができました。自分は出かけます」

言うなり、駆け出す。速い。長い脚をダイナミックに伸ばし、あっという間に公園を出てアパートのほうへ向かう。慎太くん、と鋭い声が飛ぶ。綾だ。すがるような表情だ。よし。ダッシュした。

アパートのドアは開け放ったままだ。飛び込み、部屋に駆け上がる。がつん、と透明なボードに激突したみたいに立ち止まる。部屋に素っ裸の陣内がいた。

浅黒い肌に均整のとれた筋肉質のボディ。無駄な肉を削《そ》ぎ落とした、タイトルマッチ前のボクサーのような凄い身体だ。

陣内は窓の外の洗濯紐に干してあった褌を抜き取るや、手早く股間《こかん》を通し、巧みに締めていく。慎太は無言のまま眺めた。逞しい裸体から覚悟のようなものが漲《みなぎ》る。

「ああ、田嶋さん」

白いシャツを身に着けながら微笑む。傍らには貸してやったパンツやシャツがきれいに畳んで置いてある。

「本当はきれいに洗ってお返しすべきなのですが、急なことになりまして」

「そんなん、べつにいいけどさ」

「長らくお世話になりました」

そうか、いよいよお別れか。覚悟していたけど、その時が来たか。

陣内はさっさとチョコレート色の飛行服を着込むと、全財産が入ったポリ袋に手を伸ばす。革の耳当て付き帽子をかぶり、あごの下でベルトを締める。大きなゴーグルを額にかける。白いマフラーを二つ折りにして首にぐるぐる巻き、胸元にたくし込む。本当にお別れなんだな、とぼんやりした頭で思う。最後、オレンジのバンダナを首に巻き、革手袋をつかむ。バンダナ以外、初めて会ったときと同じだ。やっぱ、帰るのか。

身支度を終えた陣内は、よし、と大きくうなずく。気合満点だ。が、すぐにほおをゆがめて困惑の表情になる。どうした？

「田嶋さん、まことに申し訳ないのですが、電車賃を貸して、いえ電車賃をください」

右手を差し出してくる。バチッ、と音がして頭にスイッチが入った。我に返る。

「電車賃って刀根のじいさんの事務所か。銀座の」

はい、と朗らかに答える。

「一刻も早く行かねばなりません」

そうか。財布を出そうとすると、背後から、ダメ、と鞭《むち》のような声が飛ぶ。綾だ。顔を火照らせた小泉綾が玄関口に立っている。

「ダメよ、慎太くん、ひとりで行かせちゃ」どーして？

「相手は刀根剛介よ。しかも至急の呼び出しよ。危ないことに決まってるじゃない」

本当か？　陣内はなにも言わない。背筋がぞぞっと冷たくなる。

「ではさきほどの小さな電話機を貸してください。刀根に迎えに来てもらいます」

陣内は再び手を差し出す。

「貸してあげなさいよ」綾が言う。ええ、いいの？

「でも武一くん、操作できないじゃないの」

綾の冷たい言葉に、陣内は手を握り締めた。唇を嚙んで悔しそうだ。なんか可哀想になる。これじゃあイジメだよ。綾が勝ち誇った顔で言う。

「わたしも一緒に行くから」

ええっ、と声が出た。そんな。でも、綾は本気だ。

「武一くんには散々振り回されたんだから、最後まで見届ける義務がある。そうでしょ」

返事はない。陣内は硬い表情で虚空を睨む。

「ねえ、慎太くん」一切れ長の大きな眼が見つめてくる。ハート形の唇が動く。

「きみもそう思うわよねえ」

漆黒の瞳が迫る。綾。身体の奥から熱いものが湧いてくる。

「おれも行く」

えっ、と綾が固まる。

「おれは綾さんよりずーっと振り回されてるよ。この部屋に三晩も泊めてやったんだからな。牛丼も焼肉も、手づくりのカレーも食わせたし、東京タワーに昇ってソフトクリームも奢った。ファミレスじゃあトンカツ定食に焼きうどんまで御馳走した」

ひと呼吸おいて言う。

「ビールもワインも飲ませただろ」

セコイ、と嘲笑する脳裡の声を無視して続けた。

「武一、おれは付いていく権利がある」

テーブルに投げてあった軽ワゴンのキーをつかむ。そうだ。綾と二人きりにさせてたまるか。おれが綾を守る。

「おれのクルマで行くぞ。銀座なんかあっという間だ」

だめです、と陣内が左手首をつかんできた。

「田嶋さん、だめです。あなたたちを巻き込むわけにはいかない」

太い眉を吊り上げ、怖い顔で言う。

「お願いです。綾さんと残ってください」

決死の形相だ。はなせ、と振り切ろうとしたが、動かない。逆に凄い力で締めあげてくる。骨が軋む。「やめろ、いてえよ」

「いやです」あっさり太い首を振る。

「あなたがここに残ると約束するならやめます」

頭の芯がカッと燃えた。全身の血が逆流する。舐めるな。

「てめえ、武一っ」

右の拳《こぶし》を固め、打ち込んだ。肩まで衝撃があった。きれいにほおをとらえたが、武一は微動だにしない。硬いゴムを殴ったような感触に拳が痺れた。いてー、と手を振る。無力感に泣きたくなった。鼻の奥が熱くなる。堪《こら》えていたものが一気に決壊する。

「一緒に行くからなあ」

慎太は涙声で訴える。

「おれたち、ともだちだろ」

そうだ。たったの四日だけど、もう、本当のともだちだよな。このまま別れるのは悲しくて惨めだよ。おれは陣内武一のこと、なにも知らないし。おまえは大事な部分は殻を閉ざして絶対に見せないし。一方的に、残れ、なんて納得できないよ。おれはおまえのこと、殴っちまったし。ひとを殴ったの、生まれて初めてだし。マハトマ・ガンジーを尊敬しているのに。ああ、もう頭の中がぐちゃぐちゃだあ。

「おれを行かせたくなかったら殴れ、殺せ、どうにでもしろお」

ほらあ、と顔を突き出した。

「どうした、自慢の拳で殴り飛ばして行けよ。どーせおれは弱虫、職なし、根性なしの頭の悪いダメ男だけど、ともだちを見捨てるほど落ちぶれちゃいねえからな」

一気にまくしたて、荒い息を吐いた。ハアハア、と己の息遣いだけが聞こえる。

「判りました」手首を離す。

「時間がありません。一緒に行きましょう」

静かに言うと、返事も待たず編上げ靴を履き、外に出る。綾と二人、後を追った。

ワゴンの中で陣内は押し黙ったままだった。後部座席に座り、ひと言も喋らない。助手席には綾。このシチュエーション、初めて逢ったときと同じだな。切ないものが胸に沁みてくる。エヘン、と咳払いをして、ルームミラーに呼びかける。

「武一」眼を上げる。澄んだ瞳が慎太をとらえる。

「ほら、途中で終わった話があったじゃないか」

ワインを飲んでるとき、訊いてきた話だ。たしか——

「エンタープライズ、とか言ってたよなあ」

はい、とうなずく。エンタープライズ？　と綾が問う。

「エンタープライズがどうかしたの、慎太くん」

助手席から身を起こす。真剣な表情だ。

「いや、おれはよく判んないんだけどさ、武一が言ってたもんで。外国のSF映画になかったっけ」

「それは『スタートレック』ね。カーク船長とミスター・スポックの。でも架空の話」

綾は振り返り、後部シートの陣内と向き合う。

「武一くん、まさか『スタートレック』じゃないわよねえ」

反応ゼロだ。ぽかんとしている。なんのことかまったく判っていない。綾は続ける。

「きみの言うエンタープライズって、どこのなんなの」

武一は二呼吸分の沈黙のあと、じつは、と語り始めた。

「今日、図書館で歴史の本を読んでいましたところ、昭和四十三年一月、長崎の佐世保で起きた空母エンタープライズを巡る大騒動が記してありまして」

ああ、と綾が得心顔になる。

「一九六八年は大事件が目白押しよ。戦後のエポックメーキングとなる年なんだから」

元新聞記者は立て板に水で喋る。

「金嬉老《きんきろう》事件に日本初の心臓移植、日本サッカーが奇跡の銅メダルに輝いたメキシコオリンピック、川端康成のノーベル文学賞、そして十二月は府中三億円強奪事件。七〇年安保を前に、日本中が混沌としていた、熱い、焦げるような時代よ。ねえ、慎太くん」

いや、おれは所詮、スタートレックだからさ、とおちゃらけたが聞いちゃいない。綾は眼を輝かせて語る。

「たしか空母エンタープライズの寄港を阻止するため、全国から数万人のデモ隊が佐世保に駆けつけたのよ。左翼勢力は佐世保へのエンタープライズ寄港が激化するベトナム戦争の支援基地化に繋がると考え、猛烈なデモ活動を繰り広げたの。すでにB‐52による北ベトナムへの空爆は始まっていたし、なんといってもエンタープライズはアメリカ海軍の――」

あの、と陣内が手を挙げる。

「そのアメリカの空母エンタープライズは大東亜、もとい、太平洋戦争で海の要塞と恐れられたエンタープライズでありましょうか」

綾は虚をつかれたように呆然とし、次いでかぶりを振った。

「だって武一くん、エンタープライズは世界初の原子力空母よ。太平洋戦争で活躍しているはずがないじゃない」

げんしりょく、ですか、と言ったきり黙り込む。そういえば、と綾があごに指を置く。

「太平洋戦争で空母エンタープライズって聞いたことあるわ」

がばっ、と陣内が身を乗り出す。眼が熱いオイルを垂らしたみたいに輝く。

「では、佐世保のそのげんしりょくのエンタープライズは太平洋戦争で活躍した空母の後継空母と考えればよろしいのですね」

「そういうことになるんじゃないかなあ」

甚だ心もとない物言いだが、陣内は念を押すように綾に迫る。

「太平洋戦争のエンタープライズは日本軍にやられ、沈没したのですね」

うーん、と綾は困った顔になり、戦史は詳しくないからなあ、今度調べてあげるね、と言う。陣内は詰めていた息を吐き、シートにもたれる。そして腕を組み、瞼を閉じる。もう喋る気はなさそうだ。

永田町二丁目。日枝《ひえ》神社から国会議事堂のほうへ緩《ゆる》やかな坂道を少し下った先、石壁の通気口前にシルバーの大型ワゴンが停まる。ヘッドライトが消える。スライドドアが開くと二つの黒い人影が降りる。通気口を塞ぐ網目のスチール板に屈み込み、チェックする。鎖で幾重にも頑丈に封がしてある。ひとりがドイツ製の油圧式大型ケーブルカッターを握り、手慣れた動作で鎖を切断する。古い錆びた鎖は音もなく、ナイフを入れたバターのように切れた。片割れが鎖を解いてスチール板を外し、通風口の横に置く。そして指を軽く振り合図する。ワゴンから次々に新手《あらて》の人影が躍り出る。モスグリーンの戦闘服に目出し帽、黒のコンバットブーツ。簡易ライト。軽機関銃を手にした人影もある。屈強な六人が通気口へ吸い込まれるように消える。残った二人はスチール板をはめ直し、切断した鎖をそれらしく巻きつけるやワゴンに乗り込み、走り去った。その間、わずか一分。流れるような早業だった。

銀座のオフィスビル七階の『日本義勇研究所』で迎えた星野龍生は陣内を見るなり、食い殺しそうな視線を飛ばしてきた。昨日の今日でブチ切れ寸前なのだろう。刀根剛介も出てきた。ダブルスーツにポケットチーフ。昨日と変わらぬダンディな装いだ。おお、兄貴、と顔をほころばせたが、背後に立つ小泉綾と田嶋慎太に気づくや、一転、険しい表情に変わった。陣内が場を執り成すように言う。

「刀根、この二人も仲間だ。一緒だ」

ふざけるなっ、と星野があご髭を震わせ、眼を血走らせて凄む。濃い怒気が熱となって押し寄せる。慎太は思わず後ずさった。怖い。元極道のド迫力の凶顔に腰が砕けそうだ。

「星野、引っ込んでろ」

刀根がぴしりと言う。星野はぐっと息を詰めて退がる。

「兄貴、本気ですか」

眉間に深い筋を刻み、刀根は慎太と綾を見据える。陣内はうなずく。

「二人とも納得している」

ほう、と刀根があごをしごく。低い声が這う。

「殺されても文句はないんだな」

えっ、と絶句した。ちょっと待て。殺されるなんて、そんな。綾さん、なんとか言ってよ。が、表情は変わらない。つまり、覚悟している、と。マジっすか。恋する乙女の覚悟ってことですか。いったいなにが始まるの？

中に入る。事務机に地図が広げてある。なにかの作戦会議のような。刀根は椅子に座る。先生、と星野が事務机に両手をついて迫る。

「得物《えもの》はなにを用意します。リボルバー、オートマチック」なにそれ。

「おれはこれで充分だ」

傍らのステッキを握る。木目も鮮やかな、艶のあるステッキだ。陣内が言う。

「刀根、やつらは完全武装でくるぞ」

完全武装って、そんな大げさな。

「もちろん承知のうえです」と刀根が応じる。

「兄貴は持ちますか。必要なら用意するが」

陣内は首を振る。

「おまえが必要ないと言ってるんだ」

すみません、と銀髪頭を下げる。

「おれは袂を分かったとはいえ、昔の弟子相手にチャカを向ける気にはならない」

昔の弟子。ということは――。全身が粟立つような感覚があった。

「やつの暴走はおれが止める」

覚悟を滲ませた言葉が這う。

「刀根先生」綾が前に出る。怯えも迷いもない、凛とした表情だ。

「戸村清之が行動を起こすのですね」

瞬間、すべてが繋がった。完全武装も、チャカも。

そうだ、と刀根が返す。視界がぐらりと揺れた。慎太は両足を踏ん張る。ついに来た。革命へのスタートだ。とんでもないことが始まる。やっぱり昨夜の独演会は遺言だった。二百名近い国平会の会員を前に叫ぶ、戸村の姿が甦る。拳を突き上げ、この遺志は引き継いでくれるなっ？　屍《しかばね》を踏み越え戦ってくれるなっ？　と叫ぶ戸村。あれは血と魂の絶叫だった。

冷や汗が噴き出し、心臓がバクバクする。刀根の言葉がどこか遠くで聞こえる。

「ターゲットは極秘に来日中の国務省副長官」

ええっ、もしかして国務省とはあの。

「未来の米国大統領も夢ではない立志伝中の人物、ヘンリー・モーガンだ」

だよね、アメリカの役所だよね。しかも未来の大統領って、そんな世界のチョー大物を武装した戸村とソルジャーが――。ダメ。もう限界。脳みそがパンクしそう。頭が真っ白になり、耳の奥がキーンと鳴った。身体が泳ぎ、足がもつれ、気がついたら綾にすがっていた。

「ごめん、綾さん。おれ、あまりのことにパニクっちゃって」

が、綾は無視して言葉を重ねる。

「日本の植民地化を憂える戸村はモーガンを殺し、日米関係の悪化と、それに伴う独立国日本の覚醒を目指しているのですね」

うわっ、すっごい話になってきた。が、全員、冷静だ。ショックでいまにも失神しそうな場違い人間はこの田嶋慎太、ただひとりだ。刀根が説明する。

「未来の大統領候補が日本のテロリストに暗殺されたら、アメリカは黙っていないだろう。

日米安保条約に深刻な亀裂《きれつ》が入ることも考えられる。アメリカに見放された日本は大混乱だ。戸村の目論見通り覚醒したとしても、国防について議論が百出し、戦後の日本が初めて経験するキナ臭い事態になるだろう。最悪の場合、中国、ロシア等外国勢力を巻き込んでの内戦が勃発する。日本が再び焦土となる可能性もある。

うっそー、と思わず声が出そうになった。

「場所はどこです」

綾の問いに刀根は地図を広げる。千代田区の地図だ。一点を指で示す。永田町だ。日枝神社の近く。

「『山王パークホテル』。政財界人御用達の老舗ホテルだ」

綾は首をかしげ、独り言のように言う。

「そこは全面改装中だけど」

刀根がうなずく。「そうだ、小泉」

よく気づいたな、と言わんばかりだ。八十九の年齢を感じさせない明快な口調で続ける。

「二年間の改装休業の真っ最中だ。いまは夏のオープンを目指して突貫作業のピークだ。来週から従業員を入れて、模擬営業をやるそうだ。人や荷物の動線とフロント業務、接客サービスの点検、厨房の段取り。喫茶部、レストラン部の運営。チェックすることは山ほどある。

そのあとは各界のゲストを招いての内覧会を兼ねたパーティも控えているしな」

「オープン前のホテルでなぜ」

綾は問い、すぐに虚空を眺める。そして得心したようにうなずく。

「考えようによっては理想の場所ですね」

刀根は、そのとおり、と続ける。陣内は腕を組み、黙って見ている。

「モーガンは外務大臣、那須秀之助《なすひでのすけ》との極秘会談のために来日した。いわゆる密使で、議題は極めてデリケートな沖縄の普天間基地移転問題だ。マスコミに知られたら大変なことになる。沖縄も大騒ぎだ。収拾がつかなくなる。その点、改装中のホテルはノーターゲットだ。日米の極秘会談をやるなど、想像の外だ」

あれ、おかしいぞ。慎太は首をかしげた。ひと一倍、頭が鈍いせいだろうか。日本政府が複雑化させた沖縄問題は理解できても、話の根本《こんぽん》が理解できない。なぜ、と声が出た。刀根が一重の鋭い眼を向ける。

「どうした、小僧。なにか疑問でもあるのか」

面白がるような表情だ。慎太は意を決して訊いた。

「そんな極秘会談をどうしてあなたが」

刀根はほおをゆるませて苦笑する。

「小僧、おれは単なる〝刀根のじーさん〟じゃねえぞ」

まずい。やっぱ聞かれてた。

「判るかい」はい、と蚊の鳴くような声で答えた。伝説の〝最後のフィクサー〟だ。情報網は内外のあらゆる分野に及んでいる。おそらく国平会の内部にも。刀根が語る。

「とはいえ戸村たちのターゲットを知ったのはつい二時間前だ。それからてんやわんやだ。もっとも、日本の警察は日米の極秘会議でそれどころじゃない」

つまり、戸村のモーガン暗殺計画は察知していない、と。ぶるっと胴震いがした。陣内が同行を拒んだ理由が身に沁みて判る。が、綾が行くと決めた時点で自分はこうなる運命にあった。他に選択肢はない。固く拳を握った。綾に惨めな姿を晒すのは真っ平御免だ。身体の奥から熱い、勇気みたいなものが湧いてくる。

「モーガンは全米に展開するレストランチェーンをゼロから築き上げたタフな実業家だ。オハイオ州の田舎町の生まれでな。貧しい労働者の家庭からハーバード大学を卒業し、ガッツでのし上がった、アメリカンドリームの象徴のような男だ」

うえっ、ハーバードといったら東大よりずーっと上の世界一の大学だよな。たしかフェイスブックの創始者、マーク・ザッカーバーグも同じじゃなかったっけ。そりゃあガッツだけじゃないいね。元々脳みその出来が違うんだな。

「五十歳で政界入りし、抜群のリーダーシップと資金力でのし上がってきたが、根っこはワンマン実業家だ。政界の仰々しい警護が大嫌いでな。今回の来日も同行するＳＳは二人だけだ。それも国務省の関係者が説得してやっと付けたらしい」

ＳＳかあ。まるでハリウッド映画みたいだな。自分のゴミのような人生でＳＳが身近に感じられる日が来るなんて、想像もしなかった。ちょっとだけ胸がジーンとした。

「会談現場の警護も非公式訪問を楯に、一切必要ないと言ってきた。日本を大人しい羊たちの島国だと思っていやがる」

刀根は忌々しげに語る。

「派手な警護で会談が外部に漏れることを心配しているようだ。もちろん、日本政府も最低限の警護態勢は布《し》いている。山王パークホテルの出入り口と敷地を警備会社のガードマンが固め、那須とモーガンがクルマを乗り着ける地下駐車場も同様だ。ホテルの外も警察が巡回している。外部からの侵入は普通なら不可能だ。さて、どうする」

ねえ、綾さん、と小声で訊いた。

「どうするって、なにが」バカねえ、と言いたげに横眼で軽く睨み、囁く。

「戸村たちに決まってるでしょ。どこからどうやってホテルに入るのよ。多摩御陵爆破とは次元が違う話なんだから。ダイナミックな国際政治の場なんだから」

ああ、そうか。やっぱおれの頭、鈍いな。

「戸村はおれの一番弟子だ。抜群の頭脳と行動力を持つ男だ。やつが狙うとしたら――」

刀根が地図に屈み込む。陣内と綾も覗き込む。先生、やめてください、と野太い声が飛んだ。星野だ。あご髭を震わせ、真っ赤な顔で迫る。

「そんな大事なことをこいつらに明かすなんて」

眉根を寄せ、唇をへし曲げて訴える。が、刀根はあっさりかぶりを振る。

「星野、ここにいる全員は仲間だ。一蓮托生《いちれんたくしょう》ってやつだ。堪《こら》えろ」

諭すように言い、あごをしゃくる。

「おまえはクルマを回してこい。下で待ってろ」

はい、と直立不動の姿勢で答えると、悔しそうに髭面をゆがめ、事務所を大股で出ていく。

「いい男だが、直情径行の気《け》があってな」

陣内を見る。「兄貴、まるで昔のおれみたいだろ」

「類は友を呼ぶってな」「違いない」

二人して朗らかに笑う。慎太は首をかしげた。なんだ、こいつら。祖父と孫みたいな年齢差なのに、この関係はまったく理解できない。ま、いいか。そういう趣味なんだろ。コスプレがあるように年齢プレもあるんだろ。しかし、フィクサーも一目置く陣内武一を〝武一〟

なんて呼び捨てにしてるんだから、おれも大したタマだよなあ。なんか大物になった気分。綾は——深刻な表情だ。やっぱり怖いよな。インテリで気が強いとはいえ、女だもんな。よし、と気合を入れた。綾、おまえはおれが守る。安心しろ。

「見てくれ」刀根が地図を示す。永田町だ。

「国会議事堂に首相官邸、内閣府、と政府の重要な施設が並んでいるだろう」

なにが言いたいんだ。そんなこと、小学生でも知っている。改めて説明してる場合かよ。さすがに耄碌《もうろく》したか。

「ここら一帯には秘密の地下トンネルが何本か走っているんだ」

ぷっ、と噴いてしまった。よりによってまあ。

「小僧、なにがおかしい」

刀根が険しい眼を向けてくる。ヤバっ、怒ってる。

「それはその」頭をかき、ぼそぼそと言った。

「よくある都市伝説の類《たぐい》じゃないですか。ほら、地下鉄千代田線の国会議事堂前駅がすっごく深い地下にあるのは核シェルターを兼ねてるから、とか」

なにぃー、と睨んでくる。うわっ、ますます怒ってる。

「慎太くん、本当なのよ」

綾が元新聞記者らしく簡潔に説明する。

「鈴木貫太郎内閣の内閣書記官長が手記にも書いてるわ。終戦当日、つまり昭和二十年八月十五日の朝、反乱軍の襲撃を恐れた書記官長たちは首相官邸から地下道を通って特許庁近くの道路に出た、と明記してあるの」

すずきかんたろうってベテランのお笑い芸人みたいな名前だけど、根拠のある話らしい。

「つまりこの間が地下道――」

綾がほっそりした指で地図上の二地点を示す。首相官邸と特許庁。間に六本木通りがある。地図の縮尺で確認する。直線距離にして四百メートルくらい――すっげえ。綾が言葉を継ぐ。

「政府の要人が殺害された五・一五事件と二・二六事件以降、要人脱出用の極秘の地下道がいくつも掘られたといわれている。都市伝説でもなんでもないのよ」

はい、と言うしかなかった。

「小僧、わかったか」刀根が一転、薄い笑みを浮かべて言う。

「おまえたち若い人間には想像もつかないことが、この世の中には山ほどあるんだ」

ごつい指先で山王パークホテルを示す。

「戦前からの要人御用達の高級ホテルだけあって、地下トンネルが複数通じている」

脳裡に不気味な光景が浮かんだ。小さなライトのみを頼りに、暗い、古びたトンネルを歩く戸村清之とソルジャーの面々。カビ臭い暗闇で眼だけが青白く光る——身震いした。

「戸村は本気で革命を起こそうと考えている男だ。都心の隠された地下トンネルは可能な限り調べ上げてあるはず。やつらは間違いなくトンネルから来る。そして極秘会談の終了を待ち、モーガンらが地下駐車場へ降りてきたところで襲う。緊張が解けた時間帯に狙うのは古今東西暗殺の常道だ」

さすがに政財界に隠然たる力を持つフィクサーだけあって、説得力抜群の情報だ。極秘会談は夜七時半から始まり、早ければ約一時間半で終わる予定だという。いま七時ちょうど。

「そろそろ行くか」

刀根が腰を上げる。

「下で星野が頭に血ぃ昇らせて待ってる」

握ったステッキを日本刀のように腰に据え、すたすた歩いていく。

「刀根、若返ったなあ」陣内が追いかけながら言う。

「おかげさんで」刀根は笑顔で応える。二人から緊張感や怯えは微塵も感じられない。いったいどういう神経をしてるのか。もしかして、おかしなプレイの最中なのか。

「慎太くん、無理していない？」

綾が心配げに問う。なにをいまさら。ぐいと胸を張る。

「おれ、綾さんが行くとこなら、たとえ銃弾の中でも怖くないから」

言ったあと、どさくさにまぎれてコクっちまったかあ、と顔が火で炙ったように熱くなった。が、綾は微笑んだだけだ。ちょっとだけ拍子抜けしたが、すぐに武者震いが湧いた。やったろうじゃねえの。奥歯を嚙み、震える足を踏み出した。いよいよだ。

エレベータに乗る。七階からロビーへ。扉が閉まる。降りていく。昨日から気になって仕方がない疑問を口にしてみた。この先、最悪の事態もあり得る。心おきなく臨みたい。

「刀根先生、あとひとつだけ、お訊きしたいことがあります」

なんだい、と訝しげに眼を細める。

「戸村清之があれだけ潤沢な資金を持っているのはなぜですか」

答えの代わりに唇をへの字に曲げる。慎太は続けた。

「勉強会は高級ホテルのホールだし、住まいもスイートルームです。十人からのソルジャーも養ってるし」

ふむ、とあごをしごき、刀根が口を開く。

「つまりカネの出処《でどころ》が判らないってことだな。どっかの大物政治家みてえに」

「本の印税や寄付だけでは賄えません」

小僧、と刀根が己のこめかみを指で示す。

「愚かな、いまどきのガキだと思ってたが、ここ、案外切れるな」

伝説のフィクサーがこの田嶋慎太の頭が切れるだって？　自慢じゃないが、鈍《にぶ》い、軽薄、ヘタレは腐るほど言われてきたが、頭が切れるなど、二十五年間の人生でただの一度もない。

「小僧、だれがスポンサーだと思う」

刀根が試すように訊く。よし。脳みそをフル回転させる。

「ヒントは今回の戸村の行動でだれが一番得をするか、だ」

そうか、革命を画策する恐ろしい黒幕か。乾いた唇を舐めて答えた。

「元総理大臣、ですね」はあ、と刀根は怪訝そうだ。慎太は説明した。

「経済も社会も沈没していく中、東日本大震災で止《とど》めの一撃を食らった日本を心配した実力者が、ガラガラポンを企《たくら》んで戸村にカネを流した、と」

刀根は肩を落とし、「おれの眼力も衰えたか」とため息交じりに言う。あ、そんな。もう一度考えます。えーと。

「中国ですか」「どうして」

四階、三階――エレベータが下降していく。

「アメリカに追いつき追い越せの大国だから、将来の大統領を消してしまおうと」

「おまえ、おかしなポンチ絵とか映画の観すぎだろ」

呆れたように言う。

「日本の政治学者を使い、莫大なカネを注《つ》ぎ込んで国務省の副長官一人殺したところでどうなる。中国はそんなまだるっこしいことはやらない。本気になったら頭《あたま》を潰す」

「頭を潰す？」

「そうだ。玉砕覚悟でワシントンとニューヨークに大陸間弾道核ミサイルを撃ち込む」

冗談でしょ。が、刀根は真顔だ。ひえー、分不相応な推測を口にしてごめんなさい。

もしかして、と綾が呟く。ほおが桜色に染まる。もしかして、だれ？

チーン、とエレベータの扉が開いた。刀根が、陣内が出ていく。綾も続く。全員、臨戦態勢だ。慎太も慌てて後を追った。

意外なクルマが用意されていた。小型のコンテナ車だ。真っ白なボディに鮮やかな水色で〝クリーニングの白鳥グループ〟と記してある。有名な全国展開のクリーニングチェーンだ。クリーム色の作業服に着替え、キャップをかぶった星野がコンテナの観音扉を開ける。ギッと鉄が軋む。中はからっぽだ。刀根がステッキを振る。

「さあ、兄貴、乗ってくれ」

まず陣内が乗り、綾を引き上げる。次いで慎太。最後に刀根だ。

「先生は助手席でいかがです」

星野が申し訳なさそうに言うが、刀根は、ダメだ、と一言。陣内が腕を持って引き上げ、星野が尻を押す。

「ああ、トシは取りたくねえなあ」

床に胡坐をかき、ステッキを傍らに置いてぼやく。

「じゃあ先生、失礼します」

観音扉が閉まり、ロックをかける音がする。天井でオレンジのランプが灯るだけの、薄暗い空間だ。陣内も胡坐をかき、綾と慎太は膝を抱えて座る。ブオン、とエンジンが唸り、発進した。荷台だけに小刻みな振動がある。

「刀根、ホテルへの出入り業者であるクリーニング屋を装って入るわけだな」

陣内が確認する。刀根はかしこまって答える。

「オープンが迫ったいま、業者のクルマは早朝から真夜中まで、途絶えることがない。話は付いています。大船に乗った気でいてください」

「御苦労だった」

鷹揚《おうよう》に労《ねぎら》い、唇を引き締める。沈黙が流れた。綾は両膝に額を当てて眼を閉じる。陣内の様子が変だ。両腕を組み、憮然としている。どこか渋い表情だ。悩みがあるのか？

「兄貴、どうしました」

刀根が心配げに訊く。うん、と意を決したようにうなずく。

「おまえ、本当に丸腰でいいのか」

「どういうことです」

陣内は綾に険しい眼をやる。いやな予感がした。厳しい口調で語り始める。

「戸村なる男、うら若き女性に拳銃を持たせ、老人のおまえを消そうとした卑劣な輩。そういう男に対し、丸腰とは甘くないか」

綾が顔を上げる。表情に屈辱と哀しみがある。が、陣内はかまわず語る。

「か弱き乙女を刺客に仕立て上げ、恩義ある昔の師匠の元へ送り込んだ非情な男だ。おれがいなければ、おまえは間違いなく射殺されていた」

綾の唇が震える。瞳が潤む。いまにも泣きそうだ。てめえっ、綾の気持ち、判ってんだろ。

慎太は弾かれるように立ち上がった。

「武一、いいかげんにしろ。終わったことだろ。いまさらぐだぐだ言うんじゃねえよっ」

「小僧っ」刀根が憤怒の形相で膝を立て、ステッキを頼りに立ち上がる。揺れるコンテナ内で、哀しいくらい緩慢な動きだ。それでもよろめきながら、眼を吊り上げて怒鳴る。

「兄貴に対して舐めた口を利くと承知せんぞっ」

伝説のフィクサーの一喝に一瞬怯《ひる》んだが、怒りにまかせて返す。

「武一は武一だ。おれにとっては居候で大飯食らいの陣内武一だよ。あんたらのおかしなプレイなんか知るか。ふざけんじゃねえよっ」

なんだとお、顔をゆがめ、ステッキを振り上げる。そのとき、コンテナがブレーキをかけて停まる。信号停車だろう。刀根はステッキをかまえたまま呆気なく揺れ、ぺたんと尻もちをつく。ステッキが転がる。すっと怒りが萎《しぼ》む。どっからみてもじいさんだ。意気軒昂《けんこう》だけど、もう八十九歳だもんな。陣内が床のステッキを拾って言う。

「刀根、おれは田嶋さんには本当に世話になった。いくら感謝してもしきれない」

いや、それほどでも。

「おれは二十三で田嶋さんは二十五。武一と呼ぶのは当然だ」

すると、八十九のフィクサーを怒鳴ったおれは――

「刀根先生、どうもすみませんでした」

頭を下げ、座り直した。刀根は大きく息を吐いて胡坐をかき、ぼそぼそと語る。

「兄貴、戸村のことはおれに任せてくれ。あの野郎、口では大きなことを言っても、おれの前では岩手出身の苦学生の泣き虫、戸村清之だ。陰では色々画策しても、直接、会ってしまえばなにもできない。おれのこの――」

シワくちゃの顔を掌《てのひら》で叩く。

「面《つら》さえありゃあ、丸腰で充分だ。お釣りがくる」

陣内は、そうか、とうなずく。

「元師匠のきさまがそこまで覚悟を固めているなら、おれはもうなにも言わん。しかしだ」

革手袋をはめながら告げる。

「米国の国務省副長官暗殺はなんとしても阻止せねばならん。日本をこれ以上、惨めな国にしてはならん」

「もちろんです」

刀根はステッキを握り締めて言う。エンジン音が高くなる。コンテナが傾《かし》ぐ。坂道を登り始める。そろそろだ。綾は——両膝を抱え、じっと一点を見つめている。心、ここにあらずだ。なにを考えているのだろう。


ヘンリー・モーガンは目の前の小柄な男を観察した。長い脚を組み、あごに手を置いて、正面から見据える。

日本国外務大臣の那須秀之助、五十七歳。七三に分けた薄い髪とほおの垂れた丸顔。濁った黄色い眼が右に左にせわしなく動く。濃紺のスーツとシルクシャツは英国製だろう。が、腹が突き出た小太りの身体にまったくフィットしていない。借りものを着た、売れないコメディアンのようだ。モーガンは内心、うんざりしていた。時間の無駄じゃないのか。

自分と同世代だが、不摂生の証《あかし》のような弛《たる》んだ身体と、土色の肌はどう見ても六十代だ。

永田町の丘陵に建つ『山王パークホテル』の新館は十五階まであり、上五階分は国際会議も可能な大小のコンベンションホールにオフィスフロア、高級フィットネスクラブ、世界の有名レストランやバーが集まる豪華な飲食街になっている。そして十階の特別スイートルームが今夜の極秘会談の場だった。

モーガンは冷たいミネラルウォーターを飲み、睥睨するように視線を回した。

リビングエリアは二百平方メートルほどの広々とした空間で、ガラス戸は防犯上、分厚い遮光カーテンで覆われているが、天井は高く、柔らかな間接ライトの下、ウォールナットの床に象牙《ぞうげ》色の大きなソファが据えられた、シンプルで豪華な、極秘会談に最適の部屋だ。

黒御影石《みかげいし》のテーブルを挟んで、向こうのソファに外務大臣の那須。傍らに通訳を兼ねた外務省の若い役人。こちら側にモーガンと秘書官のアーノルド・マクラレン。

他に、アメリカ大使館の職員や外務省の高官が数人、控える。みな緊張した面持ちだ。今夜のエキサイティングな極秘会談の、一方の主役となるはずだった那須は視線が定まらず、貧乏ゆすりまでして居心地が悪そうだ。

モーガンは嘆息しつつ、このバカげた会談を振り返った。

那須が小太りの身体を揺らし、息を切らして現れたのが会談開始時刻を五分ほどオーバーした午後七時三十五分。いま八時ジャストだから二十五分ほど前だ。

遠来の客を待たすとは少々むかっ腹も立ったが、那須は外務省トップの重要閣僚であり、こっちは国務省のナンバー2だ。すべての感情を殺して握手し、笑顔で応対した。

さっそく普天間基地の問題を持ち出したが、良家の出の元高級官僚とかいう日本の外務大臣は愛想笑いを浮かべ、政府を挙げて努力します、解決の日は必ず来ます、と言うだけで、実のある話は一切しない。言質《げんち》は取らせない、ということだろう。

相当のタヌキか、と警戒したが、モーガンが那須の家柄に触れると、途端に食いついてきた。皇族の血筋やサムライの大名の直系といった、アメリカ人の自分にはどうでもいい話を、身振り手振りでペラペラ喋り、鎌倉の実家には美術館も顔負けの刀剣類や鎧兜《よろいかぶと》、漆器類、書画、工芸品が山とあるから、是非ご案内したい、とまでぬかした。

モーガンは、そんな時間がどこにある、と怒鳴りたい衝動をなんとか抑えつつ、お返しに自分の経歴を披露した。

オハイオの田舎町の貧しい工場労働者の家に生まれ、十歳のときから新聞配達に芝刈り、クルマの洗車で稼ぎ、高校へはアメフトの特待生枠で進学。大学はアメフト部と勉学で忙しい毎日を送りつつ、奨学金とアルバイトの掛け持ちでなんとか卒業した、と。

それはそれは、と気のない相槌を打つ小男に少々気合を入れてやろうと、逞しい上半身を乗り出し、こう真顔で告げた。

「わたしは頭よりは体力で勝負してきた人間なので、アルバイトももっぱら場末のクラブやバーの用心棒でした。アメフト仕込みのショルダータックルでチンピラ三人を病院送りにしたこともあります。うちひとりはあごの骨が外れ、減らず口が叩けなくなりました。わたしのタックルはスモウレスラーに負けない威力があります。これで我々の前に立ち塞がる難問も一挙粉砕といきたいものですな」

己の肩を軽く叩いて微笑んだら、小男は真っ青になった。これが一国の外務大臣か？　モーガンは驚き呆れた。仮にも国家の運営を担う閣僚なら余裕の笑みを浮かべ、スモウレスラーは強いですよ、あなたがもう少し若ければここにヨコヅナを呼んだのに、とでも返し、二人で大笑いするものだろう。怯《おび》えてしまったらそこで終わりじゃないか。

秘書官のマクラレンから「日本人は生真面目だからあまりきついジョークを飛ばさないように」と小声で注意され、口を閉じた。そしてこの空しい沈黙の時を迎えた。さあ、どうする？

「しかし、難しい問題ですなあ」

那須は沈黙に耐えかねたのか、愛想笑いを浮かべ、明るい口調で言う。

「当時の総理の空約束がすべての元凶とはいえ、我が政府も頭を痛めております」

たしかに普天間問題は難問中の難問だ。ここまでこじれた以上、正直、有効な解決策は見当たらない。外務大臣の那須は、とんだ貧乏くじを引いた、と己の不運を呪《のろ》っているのだろう。しかし、立ち塞がる苦難を乗り越え、少しでも前進を試みるのが政治家だ。停滞は許されない。責任転嫁をしている暇があるのか。日本人よ、努力しろ。覚悟とやる気を見せろ。

那須はへらへら笑って言う。

「せっかく御足労をいただいて、まことに申し訳ないのですが、しばらく時間を置くしかありませんなあ。我が日本には、急がば回れ、待てば海路《かいろ》の日和《ひより》あり、という先人の含蓄《がんちく》に富んだ言葉もありますし。総理からも御配慮のほどをよろしく、とのことでございます」

モーガンはこめかみのあたりが痙攣《けいれん》するのを感じた。この男は舐めている。たかが国務省の副長官風情が、と見下《みくだ》している。抑えていた憤怒が音をたてて膨らむ。クソ野郎、いったいおまえの仕事はなんだ？　日本国民のために命懸けで交渉に取り組む気概はないのか。難問を前に尻尾を巻いて逃げるなら政治家になるな。ゴー・フォア・ブローク、当たって砕けろだ。アメリカへの不満でも怒りでもいい、ぶつけてこいよ。無茶な要求でもいいから、まずは日本国の外務大臣であるおまえの解決案を提案してみろ。

息が荒くなる。額の奥が熱くなる。異変を察知したらしいマクラレンが、落ち着いて下さい、と言わんばかりに小さくかぶりを振ったが、無視だ。

「外務大臣に申し上げます」

厳《おごそ》かに前置きして告げた。

「我々がいま、ここで貴重な時間を浪費することは日米両国民にとって極めて不幸なことです。まず、わたしの意見を述べさせてください」

那須の眼に不安と戸惑いが浮かぶ。モーガンは強い口調で語った。

「沖縄が東アジア地域の安全保障にとって極めて重要であることは御存知の通りです。いまや経済成長にのった中国軍の伸張は驚異であります。二〇一一年の国防費は前年実績比十二・七パーセント増の六千十一億元（約七兆四千八百億円）となっておりますが、米国防総省は実際は倍以上と推計しております」

それはオーバーだ、と苦笑する那須を無視して続ける。

「南シナ海一帯での爆撃機や対艦ミサイルを使用した大規模演習を繰り返し、旧ソ連空母を改造した中国海軍初の空母も試験航行の段階に入っております。次世代のステルス戦闘機も試験飛行を実施しました」

人さし指を立てる。

「中国の狙いはただひとつ」

那須がごくりと生唾を飲み込む。

「東アジアおよび西太平洋地域の支配です。そして、この地域から米軍が少しでも後退の姿勢を見せれば、中国軍はすぐに攻め入ってきます」

バカな、と手を振る那須に、「本当だっ」と荒い言葉を投げる。不健康な丸顔が硬直する。

「いいですか、大臣。中国は十三億人の国民を養うために、血眼《ちまなこ》で海洋資源、地下資源等の開発に乗り出しています。アフリカ、中東、南米をはじめ、世界中に進出しています。北極、南極にも熱い視線を向け始めている。国民を食わせられなくなった時点で未曽有の大暴動が起き、治安は崩壊。共産党独裁体制の国家は四分五裂してしまうからです。いずれ米軍との衝突も覚悟しているでしょう。中国という、人類始まって以来の超巨大国家はあなた方が考えるよりずっと、遥かに怖い存在です」

副長官、少しトーンを抑えて、とマクラレンが耳打ちするが、黙れ、と一喝。そして那須に向き直る。

「我が米軍は常に中国軍の動向に注目し、大事な友である日本の未来を心配しています。しかし、沖縄から出ていけ、普天間を問答無用で返せ、と言われれば東アジアに重要な拠点を失い、強力化する一方の中国の侵攻を阻止できません」

それは脅迫ですか、と那須が気色ばむ。

「わたしはシビアで恐ろしい国際政治の真実を述べているのです」

日本の関係者たちがじっと見つめる。豪華なスイートルームの空気が緊迫していく。

「安保条約がある以上、同盟国の日本に危機が迫れば米軍は一目散に駆けつけます。命懸けで戦い、問答無用で敵を撃退します。安保条約の実効力を疑う必要はまったくありません」

言葉を切り、日本の高官たちに眼を移す。のっぺりした個性のない、小利口そうな男ばかりだ。見たそばから忘れてしまう。

「その証拠に、沖縄には高度な機動力を誇る海兵隊約一万六千人が駐屯しています。そして海外で展開している海兵隊は沖縄駐留軍のみです。中国と北朝鮮、ロシアの脅威を封じ込めるラインの要《かなめ》が沖縄だからです。アメリカは沖縄を、日本国を、最重要視しています」

ほっとした空気が流れる。が、それもつかの間だった。モーガンは粛々と本題に入る。

「しかし海兵隊は単独では戦えません。陸上部隊と航空部隊、支援部隊が一体となって戦う統合部隊の、いわば核となる精鋭部隊です。ゆえに、常に連動して厳しい訓練を行う必要があります。普天間を沖縄県外へ全面移転してしまえば、連動訓練に多大な支障が生じます。国外移転など論外だ。常に最前線で戦う海兵隊は訓練が不足するとあっという間に弱体化し、実戦になれば簡単に死んでしまいます」

語るうちに熱いアドレナリンが全身を駆け巡るのが判る。

「アメリカ政府は日本のために戦う海兵隊の勇気ある若者たちを、訓練不足ごときで死なせるわけにはいかない。これだけは絶対に譲れません」

つまり、と那須が青い顔で言う。通訳なしでやり合う。

「つまり、普天間の県外移転はあり得ないということですね」

「難しいことは言わない。従来の取り決め通り、辺野古のキャンプ・シュワブ沿岸部に移設しなさい、ということです」

敢えて命令口調で述べる。那須が丸顔を強ばらせて訴える。

「沖縄の同意が得られません」

「それはあなたたちの未熟な政権運営のせいだ」

モーガンは冷たく言い放つ。

「これ以上の迷走は許さない。あなた方の怠慢と無責任のせいでアメリカの戦闘力が弱体化し、安全保障に最も必要な抑止力を失い、世界のパワーバランスが崩れることがあってはならない。日本国政府は直ちに覚悟を決めなさい」

那須の額に青筋が浮かぶ。

「命令はやめていただきたい。それは日本国への侮辱です」

だったら、とソファを平手で叩く。パン、と乾いた音が弾ける。ひっ、と日本人全員が首をすくめる。

「外務大臣は沖縄に滞在し、捨て身で説得しなさい。居心地の良い東京にいてはなにも解決しない。世界の危険な状況を、アメリカの苦悩を、日本の危うい立場を、沖縄の人々に汗を流して千回でも一万回でも言葉を尽くして説明しなさい。それがあなたの使命だ」

「無茶な」

「無茶ではない。第二次大戦末期、沖縄は本土の捨石となり、多大な犠牲を強いられた。アメリカ軍の猛攻撃に晒され、十五万人もの民間人が亡くなった。戦後も数々の屈辱と辛苦を味わいながら日本国の平和のために耐えてきた。そういう哀しい島の人々を説得するには補助金や聞こえのいい美辞麗句だけでは無理だ。政治生命を、いや己の生命を賭けなさい」

ぐう、と那須が息を詰める。

「アメリカは日本のためにいつでも死ぬ気で戦う覚悟がある。その準備をさせろ、と言ってるだけです。あなた方が貪《むさぼ》る日本の平和はアメリカ次第、ということを忘れるなっ」

鼻の頭に筋を刻み、指を突きつけ、クーガーの本性を剝き出して吠える。

「わたしが大統領と国務長官の命を受け、スケジュールをやり繰りして遠路はるばる日本までやってきた意味を考えなさい。激化する宗教問題に民族問題、出口の見えない大不況に大恐慌の兆し。世界はいま未曽有の激動の中にいる。しかし、日本は相変わらず呑気でアホだ。東日本大震災とそれに伴う原発のメルトダウンが日本政府を覚醒、奮起させたのではと期待したのにこの様《ざま》だ。危機感ゼロだ。アメリカはもう堪忍袋の緒が切れそうなんだ。あなたたち優柔不断で弱虫で卑怯な日本の政治家に」

真っ青な日本人たちを眺めながら、自分はやはりこの国の人間に好意を持てない、と思った。その理由は判っている。オハイオで過ごした少年時代の貧しさだ。いくら働いても報われなかった父の人生だ。

モーガンは声に出さずに語りかける。父さん、ぼくはやっぱりこの国が嫌いだ。


『山王パークホテル』の旧館の裏手、駐車場の奥。一日中陽の射さない苔生《こけむ》した一角にフェンスで囲まれた、いまにも崩れそうな小さな神社がある。その神社の扉がギッと軋み、そっと黒い人影が現れる。辺りを見回し、指を振る。五つの人影が続き、音もなく高さ三メートルのフェンスを越え、猫のような身軽さで降り立つ。軽機関銃を持つ者二名。残りも拳銃で武装している。

先頭に長身の男。モスグリーンの戦闘服に目出し帽。黒のコンバットブーツ。顔は見えないが、引き締まった体型と身のこなしから判る。戸村清之だ。

カツン、とステッキをつく音が響いた。六人、揃ってこっちを見る。軽機関銃が二丁、素早く向けられる。火薬をまぶしたような緊張が漲る。

「おれだ」

刀根剛介がコンクリートの柱の陰から出る。ダブルスーツの老紳士はステッキに両手を置き、自然体で立つ。

「久しぶりだな、戸村」

戸村は腋に吊ったショルダーホルスターから自動拳銃を抜く。

「先生、邪魔です」冷たい声が這う。

「さっさと始末しておけばよかった」

「女などを使うからこうなる」

「教訓にします」

刀根がステッキを振る。

「この場から帰りなさい。若い者たちを無駄に死なせるな」

背後の五人がいきり立つ。戸村が左腕を伸ばして制す。

「我々は全員、死を覚悟しています。元神風特攻隊の先生なら憂国の士の魂を理解してくださるはず」

「理解できんな」

「残念だ」

瞬間、自動拳銃が火を吹いた。

田嶋慎太は柱の陰から動けなかった。小泉綾も硬直したままだ。老いた恩師に対し、躊躇なくトリガーを引く戸村清之。その冷血と覚悟に震えた。

乾いた銃声が轟き、首をすくめたときはもう、刀根剛介の姿はなかった。速い。電光石火の動きだ。横っ跳びで隣の柱の陰に隠れる。あれで八十九歳？——違った。陣内武一だ。武一が刀根の首根っこをひっつかみ、小柄な身体を抱えてダイブした。その捨て身の勇気に痺れ、己の不甲斐《ふがい》なさに呻いた。

コンクリートの柱が十五メートル間隔でずらりと並び、奥の闇へと延びている。大理石の床と煉瓦《れんが》の壁。張り出した雨よけの天井。水銀灯の冷たい明かりが照らす、旧館裏のトンネルのような空間だ。

ちくしょう、と戸村が吠え、柱の裏に回ろうとする。拳銃を握る右腕を伸ばし、いつでも弾けるようトリガーに指を添える。目出し帽からのぞく二つの血走った眼球が鈍く光る。迷いは微塵もない。殺す気だ。刀根と武一。二人とも射殺される。が、動けない。本物の拳銃を前に、呑気なフリーターになにができる。しかも戸村の背後にはソルジャー五人が控えている。硝煙の匂いがツンと鼻腔を刺す。

ああ、と綾が柱の陰から出ようとする。強ばった顔が蒼白だ。白っぽい唇が、ぶいちくん、と動く。ダメ、慎太はその肩をつかんだ。やめて、とか細い声が漏れた。

「戸村先生、やめて」

綾が泣き顔で訴える。戸村が首を回し、こっちを見た。眼が細まる。険しい双眸《そうぼう》が据えられる。距離十五メートル。殺される。

「ばかな女だ」目出し帽越しにくぐもった声が漏れる。

「間抜けなフリーターも一緒か」

慎太は無言のまま、ただ酷薄な視線を受け止めた。

「愚民ども、偉大なる革命への第一歩をそこで見てろっ」

鋼の言葉を叩きつけるなり、向き直る。拳銃を柱の陰に向ける。一瞬の間をおき、邪魔だ、どけっ、と戸村の怒声が疾る。慎太はそっと首を伸ばした。

武一だ。オレンジのバンダナを巻いた陣内武一が立っている。背後の刀根をガードするように仁王立ちだ。戸村が喉を鳴らして笑う。

「刀根先生、そういうおかしなのを弟子にするとはよほど耄碌しましたな。身体を張るしか能のない男でしょう。わたしが鍛え上げた一騎当千のソルジャーとはまったく違うな」

戸村、考え直せ、と刀根がしゃがれた声で言う。が、戸村はあっさり首を振る。

「わたしを止められる者はこの世にいない」

トリガーにかかる指が動く。慎太は綾を両腕で抱え込み、眼を閉じた。パーン、と銃声が響いた。殺られた。頭が真空になる。脳裡に撃ち殺された武一の姿が浮かぶ。そして最後のフィクサーも——。綾を抱えたまま次の銃声を待つ。静寂が降りる。

おらあ、と巻き舌の怒声が聞こえる。

「どいつもこいつもぶっ殺すぞお」

巻き舌？　戸村じゃない。そっと瞼を開けた。えっ、と声が出た。腰を落とし、両手で回転式の拳銃をかまえる大男がいた。クリーム色の作業服にキャップ。髭面。クリーニング店の従業員に扮した元ヤクザだ。刀根の弟子兼ボディガードの星野龍生だ。どうして拳銃を、と思う間もなく、歯を剝き、鼻にシワを刻んで吠える。

「今度は心臓をぶち抜いてやるっ」

両手で持つ拳銃が震える。その銃口が戸村をとらえる。戸村は、落ち着け、とばかりに肩をすくめ、自動拳銃を下ろす。冷静さが戻っている。

先生、と二人のソルジャーがコンバットブーツを踏み出す。軽機関銃をかまえる。残り三人も自動拳銃を据える。戸村は左手を挙げ、やめろ、とひと言。じっと値踏みするように星野を凝視し、軽くうなずく。

「おまえには撃てない」

星野は眉を吊り上げ、歯を嚙み締める。両腕が震え、銃口が大きく揺れる。拳銃のグリップを握る手が白くなる。

「無理だね」嘲《あざけ》りを含んだ声が這う。

「人間には器量というものがある。おまえは老い先短いおいぼれの世話が似合っている。勘違いするな、クリーニング屋」

それだけ言うと自動拳銃をショルダーホルスターに戻し、急げ、と左手を振る。ソルジャー五人が一斉に駆け出す。大理石を叩くブーツの固い音が遠ざかる。六つの人影が水銀灯の明かりに浮かび、消えた。星野が握る拳銃は通路の奥、闇を睨んだまま頼りなく揺れた。

「だれも死んでないよね」

綾が慎太の腕を払い、立ち上がる。

「ねえ、慎太くん、だれも死んでいないよね」

慎太は緩慢な動きで腰を上げた。

「死んでないよ、刀根先生も、武一も」

告げながら泣きたくなった。いったいおれ、なにやってんだろ。

先生、と星野がズックの作業靴を踏み出す。厳つい髭面を苦しそうにゆがめて弁解する。

「おれは元極道です。こういうとき、チャカがないと不安で」

来るなっ、と裂帛の気合のような声が飛ぶ。

「来るな、星野、控えてろっ」

星野は拳銃をぶら提げたままうなだれる。命懸けで頑張ったのに、気の毒になった。戸村清之の阻止に失敗した刀根のじいさんの気持ちは判るけど。慎太は渇いた喉を絞った。

「刀根先生、それはないよ」

が、聞いちゃいない。薄暗い柱の陰で、刀根と武一が向き合っている。どっかと胡坐をかいた八十九歳の老人と、片膝《かたひざ》を立て、中腰になった二十三歳のクラシカルな飛行服の男。二つの人影が闇に溶けていく。慎太は近寄れなかった。陰影となった二人から濃いバリヤーのようなものが漂う。それは綾も同じらしく、唇に手を当てて固まっている。声を潜めて語り合う言葉が、なにかの呪文のようだ。

「兄貴、ほんの少しだけ時間をくれ」

刀根はかすれ声で訴えた。

「これだけは言わないと、死んでも死にきれねえ」

陣内はうなずいた。刀根は両手でステッキを握り締めた。陣内の眼が据えられる。きれいな澄んだ眼だ。曇りひとつない、本物の特攻隊員の眼だ。顔も格好も、六十七年前の払暁、鹿児島の特攻基地から沖縄へ出撃した陣内武一だ。それに較べておれは——萎えそうな己の老体を励まして語った。

「復員したおれは三島少尉と花田の実家を訪ねたあと、小田原へ向かった。兄貴の御両親に嘘八百の報告を行い、桐野杏子さんと会って——」

心が、身体が、痺れてしまう。まさかこんなことになろうとは。あの世とやらへ行ってからの話だと思っていたのに。陣内の澄んだ眼は微動だにしない。静かに次の言葉を待っている。刀根は大きく息を吸い、告げた。

「あんたの許嫁《いいなずけ》に惚れた」

瞬間、遥かな記憶が、深い陰影と鮮やかな色彩を伴って甦る。空襲で焼け残った実家の和室に座り、陣内武一の勇ましい最期を、空母に突っ込み見事本懐を遂げたという作り話を信じた十七歳の桐野杏子。「武一さんを誇りに思います」と気丈に微笑みながらも、大きな瞳がみるみる潤み、涙が滴《しずく》となって落ちた。自分は呆然と見つめた。若竹のような背筋を伸ばし、凜とした佇まいで、「武一さんは最期まで立派だったのですね。愛する故郷を、日本国民を守ろうと頑張ってくれたのですね」と涙を流した杏子。時代も戦争も恨むことなく、ただ陣内武一の毅然とした姿を心に刻む清楚な少女。二十二歳の死に損ないは落雷に打たれたような衝撃の中で、この女しかいない、と思った。兄貴の代わりに守ってやる、と誓った。

「きさま、杏子と一緒になったのか」

はっと我に返る。特攻服姿の陣内の表情は変わらない。穏やかだ。刀根は苦いものを呑み込み、語った。

「そうです。何度も何度も小田原に通《かよ》った。闇市で手に入れた食料品を山と背負い、兄貴の御家族をはじめ彼女の親や親戚の御機嫌を取り、外堀を埋めた後、おれは全身全霊を賭けて求婚した。兄貴の分まで幸せにするから、と懸命に口説いて結婚してもらいました。しかし」

湧き上がる嗚咽を堪《こら》えて続けた。

「幸せにする前に亡くなった」

陣内の顔に翳《かげ》が射す。刀根は切々と語った。極道組織の抗争でヤクザ二人を斬り殺した特攻帰り。銃弾を五発撃ち込まれても死ななかった悪運の強い男の刑務所入り――

「正当防衛が認められ、二年の懲役で済んだが、面会に訪れた杏子は、瀕死の重傷から生還したおれを前に、さめざめと泣きました。人を殺すのも殺されるのもいや、もうたくさん、男は勝手だ、とね。暗い面会室の金網越しに杏子の憔悴《しょうすい》しきった顔と涙を見て、おれはつくづく愚かな野郎だと思い知った」

陣内が瞼を閉じる。瞑目する。刀根は震え声を絞り出した。

「おれは敗戦後の闇市で暴れ、極道の用心棒になってカネを稼いできた。あの殺伐とした混乱の時代、カネがすべてと信じていた。杏子と一緒になって、おれの用心棒稼業はいよいよ本格化した。杏子に不自由はさせなかった。しかし、ヘタを打って豚バコ入りだ」

眼の奥が熱くなる。

「兄貴、おれは二度と杏子を泣かせないと誓いました。懲役を終え、晴れてシャバに出て、これから心機一転、堅気として生きよう、杏子がうんざりするくらい幸せにしてやろう、と張り切ったところに」

息を切り、煮えそうな脳みそを少しだけ冷まして続けた。

「杏子の労咳《ろうがい》だ、結核だ。おれのせいだ。おれが懲役を打たれたばかりに、生活に窮した杏子は無理をして内職に励み、闇市の担《かつ》ぎ屋になった。刑務所への差し入れも欠かさなかった。おれが悪いんだ。兄貴」

熱いものがほおを濡らす。

「おれがいなきゃ杏子は長生きできた。おれはバカなろくでなしだ」

許せ、と頭を深く下げた。涙があとからあとから落ちた。八十九歳の刀根は背中を震わせ、子供のように泣いた。

「刀根」

明るい声が降ってくる。顔を上げた。ああっ、と声が出た。浅黒い笑顔が語りかける。白マフラーに飛行帽、飛行眼鏡。オレンジのバンダナを巻いた特攻隊員が爽やかに言う。

「杏子はいい女だったよな」

それはもう、とうなずく。

「おまえは誤解している」はあ、と首をかしげた。

「杏子は焦土の中、命懸けで生きるおまえを愛した。幸せにしてやる、と突っ走る特攻隊の生き残り、刀根剛介に気を揉みながらも、心から愛した。でなければ、身体を壊すくらい懸命に働くわけがなかろう」

両手で肩をつかんでくる。ぐっと指が食い込む。若い力が老いた身体を引き寄せる。

「杏子はきさまと一緒になって幸せだった」

心に沁み入る言葉だった。

「愛していたからこそ結婚した。刀根、きさまは杏子の夫に相応しい、本物の男だ」

ちがうんだ、と首を振る。涙が飛んだ。あんたこそ誤解している。が、陣内の心はもう、別の処《ところ》にあった。肩から両手が離れる。

「あとはおれにまかせろ」

すっくと立ち上がり、離れて突っ立つ星野と向き合う。飛行手袋をはめた右手を差し出し、「拳銃をください」と言う。なんだてめえ、と元極道の星野は眼を吊り上げて凄むが、腰が引けている。特攻隊員の自然体に圧倒されている。

「星野、言うとおりにしろ」

刀根はステッキを振った。

「兄貴に渡してやれ。予備の弾丸もな」

星野が不承不承、ポケットからつかみ取った銃弾と共に差し出すと、受け取った陣内は「かたじけない」と一礼し、拳銃片手にそのまま走り去る。水銀灯の下を風のように疾駆し、闇に消えた。星野が口を半開きにして見送る。

刀根はステッキを頼りに腰を上げながら苦笑した。ちがうんだよ、兄貴。伝え損なっちまった。杏子の臨終の言葉を。意識が混濁していくなか、ぶいちさん、と囁いた妻。刀根の脳裡に蒼白の美しい死に顔が浮かぶ。天女のような微笑みと、目尻を伝う涙。桐野杏子が愛した男は陣内武一、ただひとりだ。

「なにぼさっとしてんのよ」

気合の入った声が飛ぶ。綾がほおを火照らせて迫る。あんたこそどーしたの？　陣内は消え、刀根のじーさんはステッキをついて立ち上がろうとしている。二人がいったいなにを話したのか、とても気になる。最後のフィクサーがこの切迫した状況下、ぼろぼろ泣くなんて。

「武一くんを追いかけなきゃ」

ええっ、とのけぞった。

「彼はテロの阻止に向かったのよ」

そんな。武装した六人を相手に拳銃一丁で。無理だ。阻止できるわけがない。

「わたしたちが応援しなきゃ」

無理無理、と慎太は後じさった。

「おれたち、ただの一般人だよ。どうやって応援するんだよ。声援くらいしかできないだろ。まずは警察だよ」

そうだ、警察だ。震える手で尻ポケットの携帯を探る。綾の眼が尖る。

「情けない、また官憲に頼るの」

いや、そうはいっても相手はテロ集団だし、狙われているのはアメリカ国務省のナンバー2で、これは国家規模の大事件だと。が、今夜の綾は覚悟が違う。

「無駄よ。時間がない」

ひとさし指が上をさす。

「ソルジャーたちは地下駐車場での暗殺を諦《あきら》めた。直接、極秘会談の場へ向かったわ」

指の先を追った。新築の本館ビルだ。戸村とソルジャー、それに陣内が消えていった方向だ。真っ暗な十五階建てビルの十階部分を見る。光がある。カーテンの隙間《すきま》から一筋の微かな光が漏れる。背筋がぞくりとした。あそこで日米の要人が。綾の張りのある声が響く。

「十階まで一気に駆け上がり、極秘会談の場を襲う。急がないと」

ぐいと背を押された。「ちょっと待って。おれたち、なにができるの」

綾の唇が吊り上がる。白い歯がきらめく。

「そんなの、行ってみなきゃ判らないじゃない」

いや、普通、充分判ると思うけど。が、綾は普通の女じゃない。闘志と行動力の塊《かたまり》だ。

なによ、意気地《いくじ》なしっ、と鞭のような叱声《しっせい》が飛ぶ。

「武一くんはたったひとりで向かったのよ。卑劣なテロを阻止し、この日本を守るために」

切れ長の大きな瞳が潤む。胸がジンとした。綾はやはり武一のことを。乱れたショートカットを指でかき上げ、眉根を寄せて睨んでくる。

「きみは、たとえ銃弾の中でも怖くない、と言ったじゃない」

言った。刀根剛介の事務所で確かに言った。綾さんが行くとこなら——

「もういい、時間の無駄。わたしは行くから」

その言葉を最後にクルリと背を向け、走り出す。待って、と震える足を踏み出した。よし。こうなりゃ地獄の底までだ。しっかり見届けてやろうじゃないの。

「おれも行く」ダッシュし、肩を並べて走った。綾が息を弾ませて言う。

「殺されるかもよ」

「いいよ」

強がりでもなんでもない。綾の前で殺されるなら本望だ。綾に愛想をつかされ、武一を見殺しにして生きていても意味がない。そうだ、ともだちを見捨てるほど落ちぶれちゃいねえからな、と偉そうに見得も切ったじゃないか。綾は死を覚悟して愛する武一を追う。職なし意気地なしの失恋男もやけくそで追う。

太く短く潔く。おれの人生、こんなもん。水銀灯の下、両腕を大きく振って走った。

「星野、こっちに来い」

我に返る。刀根剛介が呼んでいる。ステッキをついて見ている。慌てて駆け寄った。

「どうしたい、しょんぼりして」

角ばった武骨な顔が笑う。

「丸腰になって不安かい」

いえ、そんな。刀根は朗らかに言う。

「おまえがチャカをぶっ放したから助かった。じゃなきゃおれも兄貴も殺されていた」

星野は肩をすぼめた。刀根が庇《かば》うほど惨めになるばかりだ。

「おまえが戸村を殺していたら、おれたちはソルジャーどもの軽機関銃でハチの巣になっていた。いずれにせよ、戸村を説得できると信じたおれの判断ミスだ。許せ」

銀髪頭を下げる。かっと全身が熱くなった。

「先生、やめてください。わたしは度し難い臆病者です」

惨めな言葉が堰《せき》を切って迸《ほとばし》る。

「わたしはあの若造相手に臆してしまいました。先生から命ぜられるまでもなく、拳銃を渡していたと思います」

二十三歳の若造相手に呑まれ、圧倒された大間抜け。それも一度でなく二度も。あろうことか戸村清之にも見切られてしまった。撃てない男、と。星野は震える声で告げた。

「破門してください」

沈黙が流れた。どこかで切迫した声がする。闇の奥からざわめきが伝わる。銃声じゃないか、と叫ぶ声も聞こえる。ガードマンたちが異変を察知したようだ。じきに外の警察官たちも雪崩《なだれ》込んでくる。終わりだ。全部終わった。刀根がかぶりを振る。

「星野、おまえは臆病者なんかじゃない」

強い口調で言う。

「相手が悪かった。兄貴は特別な男だ。この年齢《とし》まで生きたおれが唯一、逆立ちしても敵《かな》わねえ、と思った男だ」

なんだと？　日本は言うに及ばず、世界各国のトップから王族、歴史に名を刻む大物政治家、歴戦の軍人、武装ゲリラの首領にまで会ってきた最後のフィクサーが？

「張り合おうなどと思わないことだ。それより」

顔をしかめる。腰に手を当てる。

「兄貴にぶっ倒されて腰がおかしい。歩けねえんだ」

反射的に動いていた。さっと背を向けて腰を落とし、「背負わせていただきます」と片膝《かたひざ》をつく。悪いな、と刀根がおぶさる。両手で腿《もも》を抱え、立ち上がる。軽い。見た目よりずっと軽い。枯木のような老体に思わず涙が出そうになった。

「行くぞ」張りのある声が飛ぶ。はあ？

「おれのために命を捨てる覚悟があるんだろ」

こめかみが軋んだ。奥歯を嚙み、もちろんです、とうなずく。

「ならおまえはおれの馬だ」ステッキが闇の奥をさす。

「ガキどもに先を越されたぞ」

ぐんと頭に血が昇る。ちきしょう。

「星野、ちょいと訊くが」

刀根が十、いや二十は若返ったような弾んだ声で問う。

「黒澤明の『隠し砦《とりで》の三悪人』、観たか」

「不勉強で申し訳ありません」

ズックの作業靴を踏み出した。毎朝木刀の素振りを欠かさない刀根がステッキを両手で握り、顔の横にかまえる。八双《はっそう》の構えだ。すーっと息を深く吸う音がした。野太い声が飛ぶ。

「おれは三船敏郎でおまえは馬だ。駆けろ駆けろおっ」

腰を屈め、ダッシュした。大股で大理石の床を蹴り、走った。速度をグングン上げる。

「星野、おれに命をくれ」

風を切る音がする。

「わたしの命はとっくの昔に先生に預けてあります」

馬でけっこう。望むところだ。足が軽い。羽が生えたみたいにすっ飛んでいく。背中から温もりが伝わる。昂揚感が身を包む。顔が炙られたように火照る。そうだ、これだ。おれはこの時を待っていた。刀根剛介と共に闘う。相手は強大な敵であるほどいい。いくぞ。もう怖いものはない。全身に熱い闘志が満ちる。うおっ、と吠え、星野は駆けた。行け行けーっ、と刀根が雄叫《おたけ》びを上げる。師弟は一丸となって突進した。

だめだな、こんなことでは。国務省副長官、ヘンリー・モーガンは怒りを爆発させたあと、深い悔恨の中に沈んだ。両手を組み、背を丸める。重い静寂が流れる。

モーガンはそっとため息を吐いた。この会談は意味がなかった、と悟った。外務大臣の那須秀之助は横を向き、憤然としている。プライドを傷つけられ、怒り心頭といったところだ。他の日本人たちも、ある者は顔を強ばらせ、ある者はしらっとした顔で明後日《あさって》の方向を向き、だれもモーガンと眼を合わせようとしない。

「いけませんねえ、副長官」

秘書官のアーノルド・マクラレンが囁く。

「雰囲気が悪くなりました。日本人は一度、感情を害したら根に持つ傾向があります」

「やめておくか」

「どういうことでしょう」

マクラレンが端整な顔をしかめる。

「この会談は打ち切りということだよ、アーノルド」

モーガンは朗らかに告げ、すっかり温《ぬる》くなったミネラルウォーターを飲む。いけません、と切れ者で知られる秘書官が諫《いさ》める。

「ここは国家間の重要な会談の場であります。個人の感情の赴くまま、勝手な行動に出ることは許されません」

「非公式だぞ。トップ同士の正式な会談というわけじゃない。それに」

目配せする。大きな黒御影石のテーブルの向こう、ずらりと並ぶ日本人たちだ。

「やつらを見ろ。わたしの言葉がまったく届いていない」

マクラレンがそっと視線を向ける。明るいブルーの瞳に困惑の色が浮かぶ。モーガンはお手上げ、とばかりに軽く両手を挙げて語った。

「本当に冷たいエリートたちだ。怒りや嘆き、笑いといった感情を喪失してしまったのではないか。わたしはこれでも血の通った人間のつもりだ」

「血の気が多過ぎるかと思いますが」

モーガンは苦笑した。「実は血圧も少々高めでね。健康管理に難ありだな」

マクラレンが肩をすくめる。

「このまま席を立ってしまえば決裂ということになりますが」

「仕方ないだろう」

「大統領閣下は最後通牒を無視した日本を見限り、東アジアに於《お》ける戦力を大幅にシフトしてしまう可能性があります。沖縄の海兵隊を丸ごとオーストラリアや韓国、グアムに移転することもあり得ます」

「だろうね。国際政治は常に流動的だ。日本の理解が得られないのならシフトし、そこから新たな戦略を構築するしかない。対中国戦略の見直しは最早《もはや》待ったなしだ。我がアメリカの同盟国は日本だけじゃない」

マクラレンはうなずき、黙り込む。これ以上言っても無駄、と判ったらしい。

モーガンは腰を上げた。笑みを浮かべる。那須がぽかんと見上げる。

「外務大臣、お忙しいところ、貴重な時間をとっていただいてありがとうございました」

国務省副長官は明るい口調で語りかける。

「今夜はこれで失礼します。お見送りはけっこうですので」

那須が血相を変えて立ち上がる。「副長官、これから用事でも」

いいえ、と逞しい首を振る。

「帰国します。国務省のオフィスに仕事が山ほど溜まっておりますものでね」

いや、ちょっと、それは、と那須が濁った黄色い眼を痙攣《けいれん》させて言う。他の日本人スタッフも即座に立ち上がり、緊張の面持ちだ。さすがに異常事態と察知したのだろう。大統領の特使が席を蹴って帰るというのだから。みるみる尖った緊迫感が満ちていく。

そのときだった。キンキンキン、と鉦《かね》を叩くような音が響いた。なんだ？　日本人スタッフの一人がスーツの懐に手を入れる。外務省の高官だ。失礼、緊急電話ですので、と断り、携帯電話を耳に当てる。日本語で二言三言やり取りする。眼を剝き、顔が強ばる。

「どうした、アーノルド」

ただならぬ事態のようですね、とマクラレンは冷静な口調で返す。外務省高官は携帯を持ったまま、顔を真っ赤にして声を張り上げる。

「ホテル内に危険人物が侵入したようです。一階の警備担当者より銃声らしきものが聞こえたとの報告がありました」

どっと周囲がどよめく。

「慌てないでください。状況を確認中です。エレベータはすでに停めてあります」

十階への侵入をシャットアウトすると同時に、勝手に外に出るな、ということだろう。図ったように全員が携帯を取り出し、外部と連絡を取り始める。カーテンをはぐって外をうかがう者も、心配げに顔を突き合わせて話し合う者もいる。ドン、とドアを叩く音がする。全員の動きが止まる。ドアが開き、スーツ姿の男三人が飛び込んできた。イヤホンを装着した、眼つきの鋭い屈強な日本人たちだ。全身に怖いほどの緊張をまとい、片手に自動拳銃を握っている。アメリカ側のスタッフたちが身構える。が、すぐにドア奥の玄関フロアで控えていた那須外務大臣の警護担当者と判り、緊張を解く。

「副長官、おかしなことになっているようです」

マクラレンが携帯をしまいながら囁く。

「テログループは階段を使い、上に向かっているようです。ホテル内を巡回中のガードマン三人が一階ロビーで阻止しようとしたところ、あっさり打ち倒されたそうです」

「素手でかね」

「そうです。完全武装にもかかわらず、テログループは武器を使用しておりません。そして一目散に階段を駆け上がっていったと。事実としたらピンポイントでこの極秘会談を狙っています」

モーガンは恐怖より先に怒りを感じた。この極秘会談の情報を漏らした人間がいる。那須と眼が合う。睨み合う格好になる。が、すぐに外務大臣が動いた。小太りの身体を揺らして歩み寄ってくる。周りをガードするように警護担当者三人も従う。

「副長官、これは非常にゆゆしき問題ですな」

上を向き、モーガンの分厚い胸に指を突きつけて吠える。

「あなたの責任は大だ」なんだと。

「どういうことですかな」

努めて冷静に訊いた。那須は唾を飛ばしてまくしたてる。

「あなたが我が日本国政府に、警護を極力薄くせよ、と要望されたからこういうことになった。前例に従って日本警察の主導で日米要人の会談に相応しい場をセッティングし、万全の警備態勢を布いていたらこんなことにはならなかった。警護を排除し、改装中のホテルでこそこそ密談など、前代未聞だよ。まったく犯罪者じゃあるまいし」

カッとした。その言い草はなんだ。モーガンは腰に両手を当てて返した。

「極めてナイーブな極秘会談だから仕方ありませんな。それより日本政府の情報統制に問題があるのでは」

どういう意味だね、と小柄な外務大臣は腹を突き出してそっくり返る。モーガンは険しい顔で見下ろす。

「この極秘会談の情報が漏れていたからテロリスト風情につけ込まれたのでしょう。日本側にこそ責任ありだ」

那須は一瞬、言葉に詰まったものの、弛《たる》んだほおを震わせ、猛烈な勢いで喚《わめ》く。が、呂律が回らない。言葉が聞き取れない。顔が蒼白になっていく。唇が戦慄《わなな》く。モーガンは悟った。

この男は初めて経験する恐怖に我を失っている、と。

「内輪もめをしている場合ではありません」

マクラレンが割って入る。

「テログループはサブマシンガンも携行しているようです」

那須の眼が焦点を失い、足がふらつく。モーガンが咄嗟に抱えると、どんと肩を押された。日本側の警備担当者だ。

「大臣の身の安全は我々が確保します」

三人が拳銃をかまえ、那須を奪い取るやガードし、荷物のように引きずってリビングエリア奥のドアを開け、ベッドルームエリアに消える。豪華なスイートルームだ。複数の寝室と付き人用のコネクティングルーム、ダイニングルーム、化粧室、クローゼット等があるはず。二十人でも三十人でも余裕で待機可能だ。日本人たちが続く。

マクラレンは両腕を広げ、アメリカ人スタッフに向けて言う。

「安全が確認できるまで念のために奥へどうぞ」

大使館の人間が険しい表情で詰め寄る。

「駐留米軍を呼び、さっさとテロリストどもを――」

さっさとお入りください、と秘書官のマクラレンが声を張り上げて言葉を遮《さえぎ》る。

「副長官には凄腕のSS二名が同行しております。日本の警察官もホテルの周囲におります。彼らが駆けつけるまで五分もかからないでしょう。まったく心配ありません」

さあ、急いで、とベッドルームエリアに押し込み、ドアを閉める。額の汗を拭い、振り返るや、モーガンの姿を認めて眼を剝く。

「副長官も早く」

「わたしはここにいる」

冗談はやめてください、とマクラレンが顔を真っ赤にして囁く。

「実はかなり危機的状況です。テロリストは五、六人の精鋭でチームを組み、迫っております。警備の薄さを熟知したプロの集団です」

モーガンは迷うことなく首を振る。

「さっきは怒りの余り、那須にああいうことを言ったが、会談場所および警護の条件を厳しく要求して、この場をセッティングさせてしまったわたしの責任はやはり重大だ。それに日本のテロリストならわたしが狙いだろう。一緒に隠れてしまえば那須をはじめ日本人にも重大な危険が及ぶ。きみこそ入りたまえ」

優男の顔が険しくなる。悲痛な言葉が漏れる。

「副長官を置いて秘書が逃げるわけにはいきません」

モーガンは重々しくうなずいた。

「そうか。では運が悪かったと思って諦めたまえ。共に頑張ろうじゃないか」

右手を差し出す。「拳銃をくれ」

はあ？　とマクラレンは首をかしげる。モーガンは眉間に筋を刻み、傲然と言い放つ。

「わたしは闘う。テロリズムを憎むアメリカ国民として当然のことだ。アメリカ政府の人間が東洋のテロリストごときに後ろを見せられるか。なんとしてもこの場で食い止めねばならない。さあ、よこせ」

マクラレンは肩を上下させ、ふーっとため息をつく。

「秘書官が拳銃を所持しているなど、聞いたことも見たこともありませんな」

「そういうものかね」

靴音が迫る。マクラレンは素早くモーガンの前に立ち塞がる。が、開け放ったドアから現れたのは二人のSS、赤毛のマッコイとスキンヘッドのウィリーだ。分厚い樫板《かしいた》のドアを閉め、ロックし、駆け寄ってくる。

「アーノルド、わたしの楯になるのならもっと太らないとな」

「あいにく、これほど戦闘的な副長官にお仕えするとは、わたしの人生の想定外でした。あしからず」

モーガンは苦い笑みを浮かべて言う。

「まさにハムレットだ。世の中、一寸先は闇だねえ」

「わたしはまだまだ世の中が判っておりません」

ゴリラのような筋肉質の身体を濃紺のスーツに包んだＳＳ二人はすでに戦闘モードだ。青い眼は暗く沈み、全身から触れれば切れるような殺気が漂う。右手に自動拳銃のベレッタＭ92Ｆ、左手に黒の大型アタッシェケースを提げている。モーガンが顔を紅潮させて迫る。

「ＳＳ諸君、わたしにも拳銃をよこせ。二人より三人が心強いだろう。わたしは護身用にＦＢＩの射撃訓練を受けたこともある。リボルバーでもオートマチックでも問題なしだぞ」

ちょっと副長官、とマクラレンが両手で逞しい胸板を押す。

「テロリストを迎え撃つ邪魔になります」

「アタッシェケースの中に武器くらいあるだろう」

「あれはただのケースではなくてですねえ」

身を屈《かが》めてください、とマッコイが叫ぶ。秘書官は素早く床に這いつくばる。両手で頭を抱えて万全の態勢だ。

「副長官、失礼します。緊急事態ですので」

ウィリーが片手を伸ばし、肩を押す。抗《あらが》いようのない膂力《りょりょく》にモーガンはあっさり腰を折り、床にうつぶせになった。眼の前に屈み込んだウィリーのでかい尻を眺めながら、プロの迫力と覚悟を思い知る。二人のSSはテロ集団を敢然と迎え撃とうとしている。しかし、このままではサブマシンガンにハチの巣にされるだけだ。どうする？

SS二人は各々アタッシェケースを開く。やはり武器があるのか？　違った。大型ケースがそのまま蛇腹のように二段、三段と開き、一枚の縦長の板となる。

「防弾ケースです」

マクラレンが頭を抱えたまま説明する。

「特殊なケブラー繊維でできておりまして、抜群の貫通力を持つトカレフの弾丸もブロックします」

「では一分間に千発の発射速度を持つサブマシンガンはどうだね」

「それはこれから判ります」

二枚の防弾ケースを並べて片手で把手《とって》を持ち、屈み込んだSS二人がベレッタをかまえる。その後ろにモーガンとマクラレンが腹ばいになって隠れる。静寂が流れる。

「ウィリー、来るぞ」

赤毛のマッコイが囁く。

「返り討ちにしてやるさ」

ウィリーが唇を舐め、ベレッタを据える。スキンヘッドが桜色に染まる。神様、どうぞ御加護を、とマクラレンが小さく十字を切る。

瞬間、ババババッと銃声が連続して轟く。樫板のドアに銃痕《じゅうこん》が、まるでミシンをかけたように穿《うが》たれていく。ドカン、とドアを蹴り砕き、テロリストがサブマシンガンを両手でかまえて入ってくる。黒光りする鋼《はがね》にモーガンは息を詰めた。イスラエルが生んだサブマシンガンの最高傑作、UZI《ウジ》だ。目出し帽にモスグリーンの戦闘服、黒のコンバットブーツ。

大柄なテロリストが仁王立ちになり、UZIを腰だめに弧を描いて掃射していく。カーテンが千切れ、ガラスが割れる。もうひとり、中背の戦闘服が加わり、二挺《ちょう》のサブマシンガンが唸る。空気が震える。鼓膜がバカになる。

マッコイとウィリーは果敢に応射したが、それも一瞬だった。テロリストたちはセミオートにチェンジし、9ミリパラベラム弾を二発連射で正確に、効果的に撃ち込んでくる。防御を余儀なくされる。耳を弄《ろう》する銃声と濃硝煙の匂い。薬莢《やっきょう》が跳《は》ねる冷たい音。二人はマガジンがカラになると交換し、セミオートの連射を続ける。交互に素早く行うため、間断するときがない。訓練を充分に積んだ、プロの射撃だ。9ミリ弾の連射が二枚の防弾ケースを直撃し、鈍い音がドラミングのように響く。SS二人は支えるだけで精一杯だ。応射の隙がない。歯を食い縛って把手を握り、防弾ケースを支える。銃声と硝煙。ケブラー繊維を叩く銃弾の音。空気が熱くうねり、焦げていく。

くそったれ、モーガンは両の耳を押さえて叫んだ。日本人、ぶちのめすぞっ、腹の底から凶暴なものが湧き上がる。これでいいのか。巣穴の臆病なリスのように這いつくばったまま日本のテロリストの餌食になるのか。アメリカ合衆国の国務省副長官としてこんな無様な格好で死ぬとは末代までの恥だ。よし、片膝を立てた。アメフト仕込みのタックルを見舞ってやる。吹っ飛ばしてやる。闘いながら死んでやる。副長官、やめてください、とマクラレンがスーツをつかむ。

「自棄《やけ》になってはダメです」

モーガンは手を払った。「わたしはアメリカ人だ」

忠実な秘書官は眼を吊り上げ、歯を剝いて吠える。

「テロリストが日本人だからでしょう。だから副長官は――」

日本人だから？　そうだ。父の疲れ切った顔が浮かぶ。町工場の重労働を終え、古い公営アパートの階段を、不自由な右脚を引きずりながら一歩一歩、息を喘《あえ》がせて上がる父。敗残者の姿そのものだった。父さん、ぼくはあなたとは違う。やっぱり日本人が嫌いだ。どうせ殺されるなら闘って、前のめりに死んでやるさ。

床に手をつき、立ち上がろうとしたとき、銃声がやんだ。戦闘服の二人が射撃を止《と》め、様子をうかがっている。

ＳＳ二人はこの静寂を見逃さなかった。タンタンッ、とベレッタの乾いた銃声が連続して轟く。四発、五発。不意をつかれた大柄な戦闘服の腹を胸を銃弾が抉る。が、倒れない。防弾ベストだ。中背が前に出てＵＺＩを連射する。ＳＳ二人も決死の形相で応戦する。銃声が錯綜《さくそう》する。中背のテロリストが肩を撃たれ、吹っ飛ぶ。大柄な片割れが左手一本で引きずり、粉砕されたドアの向こうに消える。静寂が戻る。モーガンはほっと息を吐いた。

「副長官、勝手な真似は困ります」

赤毛のマッコイが鬼の形相だ。ベレッタのグリップに予備のマガジンを叩き込む。

「あなたの身になにかあれば我々ＳＳは笑いものであります。たとえ副長官の過失であれ、我々が守れなかったとの事実は残り……」

背を丸め、ゴボッと咳き込む。口から血が垂れる。どうした、と秘書官が青ざめた顔で問う。マッコイは掌《てのひら》で口を拭い、不敵に笑う。

「跳弾が脇腹にぶち当たったようです。防弾ベストの隙間を縫って命中しやがった。ラッキーな９ミリ弾だぜ」

蒼白のマクラレンは悲痛な面持ちでかぶりを振る。もう声も出ない。

「こんな傷、唾をつけときゃ治る。それより」

マッコイは副長官に血走った眼を向け、叩きつけるように言う。

「SSの誇りを汚さないでいただきたい」

モーガンは苦いものを噛み締めた。

お願いです副長官、とか細い声が聞こえる。ウィリーだ。スキンヘッドが赤く火照り、大粒の汗が浮いている。むっと生臭い臭《にお》いがした。右の膝が砕かれている。大量の血が滴《したた》り、床を赤く染めていく。

「我々にお任せください」激痛に耐え、強ばった笑みを浮かべる。

「SSが必ず守ります」

胸が詰まった。己の短慮を恥じた。判った、ありがとう、と頭を下げながら、覚悟した。やつらが態勢を整え、再度サブマシンガン二挺で突入してくれば万事休すだ。後援の連中も一挙に雪崩れ込んでくるだろう。

「副長官、こういうことになってしまい、申し訳ありません」

マクラレンが詫びる。バカな。

「なにを言う。おまえのせいではない」

「結果がすべてです。日本側ともう少し慎重に交渉すべきでした。他の会談場所も考慮すべきでした。わたしは秘書官失格であります。お許しください」

ほおが、唇が震える。迫りくる恐怖と必死に闘っている。モーガンは笑いかけた。

「アーノルド、我々はアメリカ人だ。諦めるな」

そうだ。我々は誇り高きアメリカ人だ。


慎太は階段を走った。胸が苦しい。気持ち悪い。うえ、吐きそう。日頃の不摂生と運動不足を思い知る。前を行く綾は軽快に、跳ぶように駆ける。ゼーゼーと喉を鳴らして追う。八階、九階。綾は走りをゆるめない。十階。ここだ。両膝に手を当てて喘《あえ》いだ。緑のカーペットを敷いた廊下が奥に伸びている。淡いオレンジの明かりに照らされた、広々とした廊下だ。三十メートルほど先に蠢《うごめ》くものが見える。戦闘服の男たちだ。国平会のソルジャーだ。

「行くわよ」

綾は躊躇なくスニーカーを踏み出す。この女、恐怖はないのか。恋は盲目ってことか。綾が走り出そうとしたそのとき、綾さん、と声がした。綾は棒のように突っ立つ。陣内がいた。右側の部屋のドア口、凹んだ二畳ほどの空間にリボルバー片手に身を潜めている。綾の顔が輝く。武一くん、と歩み寄ろうとする。しっと指を唇に当て、陣内が険しい表情で言う。

「戻ってください。危険すぎます」

いやよ、と綾は挑むように見返す。瞳に決意がある。

「もう来ちゃったもの。武一くん、状況はどうなの」

シビアな女性上司のように詰問する。陣内は顔をしかめ、それでも説明する。

「一度目の襲撃が終わり、国平会側もひとり負傷したようです」

それはつまり。慎太は小声で訊いた。

「じゃあテロリズムは失敗したのか」

いえ、とあっさり首を振る。

「彼らがあの場を離れず、緊張も解かないということはまだ計画の途上にある証《あかし》であります。間を置かず二度目が始まります。じきに警察が来ます。戸村らは負傷者を除く五人で態勢を立て直し、捨て身の攻撃を仕掛けるでしょう。米国の要人は助かりません」

なによ、それ、と綾が厳しい顔で迫る。

「じゃあ武一くん、黙って見てたの」

慎太も落胆は隠せなかった。後先考えず、勇気と気合で突っ込んでいく男だと思ったのに。陣内は前方を凝視しながら悪びれることなく語る。

「拳銃一挺で向かっても犬死にです。彼らの武器の餌食になって終わりです。機会を待たねばなりません」

それは正論だが、悠長すぎやしないか。案の定、綾が異議を唱える。

「そんなチャンス、あるのかしら」

あります、と陣内は自信満々に言う。

「敵が攻撃に集中したとき、後方から一気に叩くのです。鬼をもひしぐ豪の者でも浮足立ってしまいます」

ホントかよ、と思わず声が出た。

「田嶋さん、これは兵法の基本です」おもむろに編上げ靴を踏み出す。

「この状況下では全員を制圧するのは難しいと思いますが、警察が来るまで時間は稼げます」

ちょっと待てよ。それって、ほぼ殺されるってことか？　陣内は動いた。安全なドアロから廊下中央に出るや、右腕を伸ばし、リボルバーの狙いをつける。力みのない見事な立射の姿勢だ。パン、と銃声が弾ける。怒号が上がり、ソルジャーたちが散る。パン、パン、と連射しながら陣内は距離を詰める。逞しい背中が遠ざかる。ウアッ、と悲鳴が上がり、ひとり倒れる。残り四人だ。

応射が始まる。自動拳銃が、軽機関銃が唸る。床を抉り、天井の照明を木っ端微塵に砕く。陣内は壁にへばりつき、リボルバーを撃つ。ひええ、と声が出た。完全武装の四人を相手に一歩も引かないその勇気に痺れ、本物の銃撃戦のド迫力に震えた。慎太は綾を庇《かば》い、ドアロに身を潜める。突然、銃声がやんだ。陣内は？　そっと覗いた。

うえっ、と身がすくんだ。陣内は二つ先の部屋のドア口にいた。リボルバーのシリンダーから薬莢を振り出し、予備の銃弾を詰めている。弾《たま》切れだ。しかも左腕を撃たれたらしく、リボルバーを握る手が震えている。

自動拳銃を手にソルジャー二人がそっと、獲物を狙う豹《ひょう》のように迫る。至近距離から確実に陣内を仕留めるつもりだ。どうしよう。足元から震えが這い上がる。


戸村は慌てた。余裕でモーガンを殺せると踏んだのに、後方からあのおかしな飛行服の男が迫ってきた。ひとり倒され、すかさず応射したが、焦りと戸惑いでどうにかなりそうだった。直《じき》に警官隊が来る。余計な時間はない。飛行服の男が弾を撃ち尽くしたところで決断した。ソルジャー二人に飛行服の男を任せ、戸村は負傷して横たわるソルジャーからUZIとマガジンのストックを奪い取るや、自動拳銃をショルダーホルスターに戻し、踵《きびす》を返した。

大柄なソルジャーを促し、大理石張りの玄関フロアに入る。その奥は極秘会談の会場だ。相手は防弾ケースの陰に隠れた臆病なアメリカ人どもだ。しかもSS二人は負傷している。UZI二挺で踏み込めば終わりだ。行け、殺せ、アメリカ人を血祭りにあげろ。本物の日本人の強さを見せてやれ。ソルジャーの肩を叩いた。突っ込めっ。

武一まであと五メートル。二つの銃口が狙う。ダメだ。銃弾を食らって即死だ。武一くん、と綾が駆け出そうとする。その肩を押さえ、おれにまかせろ、と前に出ようとしたとき、背後からヒュウと熱い風が吹いた。なに？

「どけどけえーっ」

野太い声が飛ぶ。慎太は弾かれたように振り向く。一瞬、我が眼を疑った。廊下の中央を駆けてくる巨大な人影が。いや、二人だ。元極道の星野と、その背中におぶさる刀根のじいさん。騎馬戦の格好で突進してくる。しかもじいさんはステッキまで振り回して。

「小僧、小泉、どけえーっ」

八十九歳の老人が眼をカッと見開き、ステッキを刀のようにかまえて叫ぶその異様な迫力に気圧され、慎太と綾は壁にへばりついた。

汗が眼に入る。心臓が喚《わめ》く。星野は喉をフイゴのように鳴らしながら走った。全身が炙られたように熱い。朧《おぼろ》な視界にソルジャー二人の姿があった。腰を落とし、自動拳銃を据えてくる。しかし、恐怖も怯えもなかった。背中に刀根剛介がいる。怖いわけがない。たとえバズーカだろうがミサイルだろうが怖くない。気合いの入った大音声《だいおんじょう》が響き渡る。

「刀根剛介だっ、きさまら、死にたくなければ退散しろおっ」

ソルジャー二人の腰が引ける。刀根剛介の存在は絶対だ。袂を分かったとはいえ、ソルジャーが神と崇《あが》める戸村清之の師匠だ。さすがにためらいがある。が、それも一瞬だった。ひとりが銃口を向ける。目出し帽の眼が憎悪に燃える。狙いは馬だ、この星野龍生だ。ドン、と銃声が聞こえ、脇腹に熱い衝撃があった。撃たれた。奥歯を嚙み、それでも突進する。たった一発で倒れてたまるか。おれは刀根剛介の一番弟子だ。眼が眩《くら》む。足がもつれる。全身の力が蒸発していく。倒れてたまるかあ。進めえっ。

キエエッ、と刀根の気合が疾《はし》り、瞬間、視界が回った。天井が見え、壁が見え、宙を舞う刀根剛介が見えた。

星野は廊下に叩きつけられ、大の字に倒れ込んだ。

意識とは関係なく飛び出していた。見事なステッキ捌《さば》きだった。拳銃をぶっ放したソルジャーの脳天を叩き、一撃で倒してしまった。が、同時に星野が派手に転倒した。刀根のじいさんも前に吹っ飛び、廊下に転がって動かない。

ソルジャーの片割れが星野に自動拳銃を向ける。殺される。脳みそをぶちまける元極道の姿が浮かぶ。慎太は腹の底に力を入れた。おわあああー、喉を嗄《か》らして叫び、両腕をメチャクチャ振り回して突進した。殺せ、この野郎っ。アドレナリンが全身に満ちる。八十九歳のじいさんも頑張った。元極道も撃たれながら突進した。おれだってやる。綾の前で死んでやらあ。見てろ、この失恋男の死に様を。

ソルジャーの唖然とした眼球が迫る。気がつけばもつれ合い、倒れ込んでいた。が、あっという間にソルジャーは馬乗りになり、銃を突きつけてくる。額がひやりとした。鋼《はがね》の冷たい感触に背筋が凍った。封印していた恐怖が膨らみ、呆気なく溢れ出す。慎太はガタガタ震えた。歯が鳴る。心臓がバクバク喘《あえ》ぐ。死にたくないよお。

目出し帽の眼が冷笑する。くぐもった声が漏れる。

「どこのバカかと思ったらグズの慎太じゃねえか」

国平会のエリート、ソルジャーが嗤う。

「先生を裏切りやがって」

死ね、と中腰になり、銃口を額にねじ込んでくる。慎太は眼を閉じた。綾さん、さよなら。

うっ、と呻き声が聞こえた。身体が重くなる。ソルジャーが白眼を剝いて倒れ込んできた。

なにがあった？　慌てて払いのけ、立ち上がる。綾がハーハーと荒い息を吐いて立っている。

「綾さん、お見事」

陣内がシリンダーに銃弾を装塡しながら言う。

「金的を後ろから蹴りで一発です。さすが大和撫子」

綾は、どういたしまして、とばかりに肩をすくめ、心配げに眉根を寄せる。リボルバーを握る武一の左手だ。震えが止まらない。間違いなく撃たれている。

「兄貴、頼む」一刀根が腹ばいになったまま、鬼の形相で言う。

「おれはもう動けねえ。戸村を止めてくれ」

判った、とうなずくや、リボルバーを右手に持ち直し、軽く振ってシリンダーを戻す。そして編上げ靴を踏み出す。左腕はもう棒のようだ。革手袋から血が滴《したた》る。陣内は前を向き、リボルバー片手に廊下を歩く。革の帽子とオレンジのバンダナ。その横顔には晴れやかな覚悟があった。

武一。慎太は喉を絞った。が、声が出ない。聞こえる。銃声だ。軽機関銃も唸る。極秘会談の会場で二度目の襲撃が始まっている。陣内武一は一陣の風のように歩き、消えた。

モーガンは歯噛みした。五秒、十秒。防弾ケースを決死の形相で支えるＳＳ二人がみるみる衰弱していく。出血がひどい。息も荒い。顔が土気《つちけ》色だ。セミオートの銃弾を受け止めるケブラー繊維が悲鳴を上げる。今度は奴らも反撃の隙を与えない。二発連射を的確に撃ち込んでくる。もう防弾ケースがもたない。全員射殺は時間の問題だ。モーガンは決意した。自分が出ていけばいい。狙いはこの国務省副長官だ。徒《いたずら》に若い連中を死なせる必要はない。

マクラレンが泣きそうな顔で、だめです、と首を振る。モーガンは労《ねぎら》いの笑みを返し、硝煙臭い空気を胸いっぱい吸った。ギブアップだ、わたしを撃て。そう叫ぶだけでいい。


戸村はトリガーを引き続けた。防弾ケースが炙ったキャンディのように変形していく。終わりだ。背筋を快感が這い上がる。これで日本国は目覚める。覚醒する。哀れな植民地、属国の奴隷根性を払拭し、真の独立国家への道を歩むのだ。甘い陶酔が湧き上がる。革命への第一歩は成功した。とろけそうな笑みが浮かぶ。

とむらっ、と大声がした。背後だ。空耳か、と思う間もなく隣のソルジャーが振り向いた。UZIを向ける。瞬間、ドゴンッ、と銃声が轟き、ソルジャーの右腕が弾かれたように上がった。肘を撃ち抜かれ、その場に崩れ落ちる。

あの男がいた。首にオレンジのバンダナを巻いた、おかしな飛行服の男だ。リボルバーをかまえたまま冷静な口調で言う。

「後ろを取った。おまえの負けだ。軽機関銃を床に置け」

この男、並の腕じゃない。

「置けっ」

ドン、ドン、と重い銃声が連続で轟く。右の耳とほおに熱い風圧があった。戸村は肩からベルトを外し、ＵＺＩを床に置いた。終わったのか？　こんなに呆気なく？

第七章　ゼロファイター

びゅう、と風が吹き込んだ。裂けたカーテンがはためき、砕けたガラス戸の向こうに東京の美しい夜景が広がる。精根つき果てたSS二人が蹲《うずくま》る。

モーガンが立ち上がる。副長官、とマクラレンは伏したままスーツを引く。

「アーノルド、救世主の登場だ」

どうした？　豪胆で闘争心に富んだ副長官がまさか錯乱するとも思えないが。

「神はおられたぞ」

マクラレンは見上げた。驚愕と歓喜。いままで見たこともない、生《なま》の感情を露わにしたヘンリー・モーガンがいた。その視線の先にはクラシカルな飛行服姿の青年が立っている。逞しい体軀に岩から切り出したような精悍な風貌。日本人？　右手にリボルバーをかまえた自然体は泰然として、底知れぬ気迫に溢れている。澄んだ漆黒の瞳がテロリストをとらえる。

戸村清之は立ち尽くした。

「そこまでだ、戸村」

男の深みのある声音が響く。敗北感が満ちていく。このまま国家権力に拘束され、マスコミの餌食となり、頭のおかしな極右学者と非難され、愚民どもの嘲笑の的となり――

「腋に吊った拳銃も外せ」

男の凜とした声が飛ぶ。

戸村は指で己の顔をさした。

「先に脱いでいいか。ひどく熱くてな」

男はうなずいた。

左手で目出し帽を脱いだ。汗が湯気となって立ち昇る。ふーっと熱い息を吐いた。バカな。この戸村清之が丸腰だと。ふざけるな。怒りがマグマとなって噴き上がる。わたしは最後まで闘う。決して屈しない。見よ。国家を憂う武士《もののふ》の生き様を。

左手首をひねって弾く。汗を吸った目出し帽が飛んでいく。男が一瞬、のけぞった。

戸村は動いた。ホルスターの自動拳銃に手をやりながら素早く振り向く。ヘンリー・モーガンがいた。日本を蔑《さげす》み、無理難題を押しつける、アメリカの悪魔の化身だ。厳つい顔が硬直し、青い眼が痙攣する。

冷笑した。さあ撃て。飛行服の男よ、背中から撃て。卑怯者の証《あかし》として、本物のサムライの背中を撃ってみろ。心臓をぶち抜け。わたしは前のめりに、アメリカから来た悪魔の面《つら》を睨んだまま死んでやるから——銃声がしない。戸村は混乱し、自動拳銃をホルスターから引き抜いた。銃口をモーガンに向ける。これは天佑《てんゆう》か。トリガーの指を絞る。瞬間、背後から圧が加わる。飛行服の男が組みついていた。右手一本で首を絞め上げて叫ぶ。

「やめろ、無駄だっ」

足を払われ、腰から床に落ちた。男がヘンリー・モーガンを背に仁王立ちになる。

「そこまで。犬死には許さんっ」

真っ直ぐな瞳が戸村を撃ち抜く。屈辱が全身を炙る。腰を上げながらトリガーを引いた。銃声が炸裂し、飛行服の胸にぱっと血の花が散った。男はモーガンの楯になったまま微動だにしない。顔色も変わらない。なんだ、この男は。初めて味わう恐怖に身体が硬直した。男が前に出た。すっと距離を詰める。澄んだ眼が潤む。泣いている。

「きさまあ、刀根の気持ちが判らんのかっ」

大きく脚を開き、革手袋の右拳を打ち込んできた。シューッ、と空気が唸る。ほおに爆発に似た衝撃があり、呆気なくひっくり返った。奥歯が砂糖菓子のように砕け、口の中がざっくり切れる。生温かい血が湧いた。鉄棒を突き込むような剛拳《ごうけん》だ。頭が朦朧《もうろう》とする。こんなパンチは初めてだ。戦闘訓練で格闘技のプロたちと実戦式のスパーリングもこなした。が、ここまでの衝撃は記憶にない。たった一発で全身の力が蒸発し、動けなくなった。砕けた歯を吐き、血を垂らしながら床を這いずり回る。拳銃はどこだ?

「戸村、諦めるな」

野太い声が飛ぶ。戸村は顔を上げた。飛行服の男が微笑む。白い歯がきれいだ。爽やかな笑顔で叫ぶ。

「生きて生きて生き抜けっ」

びりっと電流のようなものが背筋を貫く。とっくに捨てたはずの温かなものが満ちてくる。

「未来を担う若人のために闘えっ」

ああ、と声が出た。身も心も痺れた。眼の奥が熱くなる。男は諭すようにうなずくと、静かに告げた。

「刀根を大切にしろ」

その言葉を最後に逞しい背を向け、歩いていく。まるで友人に呼ばれた少年のように東京の夜景に向かう。鮮血の靴跡が続く。不思議な飛行服の男は躊躇なくガラスが落ちた戸の縁に立つ。ここは十階だ。風が強くなる。千切れたカーテンが大きくはためく。戸村は四つん這いになったまま見つめた。

陣内武一は眩《まばゆ》い電飾の海を眺めた。見渡す限り、壮麗なビルディングと無数の光が満ち溢れている。金銀に赤と青、鮮やかな橙色《だいだいいろ》もある。ライトに照らされて浮かぶ国会議事堂も見える。戦争から六十七年後の東京の夜景は泣きたくなるほど美しい。

悪寒が全身を貫く。血が飛行服を、褌をぐっしょり濡らす。編上靴の中まで溢れている。命が尽きようとしている。臍《へそ》の下、臍下丹田《せいかたんでん》に力を入れた。ここで死ぬわけにはいかない。自分の死に場所は六十七年後の東京ではない。

足許に自動拳銃があった。戸村のものだ。もう一挺、自分の回転式もある。苦笑し、まとめて蹴った。闇に吸い込まれていく。

右の手で飛行眼鏡を引き下げる。よしっ、とうなずく。見えない力に背を押され、編上靴を踏み出した。さらばだ、刀根、田嶋さん、綾さん。さらば、日本。

イヤアッ、気合一閃《いっせん》、光の海に向かって跳んだ。清らかな風を感じた。両腕を広げ、頭から突っ込んでいく。眩い東京の夜景が流れる。陣内武一は闇に呑み込まれ、消えた。

ギャーン、とエンジンが唸りを上げる。鼓膜が痺れる。オイル臭い空気がセロハンのように震える。我に返った。風防いっぱいに巨大な飛行甲板が接近する。そうだ。火の海となった空母エンタープライズの飛行甲板だ。黒煙が上がる。なんだ、なにがあった？　すべては一瞬の夢か？

　アメリカ兵たちが揃って恐怖の表情だ。二百五十キロ爆弾を抱えた特攻機を見つめている。金髪の若いヤンキーもいる。仰向《あおむ》けに倒れたまま動けない。恐怖に濡れた青い瞳が迫る。耳の奥で声が聞こえる。

　──人を殺すのも殺されるのもいや、もうたくさん──

　杏子。暗い面会室の金網越しに泣いた杏子。そうだ。杏子は泣いた。労咳で死んだ。刀根。愛弟子《まなでし》を守ろうとした刀根剛介。ああ、おれは。

　脳裡を東京の光景が流れていく。豪奢《ごうしゃ》な摩天楼群と眩い電飾の海。初夏の太陽を浴びて輝く東京タワー。牛丼とライスカレー、ビール。そしてそふとくりーむも。美しい調べが聞こえる。モーツァルトにビバルディ、ショパン。ブランコが揺れる。夜の公園だ。髪をかき上げ、夜空を仰ぐ寂しげな横顔が見える。涙声も聞こえる。おれたち、ともだちだろ。

　頭の霧が晴れていく。すっと黄金の光が射す。田嶋さん、綾さん。おれは、陣内武一は──涙を堪《こら》え、喚くエンジン音に負けじと叫んだ。あなた方の友でありますっ。

　両手で操縦桿を引き起こす。左腕に力が入らない。歯をぎりりと嚙み、渾身の力を絞る。エンジンが絶叫する。機体が悲鳴を上げて軋む。風防が震え、操縦席がガタガタ揺れる。分解しそうだ。耐えろ、頑張れ。

強烈なGに首と背骨が不気味な音をたてる。全身の筋肉が膨らみ、銃痕から熱い血が噴き出す。うおっ、と吠え、右腕一本で操縦桿を引き続ける。機首が上がる。激しく振動する視界から若いヤンキーが消える。炎と黒煙を上げるエンタープライズの飛行甲板も消える。代わりに紺碧の海が広がる。沖縄の美しい海だ。操縦桿を起こしたまま左のフットレバーを踏む。視界が斜めに傾《かし》いでいく。水平線も斜めになる。感覚が失せた左の手で胸ポケットを押さえた。杏子、刀根。

陣内は微笑し、迫りくる紺碧の海だけを見つめた。


「お嬢さん、少しだけいいかな」

穏やかな英語が聞こえた。はい、とゆっくりと視線を上げる。クルーカットの金髪に四角い顔。木製のテーブルの向こう、米国務省副長官のヘンリー・モーガンが見つめている。青い眼が揺れる。焦点が定まらない。綾は瞬《まばた》きをした。まだ半分、夢の中にいるようだ。

「彼に訊いてもいいのだが、英語が不得手のようでね」

モーガンが目配せする。部屋の隅のソファに慎太が座っている。両手を組んで祈るように背を丸め、微動だにしない。

「ここはホテル内に特別に用意した部屋だ」

木製の大きな椅子に座った国務省副長官が語りかける。深みのあるバリトンだ。

「通訳も、米国および日本の政府関係者も、だれも入れたくないのだ。あのクラシカルな飛行服の青年のことを知る、きみたちだけと話したい」

はい、とうなずいた。しかし、乱れたショートカットを指で整えると、綾はそれっきり黙り込む。恐怖で身も心もパニックに陥っていると勘違いしたのか、モーガンが目尻にシワを刻んで言う。

「心配しなくていい。今回の件はトップシークレットになったから」

どういうこと？

「日米両国首脳の合意ですべては秘密裏に処理されることとなった。関係者にも厳しい箝口《かんこう》令《れい》が布かれている。ここは改装中のホテルで、一般人を巻き込んだわけでも、マスコミの報道に晒されたわけでもない。秘密保持にはなんの問題もない。仮にすべてがオープンになってしまえば日米両国にとって不都合な事実も出てくるからね」

察して欲しい、とばかりに片眼を瞑《つむ》る。

「幸運なことに死者はひとりも出なかった。我らが勇気あるSS二人も、テロリストの連中も、そして〝最後のフィクサー〟と呼ばれる元気な御老人とその弟子も病院に搬送され、治療を受けている。余談だが、御老人は四代前の我が大統領閣下とはファーストネームで呼び合う、とんでもない大物だそうだね。いまの日本の総理大臣など子供扱いとか」

言葉を切り、沈痛な面持ちになる。

「残念ながら行方不明者はひとりいるようだが」

「陣内武一ですね。首にオレンジのバンダナを巻いた、チョコレート色の飛行服の」

モーガンは重々しくうなずく。

「わたしの楯になってくれた勇敢な男だ。彼のことを教えて欲しい」

綾の脳裡を、鮮烈な場面が疾《はし》っていく。銃撃戦が終わり、極秘会談の会場に飛び込むと陣内は背を向け、ガラスが砕け落ちた戸の縁に立っていた。ウォールナットの床にべっとりと血の靴跡が続いていた。戸村が床に這いつくばり、モーガンは呆然と突っ立っていた。

陣内は足許の拳銃二挺を無造作に蹴り飛ばすとゴーグルを引き下ろし、鋭い気合と共に、あっという間に跳んだ。武一くん、と叫んだときはもう消えていた。カーテンがはためく向こう、東京の夜景だけが見えた。我を忘れて駆け出したが、慎太が止めた。羽がい締めにして、ここは十階だ、武一は死んだ、自殺しちまった、と泣いた。

わたしはその場に崩れ落ち、それからそれから──無数の靴音が迫り、外務大臣はどこだ、と叫ぶ警察官たちの怒号と、英語の喚き声が錯綜し、気がついたらこの部屋にいた。

「青年の姿はどこにもない」

モーガンが逞しい肩をすくめる。

「ここは十階だぞ。しかも銃弾を食らっている。運よく無事に着地したとしてもホテルの敷地内から出ることは不可能だ。テロリストが侵入したと判った時点で外から警官隊が雪崩れ込み、厳戒態勢が布かれたのだからね」

「地下トンネルは？」

なんだね、と太い首をかしげる。綾は説明した。戸村たちが使用した秘密の地下道の存在を。モーガンは不快げに口をへの字に曲げて言う。

「初耳だね。日本政府の危機管理の甘さの証《あかし》だ。しかし、青年が外へ跳んだときはもうホテル敷地内に多くの警察官が殺到していたんだ。その眼を潜り抜けて秘密の地下道とやらに入り込むのは不可能だろう」

そのとおりだ。モーガンは両の掌《てのひら》を上に向け、お手上げのポーズをつくる。

「下で警戒に当たっていた警察官の証言では、夜空から拳銃が二挺降ってきたらしい。きみも目撃したように、それは青年が蹴り飛ばした戸村のオートマチックと青年自身のリボルバーだ。青年も跳んだ。しかし、途中で消えてしまった。まるでスパイダーマンだ。わけが判らない。いったいどこへ隠れてしまったのか」

綾は両の拳を強く握って耐えた。身体の芯を揺さぶり、異界へと誘《いざな》う怖いものに。お嬢さん、と青い眼が冥《くら》くなる。

「あの青年の格好はゼロファイターじゃないのかね」

ゼロファイター。どうして米国政府要人が。綾は冷静に返した。

「史上最強の米軍にカミカゼアタックで挑んだゼロファイターの格好だと思います」

モーガンのほおが赤らむ。唇が震える。カミカゼアタック、と呟き、険しい眼が遠くを見つめる。どうした？　モーガンは記憶を確かめるように暫し沈思したあと、綾を見た。そして片肘をテーブルにつき、逞しい肩をねじ込むようにして顔を寄せる。

「お嬢さん、信じようと信じまいとかまわないが――」

ひび割れた重い声が這う。紅潮した顔が険しくなる。

「わたしのごくプライベートな想い出話を聞いてくれないか」

真剣な口調だ。綾はうなずいた。モーガンは声を低め、ぼそぼそと語った。その、想い出話というにはあまりに悲しく不思議な物語に、綾は聞き入った。最後、足許が崩壊するような衝撃に身も心も千切れた。まさか。そんなことが。

『山王パークホテル』のテロ事件から三週間後の六月初旬、よく晴れた初夏の午前十時過ぎ。

小泉綾は渋谷区広尾の総合病院を訪ねた。最上階の特別室に入院中の刀根剛介は、電動ベッドを半分ほど起こし、大きなガラス窓の向こう、この季節の東京には珍しい澄んだ青空を眺めていた。白いタオル地のガウンと糊《のり》の利いたシーツ。オールバックの銀髪にはきれいに櫛が入れられ、肌艶《はだつや》もいい。そこだけ切り取ると避暑地でくつろぐ富裕層の老人のようだ。

テーブルに果物を詰めた見舞いの籠《かご》を置き、ベッドに歩み寄った。

「小泉、元気そうじゃないか」

ガラスに映った綾に向けていう。綾は一礼した。

「今日はお時間を取っていただいてありがとうございます」

「気にするな。どうせ暇を持て余している」

ガラスに映った刀根が薄く笑う。

「だが、おれもあと一週間で退院だ。いい休養になった」

腰の打撲だけで深刻なダメージはないという。

「刀根先生は百歳までお元気だと思います」

綾はパイプ椅子に座りながら語った。

「弟子を馬代わりにこき使い、ステッキでソルジャーを叩きのめしてしまうんだもの」

刀根が首を回した。目尻にシワを刻み、イタズラ小僧のように笑いかけてくる。

「小泉、事件は表沙汰《おもてざた》になってねえだろう」

「改めて刀根先生の力を思い知りました」

買い被《かぶ》るな、と軽く手を振る。

「アメリカには大きな負い目がある」

綾は腰を浮かしてパイプ椅子を引き、距離を詰めた。そして囁くように言う。

「それはつまり、田嶋慎太が言っていたカネの出処のことですね」

一重の眼が鋭くなる。かさついた唇が動く。

「元新聞記者としては気になるか」

「日本人として気になります」

なるほど、とあごをしごく。

「けっこうな愛国者なんだな。さすがは戸村の元弟子だ」

ほおが熱くなる。刀根は飄々《ひょうひょう》とした口調で続けた。

「元新聞記者ならアメリカの軍事が限界に達しているのは知ってるよな。イラクだアフガニスタンだビン・ラディンだ、と頭に血ぃ昇らせているうちに予算不足と兵力不足は深刻化する一方だ」

綾は言葉を引き取った。

「アメリカは財政難で国防費の大幅削減を迫られるなか、政財界から、いいかげん、世界の警察はやめるべきとの声が多く出ています。そして海外の紛争地域での戦死者・負傷者が増えるにつれ、陸軍の新兵リクルートは困難を極め、いまでは年間目標に十パーセント以上も届かない有様です」

刀根がうなずく。

「そこでのしてきたのがプライベート・ミリタリー・カンパニー、民間軍事会社ってやつだ」

頭の中でカチリ、となにかがはまる。たしかに米国における民間軍事会社の躍進は凄まじい。東西冷戦の終結で軍の縮小が一気に進み、職を失った凄腕の特殊部隊員たちは万を超えるといわれる。彼らは新たな途《みち》を模索し、傭兵やボディガードに活路を見出す他、ビジネス感覚に優れた者は会社を立ち上げ、正規軍の仕事を請け負うようになった。当初は細々とした事業も、米軍の衰退と紛争地域の拡大に併せて伸張。特に二〇〇一年の9・11同時多発テロ以降、業務は増加の一途《いっと》を辿っているとか。

刀根が言う。

「その抜群の戦闘能力を見込まれ、紛争地域の米国大使館や米軍・国連軍施設の警護を任されるケースも出ている。イラクでは反政府軍の銃撃を受け、窮地に陥ったアメリカの正規軍を助け出したこともあったな」

綾は国際社会で大きな注目を集める米民間軍事会社のデータを反芻し、告げた。

「高給を保証し、優秀な退役軍人はもちろん、現役のエリート特殊部隊員までリクルートしています。最大手の民間軍事会社は五百人の正社員を抱え、約二万人の派遣契約者リストを所持。大型輸送機から武装ヘリ、最新鋭の訓練施設、野外演習場まで所有し、世界を股《また》に駆けて戦争ビジネスに励んでいます。アメリカには正規と民間、二つの軍隊がある、といわれる所以《ゆえん》です」語りながら見えてきたものがある。

「そして莫大なカネが流れ込む民間軍事会社には多くの政府高官と軍の幹部が経営に参加し、暴利を貪《むさぼ》っているとの黒い噂もあります」

綾は胸に手を当て、高まる動悸《どうき》を抑えた。先のテロ事件の黒幕が輪郭を結んでくる。

「国務省副長官のヘンリー・モーガンは正規軍を第一に考える、いわば保守本流です。民間軍事会社の際限なき肥大化に警鐘を鳴らし、美味い汁を吸う政府高官や軍幹部への批判を徹底して行う、ある意味アメリカ帝国主義の良心のような人物です」

刀根は眼を細め、愉快げに応じる。

「将来の大統領の目もあるというし、こりゃあ早いうちに潰すべきだと考える人間が出てきてもおかしくねえな。あっちはジョン・F・ケネディを国家ぐるみで殺した国だ」

脳裡に浮かぶ光景がある。刀根剛介暗殺を命じた夜の、昂揚した戸村清之だ。米国のさる筋から話があった、と前置きして、日本の悲惨な現状を滔々と語った。そう、戸村は米国政府上層部と太いパイプがある。綾は核心に斬り込んだ。

「では、カネの出処は、つまり黒幕はモーガンに敵対するアメリカの勢力だと」

返事はない。綾は強ばった舌を励まして続けた。

「戸村清之に莫大な資金を流してテロ組織をつくり上げ、モーガン暗殺を目論んだのですね。モーガンが大統領になり、巨大な権力をバックに民間軍事会社を叩き潰してしまわないうちに殺せ、殺《や》られる前に殺れ、と」

刀根は、さあねえ、と明後日《あさって》のほうを眺めてニヤつく。この狸《たぬき》ジジイ、と胸の内で罵《ののし》りながら、己の推測をぶつける。

「米国務省内の高官が日米極秘会談の機密情報を戸村に流したとするならば、すべてに合点がいきます」

ふふん、と鼻を鳴らし、刀根は返す。

「必要なら軍事訓練のインストラクターも派遣できるし、場合によっては武器の調達にも協力したかもしれねえ。あいつら、戦争の裏表を知り尽くした実戦のプロだからな。世界各地でテログループを育て、米国のコマとして使っている」

綾は〝最後のフィクサー〟と呼ばれる老人の情報収集力に戦慄《せんりつ》し、息を詰めて聞き入った。

「今回、絶体絶命の窮地を脱したモーガンは有力なカードを握ったことになる。大統領の座をぐっと引き寄せたな」

どういうこと？　刀根は舌打ちをくれ、おまえも大したことないな、とばかりに語る。

「野郎が東京の件をすべて、裏の裏までオープンにしてしまえば、破滅するアメリカの大物が山と出る。戸村を操り、テロリストに仕立て上げた敵対勢力も黙り込むしかねえ。いまやヘンリー・モーガンはアンタッチャブルになった。一躍有力な大統領候補に躍り出たな」

綾は唇をぎゅっと嚙み、言葉を絞り出した。

「権力者はえげつないことをやりますね」

刀根は顔をしかめ、吐き捨てる。

「元ブン屋だろう。小娘みたいなことを言うな」

静寂が流れた。二人、黙り込む。六月の青空が眩しい。外はあんなに明るいのに、この部屋は重い翳《かげ》が満ちている。

「エンタープライズ――」

なんだ、と刀根が見る。そうだ、エンタープライズだ。

「アメリカの航空母艦、初代エンタープライズです」

老人の眼が細まる。表情が猛禽類のように尖る。綾は調査した事実を整理して続けた。

「ミッドウェー海戦、硫黄島の攻防戦をはじめとする太平洋戦線で数々の戦果を挙げたエンタープライズは戦後、米軍の復員兵輸送任務に就いたあと、記念保存も検討されましたが、結局資金は集まらず、一九六〇年、解体されています」

「なにが言いたい」

ドスの利いた声が這う。眼が刃物のように鋭くなる。八十九歳の老体に、触れれば切れそうな殺気が漂う。綾は冷静に告げた。

「しかし沖縄での激戦の最中、エンタープライズはあわや沈没の危機に陥っています。昭和二十年五月十四日、日本軍の最後の総力戦となった菊水作戦の特攻機に直撃され、甲板が炎上、約五十名の死傷者を出しました。御存知ですよね」

刀根のほおが隆起する。憤怒が膨れ上がる。綾は怒声を覚悟した。が、反応は意外なものだった。

「本物の戦争を知らねえ連中が、戦闘の内容をさも見てきたように語ると無性に腹が立つ。おまえが男なら殴り飛ばすところだが」

激しい言葉とは裏腹に声のトーンはか細い。

「奇跡、といわれた特攻だ」

眼が宙の一点を凝視する。

「目撃していた米兵の証言によればこうだ」と前置きし、記憶を辿るように静かに語った。

「その零戦はエンタープライズの機銃と対空砲を果敢にかい潜り、垂直に急降下。途中、バランスを崩したが、機体を見事立て直し、背面状態から突っ込んできた。アメリカが誇る海の要塞は爆発、炎上し、エレベータ部が空高く、百メートルも吹っ飛んだらしい。船体の至るところに穴が開き、浸水によって巨大な船体が二メートル余りも沈下するという深刻なダメージも被《こうむ》ってな」

声が太く高くなっていく。

「エンタープライズは飛行甲板の損傷で戦闘機の発着も不能となり、戦線離脱を余儀なくされた。結局、米海軍のドックで修理中に終戦を迎え、沖縄が最後の戦闘になった。つまり、たった一機の零戦が海の要塞を戦闘不能に追い込み、ドック送りにしたわけだ」

唇を引き結び、三呼吸分の沈黙の後《のち》、続ける。

「アメリカは敵ながらあっぱれということで、勇敢な特攻隊員の遺体を丁重に水葬にした。アメリカ兵と同じ扱いだ」

綾は訊いた。

「その奇跡の特攻隊員はどこのだれなのですか」

刀根は不快そうに眉をゆがめたが、それでも語ってくれた。

「鹿児島の鹿屋《かのや》海軍航空基地から出撃した二十二歳の特攻隊員だ」

「刀根先生と陣内武一がいた、桜島を正面に望む海軍航空基地とはちがうのですね」

眉間が狭まり、深い筋が刻まれる。一重の眼が鈍い光を帯びる。

「陣内の兄貴のことも調べたのか」

「元新聞記者ですから」

強ばった笑みをつくって告げる。

「小田原に陣内武一は実在しました」

老人の顔から血の気が引いていく。唇が震える。

「奇跡の特攻隊員は鹿屋だ。おれたちと同じ基地ではない」

「では陣内武一はエンタープライズへの特攻に失敗したと考えてよろしいですか」

眼が吊り上がる。ほおが震え、青白い怒気が爆発する。おいっ、とつかみかからんばかりにベッドから身体を起こしたが、すぐに腰を押さえ、顔をしかめる。

「もういい、帰ってくれ」

邪険に筋張った手を振る。眼が唐辛子を擦り込んだように赤い。

「あの時代を知らない女の勝手な推測などゴメンだ。おれたちの気持ちのなにが判る。特攻に失敗だとお、ふざけるなっ」

　血を吐くような言葉だった。綾は「失礼しました。謝ります」と頭を下げて続けた。

「刀根先生、あと三つだけ」

　返事も待たずに続ける。

「陣内武一を名乗った青年のことです。彼は銀座の事務所で刀根先生に奥歯を渡しました。少し欠けた歯です」

　刀根が怒気で土色になった顔を向けてくる。

「あの歯はだれのものですか」

「おれの形見だ」

　形見——世界がねじれていくようだった。

「事実だから仕方がない。兄貴のパンチで折られた歯だ。特攻出撃の前夜、兄貴に渡した。次はなんだ。さっさと終わらせようぜ」

　綾はこの世を成す大事な一線を越えたことを悟った。不思議と驚きも恐れもなく、ただ納得しただけだ。次の質問を繰り出す。

「刀根先生は戦後間もなく、結婚されてますよね」

　ああ、とうなずき、叩きつけるように言う。

「どうせ調査済みだろう。桐野杏子だ。陣内武一の許嫁だ。小泉っ」

指を突きつける。口角が上がり、眼が憤怒に燃える。

「おれがどこのだれと結婚しようと勝手だ。特攻隊で惨《みじ》めに生き残った、戦後の焦土に死ぬほど愛した女がいた、労咳で死なせた、それがすべてだ。おれはバカで愚かな男だ」

いいえ、と首を振った。

「刀根先生は素晴らしい男です」

八十九歳の、フィクサーと呼ばれる男はぐっと息を詰める。ほおが桜色に染まる。綾は、最後の質問です、と断って語った。

「モーガン暗殺を阻止した陣内武一についてです。彼はモーガンを庇《かば》い、戸村清之に拳銃で撃たれながらも、殺しませんでした。殴り倒しただけです。あれは刀根先生の意を汲んだがゆえの行為、と考えてよろしいでしょうか」

今度は刀根が首を振る。

「元々、そういう男なんだ」

眼が、表情が、穏やかになる。

「兄貴には隠していた過去があってな。一度は零戦搭乗員失格の烙印を押された男なんだ」

零戦搭乗員失格——

「技量不足、ということですか」

ばかな、と鼻で笑う。

「兄貴は眼もいいし、反射神経も度胸も膂力《りょりょく》も抜群だ。一対一の空戦ならまず負けることはない」

ほおを指でかく。

「まあ、昼間の星が見えたおれほどの技量はねえがな」

綾は思わず窓の外、青い空を見た。まさか。

「小泉、本当だぞ」

悪戯《いたずら》っぽく微笑む。

「いまはこんなジジイだが、おれにも若いときがあった。昼間の星も見えた。化け物みてえなヘルキャットとやり合って一歩も引かなかった。いずれ御国《おくに》のために特攻で死ぬものと信じて疑わなかった。まさかこの年齢《とし》まで生きるとはな」

刀根は遠くを眺め、淡々と語り始めた。戦後、陣内武一の考課表を探し出し、そこに〝この搭乗員、思想および行動に大いに問題あり。適宜処置願いたし〟と記してあったこと。適宜処置とはつまり特攻に出して始末しろ、の意味であり、陣内は致命的な失敗を犯して外地から鹿児島の特攻基地へ送り込まれた、と。

「南方の、そうだなフィリピン辺りの話だと思ってくれ」

綾は呼吸するのも忘れて聞き入った。

「兄貴はその日の攻撃を終えて帰投の途中、アメリカの大型輸送機に遭遇してな。護衛機もなしで悠然と飛んでいたらしい。武装・非武装を問わず敵国機は即撃墜すべし、と命令されていたが、兄貴は見逃した」

「なぜです」

「輸送機の窓だよ」顔が苦渋にゆがむ。

「丸い窓に民間服の白人の母娘《おやこ》が見えたんだ」

ドクン、と心臓が跳ねた。

「十歳くらいの娘は震えて母親にしがみついていたらしい」

綾は喘ぐように訊いた。「それで見逃したと」

「基地に帰投後、上官には〝スコールの雨雲に逃げ込まれ見失う〟と報告したが、僚機が目撃していた。律儀に命令違反を告げやがった」

「処罰を受けたわけですね」

「普通なら抗命罪に問われて懲役刑、最悪の場合は死刑だ。しかし、歴戦の搭乗員を零戦から降ろすのも惜しい。それで敵艦にぶち当たって死んでしまえ、となったわけだ」

口中に苦いものが湧いた。

「ひどい話ですね」

「小泉、それが戦争だ」

刀根は諭すように言う。

「いまの連中が聞けば心温まる美談でも、当時は恥ずかしい行為だ。非国民だ。現に兄貴は隠し通した。悲しいことだが、な」

「では刀根先生は——」

うまく言葉が出ない。綾は深く息を吸い、湧き上がる昂ぶりを鎮《しず》めて続けた。

「戸村清之を殺さなかったのも当然だと言うのですね」

「兄貴は戸村に生きる途《みち》を与えた。それが答えだ」

綾は眼を伏せた。胸に透明な美しいものが広がっていく。武一くん。

「小泉、いまのおまえにはもう関係ないことだろうが」

刀根が厳《おごそ》かに前置きして語る。

「戸村清之は現在、ソルジャーの連中と共に日本政府の厳重な監視下にある」

はい、とうなずく。「あれだけのテロを仕掛けた男です。無罪放免とはいきません」

元師匠は苦笑して言う。

「事件後、背後関係も含めて完全黙秘を貫いた戸村が、どういう心境の変化かおれに会いたいと言ってきた」

えっ、と声が出た。

「近いうちに面会してくる」

背筋を甘い痺れが這い上がる。刀根が素っ気なく告げる。

「というわけで小泉、土産話を楽しみにしていろ。御苦労だった」

背を向けようとする。

「刀根先生、お待ちください」

どうした、と怪訝そうな眼が綾をとらえる。

「今日お伺いした理由をまだ申しておりません」

「なんだと」武骨な顔に朱が射す。綾は告げる。

「これからが本番です」

刀根の喉仏がごくりと動いた。綾は穏やかな口調で続ける。

「テロ事件の夜、ホテル内の別の部屋で不思議な話を聞きました」

「だれから」

「米国務省副長官のヘンリー・モーガンです」

どういうことだ、と険しい表情で訊いてくる。

「ヘンリー・モーガンの父親の物語です」

刀根の表情が消える。時間が止まる。色も音も消える。ざらついた真空が広がる。綾はおかしな浮遊感の中で、モーガンとのやり取りを振り返った。

『山王パークホテル』の静かな部屋で、国務省副長官は大柄な身体を丸めて語った。それはモーガンが生まれる、遥か前の話だった。

「わたしの父は第二次世界大戦に従軍してね。十九歳というから、まだ子供だよ。戦闘で負傷して大けがを負ったんだ」

青い眼に複雑な色が浮かぶ。

「世界を二分した戦争が勝利に終わり、復員しても、父には大した幸せは来なかった」

苦笑し、逞しい肩をすくめる。

「まあ、幼馴染《おさななじ》みの婚約者が見捨てなかったから、不幸とはいえないね」

「副長官のお母様ですね」

重々しくうなずく。

「母は明るく、優しくてねえ。父を懸命にサポートした。しかし、不自由な身体では仕事も町工場の単純労働しかない。わたしと妹、弟の三人の子供を抱えて生活はいつも苦しくてね。月末になると両親の暗い、沈痛な顔を見るのが子供心にも辛かった」

モーガンの話を聞きながら、もしかして、と思った。もしかして。

「お父様が戦った相手は？」

「日本軍だよ」

息を吞んだ。モーガンは淡々と感情を交えずに語る。

「だからわたしは日本人が嫌いなんだ。父をああいう目に遭わせた日本人がどうしても好きになれない」

困惑した。日本人の自分にこういう話をする、モーガンの真意が見えない。

「父はわたしがハーバードを卒業後、借金を重ね、レストランチェーンを立ち上げるのを見届けて亡くなった。親孝行をする間もなかったね」

「お気の毒に」それ以外、言葉がない。

「だが、父はまったく憎んでいなかったな」

はあ？　青い眼が険しくなる。

「日本人を、だよ」

モーガンは己の右大腿《だいたい》を手で二度、三度と叩き、

「ここだよ。父はここを日本人に潰されたんだ。まともに歩けない身体になったのに、おかしいだろう」

うっすらと見えてきたものがある。綾は訊いた。

「場所はどちらですか」

モーガンはむっつりと黙り込む。瞬間、全身が火照った。

「副長官、お父様はどこの戦地で――」

尖った眼を据えてくる。ほおが震える。

「沖縄だ。沖縄の空母エンタープライズ」

綾は口に手を当てて固まった。

「海軍の水兵でね。甲板要員として走り回っているときにやられた」

無念を滲ませて言う。

「ゼロファイターが突っ込んできたんだ。恐るべき敢闘精神とテクニックで対空砲、機銃の弾幕をかい潜り、飛行甲板に激突した。懸吊した爆弾が炸裂し、甲板には手足がもげた死体がいくつも転がり、負傷者は呻き、辺り一帯が炎の海となり、この世の地獄と化した。父も爆弾の破片に大腿を潰された。甲板に倒れたまま動けなかった。そこへ」

右の手を上げ、指先から真下に降ろしていく。

「新手《あらて》のゼロファイターが直下してきた」

　モーガンの顔が赤らむ。眼が血走る。

「父は死を覚悟した。当然だ。逃げる術《すべ》はないのだから。まだ少年のような父は砕けそうな勇気をかき集めてゼロファイターを見つめた。最期の瞬間まで眼は逸らすまい、と決めた。米海軍甲板要員の意地だ。しかし」

　右の手を握る。大きな拳を落とす。木製のテーブルを叩く。ガツン、と鈍い音が響いた。

「パイロットは寸前で驚くべき行動をとった」

　信じられない、とばかりに太い首を振り、モーガンは言う。

「鬼の形相で操縦桿を引き絞り、機首を上げた、というのだよ」

　一瞬、頭が真っ白になり、衝撃に打ちのめされそうになった。綾はテーブルを両手でつかみ、ぐっと顔を寄せた。

「そのパイロットをお父様は脳裡に刻みつけたのですね」

「もちろんだ。鮮明に憶えていた」

　ここに、と手を己の首に当て、厳かに語る。

「白いマフラーとオレンジの布状のものを巻いていたらしい」

「じゃあ」

身も心も痺れた。

「そうだ。さっきの青年にそっくりだ。オレンジのバンダナを巻いたゼロファイターにね」

綾は呆然と宙を見つめた。この世の境界が白く滲んでいく。足許が崩れていく。モーガンのバリトンが聞こえる。

「父はカミカゼアタックを寸前で回避したパイロットに深く感謝してね。夜、古い公営アパートのキッチンで安バーボンを呷《あお》りながら、あんな素晴らしい男はいない、彼こそ日本のサムライだ、と語ったものだよ」

なにが可笑しいのか、ククッと喉で笑い、咳払いをして続ける。

「父は無様に酔っぱらった挙げ句、あの男がいなければおれもおまえもここにいない、とさめざめと泣いてねえ。幼いわたしは、そんなゼロファイターなどいないほうがよかったのに、と思ったよ。こっちはキャンディ一個まともに買えない貧乏のどん底だ。惨めな父を見るのもいやだったしね。もちろん日本を憎んだよ。しかし――」

言葉が止まる。モーガンが太い指で目尻を拭う。

「いまは沖縄の海に消えたゼロファイターに感謝している。生きていればこそ、いいことも悪いこともある。ザッツライフ。それが人生だ。父は自分の人生を精一杯生き、子供三人に持てる限りの愛情を注いで育て上げた。立派な人生だ」

綾は小さくうなずいた。モーガンは厳つい顔をゆがめ、震え声で語る。

「父を支え続けた母はいま、フロリダの別荘で豊かな老後を送っている。わたしの成功を喜んで、毎晩父に祈りを捧げているらしい」

涙に濡れた赤い眼を向ける。

「お嬢さん、わたしはあの青年を見たとき、父を救った沖縄のゼロファイターが現れたと思ったよ」

綾は両の手を重ねて胸に置き、ただ耳を傾けた。

「実際、絶体絶命のわたしを救ってくれた。あの日本の青年は身を挺《てい》して、銃弾を撃ち込まれながらも、この一面識もない米国務省副長官を守ったのだよ」

全米に展開するレストランチェーンのオーナーにして米国務省副長官の重責を担う男が、涙ながらに訴える。

「お嬢さん、あの青年のことを教えてくれ。なぜゼロファイターの格好でわたしの前に現れたのだ？　しかも首にオレンジのバンダナまで巻いて」

綾は眼を伏せ、両手を膝に置き、頭を下げた。

「ごめんなさい。わたしも彼のことを知らないのです。彼はとてもミステリアスで勇気のあるナイスガイでした。でも、なにも教えてくれませんでした。あの素敵な日本人はわたししたちの前から煙のように消えてしまったのです」

しんと静まり返る。海の底のような静寂が訪れる。どのくらい経ったのだろう。じゃあ、とかすれ声がした。

「わたしが彼を探し出してやる」

モーガンがほおを膨らませ、掌で椅子の肘かけを叩く。ドカン、と重い音が響いた。怒った肉食獣のような怖い顔で言う。

「あれだけの重傷を負ってはそう動けまい。このホテルのどこかにじっと潜んでいるはずだ。現れるまで五日でも十日でも閉鎖して探してやろうじゃないか」

綾は首を振った。

「副長官、無駄です」

モーガンが口を半開きにして見つめる。

「彼は現れません。永遠に」

オレンジのバンダナを巻いた特攻隊員は六十七年の時を経て現れ、そして消えた。

すべてを聞き終わった刀根剛介は、そうか、と呟き、長い沈黙の後《のち》、しゃがれ声を絞った。

「突っ込めば手負いのエンタープライズは終わりだった。弾薬庫が爆発し、真っ二つになって総乗員三千名と共に沈没しただろう」

それっきり黙り込む。天井を見つめて彫像のように動かない。綾はそっと椅子から立ち上がった。

「小泉」刀根が天井に眼をやったまま言う。

「帰国したモーガンは国務長官と大統領にこう語ったらしい」

ほおをゆがめて苦笑する。

「沖縄の普天間基地問題は解決を無闇《むやみ》に急ぐのではなく、他基地との統合も視野に入れつつ段階を踏まなければならない、アメリカが最優先すべきは同盟国・日本との間の鋼《はがね》のごとき信頼関係の構築である、わたしは沖縄の基地問題を含む東アジアの防衛と平和をライフワークにしたい、とな」

ゆっくりと首を回し、ガラス窓の向こうを眺める。

「日本嫌いの保守派が大胆な宗旨変えをしたもんだ。外国人の考えることは判らねえなあ。とくにおれみたいな古い人間には、よ」

その言葉を最後に再び口を噤む。眼を細め、初夏の青空を呆けたように眺める。唇が、あにき、と動いたように見えた。綾は黙礼し、病室を後にした。

廊下にはスーツ姿の屈強な男が三人。警視庁から派遣された護衛だ。揃って鋭い眼を向ける。無視して歩いた。

「小泉、待て」

パジャマ姿の男が点滴スタンドを滑らせながら歩いてくる。髭面の大男。元極道の星野龍生だ。「先生の部屋へなにしに来やがった」

眉間に筋を刻んで凄む。脇腹を撃たれた傷はまだ痛むのだろう。顔は赤らみ、額に玉の汗が浮いている。綾は素っ気なく告げる。

「お伝えしたいことがあったもので」

一礼して、お大事に、と通り過ぎようとすると、前に立ち塞がり、仁王立ちになる。

「あのおかしな飛行服の若造はどこへ行った。おまえら、匿《かくま》ってるだろう」

唾を飛ばして吠える。

「おれは見損なったぞ、こそこそ逃げ回るような野郎とは思わなかった」

荒い息を吐き、眼を血走らせて迫る。

「あの若造と決着をつけさせせろ。このままじゃあおれは男として生きていけねえ」

「そんなことないわよ」

綾は微笑んだ。「星野さん、頑張ったもの」

ほら、こうやって、と両手で拳銃をかまえる真似をする。

「リボルバーを撃って刀根先生の窮地を救ったじゃない。とてもカッコよかったわよ」

元極道が毒気を抜かれた表情で立ち尽くす。

「馬も一生懸命だった。脇腹に銃弾を浴びても怯まなかった。さすがは刀根先生の一番弟子よ。あなたがいなきゃ、わたしたち、撃ち殺されていてもおかしくなかった」

ぽん、とその逞しい肩を叩いた。星野はスイッチが入ったロボットのようにぎこちなく顔を伏せる。「本当にそう思うのか」

「もちろんよ。武一くんもきっとあなたに感謝してる」

「野郎はどこに」

さあ、と綾は首をかしげた。

「どこか遠いところへ帰ったみたい。だれも、もう会えないのよ」

じゃあ、と手を振り、返事も待たずその場を立ち去った。

病院裏の駐車場に黒の古びた軽ワゴンが待っていた。運転席にはポロシャツにジーンズの田嶋慎太。ぼさぼさの髪を短く刈り、少し寂しげな顔の慎太が手帳を開き、じっと見つめている。助手席のドアを開ける。慎太は素早く手帳を閉じ、ばつが悪そうな笑みを向ける。

「じいさん、元気だった？」

「あと一週間で退院だって」

慎太は、そうか、よかった、と微笑む。そして逃げるように前を向く。

「じゃあ、行きましょうかね」

軽ワゴンを発進させる。病院を出てケヤキの街路樹が高く聳《そび》える通りを走る。木漏れ陽の中、慎太はむっつりと押し黙り、ハンドルを握る。宅配便のドライバーとして働く慎太は、浅草のカトリック教会が三十年以上続けているボランティアにも取り組み始めた。身寄りのない高齢者の食事の世話と介護がメインで、今日は千葉県内房の鮮魚センターから干物《ひもの》を分けてもらうのだという。

「綾さん、本当にいいの」

「なにが」

「鯵とか鯖《さば》の干物を大量に積み込むから、相当匂いがするよ」

平気平気、と軽く手を振った。

「こういうときじゃないと慎太くんとドライブできないもの」

ふーん、とイマイチ納得していない。

「慎太くん、さっきの手帳、なに」

返事はない。横顔が冥《くら》い。

「随分と深刻そうだったけど」

慎太は黙って手帳を開き、差し出してきた。綾は受け取り、思わず息を呑んだ。そこにはボールペンで書いた名前が二つ並んでいた。

陣内武一
田嶋慎太

陣内のそれは雄々しくて流麗で、慎太は乱暴な殴り書きだ。最後、日付が記してある。こっちも殴り書きだ。

平成二十四年　五月十四日

「五月十四日、か」

「おれたちが武一と逢った日だ」

慎太がしんみりと言う。

「大塚の喫茶店で互いに書いたんだ。あいつ、きれいな字だよね。おれ、コンプレックスばかり感じてたな」

「エンタープライズの最後の戦闘の日ね」

なにそれ、と怪訝そうな眼を向けてくる。

「なんでもない」手帳を見つめた。慎太が言う。

「おれ、なんか幻のような気がして」

「どうして」

「武一のやつ、ホントにいたのかなと思ってさ。一緒にメシ食って、パソコンを見て、図書館にも東京タワーにも行ったのに」

「刀根剛介の事務所にも、『山王パークホテル』にも行ったわ」

そうそう、と嬉しそうにうなずく。

「おれの大塚のボロアパートに四日もいたんだ。風呂も入ったし、寝袋で寝た。でもさあ」

表情が沈む。

「あいつ、どこにもいないんだよ。ホテルの十階から跳んで、煙のように消えちまった」

「でもこの手帳に武一くん直筆のサインがあるじゃない。きみのサインと並んで」

「だから時々眺めて、武一はたしかにおれの前にいた、と言い聞かせてるんだ」

ふう、とため息を吐いて言う。

「綾さん、笑わないでよ」

「笑わないよ」

「バイトを終えて夜、アパートに帰るとき、武一が待ってるんじゃないかな、といつも急ぎ足になる。部屋にいても、ドアを叩くんじゃないか、と耳を澄ましている。ただいま帰りましたあ、とでっかい声でさあ」

「声、でかかったね」

あいつはさ、と慎太は言う。

「不死身の男だから、きっとどこかで生きているよ。十階から落ちたショックでよりひどい記憶喪失になって、自分は名前も年齢もなにも判らないのであります、とか言って、周りを激しく困惑させているな」

胸が熱くなる。

「いや、小田原に帰ってこまちちゃんと幸せに暮らしてるかも」

綾は明るい口調で返した。

「生きているに決まっているじゃない。きっと小町ちゃんにも会ってるわよ」

陣内武一、の文字が滲む。声が震えてしまう。

「ホントに素敵な男だったね」

「あんなに素敵でおかしな男、いないよ。暴走族三人を叩きのめしたあと、西新宿のビル街をぽかんと眺めてさ。あれはなんですか、なんて訊いてくるんだぜ。おれが首にバンダナを巻いてやると、婦女子のようではありませんか、と坊主頭をかいて照れやがった」

語りながら涙声になる。

「しかも下着はフンドシだ。吉野家の牛丼が大好きで、背筋をぴしっと伸ばして食うんだ。武一、クラシック音楽なんかも嗜《たしな》んじゃってさ。おれ、あいつのリクエストに応えて動画投稿サイトのモーツァルトやショパンを一緒に聴いた。図書館では年表を読みながら大泣きしたな。東京タワーでソフトクリームを奢ったら、絶品であります、と感動してた。武一、初めて食ったんだって。めちゃくちゃトンチンカンな奴だけど、気持ちはホント真っ直ぐだった。背が高くてガタイもいいし、男らしい二枚目だし。笑顔は爽やかだし——」

唇をぎゅっと嚙む。綾は手帳を閉じて返した。

「慎太くんも素敵よ」

えっ、と驚きの顔を向けてくる。ほら、前、と注意する。慌てて向き直る。そして手帳片手にすねたように言う。

「おれ、まったく素敵じゃないよ。見た目も冴えないし、頭悪いし、貧しいフリーターだし、将来性ゼロだし」

「そんなことないよ。テロの現場まで逃げずに行ったじゃない」

「あれは単なるヤケクソさ。綾さんの前で我を忘れてテンパっただけだ。リボルバー片手にサブマシンガンに立ち向かい、拳銃で撃たれながらもモーガンの楯になって暗殺を阻止した武一とはまったく違う。較べものにならないよ」

ああ言えばこう言う。さすがに腹が立つ。でも、と思い直す。

「オレンジのバンダナがあるじゃない」

ばんだなあ〜、と横眼で睨んでくる。

「武一くんにあげたバンダナ。とっても似合ってた」

はあ、と肩を落とす。

「所詮、武一のイケメンを引き立てる小道具でしょ。安物のバンダナとおれの素敵となにが関係あんのさ」

「日本の未来を救ったのよ」

慎太は、ハハ、と空気が抜けたような笑いを漏らし、手帳をドアポケットにしまう。

「綾さん、慰めるならもっとリアリティのある言葉にしてよ。おれ、惨めになるだけだ」

年季の入ったワゴンがエンジンを喘がせて交差点を曲がり、大通りに出る。街路樹が終わり、空が広がる。銀色の光が射す。綾はそっと身体を寄せた。慎太が息を詰める。綾は告げた。

「きみは本当に素敵だよ」

逞しくなった腕を抱いて微笑み、陣内武一の次だけど、と声に出さずに呟く。初夏の青い空が眩しい。綾は時を忘れて眺めた。

主要参考資料

『今日われ生きてあり』　神坂次郎・著　新潮文庫
『特攻　若者達への鎮魂歌』　神坂次郎・著　PHP文庫
『雲の墓標』　阿川弘之・著　新潮文庫
『特攻基地知覧』　高木俊朗・著　角川文庫
『大空のサムライ』　坂井三郎・著　光人社NF文庫
『零式戦闘機』　吉村　昭・著　新潮文庫
『特攻　最後の証言』　「特攻　最後の証言」制作委員会・著　アスペクト
『指揮官たちの特攻』　城山三郎・著　新潮文庫
『一歩の距離』　城山三郎・著　角川文庫
『特攻隊振武寮』　大貫健一郎　渡辺考・著　講談社

『不時着』　日高恒太朗・著　文春文庫
『語られざる特攻基地・串良』　桑原敬一・著　文春文庫
『きけわだつみのこえ』　日本戦没学生記念会・編　岩波文庫
『第二集　きけわだつみのこえ』　日本戦没学生記念会・編　岩波文庫
『国民の遺書』　小林よしのり・編　産経新聞出版
『機関銃下の首相官邸』　迫水久常・著　ちくま学芸文庫
『決断できない日本』　ケビン・メア・著　文春新書
『在日米軍司令部』　春原　剛・著　新潮文庫
『民間軍事会社の内幕』　菅原　出・著　ちくま文庫
『シークレットサービス』　ロナルド・ケスラー・著　吉本晋一郎・訳　並木書房

他、新聞雑誌等を参考にしました。

解説

村上貴史

■陣内武一

昭和二十年五月十三日、鹿児島は大隅半島の海軍航空基地。そこに若者たちが集っていた。翌日、特攻に出るために。

目的地は沖縄である。その沖合の海にでんと腰を据えた空母エンタープライズは、戦艦大和（この時点で既に撃沈されている）に勝るとも劣らないといわれる鉄の要塞だ。その傍らには戦艦があり、駆逐艦があり、巡洋艦も護衛艦もある。名護湾に目を転じれば、砲弾で抉《えぐ》られたあとの剝き出しの赤土と、そのうえで列をなす米軍のトラックや戦車が目に入るであろう。

そんな状況の米国艦隊に特攻するよう命じられたのは、陣内武一一飛曹二十三歳や、刀根剛介二飛曹二十二歳、あるいは、彼らより年長ではあるが、学徒兵であり軍人になってまだ二年に満たない三島潔少尉、さらには十七歳の花田勇三一飛兵などであった。そんな彼らは、小田将光司令――あとから自分も続くという言葉だけの大佐だ――の指示に基づき、つまりは国の指示に基づき、二百五十キロの爆弾を抱えた零戦に乗り込み、敵艦目指して飛び立っていく。その零戦には、仲間と連絡を取る無線機もなければ、敵機の防衛網を自力で突破して敵艦に辿り着くための機銃もない。軍上層部の〝特攻機にもったいない〟の一言で、それらの装備は剝奪されたのだ。かくして腹に爆弾を抱えたまま、丸腰の特攻兵たちは、互いに上空で会話する術《すべ》もなしに、掩護《えんご》機だけを頼って鹿児島から沖縄まで飛んでいくのである。

彼らを迎え撃つのは米軍ヘルキャットだ。零戦の二倍の馬力を持つ戦闘機である。そのヘルキャットに次々と掩護機や仲間が撃墜されるなか、陣内武一はなんとか飛行を続け、ターゲットであるエンタープライズの間近に迫った。そしていざ敵艦に体当たりしようとしたそのとき、〝それ〟が起こった……。

永瀬隼介が《パピルス》に『幻のカミカゼ』のタイトルで連載し（二〇一一年四月の三五号〜一二年四月の四一号）、その後、大幅に加筆修正を加え、『カミカゼ』として一二年六月に発表した本作は、こんな具合に幕を開ける。

この導入部では、陣内をはじめ、刀根や三島など、それぞれに異なるバックグラウンドの持ち主たちが、同じ特攻兵という立場で、各自の戦争への想いや特攻に関する本音を口にする。翌朝には出撃し、そして命を失うという極限状況において語られるそれらの言葉は、読み手の心に痛烈に刺さってくる。大半が二十歳前後という若者たちであり、短い人生を必死に生きてきたことがわかるだけに、そして彼らが懸命に守ろうとした日本の行方がわかるだけに、胸が苦しくなる。

そして、〝それ〟だ。有り体にいえば、タイムスリップである。零戦に乗ってまさに空母エンタープライズに体当たりせんとしていた陣内武一は、タイムスリップしたのである。どこへ？　平成二十四年五月十四日の東京へ。

田島慎太。平成二十四年の東京で暮らしている二十五歳の青年である。池袋のラーメン屋でアルバイトをしている、いわゆるフリーターだ。慎太は、元大手新聞の社会部記者にして現在は出版プロデューサーである二つ年上の小泉綾に憧れ（というか一方的に惚れ）、行動を共にしていた。平成二十四年の五月十四日もそうだった。そしてその日、二人は一人の男が暴走族に囲まれている現場に遭遇する。その男こそ——陣内武一だった。その後の〝ちょっとした〟暴力沙汰をきっかけに彼らは会話を交わすようになり、武一は慎太の部屋に転がり込むことになる……。

まず、このコンビが素敵だ。軍人として鍛え抜かれた武一と、ボランティアを行うなどの社会意識を持ち、また、行くあてのない武一を放置できないという優しさも消極的ではあれども備えつつも、フリーターとしての日々をなんとなく過ごしてしまっている慎太。肉体的な頑健さも異なれば、内面の鍛えられ方も全く違う。慎太の方が勝っていることといえば、年齢と、この平成の世で通用するお金と知識を持っていることくらいだ。同世代であり、対照的であり、それなりに凸凹のあるこんな二人の会話が、実に愉《たの》しいのである。

愉しい上に深みもある。武一は慎太の部屋に泊まった翌日、図書館を訪ねて戦争のその後を学ぶ。特攻の現場にいた当事者が、仲間の死が愚策に基づく〝無駄死に〟であったことを思い知らされるのだ。その彼の姿は、本書前半の山場の一つ。武一本人の視点ではなく、武一が何者か全く気付いていない慎太の視点で描くことにより、武一の受けた衝撃を鮮やかに、しかもくっきりと描ききったのである。なんとも心に残るシーンだ。

そして物語は動き出す。

慎太が心を寄せる綾は、『国家の平和を考える会』、通称国平会の主宰である政治学者の戸村清之に心酔しており、彼が必要性を説く〝革命〟を実行しようとしていた。現状を打破する強烈なインパクトを残すべく、戸村に導かれるまま行動を開始する綾。それに慎太が引きずられる。そこに武一という異物が巻き込まれ、国平会のプランにゆがみが生じていく……。いやはや実にダイナミックだ。起伏に富んでおり、疾走感があり、なおかつゴツゴツしている。

現代日本には、個人レベルでの偽りもあれば、組織あるいは国家レベルでの偽りもある。そうした大小の偽りが織りなす糸に絡め取られた世界であるがゆえに、革命の計画がどう進展していくのか、読者には全く予想もつかない。革命がその矛先を向けている日本という国を取り巻く情勢も刻一刻と変化していくからなおさらだ。

しかもそこに武一という強烈な異物が絡んでくる。これも先の展開を読めなくする。武一と係わることで、慎太も変化する。綾との関係が変化したり、あるいはバイト先との関係が変化したり、だ。成長しているといってもよかろう。綾自身もまた変化し、成長する。そうした変化が、武一がこちらの社会に飛び込んできてからの数日で起こるのだ。物語が起伏に富み、疾走感にあふれるのも納得である。

そしてやっぱり武一だ。その無骨でまっすぐなキャラクターが読み手の心をガッチリととらえる。しかもだ。詳述は避けるが、武一がタイムスリップしてきたことと、革命を巡るストーリー展開とが、本書ではきっちり一体となっているのである。要するに、武一以外の人間がタイムスリップして来たとしても、ここまで劇的なインパクトを現代日本に対して（そしてある巨大な存在に対して）与えることはなかっただろう、ということだ。革命計画だけにとどまらず、結末に至るまで、武一が現代にタイムスリップして来たという出来事が、とことん活用されているのである。本書のプロットは、そこまできっちりと練り上げられているのだ。伏線が回収される様を味わうという趣向も愉しめるのである。

武一が武一であるが故の影響も、本書の読みどころである。その一例として、ある老人の活躍について言及しておくべきだろう。その老人は、肉体は衰えてしまっていたが、パートナーの協力を得て、ステッキを振り回して敵に立ち向かうのである。その立ち回りのなんと元気で痛快なことか。そしてその力を引き出したのは、そう、武一なのである。

特攻で二十三歳の命を散らす直前、現代日本でもう一暴れし、何人もの人々の覚醒と成長に寄与した男、陣内武一。彼の活躍を――相棒であるへたれな若者・慎太の活躍と共に――満喫できるのが、この『カミカゼ』なのである。

■永瀬隼介

永瀬隼介は、ジャーナリストとして執筆活動を開始した人物である。週刊新潮などで事件を取材し、記事にしていたのである。オウムの事件を追ったこともあるし、殺人事件の取材などももちろん行っていた。祝康成名義で『19歳の結末　一家4人惨殺事件』や『真相はこれだ！　不可思議8大事件の核心を撃つ』といったノンフィクションの著作も持つ。

　そうしたジャーナリストとしての嗅覚は、例えば、帝銀事件を題材とした『帝の毒薬』においての、第二次大戦当時の日本軍に目配りした上で物語を構成しているところにも現れている。『帝の毒薬』は、帝銀事件の謎を追うと同時に、特攻に関する記述も含め、国を指導する立場の欺瞞《ぎまん》や保身にもきっちり言及した読み応えのある作品であり、本書の読者は、本書と同時期に発表されたこちらの作品も是非読んでみるとよかろう。

　その一方で、近年ではエンターテインメントに軸足を置いた作品も発表している。本稿執筆時点での最新作である『ダークシティ』もその一つ。六億円強奪事件を中心に、実行犯のチンピラやFBI帰りのエリート警部、あるいは二組の非合法組織などが入り交じって突っ走る痛快娯楽作品である。実行犯のチンピラはへたれな若者で、だが純な心も持っており、本書の慎太と重なる部分も多い。こちらもやはり一読をお勧めする。

　これらの作品からも判《わか》るように、永瀬隼介は硬派なジャーナリストとしての顔と、エンターテインメント小説家としての顔を有する作家なのである。本書『カミカゼ』は、その両面が実にバランスよく共存した一作である。よどみなく結末まで一気に読み進める。

　しかも、だ。そんな良質な作品が、あちこちで〝平和〟という言葉を大上段に振りかざして戦争が語られている二〇一五年の日本において文庫化されるのである。武一は昭和二十年（一九四五年）から平成二十四年（二〇一二年）に飛来した。そしてこの『カミカゼ』は、二〇一二年に誕生し、二〇一五年の現代日本に飛来したのである。陣内武一を乗せて、だ。彼が二〇一五年の日本の読者にどんな覚醒と成長をもたらすのか。慎太や綾を変えたように、あるいは老人を再起させたように、強く深い影響を与えるだろう。それほど力強い一冊なのである。

――ミステリ書評家

この作品は二〇一二年六月小社より刊行されたものです。
JASRAC　出1508495-501

幻冬舎文庫

●最新刊
幸せであるように
一色伸幸

青森の高校教師・中島升美は修学旅行の引率中、片想いしていた先輩と再会する。観光バスの運転手になっていた彼の案内で巡る3泊4日の旅行中に、人生の大切な決断をする感動の連作長編。

●最新刊
給食のおにいさん　受験
遠藤彩見

ホテルで働き始めた宗は、なぜか女子校で豪華な給食を作るはめに……。生徒は舌の肥えた我がままなお嬢様ばかり。元給食のお兄さんの名に懸けて、彼女達のお腹と心を満たすことができるのか。

●最新刊
今日の空の色
小川　糸

鎌倉に家を借りて、久し振りの一人暮らし。朝はお寺の座禅会、夜は星を観ながら屋上で宴会。携帯もテレビもない不便な暮らしを楽しみながら、大切なことに気付く日々を綴った日記エッセイ。

●最新刊
あたっくNo.1
樫田正剛

1941年、行き先も目的も知らされないまま、家族に別れも告げられず、11人の男たちは潜水艦に乗艦した。著者の伯父の日記を元に、明日をも知れぬ戦時の男達の真実の姿を描いた感涙の物語。

●最新刊
第五番　無痛II
久坂部　羊

薬がまったく効かず数日で死に至る疫病・新型カポジ肉腫が日本で同時多発し人々は恐慌を来す。一方ウィーンでは天才医師・為頼がWHOから陰謀めいた勧誘を受ける。ベストセラー『無痛』続編。

幻冬舎文庫

●最新刊
大事なことほど小声でささやく
森沢明夫

身長2メートル超のマッチョなオカマ・ゴンママが営むスナック。悩みに合わせたカクテルで客を励ますゴンママだが、ある日独りで生きることに不安を抱いてしまい——。笑って泣ける人情小説。

●最新刊
望遠ニッポン見聞録
ヤマザキマリ

巨乳とアイドルを愛し、お尻を清潔に保ち、争いが嫌いで我慢強い、世界一幸せな民が暮らす国——ニッポン。海外生活歴十数年の著者が、溢れる愛と驚愕の客観性でツッコミまくる爆笑ニッポン論！

●最新刊
明日死ぬかもしれない自分、そしてあなたたち
山田詠美

誰もが、誰かの、かけがえのない大切な人。失ったものは、家族の一員であると同時に、幸福を留めるための重要なねじだった。絶望から再生した家族が語りだす、喪失から始まる愛惜の傑作長篇。

●最新刊
奥の奥の森の奥に、いる。
山田悠介

政府がひた隠す悪魔村。悪魔になることを運命づけられた少年と、悪魔を産むことを義務づけられた少女が、この悲劇の村から逃げ出した。悪魔化する体と戦いながら、少年は必死に少女を守る！

●最新刊
ゆめみるハワイ
よしもとばなな

老いた母と旅したはじめてのハワイ、小さな上達と挫折を味わうフラ、沢山の魚の命と平等に溶けあうような気持ちになる海。ハワイに恋した小説家による、生きることの歓びに包まれるエッセイ。

カミカゼ

永瀬《ながせ》隼介《しゅんすけ》

平成27年8月5日　初版発行

発行人――石原正康
編集人――袖山満一子
発行所――株式会社幻冬舎
〒151-0051東京都渋谷区千駄ヶ谷4-9-7
電話　03(5411)6222(営業)
　　　03(5411)6211(編集)
　　振替00120-8-767643
印刷・製本―中央精版印刷株式会社
装丁者――高橋雅之

幻冬舎文庫

ISBN978-4-344-42375-6　C0193　　な-21-2

幻冬舎ホームページアドレス　http://www.gentosha.co.jp/
この本に関するご意見・ご感想をメールでお寄せいただく場合は、
comment@gentosha.co.jpまで。